ALLE TIJD

Ronald Giphart

Alle tijd

ROMAN

2019
DE BEZIGE BIJ
AMSTERDAM

Omslagontwerp Moker Ontwerp
Omslagfoto © Seth Doyle (Unsplash)
Foto auteur © Stephan Vanfleteren
Vormgeving binnenwerk Perfect Service, Schoonhoven
Druk Wilco, Zutphen
ISBN 978 94 031 6040 5
NUR 301

debezigebij.nl

Voor mijn vrienden

Time may change us
But we can't trace time
(vrij naar David Bowie)

1989

Ons verhaal begint eigenlijk rond het jaar 1000, toen de buurtschap Stathe – een uit houten bouwsels bestaande handelswijk direct naast de bisschoppelijke burcht van Utrecht – werd geplaagd door dichtslibbende toevoerwegen, een ontwikkeling die funest was voor kooplieden en de plaatselijke nijverheid. De rivieren om de oude middeleeuwse stad raakten steeds minder goed bevaarbaar en het voortbestaan van Stathe werd bedreigd. De bewoners van Utrecht kwamen daarom met het plan een gracht te graven tussen de hoofdstroom van de Rijn – die toen nog direct langs de nederzetting liep – en de Vecht, een stukje verderop. Het verbindende kanaaltje zou niet meer dan een paar honderd meter lang hoeven te zijn voor een opgekalefaterde doorstroming.

Natuurlijk was er verzet tegen het plan, zoals er ook toen al over alles werd gediscussieerd. Wie zou het betalen? Wie zou ervan profiteren? Wat vond de bisschop ervan? Zou er tol worden geheven? Wat deed dat met de handel?

Uiteindelijk werd de beslissing genomen, waarna de graafwerkzaamheden begonnen aan de gewenste waterdoorgang, die toen nog Gracht werd genoemd en pas veel later de naam Oudegracht kreeg. Hadden de tegenstanders hun zin gehad dan zouden wij elkaar bijna duizend jaar later waarschijnlijk niet hebben ontmoet.

In de zomer van 1989 kwam Düran Stojanović aan in Utrecht, een onbeduidende crimineel die voor de rest van onze geschiedenis van geen enkel belang is, behalve dat hij op zijn manier een rol speelde bij het ontstaan van onze vriendschap. Stojanović was een paar maanden actief in Utrecht en omstreken. Na een paar gemakkelijke kraken in 't Gooi, maakte hij de fout in te breken bij een bedrijfspand aan de Nieuwegracht in de binnenstad van Utrecht. Waarom hij bij een eenvoudige kraak een pistool bij zich had heeft hij later tegenover de rechter niet duidelijk kunnen maken, maar feit was dat hij een handwapen van Tsjechische makelij bij zich droeg. De CZ-75, het paradepaardje van wapenfabrikant Česká Zbrojovka Uherský Brod, was ontworpen in 1975 en sindsdien waren er duizenden over Europa verspreid, omdat het pistool bekendstond om zijn nauwkeurigheid en betrouwbaarheid.

Toen Düran Stojanović tijdens zijn bezigheden door een bewaker werd gesnapt, richtte hij zonder scrupules zijn wapen op de man en vuurde hij het af. Gelukkig bleek hij een slechte schutter en het roemruchte pistool was achteraf toch niet zo enorm betrouwbaar, want Stojanović begon verbeten de trekker over te halen, maar de CZ weigerde subiet alsof het geen zin had een onschuldige opzichter de dood in te jagen. Daarom zette de rondzwervende Joegoslaaf het op een rennen. In zijn vlucht werd hij gevolgd door de surveillant, die via zijn portofoon kans zag de centrale te waarschuwen, waarop prompt het halve hoofdbureau van de gemeentepolitie uitrukte op zoek naar de schietende inbreker. De opgejaagde crimineel maakte een lange omweg door het centrum, tot hij zich klem liep bij de Oudegracht. Van vier zijden naderden politiemannen, waarop de inbreker met een kalm gebaar zijn pistool in het water wierp en zich vervolgens overgaf. Zittend op zijn knieën werd hij ingerekend.

Geen van de agenten durfde achteraf te zweren dat hij met eigen ogen had gezien dat Stojanović zijn wapen in de gracht had gegooid. De hoofdcommissaris wilde echt dat het pistool gevonden werd, en daarom gaf hij duikers de opdracht te gaan zoeken. De hele dag bleven de kikvorsmannen het proberen, maar toen er bij zonsondergang nog steeds niets was gevonden rees de vraag of Düran Stojanović zijn pistool wel daadwerkelijk in het water had geworpen. Dat hij had geschoten stond vast – daarvan getuigde een kogelgat in een muur van het bedrijf waar hij inbrak – maar zijn pistool bleef zoek. De zogenoemde driehoek van burgemeester, officier van justitie en hoofdcommissaris besloot dat de CZ-75 boven water moest komen en met een voor de overheid ongekende daadkracht werden door een gespecialiseerde dienst van Rijkswaterstaat twee weken later in de gracht met behulp van een hei-installatie enorme houten schotten geplaatst, ter hoogte van de bruggen waartussen het weggeworpen pistool zou moeten liggen. Bij de Jansbrug, stroomafwaarts van de Bezembrug, verschenen twee enorme afwatergeneratoren, die rekening konden houden met de vele brasems, voornen en andere vissen in de Utrechtse grachten. Om te voorkomen dat door het wegvallen van de waterdruk de ruim duizend jaar oude kadewanden zouden overhellen en instorten werden er over het water aangevoerde joekels van houten stempelbalken bevestigd.

Op een woensdagochtend begon men vijftigduizend liter water per uur uit het afgezette stuk gracht te pompen. Twee dagen later was het waterpeil dusdanig gedaald dat de drassige kleibodem in zicht kwam. Inmiddels had zich in de hele stad rondgezongen dat er midden in het centrum iets bijzonders gebeurde. Niet alleen burgers kwamen een kijkje nemen, ook stroomden uit verschillende geledingen nieuwsgierige onderzoekers toe. De Nederlandse Vereniging van Archeologen was verheugd én bezorgd over de onverwachtse blootlegging van de middeleeuwse kade, mediëvisten waren benieuwd naar gebruikte steensoorten en bouwtechnieken, de Gemeentereiniging was vooral geïnteresseerd naar de mate van vervuiling van het tijdelijk gedempte stuk en rivierbiologen wilden kijken naar de bodemflora en -fauna, want zo'n uitgelezen kans kregen ze niet vaak.

Op vrijdagavond was het stuk gracht zo goed als leeggepompt. Het ongeveer drie meter diepe lege bassin bood een vervreemdende aanblik. Omdat de gemeente het jaar daarvoor nog met een speciale grijparmboot wrakken uit de gracht had geschept, bleek het aantal fietsen op de bodem wel mee te vallen: er staken een paar frames op uit de vaalgroengrauwe blubber, maar er was geen sprake van een kerkhof. Verspreid in de lege gracht lagen enkele houtbalken en ondefinieerbare bemodderde voorwerpen. Hier en daar scharrelden krabbetjes en in een paar ondiepe plassen sprongen visjes spartelend voor hun leven. De toeschouwers langs de relingen van de werven om de gracht heen stroomden die avond toe. Honderden pomptoeristen wilden allemaal zien wat in duizend jaar niemand voor hen had mogen aanschouwen: de bodem. Wij waren erbij.

Er lagen zes lijken. Althans, vijf rompen en een zogenoemd overzichtspreparaat. 'Lijken' hoorde trouwens bij de verboden woorden, net als 'doden'. De begeleidende medici spraken liever van 'stoffelijke overschotten' en 'lichamen'.

Stipt om negen uur 's ochtends op de dag van onze ontmoeting opende dr. Demesmaeker, de Vlaamse hoogleraar die al jaren dissectieonderwijs gaf aan de Universiteit van Utrecht, de deur van wat de grote snijzaal werd genoemd, waarna hij veertien in witte jassen geklede studenten geneeskunde uitnodigde voor het anatomisch practicum Stofwisseling I. In gespannen afwachting schuifelde Luciën Eduard Ruitenberg der Alderwereldt richting de snijzaal. Zijn volledige naam had natuurlijk iets hilarisch en mede daarom begonnen we hem al vrij snel Dikke te noemen, een bijnaam die hij in de loop der jaren overigens weer kwijtraakte, hoewel dat niet voor zijn kilo's gold.

Op aanraden van ouderejaars had Luciën die ochtend net als de meeste van zijn medestudenten goed ontbeten, want een ontleedkundig college op je nuchtere maag werd afgeraden, zeker als er de hele dag in darmen werd gesneden. De zenuwen begonnen zich te roeren. Luciën haalde diep adem. Er waren twee soorten studenten: de nerveuzen zoals hij – voornamelijk bang voor de uitwerking die de aanblik van een dood lijf op hun gestel zou hebben – en de lieden die hartstochtelijk beweerden zich al weken op dit practicum te verheugen. Die laatsten hadden niet door dat hun overdreven enthousiasme ook een uiting was van zenuwen, bedacht Luciën.

Tijdens zijn trimesters had hij al eerder in stukjes lichaam gesneden, maar dat waren preparaten waaraan niets humaans viel te ontdekken. De reepjes mens die hij had mogen onderzoeken hadden in structuur niet verschild van de reepjes kikker en haai waarmee hij ook had gewerkt. Vanmorgen zou hij voor het eerst in zijn leven de menselijke sterfelijkheid van zo dichtbij zien – en daarbij willens nillens geconfronteerd worden met het ingebakken onafwendbare falen van het vak dat hij had gekozen. Wederom haalde hij diep adem. Niemand kon de dood ontlopen, hoe krampachtig artsen ook hun best deden. Op z'n hoogst zou hij leren de dood uit te stellen, meer zat er niet in.

Bij binnenkomst in de snijzaal dacht Luciën aan zijn vader, zijn ooms en oudere broers, die allen in deze kille ruimte hadden geleerd in weerloze lichamen te snijden. Hij stamde uit een artsengeslacht, zijn vader en grootvader, een paar van zijn ooms en tantes, twee broers en drie neven zaten ook in de artsenij. De Ruitenbergers der Alderwereldt en hun aanhang konden hun eigen ziekenhuis beginnen, als de familie tenminste wat beter met elkaar zou omgaan. Luciëns broers Lodewijk en Roeland hadden hem in de weken voor zijn eerste anatomisch practicum opgefokt met horrorverhalen over kotspartijen, flauwgevallen studenten en lugubere idioterieën die branieschoppers met dood weefsel hadden uitgehaald. Je moest er psychisch voor in de wieg zijn gelegd, zei Roeland, om een geprepareerd lijk in stukken te hakken en daarna in de mensa zonder met je ogen te knipperen een boterham ossenworst of halfom te verorberen.

Waar zijn broers hem angst hadden ingeboezemd, was het zijn vader die hem had geprobeerd gerust te stellen. Luciën sprak hem een dag voor het gevreesde practicum over de telefoon. Zijn zoon stond in een eeuwenlange traditie, hield de oude Ruitenberg hem voor, een gebruik dat in onze contreien opkwam aan het einde van de middeleeuwen, toen terechtgestelde misdadigers publiekelijk werden opengesneden om te zien hoe het menselijk lichaam er vanbinnen uitzag. Zijn vader sprak van 'a great chain of being', een ketting van stervelingen die elkaar door de tijd heen leerden wat er te leren viel over de wereld. Wat Luciën die ochtend te weten zou komen zou hij zelf ooit overbrengen op anderen, zei zijn vader, en die anderen zouden die kennis op hun beurt ook weer verder dragen. Alles best, dacht Luciën, als ik maar niet van mijn graatje ga.

Op zes snijtafels lagen overschotten onder groene doeken te wachten. Direct na hun overlijden was er per persoon tien liter balsemvloeistof in hun lichaam gepompt, waarna ze bijna een jaar in een bad met formaline moesten dobberen, wachtend op argeloze studenten als Luciën. Voordat zijn pupillen mochten aanvallen sprak dr. Demesmaeker hen toe. Er was maar één manier om de burgers die hun stoffelijke resten ter beschikking hadden gesteld voor deze altruïstische daad te bedanken, zei hij zacht: 'Met respect en leergierigheid.'

'De hamburgers?' hoorde Luciën een van zijn medestudenten fluisteren, waarna hij een steek van misselijkheid voelde, maar hij had geen tijd om daarover na te denken, want dr. Demesmaeker trok het laken van het overzichtspreparaat, een volledig intact stoffelijk overschot dat al vijftien jaar speciaal voor dit college werd gebruikt. Met de andere rompen in de snijzaal konden de studenten zo zelf aan de slag, dit lichaam diende – een term van de hoogleraar zelf – als *showmodel.*

Er ging een korte schokgolf door de groep studenten: voor velen was dit hun eerste dode van dichtbij. Vooral de ontmenselijking was schokkend. Het lichaam had een onbestemde grauwe kleur, die in niets deed denken aan de teint van een levende. De snijzaal begon zo langzamerhand doortrokken te raken van de ijle lucht van formaldehyde en het balsemvocht waarmee het vlees was gemarineerd. Luciën zag twee meisjes elkaar troostend vasthouden en het liefst had hij zichzelf ook laten ondersteunen of desnoods een medestudent ondersteund.

Luciën keek naar het showmodel. Het vlees oogde doder dan dood, dit kon onmogelijk iemand zijn die ooit had liefgehad, gevochten, genoten van het bestaan, iemand die vrienden had gehad, de liefde bedreven en een man van wie was gehouden. Luciën kreeg het benauwd van het idee dat iedereen die hij liefhad, hemzelf incluis, in de toekomst als showmodel in een door tl-buizen verlicht practicumlokaal kon liggen.

De groep schaarde zich rond de tafel, waarna dr. Demesmaeker met beide handen in rubberen handschoenen de buik van het demonstratielijk opende. De darmen waren er al uit weggesneden, maar in de rompen op de stalen onderzoekstafels zaten die nog wel. De studenten moesten hun snijsetjes klaarleggen: houten doosjes met scalpels, pincetten en scharen. Een docent verwijderde de doek over een van de rompen en een ander deed voor wat er van de artsen in spe werd verwacht. De man maakte een grote incisie in de borst van de romp, en dit was het moment dat Luciën zich week voelde worden – hoewel hij uit voorzorg dus wel degelijk goed had gegeten.

'Stop eens...' zei dr. Demesmaeker tegen zijn collega, waarna hij zich richtte tot zijn leerlingen. 'In alle eerlijkheid: tijdens mijn eerste ontleding ben ik zelf bezwijmd, wat ik toen verschrikkelijk vond, maar inmiddels weet ik dat het niets is om je voor te schamen. Het is volstrekt normaal om...'

Woorden die Luciën al niet meer hoorde.

Diezelfde ochtend, een uur later. Terwijl Luciën in de gang van het universiteitsziekenhuis werd bijgebracht door een assistent van de hoogleraar, werd een paar honderd meter verderop zijn vriend Jonas Valentijn hevig zwetend wakker. Hij was zichzelf kwijt, daar kwam in essentie deze onverwachte aanval van wezensvreemdheid op neer: hij wist niet meer waar en een paar angstaanjagende seconden dus ook niet meer *wie* hij was. Jonas had de verontrustende sensatie dat zijn gedachten bellen waren die kapotspatten zodra hij ze onder woorden probeerde te brengen. Wat was er in godsnaam met hem aan de hand?

Heel langzaam ebde het gevoel weg toen tot hem begon door te dringen dat hij zich in een of ander studentenhuis bevond, ontegenzeggelijk in een meisjeskamer of de kamer van een jongen met een voorliefde voor posters van knappe gebruinde mannen met ontbloot bovenlijf. Hij kwam tot rust. Of beter: hij keerde tot zichzelf.

Zijn naam was Jonas. Onthoud die naam.

De wereld begon weer helderder te worden. Er stond een raam open en met een lichte bries waaide ook af en toe zonlicht de kamer binnen. Geleidelijk aan begon Jonas zich flarden van de nacht te herinneren, de avond in De Sidonia, blonde meisjes, geschreeuw, het dakterras van een studentenhuis, hij zag zichzelf toneelspelen, de monoloog uit het stuk waarmee hij het jaar ervoor auditie had gedaan, nog meer geschreeuw. Hij probeerde zich dit bed te herinneren, deze kamer, de sierlijke ketting met een amulet van filigraan die naast zijn kussen lag.

Geen idee hoe laat het was. Jonas vroeg zich af of hij die dag les had, wat hij 's avonds te doen had en – eerder verwonderd dan bezorgd – hoe hij moest omgaan met de blonde studente die naast hem lag te slapen. Hij luisterde en keek naar haar ademhaling. Het was niet de eerste keer dat hij zo wakker werd.

Zijn ogen wenden aan het donker en hij bleef naar haar luisteren, zich verbazend over de inwisselbaarheid van haar spulletjes, er slingerden kleren verspreid door de kamer, op het kleine bureautje lagen boeken in wanordelijke stapels, er stond een hockeystick, twee kamerplanten verpieterden in een hoek en op verschillende plekken zag hij potjes make-up en andere prullaria uit een ondoorgrondelijke kosmos.

Jonas begon zich af te vragen of hij haar naam eigenlijk wel wist. Een vreemde spanning maakte zich van hem meester, alsof hij op het punt stond te worden toegelaten tot de divisie van echt grote hufters. Regel één: onthoud altijd wie er naast je ligt. Melissa. Miranda. Marijke. Een naam met een M.

Vlak bij het bed zag hij haar portemonnee liggen, een kinderetuitje waaruit briefjes en bankbiljetten staken. Voorzichtig, zo geluidloos mogelijk, schoof hij het dunne dekbed opzij en stapte van het matrasje van Martines twijfelaar. Hij pakte voorzichtig het portemonneetje, op zoek naar haar collegekaart.

'Weet je niet meer hoe ik heet?'

De stem van het meisje, schor maar niet onvriendelijk. Ze moest grinniken.

Even stond Jonas bewegingloos met het portemonneetje in zijn hand, tot hij zich ontwapenend glimlachend naar haar omdraaide.

'Jawel eh...', hij keek opzichtig op haar collegekaart, '...Michelle.'

Michelle maakte een geluid dat hij niet kon thuisbrengen.

Ze zei: 'Michelle is mijn huisgenoot, ik ben Maud.'

Blunder nummer 2. Maud.

Boos-maar-niet-echt-boos keek ze hem aan.

'Maud! Dat was het! Ik wist het: iets met een M.'

Maud maakte een geluid dat hij wederom niet kon thuisbrengen. Om zichzelf een houding te geven deed Jonas een stap naar de gordijnen. Een paar weken daarvoor had hij in een van zijn dramalessen een gordijn bedachtzaam moeten openen. Zijn docent was niet te tevreden en liet hem de actie keer op keer overdoen. Veel meer dan in woorden zat er betekenis in gebaren en kleine handelingen, had zijn docent gezegd. Sindsdien kon Jonas geen gordijn meer zien of hij wilde het bedachtzaam openen. Door een streep licht zag hij de Kromme Nieuwegracht en vaag kon hij zich herinneren dat de nacht hem hierheen had gebracht.

'Kom je nog even bij me liggen?' zei ze zacht, wat klonk als een boodschap en minder als een vraag. Hij wilde zeggen 'alsof je het nooit zou voorstellen', maar toen hij aanstalten maakte om theatraal weer naast haar te springen, riep ze plotseling geschrokken dat ze – shit shit kut shit – haar college was vergeten. Wild sprong ze op uit bed, waarna ze kordaat haar kleren bij elkaar begon te rapen. 'Als ik dat mis, mag ik geen tentamen doen!' riep ze, met een ondertoon alsof Jonas daar dan medeverantwoordelijk voor zou zijn.

Maud verdween de gang op en Jonas ging weer in haar bed liggen. Het was warm, het dekbed oogde vaal, maar rook overweldigend. Beelden van de nacht kwamen terug, het begon hem te dagen waar en hoe en wat zij toen en wat hij met haar en wat ze hadden gezegd tegen elkaar en waarom ook niet. Er was iets met een vriendje dat inmiddels een ex-vriendje was. Hij herinnerde zich dat ze hartroerend had gezegd: 'Het kan me allemaal niets meer verrotten.'

Maf hoe snel het samenzijn met Maud een afgerond verhaaltje begon te worden, dat hij later aan ons zou kunnen vertellen. Een losstaande gebeurtenis werd een herinnering, werd een verhaal met een begin en een eind. *Meisje ontmoet. Meisje met vriendje. Wakker geworden in haar bed. Meisje inmiddels zonder vriendje. Wist haar naam niet meer.*

Een paar minuten later kwam Maud weer haar kamer binnen – aangekleed, gewassen, boterham in haar hand – op zoek naar studiespullen. Toen haar tas was gepakt boog ze zich over Jonas heen om het kettinkje dat naast zijn kussen lag te pakken. Routineus maakte ze, met haar boterham in haar mond, het sieraad vast om haar hals, een simpel gebaar dat Jonas ervoer als van een grote eeuwige schoonheid. Al duizenden jaren deden vrouwen kettingen om hun hals.

'Ik heb de hele dag college, dus je kunt helaas niet op me wachten,' zei ze met een glimlach.

'Oké...'

'Gaan we elkaar nog een keer zien?'

Daar had Jonas nog niet over nagedacht.

'Natuurlijk,' zei hij. 'Dat zou ik graag willen.'

Staand in de deuropening vroeg ze hem het telefoonnummer van zijn huis achter te laten op haar bureau.

'Weet je eigenlijk nog hoe ík heet?'

Grijnzend keek hij haar aan.

Maud gaf geen antwoord en blies hem een handkus toe.

Meisje ontmoet. Meisje met vriendje. Wakker geworden in haar bed. Meisje inmiddels zonder vriendje. Wist haar naam niet meer. Zij wist mijn naam ook niet meer.

Op hetzelfde moment, een halve kilometer in noordelijke richting, dacht een jongen genaamd Mike Rathenau – hij had wild blond haar en een immer donkere blik – na over het leven in het algemeen en het zijne in het bijzonder. Hij was op weg naar een groot krakerscomplex genaamd ACU en besloot een stuk af te snijden via het beruchte Gat van de Voorstraat, een enorm sloopterrein met autowrakken en vuilnis. Ooit had er een grote garage gestaan, maar toen die er in de jaren zestig mee ophield, voelde de eigenaar zich niet geroepen iets met zijn bezit te doen. De gemeente keek machteloos toe hoe het veld in een paar decennia veranderde in een volledige verwaarloosde parkeerplaats, een gore puist in de binnenstad, een desolate vrijhaven waar werd gezworven, gedeald en getippeld. Onlangs was er een lichaam gevonden, het slachtoffer van een vermoedelijke roofmoord. Een van Mikes huisgenoten – die er verzeild was geraakt met een punkmeisje omdat zij drugs en hij haar wilde scoren – werd er door een junk bedreigd met een mes.

Even had Mike geaarzeld of hij niet beter zou omlopen via de Boothstraat, maar hij had zich ingeprent niet bang te zijn. Op zijn hoede liep hij tussen het straatvuil, de donkere nissen en de bekladde muren. Het was een plek die hem confronteerde met zijn angsten, terwijl hij een weg zocht tussen de diepe plassen met stinkend restwater. Jaren daarvoor, nog op de middelbare school, had hij de gedachte ontwikkeld dat de wereld en alles eromheen – het weer, de straten, de natuur, het land – eigenlijk uitdrukkingen waren van wat hij op dat moment persoonlijk meemaakte. Volgens het woordenboek is solipsisme de gedachte dat er niets buiten ons eigen bewustzijn bestaat. Baby's en kinderen denken vaak onbewust dat alles zich louter in hun hoofd afspeelt en zij het centrum van de wereld zijn. Toen Mike bedacht dat hij altijd naar het toilet ging als het Nederlands elftal in een cruciale fase van de wedstrijd zat – alsof Oranje alleen zou scoren als uitgerekend híj op honderdvijftig kilometer afstand van het stadion even een plasje ging doen – besefte hij dat hij de solipsistische fase in feite nooit was ontgroeid.

In die periode werd er bij hem thuis een nest honden geboren, beesten die alle liefde kregen die Mike had moeten ontberen. Mike was zo vervuld van de puppy's dat hij oprecht dacht dat iedereen op straat wist van zijn verrukking, dat iedereen op school het aan hem zou zien, naar hem zou zwaaien, dat overal roze spots en vreugdevuren zouden worden ontstoken. Dat was dus solipsisme. Puberaal besloot hij een allesomvattende theorie rond deze gedachte te verwoorden, een visie die hij Rathenaus Universele Solipsistische Ervaring noemde. Zijn bijdrage aan de wereldfilosofie – en hij was nog maar zo jong. Las hij in de krant dat het slecht ging met de economie dan kon het niet anders dan dat dat ging over hem en dat de economie hem iets probeerde bij te brengen. Brak de zon door de wolken dan leerde hij in een meditatief moment iets over zichzelf. Bomaanslagen, uitvindingen, orkanen, militaire conflicten, hongersnoden, alles wat er op aarde gebeurde was de facto een manifestatie binnen hemzelf. De fysieke wereld was louter een metafoor, letterlijk een *state of mind.*

Lang heeft Mike zijn eigen leer niet aangehangen, want al snel bleek dat het omgekeerde niet gold: hij kwam er tot zijn verbazing en teleurstelling achter dat hij de loop van de gebeurtenissen buiten zijn hoofd op geen enkele manier kon beïnvloeden. En daarom begon hij zich schuldig te voelen, want als er weer eens ergens een oorlog uitbrak of kinderen crepeerden van de honger vroeg hij zich vertwijfeld af waarom dat gebeurde. Wat is er in mij dat de wereld zoveel slechtheid draagt? Het solipsisme dat hij voorstond was voor hem simpelweg niet leefbaar, want als Atlas begon hij de wereld te dragen. Hij zag in dat hij eraan onderdoor zou gaan alles te zien als een representatie van zichzelf en daarom zwoer hij het idee af – hoewel hij altijd iets solipsistisch bleef houden.

Dat hij tijdens zijn doortocht via het Gat van de Voorstraat over zijn leven nadacht was begrijpelijk. In zijn hand had hij een stapeltje brieven dat zijn beschermende bestaan als student dramatisch ging veranderen. Mike kwam aan bij het krakershol ACU, een voormalige autogarage die in de jaren zeventig was ingenomen door een groep anarchisten die er woonden en een filmhuis, koffiehuis en popzaal uitbaatten. Er werden fietsen opgeknapt en een Antilliaanse instrumentenmaker had er een werkplaats voor uit olievaten vervaardigde *steel pans.* Ook veel politieke clubjes vonden er onderdak, waaronder de Bond van Totaalweigeraars, die om de maand een 'totaalweigerspreekuur' hield voor jongens die – zoals hij – geen zin hadden om in militaire dienst te gaan.

Twee jaar daarvoor had Mike zijn oproep voor de dienstkeuring gekregen, een brief van het ministerie van Defensie waarop hij al maanden zat te wachten, omdat hij al maanden wist wat hij ermee zou doen: de envelop ongeopend retour afzender sturen. De brief was binnengekomen bij zijn stiefouderlijk huis, waar hij zich nog steeds niet had laten uitschrijven. Met een zelfvoldaan gevoel was hij naar de brievenbus in de straat van zijn moeder en stiefvader gelopen om hem langs de zwarte tanden van de gleuf te laten glijden. Niet besmeurd met poep – zoals sommige jongens hadden gedaan – maar zonder begeleidend schrijven waarom hij niet wenste te verschijnen. Ze konden de klere krijgen, daar in Den Haag, met hun kapitalistische hang naar geweld en onderdrukking.

Dat had natuurlijk consequenties. Voor zijn afwezigheid bij de keuring in de Luitenant Generaal Knoopkazerne in Utrecht kreeg hij een voorwaardelijke gevangenisstraf en een boete, een bedrag dat zijn stiefvader – met wie hij verder slecht contact had – bij het gemeentehuis van Baarn ging betalen. Dat Mike niet was gekeurd gold voor het ministerie met een vreemde logica als 'goedgekeurd' en daarom kreeg hij anderhalf jaar na zijn achttiende verjaardag een oproep voor het vervullen van zijn militaire dienstplicht. De gevreesde oproep. Een brief, met de datum waarop hij zich bij een nader te bepalen kazerne diende te melden, zou weldra volgen.

Mike bonkte op de voordeur – of wat het ooit geweest moest zijn – van de ACU, waarna hij werd ontvangen door een bleek meisje met bolle ogen in holle oogkassen. Ze had zwartgeverfd haar in een ouderwets, maar daarom hip bobkapsel en stond een beetje te wankelen. Hij zei dat hij kwam voor het dienstweigerspreekuur, waarop het meisje – '*stoned to the bone*' zoals hij ons later zou vertellen – emotieloos antwoordde dat ze diep respect voor hem had. Mike keek haar vorsend aan. Hierna deed ze onverwachts een poging hem te omhelzen en ze probeerde hem te zoenen.

'Ik hou echt van je,' fluisterde ze, terwijl ze hem beethield.

Mike vroeg zich af of hij er nog onderuit kon en misschien niet beter kon vluchten, maar hij had telefonisch een afspraak gemaakt met een voormalige totaalweigeraar uit Nijmegen, die speciaal voor hem en een paar andere jongens naar Utrecht zou komen.

'Ik hou ook van jou,' mompelde hij terug, waarop het meisje hem losliet en er eindelijk een emotie op haar gezicht verscheen.

'Dat vind ik heel fijn,' zei ze. 'Hoe heet je?'

Mike wist dat in de wereld van krakers mensen zich – net als verzetshelden tijdens de Duitse bezetting – bedienden van valse namen. Hij wilde vertellen dat hij Piet heette, maar in een fractie van een seconde voordat hij Piet ging zeggen bedacht hij dat niemand, althans niemand van onze generatie, nog Piet heette en dat die naam dus een beetje suf zou klinken en daarom besloot hij een fractie van een fractie van een seconde later dat het beter was om Peter te zeggen in plaats van Piet, want Peter klonk wat meer als een naam van de tijd, of Pieter, misschien nog beter, Pepijn was ook een optie, Pepijn wilde hij zeggen, maar er moest iets mis zijn gegaan met de uitvoering want toen hij een fractie van een fractie van een fractie later zijn lippen de opdracht gaf de naam Piet om te vormen tot Pepijn, nee, toch Pieter, Péter, Peter was beter, Pierce wellicht, Pierce moest het zijn, was zijn glottogonale systeem al bezig met het uitspreken van de naam, waarop in zijn mond alle bedachte namen op een of andere onnavolgbare manier werden samengevoegd. Piet. Peter. Pieter. Pepijn. Pierce.

'Penis.'

Dat klonk vreemd voor een voornaam.

Mike hoorde het woord echoën in zijn hoofd en zag dat de ogen van het meisje nog boller werden. Of het ook echt zo is gegaan weten we niet, maar Mike heeft altijd volgehouden dat dit is wat hij tegen het meisje zei. Een tijdje noemden we hem daarom Penis, maar ook die bijnaam verdween uit het repertoire.

Jonas Valentijn was inmiddels geheel bekomen van zijn kortstondige wezensvreemdheid. Hij bladerde door een verweerde paperback naast Mauds bed, misschien zat er een monoloog in die hij voor zijn studie kon spelen. Daar was hij de laatste tijd aan verslaafd geraakt: bij ieder verhaal dat hij hoorde, bij ieder boek dat hij las – zoveel waren het er niet, maar toch – en bij iedere film die hij zag dacht hij: zit hier een stuk in, kan ik dit spelen? Zacht zei hij de titel van het boek. *Candide of het optimisme...* Geschreven door Voltaire, een boek uit 1759, op het nachtkastje van een Utrechtse studente anno 1989.

'Alles beweegt zich altijd naar de beste van alle mogelijke werelden,' was een zin die hij las. Dit was 'superieure ironie', begreep hij van een potloodaantekening in de marge.

Na een paar bladzijden begon hij zich te vervelen. Hij vroeg zich af hoe laat het was. Tevergeefs zocht hij een wekker of een klok aan de muur. Omdat het weinig zin had om langer in deze kamer te blijven pakte hij zijn spullen, staande voor het raam kleedde hij zich aan, maar vanuit deze positie kon hij het uurwerk van de Domtoren net niet zien. Op de gang van het studentenhuis zag hij een jonge vrouw die van boven naar beneden rende. Ze leek in alles op Maud, het meisje met wie hij had geslapen, maar was het niet.

'Weet jij hoe laat het is?' riep hij haar toe. Hij wachtte even en zei: 'Michelle.'

In haar blik een kortstondig moment van verbazing – misschien wel trots – dat hij nog wist hoe ze heette. Toch liet ze zich niet door hem afremmen, in het voorbijgaan wees ze op de huistelefoon, waarna ze verdween in het trapgat. Jonas luisterde naar het gestamp waarmee ze naar beneden rende. Aan de wand van de gang hing een werkelijk smerig toestel met een lang snoer dat in de knoop zat, naast een bordje met de tekst: ALTIJD DE TELEFOONTIKKEN NOTEREN! Dit sloeg op de al even smoezelige telefoontikker, die de gebelde tijd (en dus de kosten) registreerde.

Jonas nam de hoorn van de haak, draaide 002 en probeerde de telefoon zijn oorschelp niet te laten raken. Een mechanische vrouwenstem zei: 'Bij de volgende toon is het dertien uur, zeventien minuten en dertig seconden...', gevolgd door een elektronische biep. Hij hing op, maar vergat zijn telefoontik te noteren in het boekje dat naast de tikkenteller bungelde.

Aan het eind van de gang zag hij een keuken, en dat niet alleen: hij rook ook een melange van koffie, nicotine, geroosterd brood en de lichte verrotting van een volle vuilnisbak. Hij en zijn maag werden ernaartoe getrokken. In de keuken zat een jongen een sigaret te roken.

Berend Moorman – ook een hoofdpersoon van ons verhaal – had zojuist zijn relatie met Michelle beëindigd. Drie weken daarvoor hadden Michelle en hij elkaar ontmoet op een feest van zijn roeivereniging, bij hun afgelegen clubhuis langs de Vaartsche Rijn. Zij was als introducee meegenomen door een student die die avond was gevallen voor de charmes van een ander meisje. Nog tijdens het feest was die lul-de-behanger met haar verdwenen, Michelle had het niet eens gemerkt.

Beer zag haar staan, had met haar gepraat en later in de nacht hadden ze op het met gekleurde lampjes versierde terras van de roeivereniging gedanst op verschrikkelijke disconummers uit de jaren zeventig. *Love in c minor. Love to love you baby. I feel love. Love me just a little bit more. In the name of love. Love is in the air.* Door de alcohol had de kou geen vat op hen, althans niet op Berend, die zijn jasje over haar trui sloeg. Een groep studenten was 's nachts gaan roeien, wat inging tegen alle clubregels en afspraken met de gemeente. Niemand hield ze tegen. Michelle had in een tienpersoonssloep met Berend gezeten en gevoeld hoe sterk zijn slag was, bij iedere keer dat hij haalde ging er een spanning door de boot. Ze gingen het Amsterdam-Rijnkanaal op, waar een behoorlijke deining stond, tot een paar studentes het te koud vonden worden. *Oh, what a night. You make me feel mighty real.*

Toen het nachtelijke donker en de morgense schijn langzaam in elkaar begonnen over te vloeien had hij haar achter op de fiets mee terug genomen naar de stad. Vlak voordat hij haar zou afzetten bij haar huis zagen ze dat er op het plein voor de Stadsschouwburg bij een studentenvereniging een reuzenrad stond, niet bepaald een groot exemplaar, maar reus genoeg om indruk te maken. Het gevaarte stond er verlaten bij en het gebouw van de vereniging oogde gesloten. In het oosten begon het nu echt te dagen, maar in Utrecht lag iedereen blijkbaar op één oor: op Berend en Michelle na zag niemand hoe overweldigend mooi het ochtendlijke schemerviolet over de stad hing. Gelukkig waren zij er om deze pracht te aanschouwen. Het rad was afgesloten met een ketting waar ze vrij eenvoudig overheen konden stappen. Met gemak kon Berend bij de onderste gondel. Hij pakte Michelle beet en tilde haar soepel omhoog, waarop zij de stelen van de bak vastgreep en erin klom. Dertig seconden later zat hij naast haar. *Shake your body down to the ground. Nights feel like getting down. Michelle ma belle.*

Het ding wiegelde toen hij zich naar haar toe strekte en haar zoende. Zij liet zich zoenen, sterker nog, zij was het die wilde dat hij verder zou gaan. Toen hij, wellicht uit misplaatste hoffelijkheid, daartoe geen aanstalten maakte liet ze haar vingers over zijn bovenbenen gaan en boog ze haar hoofd richting Berends kruis, tot hij haar met een vederlichte aanraking met zijn hand duidelijk maakte dat dit voor hem niet hoefde. Michelle was op dat moment – vertelde ze de dag erna aan haar vriendinnen – eigenlijk vooral geïnteresseerd geweest in de vraag of álles aan Berend groot was, waar ze een paar dagen later achter kwam, toen hij haar opzocht in haar studentenkamer. Dat hij zich niet meteen hun eerste nacht aan haar had opgedrongen, zelfs niet toen zij dat wel aan hem deed, maakte hem toch galant en betrouwbaar. Die tweede avond maakte hij goed wat hij in het reuzenrad had nagelaten.

Later vertelde Michelle in vertrouwen aan haar beste vriendin haar bevindingen, waarmee ze onbedoeld en onbewust het einde van haar prille omgang met Berend inluidde, want de vriendin maakte er vervolgens in het bijzijn van een andere vriendin een grapje over, waarna die andere vriendin aan weer een vierde vriendin doorvertelde wat ze had gehoord, een meisje dat toevallig iets had met een goede vriend van Berend, die het op zijn beurt niet kon laten er tegenover Berend een opmerking over te maken.

'Waarom bespreek jij de grootte van mijn pik met anderen?' had Berend gevraagd, toen hij met Michelle in haar keuken zat (ze wilde niet dat er op haar kamer werd gerookt). Met een lichte blos zei ze dat ze alleen maar positieve dingen over hem had gezegd. Hij zei dat hij het niet prettig vond dat ze details over hem prijsgaf aan mensen die hij niet kende, en zij vond op haar beurt dat hij een punt maakte van iets wat overduidelijk geen punt was.

'Jij deelt onze intimiteit met anderen.'

'Ik heb alleen maar gezegd dat ik blij met je ben.'

Later, op haar kamer, kwam hij erop terug.

'Ik wil er niet door een vriend op worden aangesproken hoe ik ben in bed,' zei hij. De twijfelaar waar ze in lagen werd bijna geheel door hem gevuld.

'Ik ken geen andere mannen die er een probleem van zouden maken als hun vriendin over hen opschept.'

Hij dacht na over haar woorden.

'Hun vriendin,' herhaalde hij.

Die nacht deden ze het twee keer met elkaar, maar toen zij het aan het einde van de ochtend voordat ze naar college moest nog een keer wilde, hield hij af.

'Ik weet niet of er toekomst is voor ons,' zei hij, toen zij uit de douche terugkwam en zich begon aan te kleden. Even keek ze hem met open mond aan. *Love hurts, love scars, love wounds and marks...*

'Maak je het uit?'

Hij haalde langzaam zijn schouders op.

'Ik wist niet dat het aan was.'

Ze zuchtte diep.

'Waarom heb je dat niet gisteravond gezegd?'

Weer zijn schouders, sneller.

'Lul.'

Beer ging naar de keuken om een sigaret te roken.

Negen jaar later zou hij peetvader worden van haar eerste kind.

Ondertussen werd Mike Rathenau in het beruchte kraakpand in de Voorstraat door een Nijmeegse totaalweigeraar voorgelicht over zijn militaire dienstplicht. Honderdvijftig meter verderop in dezelfde straat zat een jongen genaamd Cola Jesserun, toen nog met een stevige afrocoupe, in de statige eetzaal van D'coninck van Poortugael. Het illustere herenhuis uit 1619 was volgens kenners het beste restaurant van de stad.

Cola zat er met zijn ouders. Zijn vader, Cola de 4e, had hem met een zekere nadruk uitgenodigd voor de lunch. Cola had de hoop dat zijn jongere zusje Cath zou meekomen, maar zijn ouders bleken hem alleen te willen spreken. De ambiance van het restaurant was stijf en men had geen enkele poging gedaan het idee weg te nemen dat de clientèle te gast was in een antiquariaat. Alles in de bediening ging met gepaste vormelijkheid, er klonk ingetogen klassieke muziek, de obers praatten zachtjes en bewogen bijna in slow motion.

'Zo,' zei zijn vader, toen een gerant voor hen alle drie met een overdreven gracieus gebaar een champagneflûte aan het inschenken was. 'Jij zult vannacht wel niet hebben kunnen slapen van de zenuwen over de vraag die je ouweheer in godsnaam op zijn lever heeft.'

Cola keek naar zijn vader en stelde vast dat die er nog sportief uitzag voor zijn leeftijd. Hij knikte en zei dat hij een vermoeden had. En daarbij was zijn ouweheer met zijn vierenveertig jaar nu ook weer niet zo oud.

Zijn familiegeschiedenis sprak tot de verbeelding, en is voor ons eigen verhaal ook van belang geweest. Onze Cola, nummer 5 in rij, werd in de successie voorafgegaan door zijn vader Cola de Oude (nummer 4), diens vader Cola de Nog Oudere (nummer 3, verwarrend genoeg Opa Cola genoemd), Cola de Stokoude (nummer 2) en Nicolaas de Stamvader (nummer 1, ook wel Cola de Dode).

Die laatste – om met hem te beginnen – had op het Caraïbische eiland Grand Turk aan het hoofd gestaan van een bedrijf met vestigingen in negen landen. Stamvader Nicolaas Jesserun d'Oliveira-Citroen werd in 1869 geboren op Curaçao, maar een zakelijk geschil – het officiële verhaal, want officieus had hij de dochter van een notabele geprobeerd het hof te maken – had hem gebracht naar Cockburn Town, de hoofdstad van de eilandengroep Turks en Caicos. Nicolaas ontdeed zich van een deel van zijn achternaam en ontmoette een Engelse weduwe, met wie hij in 1895 Jesserun's Sunshine Comestibles Enterprise begon, een veredelde kruidenierszaak die dreef op de import en export van producten van en naar de Bahama's, Cuba, Jamaica, Zuid-Amerika en later de Verenigde Staten en zelfs Europa.

De wereld werd steeds kleiner en Nicolaas wilde daarvan meeprofiteren. Hij verhandelde alles wat er te verhandelen viel: sieraden en kunst, maar vooral drank en etenswaren. Zoete uien uit Bermuda, rum uit Suriname, zuurstokken uit Puerto Rico, ingeblikt schildpadvlees van de Kaaimaneilanden, sigaren uit Cuba, gezouten vis en potten *jerk* uit Jamaica, cactussoep van Curaçao, passievruchten van St. Kitts, cacao uit Grenada en kroonslakken – sommige wel dertig centimeter lang – van Caicos zelf.

In hetzelfde jaar 1895 werd zijn oudste zoon geboren, Cola nummer 2, oftewel de Stokoude. De jongeman was de eerste in de familielijn die Cola werd genoemd, een naam die bleef hangen. Cola kon goed leren en verried een aanleg voor het ondernemerschap, maar op zijn achttiende werd hij als Engels staatsburger door His Most Gracious Majesty King George met duizenden andere West-Indische knullen opgeroepen vrijwillig mee te vechten in de Eerste Wereldoorlog. Hij wilde hieraan gehoor geven. Vanwege zijn onmisbaarheid voor het nog almaar groeiende familiebedrijf had zijn vader hem hiervan wellicht kunnen weerhouden – maar dat deed Nicolaas niet, want het leek hem voor zijn knul een mooie gelegenheid iets van de wereld te zien. Niemand kon voorzien dat de Eerste Wereldoorlog zo verschrikkelijk zou worden. Cola nummer 2 overleefde de loopgraven, maar niet zonder kleerscheuren. Zijn werknemers raakten eraan gewend dat hij gedurende zijn latere carrière binnen Sunshine soms zomaar in huilen kon uitbarsten, zonder enige aanleiding. 'Dat is de oorlog,' zeiden ze tegen elkaar.

In de drie jaar dat zijn zoon op de slagvelden in België dood en verderf zag, had stamvader Nicolaas op zijn geboorte-eiland Curaçao een handelspost geopend, een vestiging die Cola 2 bij terugkomst uit Europa mocht bestieren. Het bedrijf begon uit te breiden en hield zich steeds meer bezig met het verpakken en bereiden van voedsel, er kwam een grote koloniale warenloods bij de Curaçaose haven, er werd een slachterij gekocht en een conservenfabriek op Aruba. In 1923 werd Cola nummer 3 geboren, tijdens een vakantie op Grand Turk. Door zijn vader werd hij naar de Handelsschool in Cuba gestuurd, met als doel om meteen na zijn afstuderen in het bedrijf te komen, maar toen in 1939 elders op aarde de Tweede Wereldoorlog uitbrak kreeg ook Cola 3 – als geboren Engelsman – een moreel appèl zich te melden voor de National Service. Hij wilde hieraan gehoor geven, net als zijn vader had gedaan, die om begrijpelijke redenen mordicus tegen was. Toch liet de derde Cola zich niet tegenhouden en hij monsterde in 1940 aan bij de RAF: weg van het Caraïbische bedrijfsleven, op naar het avontuur en het redden van de beschaving.

Toen de Duitsers waren verslagen besloot hij terug te reizen naar Curaçao, via een omweg naar Nederland, om familie aldaar te bezoeken. De Nederlandse tak woonde in het dorpje Waspik in Brabant, een gemeente die hij van een huiveringwekkende treurigheid vond, totdat Opa er op een zondagmiddag Martijntje ontmoette en bleek dat in het plaatsje ook de zon kon schijnen. Martijntje raakte hevig verliefd op de imposante jongeman met zijn melkchocoladehuid en exotische accent.

In 1946, in de naoorlogse euforie, schonk ze hem een zoon: Cola nummer 4, de vader van een van onze hoofdpersonen. Cola 2 liet vanuit zijn zonnige oord weten dat Cola 3 met Cola 4 in Europa kon blijven, want met de internationale uitbreiding van het familieconcern was een permanente dukdalf in Nederland zeer gewenst. Cola 3 had geen keuze: hij had mogen vechten voor de vrijheid, nu moest hij aan de bak voor zijn familie. Onder zijn leiding werd er een grote assemblagefabriek gebouwd op een uit de grond gestampt industrieterrein in het zieltogende Veghel, te midden van vergelijkbare bedrijven. Daar begon de opmars van Sunshine Foods pas echt, want in de twee decennia daarop vertienvoudigde de omzet. De Europese tak begon het Caraïbisch-Antilliaanse moederbedrijf langzaamaan te overvleugelen.

Toen Cola nummer 4, kind van de naoorlogse babyboom, geen wereldoorlog kon uitvechten, stortte hij zich op het studentenprotest en de golf van vernieuwing die in de jaren zestig de aarde overstroomde. Hij zat in Parijs – een paar weken, maar toch – en hing in Amsterdam rond tussen provo's en hippies. Na een jaar rechten in Leiden meldde hij zich in 1966 in Utrecht bij de faculteit Sociale Wetenschappen, met als afstudeerrichting kritische psychologie, of zoals docenten destijds schreven 'kritiese psiegologie'. Hij deed mee aan participerend 'actieonderzoek', waarbij protesteren en wetenschap werden gecombineerd, ten koste van de laatste. Tijdens een zogenaamde sensitivitytraining ontmoette Cola 4 Lizbeth, een rechtenstudente met een voorliefde voor de grenzen van het wetboek – zoals ook onze bierbrouwerij jaren later zou ondervinden. Cola 4 en Liz begonnen wietplanten te verbouwen in de tuin van de grote villa van Cola 3, die geen enthousiasme kon opbrengen over de opleiding van zijn zoon, maar over diens marihuana was hij tevreden. Af en toe rookte hij samen met zijn schoondochter en zijn zoon – verborgen voor Oma Martijntje – een jointje in de schuur van zijn huis.

In de winter van 1967 bleek Liz zwanger van (voorlopig) de laatste Cola, een jongetje met een karamelkleurige huid. Ze besloot haar studie tijdelijk te stoppen en Cola 3 bood Cola 4 een baan aan bij Sunshine Foods Group, zoals het familiebedrijf inmiddels heette. Twaalf jaar later kwam Cola 4 in de raad van bestuur, vier jaar later werd hij CEO en weer zes jaar later wilde hij op zijn beurt zijn zoon een baan aanbieden.

'En wat is jouw vermoeden?' vroeg Cola's vader aan Cola 5, toen de ober die hun champagne had ingeschonken achterwaarts van hun tafel was geschreden. Er viel een stilte.

Twee amuses, drie gangen en twee espresso's later nam Cola op straat afscheid van zijn ouders. Hoewel de maaltijd copieus was geweest – een woord dat zijn vader had gebruikt tegen de ober – had die toch niet bijgedragen aan de sfeer. Er sluimerde spanning over Cola's onbevredigende antwoorden op de vragen van zijn nog niet zo oude ouweheer. Zijn vader liet zijn misnoegen hierover blijken, maar hij werd teruggefloten door Liz, want Cola's moeder vond dat zijn vader hem niet kon opzadelen met de opvolging binnen het bedrijf. Ze hield haar zoon voor dat hij eerst uitgebreid moest genieten van zijn vrijheid, het leven als student in Utrecht, de toekomst die stralend voor hem lag.

'Ik vind dat een tweedejaars zich best al een beetje kan oriënteren,' zei zijn vader nogmaals, een argument dat hij tijdens de maaltijd een paar keer gebruikte. 'En wat is er nu mooier dan een gespreid bedje in een bedrijf met vestigingen in tien landen?'

'Net waren het er nog negen.'

Zijn vader zuchtte.

Terwijl haar man en zoon voor het statige herenhuis D'coninck van Poortugael drentelden nam Liz ostentatief haar portemonnee en gaf Cola twee biljetten van 250 gulden. Timide stond hij met de vuurtorens in zijn handen, want hij had zijn maandbijdrage al gekregen. Op dat moment liep Mike Rathenau langs, een jongen die Cola kende uit het café. Hij knikte hem niet onvriendelijk toe, waarop Mike opkeek, maar niet teruggroette. Cola besteedde er geen aandacht aan, tot hij zijn moeder hoorde zeggen: 'Wat is er met jou?'

Mike was inmiddels in tranen uitgebarsten. Een halfuur daarvoor had hij van een Nijmeegse totaalweigeraar gehoord dat het voor hem na de oproep van het ministerie van Defensie erop of eronder was. Hij kon in dienst, dienstweigeren of zich – trouw aan zijn principes – voor meer dan anderhalf jaar laten opsluiten in de gevangenis van Scheveningen. Hoeveel waren zijn overtuigingen hem waard? Toen Cola's moeder hem aansprak dacht Mike er net aan dat hij zijn stad en zijn onbezorgde leven voor lange tijd zou moeten missen, in de wetenschap dat die verzetsdaad waarschijnlijk niets, nada, nul zou bijdragen aan het bereiken van het uiteindelijke doel dat ieder weldenkend mens zich zou moeten stellen: het beter maken van de wereld.

Wie ook bevangen was door dit voornemen was Luciën Ruitenberg, die op dat moment achter een bak koffie en een bruine boterham met kaas zat, omringd door opgelucht kakelende medestudenten, allen blij dat ze hun anatomisch practicum hadden doorstaan. Luciën was niet blij. Hij was al in de eerste vijf minuten van de les onderuitgegaan, waar niemand van zijn medestudenten om had gegniffeld, althans niet luidop. Dikke zwarte watten waren aan de zijkanten van zijn blikveld zijn bewustzijn binnengekomen, waarna hij zijn greep op de wereld dus kwijtraakte. Toen hij was bijgekomen moest hij van dr. Demesmaeker op een verrijdbaar metalen EHBO-bed liggen tot hij weer volledig was bijgekomen van zijn appelflauwte.

Luciën had het practicum afgerond, maar helemaal hersteld van zijn bezwijming raakte hij niet. Een paar keer had hij weer even wat watten in zijn ooghoeken gezien, maar hij had ze verjaagd door diep in en uit te ademen. Zelfs nu hij achter zijn koffie en broodje zat bleven de gedachten aan het showmodel, de afzonderlijke lichaamsdelen, de formaline en de stank van het menselijke middenrif hem plagen. Er stond een ouderejaars bij hun tafeltje, die bijna vertederd luisterde naar de verhalen van Luciën en zijn groep.

'Jullie zouden een biertje moeten gaan pakken,' zei de jongen, met de wereldwijsheid van iemand die twee jaar ouder was. 'Echt, een goeie neut doet wonderen.'

Achthonderd meter verderop troffen Jonas Valentijn en Berend Moorman elkaar in de keuken van het meisjeshuis aan de Kromme Nieuwegracht. Ze kenden elkaar niet, maar dat was slechts een kwestie van logistiek: ze waren elkaar simpelweg nog niet tegengekomen. Berend zat te roken op een stoel, Jonas kwam de keuken in om te zien of er iets te snaaien viel voor zijn hongerige maag.

'Hé man,' zei Jonas.

Het klonk alsof ze al jarenlang bevriend waren.

Beer reageerde niet overdreven joviaal. 'Hé.'

Een buitenstaander zou hebben gedacht dat zij de avond ervoor op pad waren geweest. Twee jongens in een ogenschijnlijk verlaten meisjeshuis. Berend gebaarde dat er een zak brood moest liggen op het met vieze pannen, borden en glazen bezaaide aanrecht.

‘Liever biets ik van jou,’ zei Jonas. Met een sigaret in zijn mondhoek wierp Berend hem zijn pakje Marlboro toe. Jonas nam een aansteker van tafel en zoog vuur in een peuk. Theatraal blies hij genietend uit. Berend vroeg of hij de toneelspeler was die hij ’s nachts op het dak had horen schreeuwen.

‘Dat klinkt als iets wat ik heb gedaan,’ zei Jonas. ‘Sorry.’

Beer gebaarde dat hij er niet mee zat.

Er viel een korte stilte, waarin Jonas een paar kasten in de keuken afging op zoek naar iets waarmee hij kon ontbijten.

‘Ik heb een demente oma,’ zei hij met zijn rug naar Beer. ‘Altijd als ik bij haar kom kijkt ze me aan en vraagt ze: “En van wie ben jij er een?” Dan noem ik de naam van mijn vader. Als ze een goede bui heeft weet ze wie dat is en anders vraagt ze: “En van wie is dát er een?”’

Beer trok glimlachend zijn wenkbrauwen op.

‘Ik bedoel: van wie ben jij er een? Bij wie in dit huis hoor jij?’

‘Bij Michelle.’

Jonas knikte verheugd. Haar had hij op de trap gezien.

Beer ging verder: ‘Maar na vanmorgen niet meer. We hebben het net uitgemaakt.’

Jonas draaide zich naar hem om.

‘Godverdomme, vent.’

Beer drukte zijn sigaret uit in een overvolle asbak.

‘Het vuur was gedoofd voordat het was ontbrand.’

‘Zei zij dat?’

‘Nee.’

Jonas knikte.

‘Zij wilde het nog wel proberen, maar van mij hoefde het niet. We hebben natuurlijk voor de vorm besloten dat we het samen hebben beëindigd.’

‘Zij heeft het pand in ontredderde staat verlaten,’ zei Jonas met de emotieloze intonatie van een nieuwslezer en met zijn normale stem: ‘Ik zag haar de trap af stormen.’

‘Ja, dat was zij.’

Wederom viel er een korte stilte.

'En voel je je klote?' vroeg Jonas. 'Het oogt, als ik eerlijk ben, alsof je je klote voelt.'

Beer zei niets. Hij was geraakt door de opmerking van een jongen die hij niet kende en Jonas was op zijn beurt onder de indruk van het stille leed achter de ogen van een spierbonk die op een verlepte keukenstoel in een nog veel verleptere keuken zat te roken. Ze hadden er natuurlijk geen weet van dat deze vraag en de blik van Berend op dat moment iets smeedden dat drie decennia lang onbreekbaar zou zijn.

'We gaan een glasje drinken,' zei Jonas.

Eind jaren zeventig had Flip Broeder – een niet onbelangrijke bijfiguur in het verhaal van onze bierbrouwerij – vier verschillende universitaire opleidingen gedaan en ze allemaal niet afgemaakt. Tien jaar later stond hij nog steeds ingeschreven als student, hij was van plan dit tot aan zijn dood vol te houden. Voor de nieuwelingen gold al een paar jaar dat zij een maximum aantal jaren op de universiteit mochten rondlopen, maar de lichting van Flip kon reglementair zo lang blijven als zij wilde. Het predicaat Eeuwige Student klonk hem goed in de oren, al had hij dan al in tijden geen studieboek meer ingekeken en was hij bijna vergeten welke opleiding hij als laatste volgde – althans dat speelde hij, als hij ermee koketteerde.

Flips vaste studiezaal was destijds café De Nagel, een plek waar het koel was in de zomer en weldadig warm als de furie van de winter eenzame zielen teisterde. Hij voelde zich er gekoesterd, dus toen het buurtkroegje tijdens de economische crisis van begin jaren tachtig onverhoeds te koop kwam, baarde het hem zorgen dat zijn geliefde toevluchtsoord zou worden ingeruild voor het zoveelste uitzendbureau. Dankzij vrienden, familieleden en zijn ouders wist hij zowaar de benodigde vijftienduizend gulden bij elkaar te schrapen om inboedel, goodwill en naam van de kroeg te bemachtigen. Zijn toenmalige vriendin Mathilde zette hij achter de toog, wat een gouden greep bleek, want met haar aan de tap bloeide De Nagel op.

Flip bleek er oog voor te hebben: binnen een jaar kocht hij in een opwelling zijn tweede café, en twee jaar later zijn derde en vierde. Hij had geen doordachte plannen, deed niet aan horecaconcepten en zijn drijfveer was dat hij kroegjes wilde redden van de ondergang, omdat zij veel meer betekenden dan een plek waar drank werd geschonken aan bezoekers. Zijn enige regel was dat hij personeel achter de bar zette waar hij en zijn clientèle op zouden kunnen vallen. 'Iedereen moet stiekem een beetje verliefd worden op een barvrouw of barman,' was zijn filosofie. 'Altijd goed voor de omzet.' Dat Mathilde hem na een paar jaar verliet voor een man die in De Nagel verliefd op haar was geworden, noemde hij – tussen zijn tranen door – een bedrijfsongeval.

In 1988 kocht Flip een stokoude zaak in fournituren aan de Oudegracht, omdat hij van de gemeente zowaar een volledige schenkvergunning voor het pand had gekregen. De stad wilde meer reuring in het centrum en Flip gaf daaraan graag gehoor. Het was de eerste keer dat hij iets nieuws begon en ook hierin bleek zijn vooruitziende blik. Hij noemde zijn zaak Stadsuitspanning De Sidonia, een hommage aan de drieënnegentigjarige eigenaresse van de naaigarenwinkel die er al die jaren had gezeten. Toen de krasse drievoudige weduwe de bar zag die verrees op de plek waar zij bijna zestig jaar lang linten, lapjes en ritssluitingen had verkocht, zei ze zonder zich in te houden: 'Godverdomme, dit had ik gewoon zelf veel eerder moeten bedenken. Al dat stomme garen.'

Flip vroeg haar de officiële opening van zijn café te verrichten en die avond bleef de frêle dame tot sluitingstijd aan de toog zitten, waar op dat moment Goeroe Houckama – de laatste van onze toen nog niet geformeerde groep – achter de tap stond.

Het leeftijdsverschil tussen hen was tweeënzeventig jaar, maar dat weerhield de freule Sidonia er niet van levenslustig met de jonge barman te flirten. Zijn vreemde voornaam nam ze voor lief. Eigenlijk heette hij Gregor. Zijn oudste broer Raymond had als dreumes zijn naam ooit verbasterd tot 'Goeroe', wat in hun gezin en onder zijn klasgenoten al snel ingeburgerd raakte als bijnaam. Gregor zocht in de Van Dale op wat het woord betekende en dat beviel hem. Op de middelbare school begon hij de stukken die hij in de schoolkrant schreef te ondertekenen met dit pseudoniem en toen hij in Utrecht filosofie ging studeren verhuisde de naam met hem mee. Er waren ook mensen die niet wisten dat Goeroe Gregor heette.

Stadsuitspanning De Sidonia werd een magneet voor aanbidders van het barpersoneel en hun aanhang. Vergeleken met café De Nagel – waar alles in het interieur oogde alsof het jarenlang was gemarineerd in gefnuikt verlangen en verdronken verdriet – was De Sidonia bepaald frisser. Onder het blad van de toog had Flip eigenhandig een aquarium van vijf meter aangelegd, waardoor het in het café de hele avond overal licht spetterde. De goudvissen leek het niet te deren dat er boven hen werd gerookt, gedronken en geschreeuwd, vrijwel nooit dreef er eentje bewegingloos op zijn rug.

Hoewel hij zijn tent zelf had gebouwd werd De Sidonia geen uitspanning waar Flip vaak naartoe ging, want daarvoor was het publiek te jong, te studentikoos, te alternatief. Toen de kroeg avond aan avond stampvol met studenten stond, trok hij zijn handen ervan af en vroeg hij of Gregor bedrijfsleider wilde worden, zodat hij zich meer kon concentreren op zijn andere cafés. Goeroe was niet blij met deze verantwoordelijkheid, maar hij liet zich overhalen vanwege een behoorlijke salarisverhoging en een groeiende desinteresse in zijn studie. Zijn vader was het niet met zijn beslissing eens en hield zijn zoon voor: 'Wil je een barman worden die ooit filosofie studeerde, of een filosoof die ooit barman was?' Dat was een vraag waarover hij langer had moeten nadenken, maar die tijd had hij niet. Gregor nam een intuïtieve beslissing en werd professioneel biertapper.

Op de vrijdag dat de Oudegracht – met dank aan de Joegoslavische crimineel Düran Stojanović – volledig zou worden gedempt, begon Goeroes dienst om acht uur 's morgens. Het café ging al vroeg open voor studenten, werkgroepen, winkelende vrouwen, mensen die na hun nachtdienst nog geen zin hadden om te slapen en stadswerkers die ondanks het vroege uur trek hadden in een pikketanissie. Door de werkzaamheden aan de gracht was het overdag drukker dan normaal in De Sidonia, want het café had een goed uitzicht op het steeds leger rakende middeleeuwse bassin. 's Middags nam een groep archeologen de kroeg in bezit als verzamelplaats vanwaaruit de werkzaamheden werden verdeeld. Het gaf de zaak een aangename reuring en Gregor maakte geen punt van de modder die de wetenschappers onder hun schoenen meenamen, blubber die duizend jaar op de bodem van de gracht had gelegen.

Jonas – die de nacht ervoor tot na sluitingstijd aan de bar had gezeten met een clubje schorre studentes – kwam halverwege de middag binnen met een grote vent die Gregor vaker in De Sidonia had gezien, maar die niet echt hoorde bij de grote vaste groep. Er waren tussen de vijftig en honderd stamgasten die misschien niet iedere dag, maar toch zeker minimaal één keer per week in De Sidonia hingen. Sommigen van hen deden dezelfde studie, sommigen hadden dezelfde bijbaantjes, sommigen woonden in dezelfde buurt, sommigen hadden dezelfde dealer, maar de meesten kenden elkaar alleen uit de kroeg, studenten, buurtbewoners, mensen die ooit hadden gestudeerd of nog steeds het leven van een student leidden.

Iedere avond had een bepaald verloop: overdag zaten de bezoekers in de collegebank, lagen ze in bed of werkten ze in een winkel of op kantoor, om in de loop van de dag naar De Sidonia te komen, waar werd gepraat, geluierd, gedronken, gegeten ook, geblowd (buiten), gekeken vooral en daarna begonnen verschillende groepjes zich met elkaar te mengen, mensen raakten met elkaar in gesprek, er werden verhalen verteld en er ontstonden ter plekke verhalen, soms werd er ruzie gezocht, maar vaker bloeide er vriendschap, liefde en lust. Zonder enige regie werd een avond in De Sidonia een voorstelling met anekdotes, running gags die soms maandenlang voortwoekerden, een wirwar van personages en intriges. De avonden kwamen in een slinger van andere avonden, nieuwe avonden, avonden die nooit voorbijgingen. Het verslavende aan het leven in een kroeg als De Sidonia was de saamhorigheid en onvoorspelbare voorspelbaarheid: de stamgasten wisten niet wat, maar wel dat er iedere avond iets memorabels zou gebeuren. En de avond daarna weer.

Op vrijdagavond 20 oktober 1989 stonden wij buiten op de brug vlak bij het café, in steeds wisselende samenstelling, te kijken naar de gedempte gracht en de mensen eromheen. Het was gemoedelijk, er stonden meisjes bij, af en toe kwam er een plateau bier van het terras langs en de geluiden van de stad kabbelden langs de kademuren. Maar gaandeweg de avond daalde de temperatuur. De warmte van de deinende menigte in De Sidonia lonkte en velen langs de gracht taaiden af naar elders. Iets hield ons bij elkaar en uiteindelijk bleven we met ons zessen over.

Jonas de acteur.

Luciën de lijkensnijder.

Mike de dienstweigeraar.

Berend de beer.

Voorlopig de laatste Cola.

Een goeroe genaamd Gregor.

Waarom het die nacht was en niet een volgende, waarom dat

gezelschap en niet zes andere jongens: de kans dat het allemaal heel anders zou zijn gelopen was oneindig veel groter dan de kans dat in die nachtelijke uren ons sextumviraat ontstond – ons toevallige zesmanschap, de aanvankelijk onuitgesproken, ongeplande en schijnbaar willekeurige groep die nog lang geen groep was.

We stonden bij elkaar en dronken bier, en later slokjes jenever uit een fles die Gregor bij De Sidonia had gehaald. We zagen hoe nachtbrakers, ondanks een verbod van patrouillerende politieagenten, van de kademuur naar de modder van de Oudegracht klauterden, om te baggeren in wat tien eeuwen onbegaanbaar was geweest. Die avond in oktober is uiteindelijk onze persoonlijke geschiedschrijving ingegaan als 'de Nacht van de Bodem'. Onze vriendschap begon met het eeuwenoude stinkende slijk van duizenden stadsgenoten en voorouders.

2019

Dertig jaar later raast de wereld voorbij. Voorbij! Voorbij! We staan op de enorme Raststätte Medenbach langs een Duitse snelweg gebroederlijk bij elkaar in een verlaten hoek van een enorm parkeerterrein naar het asfalt te kijken en te luisteren naar het dopplereffect, het hoge gegier van ons tegemoet rijdend verkeer versus de lagere brom van auto's die van ons vandaan gaan. Dat kan niet anders dan beeldspraak zijn: de toekomst giert, het verleden bromt. Het is de eerste broeierige lentedag van het jaar, wat volgens Jonas opvallend contrasteert met ons naderende malheur. Het woord 'malheur' zit in zijn laatste toneelvoorstelling, dus nu gebruikt hij het zelf ook regelmatig.

De bestemming is Lessebach, een kilometer of honderd hiervandaan, deze parkeerhaven is de vaste foerageerplek in het bos. Luciën heeft luxebroodjes en voor de zekerheid ook wat vette Duitse snacks bij de verderop gelegen benzinepomp gehaald. In vroeger tijden zouden we gezamenlijk hebben gereisd, maar voor het eerst hebben we ieder onze eigen auto genomen. In het begin propten we ons in de gammele bestelbus die we toen hadden: Berend achter het stuur, een stream of whisky die van mond tot mond ging, Cola verdiept in een boek of dichtbundel, Mike en Berend discussiërend over ontelbare onderwerpen, Jonas met een gitaar op schoot en Luciën achterin op een matras om bij te slapen van een matrasloze nachtdienst.

In de begintijd van onze vriendschap was er natuurlijk sprake van een zekere inwisselbaarheid. Het is een romantisch idee te denken dat vriendschap niet gebonden is aan leeftijd of afkomst, maar in de echte wereld zijn mensen bevriend omdat ze op elkaar lijken, ongeveer even oud zijn en bij elkaar in de buurt wonen. Wij voldeden aan deze drie voorwaarden. Met het verstrijken van de tijd zijn we steeds minder op elkaar gaan lijken.

Vandaag de dag was het werkelijk niet te organiseren om samen te reizen, en ook dat is vast symbolisch. Onze bierbrouwerij – volgens *Het Financieele Dagblad* 'de grootste kleine brouwer of de kleinste grote brouwer van Nederland' – is godsamme nog niet uit onze handen getrokken, of alles is al anders. Berend is vandaag de enige die rechtstreeks uit Utrecht komt gereden, vanochtend vertrok Luciën uit Groningen (waar hij – omdat niet *alles* verandert – tot diep in de nacht heeft staan opereren in het universitair ziekenhuis), Jonas had gisteravond in Antwerpen een try-out in de Schouwburg, waarna hij bleef slapen in het guesthouse van het theatergezelschap, en Cola maakte de grootste omweg: eergisteren reed hij naar de Elzas, zodat Cola 4 vanmorgen handtekeningen kon zetten onder volmachten en contracten. Van zijn vader kreeg Cola twee magnums bourgogne mee voor het aankomende weekend. Triomfantelijk zet hij de uit dc kluiten gewassen kartonnen doos op een kampeertafel van de Raststätte.

'Cadeautje van de Oude,' zegt Cola. 'Had hij nog in zijn kelder liggen, naast tienduizend andere flessen. Hij is bang dat we dorst krijgen.'

Er wordt geknikt en gefloten. Jonas pakt een fles en laat het etiket aan Luciën zien, die daar meer verstand van heeft dan hij. Even bestudeert Luciën knikkend de afbeelding.

'Zullen we er al eentje openmaken?' zegt Jonas, en hij loopt naar zijn auto om een kurkentrekker te halen. Over de parkeerplaats roept hij: 'We moeten toch wat drinken...'

'Ik weet het niet,' zegt Luciën. 'Ik heb nauwelijks geslapen. Als ik nu ga zuipen kan ik zo zelf naar een ziekenhuis.'

'Eén glasje kan toch wel?' zegt Cola. Al dertig jaar lang noemt Jonas een glaasje een glasje, een woord dat behoort tot ons dertig jaar oude groepsidiolect.

Kauwend op een stuk stokbrood vraagt Berend aan Luciën: 'Is dit niet de plek waar jij ooit...?'

Beer weet het antwoord, maar stelt de vraag toch. Cola en Jonas grinniken.

Ooit, tweeëntwintig jaar geleden. De eerste keer dat we naar het jachtgebied van Cola's familie reden moet in 1997 zijn geweest, toch? We hadden destijds vier uur eerder in de boshut kunnen zijn als een van ons – en dan hebben we het over iemand als Luciën – zich niet had vergist. Daar kwamen we pas achter toen we een paar kilometer van deze Raststätte waren verwijderd en de bestelbus plotseling begon te schokken en haperen. Ook toen kwamen er Mercedessen met 180 kilometer per uur langsgescheurd. Er was veel mis met onze toenmalige bak, dus het verbaasde niet dat we met panne langs de kant van de weg stonden. Op de vluchtstrook probeerden we tevergeefs de brakke barrel aan de praat te krijgen en uiteindelijk regelden we via een praatpaal van de Duitse wegenwacht een automonteur, een gezette man die een uur later kwam en al na twintig seconden begreep waar het om ging. '*Haben Sie vielleicht Benzin statt Diesel getankt?*'

Het werden gevleugelde woorden. *Haben Sie vielleicht Benzin statt Diesel getankt?* We hebben dit in de volgende decennia vaak tegen elkaar gezegd in situaties waarin er iets mis was gegaan. Jaren na het voorval hebben we voor de veertigste verjaardag van Luciën een vijftigliterval bier gebrouwen met de naam Benzin im Diesel.

Toen het tot Luciën doordrong dat hij fout had getankt, trok er een elektrische schokgolf door zijn bovenlijf, een tinteling in zijn vingers, een week gevoel in zijn hoofd. *Benzin im Dieselmotor.* Dat waren geintjes die ons honderden guldens konden kosten, en we zaten destijds al diep in de financiële problemen omdat we vijftigduizend gulden bij elkaar moesten schrapen.

Die nacht had Luciën als arts-assistent in opleiding dienst gehad op de spoedeisende hulp van het UMC. Er was een man binnengekomen met een heftige vorm van hooikoorts, heel vervelend voor de patiënt, maar niet levensbedreigend. De dienstdoende specialist had het niet nodig gevonden 's nachts naar het ziekenhuis te komen en als dienstdoende arts-assistent had Luciën geheel volgens protocol de behandeling overgelaten aan zijn co. Die had na overleg een medicijn bij de nachtapotheek gehaald dat direct meer kwaad dan goed deed, waarop de patiënt in een anafylactische shock raakte en zelfs moest worden gereanimeerd. Dit leverde Luciën een uitbrander op, hoewel hij er feitelijk niet verantwoordelijk voor was. Toen een uur of acht later ook zijn vrienden boos op hem werden om een verkeerd gevulde tank, knakte er iets – en dat had niet alleen te maken met zijn patiënt of die verdomde benzine, maar ook met de slepende perikelen van onze brouwerij. Woedend en vol zelfverwijt verdween Luciën in het aanpalende bos.

Na een kwartier waren we hem gaan zoeken. Hij zat lethargisch een sigaretje te roken, leunend tegen een omgevallen boom.

'Alles goed, man?' vroeg Cola.

'Ik heb vannacht iemand dood laten gaan,' mompelde Luciën. 'Tenminste... bijna.'

Cola ging naast hem zitten, terwijl de anderen terugliepen naar de *Straßenrand Mechaniker*. Hij nam een sigaret uit Luciëns pakje, hoewel hij officieel was gestopt vanwege de komst van zijn baby.

'Had je maar geen dokter moeten worden.'

'En nu staan we hier dankzij mij vast *in der Mitte von fuckin' Nirgendwo*.'

Ook dat werd later een staande uitdrukking. *In der Mitte von fuckin' Nirgendwo.*

Cola zei dat de monteur bezig was met het leegpompen van de tank. Het ging om een oude motor, wat de reparatie een stuk makkelijker maakte. De monteur zei dat het allemaal goed zou komen. Luciën haalde zijn schouders op.

'En we gaan failliet,' zei hij en even zweeg hij.

'Nou ja, dat was ook overdreven,' zegt Luciën. 'We stonden aan de vooravond van de grote doorbraak van onze brouwerij.'

Inmiddels behoort de verkeerd getankte diesel tot onze klassiekers. De afgelopen jaren zijn er momenten geweest dat een bescheiden deel van onze geschiedenis is opgetekend in interviews, televisie-items en reportages. Het verhaal is altijd hetzelfde: zes vrienden begonnen een kleine bierbrouwerij, die uitgroeide tot een grote. Wellicht is dat inderdaad de essentie van onze vriendschap. Een vraag die ons meerdere keren is gesteld: hebben jullie een brouwerij omdat jullie vrienden zijn of zijn jullie vrienden omdat jullie een brouwerij hebben? Dat was een legitieme vraag, waarop we na dertig jaar het antwoord ook niet meteen weten. De vraag is vanaf volgende week overbodig.

Toen we een jaar of wat nadat we onze brouwkelder waren begonnen van de Belastingdienst voor het eerst een financieel jaarverslag moesten opstellen, vroegen we een dichter die we kenden uit het café om een 'schuttersstuk-in-woorden' over ons te schrijven, een gedicht dat we op het omslag plaatsten. Eigenlijk – maar dat wist hij niet – was het een sluikse manier om de jongen wat geld toe te schuiven zonder dat hij het idee had dat we hem wat geld toeschoven. Het was de eerste keer dat iemand over ons schreef. Zijn woorden hebben we later laten kalligraferen op een van de muren van onze tweede brouwzaal, op een industrieterrein net buiten Utrecht:

Heb ik je ooit verteld waar ik aan dacht, de eerste keer
dat ik je zag? Ik dacht: alles zal verdwijnen, jij en ik
en dit café, onze kinderen die nog niet eens bestaan,

een lijn van spiegelbeelden door de tijd, de sterren
boven ons, de weerschijn van de hemel in de gracht
maar nu is alles hier en vol en druk en mooi en warm.

Wij kennen deze stad, het is een fuik voor licht.
We weten wie er lag te slapen achter honderd ramen
toen we gingen. We bewaren hun gezichten,

namen maar ze hoorden niet bij jou of mij want wij
moesten elkaar nog vinden. Dit is allemaal verdwenen
op een dag, maar nu nog niet. Is wat ik dacht.

Sindsdien heeft de aanstormende jonge dichter – inmiddels vader van drie kinderen en winnaar van literaire prijzen – ieder jaarverslag van ons bedrijf opgeluisterd met mooie strofes. Iedereen wil dat zijn of haar leven onderdeel is van een groter verhaal, van een al dan niet goddelijke plot die alles betekenis geeft en het leven de moeite waard maakt. Dat geldt en gold ook voor ons sextumviraat, zoals Gregor ons noemde. We zijn geprogrammeerd om – in de woorden van Mike – 'alles wat er om ons heen gebeurt op onszelf te betrekken en onze beslommeringen te zien als een centripetale kracht waaromheen het universum draait, hoe onzinnig en hoogmoedig die gedachte is'.

Het verhaal van ons zesmanschap is absoluut geen heldenepos, hoewel dat er soms buiten ons om wel van is gemaakt. In feite is onze geschiedenis – die bij een deel van de buitenwereld tot de verbeelding heeft gesproken, zeker toen we succes kregen, en nog meer toen we op onze bek dreigden te gaan, om later weer uit de smeulende puinhopen omhoog te krabbelen – niets meer dan een willekeurige optelsom van duizenden kleine en in het licht van de eeuwigheid onbeduidende gebeurtenissen en anekdotes van zes vrij normale mannen, die ieder voor zich een schakering zijn van ons groepsportret, het verhaal dat ons dertig jaar lang heeft gevormd.

'Eén ding wil ik niet,' zegt Cola. 'Dit moet geen trip worden zoals in van die buddy-buddy-buddyfilms waarin oude vrienden door ontberingen gedwongen hun vriendschap herijken en plotseling tot diepere inzichten komen.'

'Wij gaan niks herijken,' zegt Luciën. 'Gewoon een weekend rust. Geen gezeur. Geen diepere inzichten. Beetje drinken, beetje wandelen, jointje roken, bedrijf verkopen.'

'Waar proosten we op?' vraagt Jonas, als hij met moeite een van de magnums heeft geopend. Hij heeft plastic bierglazen met opdruk van onze brouwerij rondgedeeld en begint deze te vullen met de kostbare bourgogne.

'Op het einde,' zegt Berend en hij houdt zijn drank omhoog.

Op het einde. Maar nu nog niet.

1990

Er valt geen specifiek moment aan te wijzen waarop we wij werden. Het ging, zoals het gaat, geleidelijk. Eind jaren negentig heeft een professor psychologie van de Vrije Universiteit de begintijd van onze brouwerij gebruikt als casestudy voor een onderzoek naar groepsvorming, naar onze 'intimidatievertoningen, coalitievorming en isoleringstactieken'. Het bleek dat we als groep, zonder dat we dat doorhadden, voldeden aan álle dynamische stadia die Amerikaanse wetenschappers al in de jaren zestig hadden geformuleerd: *forming, storming, norming, performing.*

'Ons onderzoek gaat over volwassen worden, daarin gaan mensen door dezelfde stadia,' zei de man, nadat we een voor een vragenlijsten hadden moeten beantwoorden. 'Jullie zijn als groep volwassen geworden, met alle ups en downs die daarbij horen.'

We knikten, al hadden we niet het idee dat we op dat moment het stadium van volwassenheid al hadden bereikt. Een van de eerste ups in onze vriendschap was de val van de Berlijnse Muur. Het nieuws van de ineenstorting van het Oostblok hield overal op aarde mensen in verwachtingsvolle spanning. In latere overleveringen van onze geschiedenis zijn 'de Nacht van de Bodem' en 'de Val van de Muur' vaak samengevloeid in het verhaal dat wij de ochtend na ons gloedvolle drankgelag bij de gedempte Oudegracht in één ruk zouden zijn doorgescheurd naar Oost-Duitsland, om daar persoonlijk getuige te zijn van het uitzinnige einde van het IJzeren Gordijn. Later zou Mike dat met enige leepheid omschrijven als 'een verteltechnische deelverzameling van corresponderende waarheden'. In werkelijkheid zat er namelijk een paar weken tussen beide gebeurtenissen, wat natuurlijk een verwaarloosbare tijdspanne was. Het was niet zo dat beide gebeurtenissen samenvielen, maar het had gekund.

Tegenover anderen zaten we er nooit mee om die verschillende nachten aan elkaar te plakken en als we toehoorders vertelden van onze begintijd wisten we aanvankelijk natuurlijk heus wel dat we dingen door elkaar haalden en juist dát versterkte onze band. Voor een groot deel bestaat vriendschap uit gedeelde overdrijvingen en verdichtingen – en dat gold eveneens voor ons. Ook wij gingen na jaren de verhalen geloven die we vertelden. Onze deels verzonnen, overdreven en gereconstrueerde verhalen, werden onze herinneringen. Dat we bijvoorbeeld bij de lege gracht stonden en nog geen vierentwintig uur later toekeken hoe de Berlijnse Muur viel (in het licht van de eeuwigheid is het zo ten slotte bijna gegaan).

Volgens sommige historici voltrekt negenennegentig procent van de geschiedenis zich niet op slagvelden of in paleizen en parlementen, maar gewoon bij mensen thuis aan de keukentafel. Dat was ook de aanleiding van ons bezoek aan Berlijn. Op 8 november 1989 werd er aan de rand van de Utrechtse binnenstad een illegaal feest georganiseerd in een gekraakte voormalige kartonfabriek, een gebeurtenis waaraan de politie een einde maakte omdat er een meisje uit een raam viel. Later zeiden mensen dat ze was gesprongen als gevolg van het gebruik van de *love drug*, zoals xtc in die jaren werd genoemd.

Ze bleek niet ernstig gewond, maar voor de autoriteiten ernstig genoeg om in te grijpen. In de nachtelijke uren verplaatste een deel van de blijmoedige feestelijkheden zich daarom naar een studentencomplex in de Jan-Pieter van Spilbergenstraat, het huis waar Luciën en Cola woonden – en probeerden te slapen *for that matter* (Cola hield ervan om Engelse uitdrukkingen rond te slingeren). In de vroege ochtend lummelde een overgebleven gezelschap daar met hun andere huisgenoot Berend en aanhang Jonas en Mike in de verlepte huiskamer. Ze waren te moe om in bed te gaan liggen.

Cola was niet naar het feest gegaan omdat hij die ochtend een mondeling tentamen had. Hij stoorde zich niet aan de nachtbrakers in zijn huiskamer, dat hoorde nu eenmaal bij de mores van het studentenleven. Aan de keukentafel smeerde hij boterhammen, luisterend naar de lome gesprekken van zijn vrienden en naar een transistorradio, waarop de nieuwslezer van Hilversum 1 berichtte over de toestand in het Oostblok. Binnen twee dagen waren zowel de DDR-regering als de minister-president en zelfs het hele Politbüro afgetreden. Dat laatste duidde volgens een deskundige op pure ontreddering. De wereld keek verbijsterd toe hoe de protestbeweging Neues Forum door de socialistische machthebbers officieel werd erkend als politieke partij. Een tweede partij in een eenpartijstelsel, waar ging het heen met de wereld?

Toen Cola een paar uur later terugkwam van zijn mondeling zaten zijn vrienden nog steeds in de huiskamer, inmiddels vergezeld door Goeroe. Ze oogden energieker dan in de ochtendlijke uren. De televisie, een robuust bakbeest dat op feestjes dienstdeed als tweezitter, stond op een Duitse kabelzender die een ingelast nieuwsprogramma uitzond over de toestand bij de naburige *Volksgenossen.*

'We gaan naar Berlijn!' riep Mike Cola toe, zonder hem te verwelkomen. Gregor kende via zijn opleiding een filosofiedocent die werkzaam was aan de communistische Humboldt-Universität. Al een tijdje correspondeerde hij met hem en de afgelopen dagen had hij hem twee keer gebeld om bij te praten over de situatie. Die ochtend had hij ook geprobeerd om hem te spreken, maar na enkele pogingen gaf hij het op. Mike bleef het echter op eigen initiatief verbeten proberen en na anderhalf uur lukte het hem zowaar de docent aan de lijn te krijgen (tweeënveertig welbestede telefoontikken die Cola later voor zijn rekening nam).

'Hij zegt dat de toestand explosief is,' vertelde Mike. 'Er zijn de afgelopen dagen enorme demonstraties geweest, met honderdduizenden mensen. Vanavond of morgen komt er een doorbraak, een opstand, dat kan niet anders. Iedereen houdt zijn hart vast hoe de Vopo's daarop zullen reageren. Misschien wordt het een bloedbad, misschien een glorieuze opstand. Hoe dan ook, het wordt groots. We hebben met hem afgesproken dat we naar Berlijn toe komen.'

'Hebben jullie geslapen?' vroeg Cola.

'Mijn moeder heeft me de Mercedes van mijn vader geleend,' zei Gregor, die verder niet op Cola's vraag inging. Hij vertelde dat ze hadden bedacht om met z'n allen naar Berlijn te rijden. Niet eens zo'n heel erg lange rit, omdat je op de Duitse snelwegen mocht scheuren. Die Mercedes haalde makkelijk 200 kilometer per uur.

'Naar Berlijn? Wanneer?'

'Nu!' riep Mike.

'Nu? Wanneer nu? Vandaag nu?'

'Nu.'

'We vertrekken zo. Dit wordt groots. Dit wordt een revolutie. Dit wordt misschien wel de belangrijkste historische gebeurtenis uit ons leven. We moeten daarbij zijn.'

Cola keek naar de vier anderen.

'Als we er nu naartoe rijden maken we het allemaal mee,' vulde Jonas aan. 'Beeld je eens in, man. We kunnen hier niet in Nederland blijven als het dit weekend in Duitsland gaat gebeuren.'

'Als wat gaat gebeuren? Dat weet je toch helemaal niet? Gaat Luciën ook mee?' vroeg Cola, waarop Gregor schudde van nee.

'We hebben hem gevraagd, maar hij heeft morgen een snijcollege dat hij echt niet mag missen.'

'Gelul natuurlijk,' riep Mike.

'Ik heb ook een college dat ik echt niet kan missen...' zei Cola.

'Onzin!' riep Mike nog harder. 'We hebben morgen *allemaal* een college dat we niet kunnen missen. *Fuck it.* Ik ga niet in een suffe lesbank zitten als er op zeven uur rijden hiervandaan geschiedenis wordt geschreven.'

'Hebben jullie paspoorten?' probeerde Cola, de nuchtere. 'Heb je genoeg benzine? Waar gaan we slapen? Is het wel verstan–'

'Wie maalt er om slaap?' bulderde Mike, met roodomrande ogen.

De jongens hadden hun spullen al opgehaald, paspoorten, slaapzakken en zelfs een stapel overgebleven vakantiemarken, gekregen van de moeder van Gregor (op voorwaarde dat ze zich niet zouden laten arresteren en rellen uit de weg zouden gaan).

'Je kunt niet later aan je kleinkinderen vertellen dat je bij het Oost-Duitse volksoproer had kunnen zijn, maar liever bij een hoorcollege persuasieve communicatie zat,' zei Goeroe tegen Cola. 'Niets houdt ons tegen om in de auto te stappen en alles van dichtbij mee te maken. Onze ouders hadden 1968. Dit wordt het jaar van onze generatie. Berlijn wordt ons Parijs!'

Luciën ging niet mee, want hij had een afmattend snijpracticum dat uiteindelijk meer dan zeven uur duurde. Het goede was dat hij maar drie keer bijna onpasselijk werd, het slechte dat hij bij het doorzagen van een paar ribben toch één keer binnensmonds kokhalsde – waardoor hij minutenlang de zure nasmaak van gal in zijn mond had. Om zichzelf na afloop te troosten had hij een trog afhaalchinees meegenomen naar de huiskamer van zijn studentenhuis. *Nothing a babi pangang couldn't fix.* Vermoeid zat hij op zijn bank, met het gerecht op schoot en een blikje bier naast hem. Gulzig schrokte hij van de brokken gefrituurd varkensvlees in onbestemde zoete saus. Huisgenoten deelden met z'n drieën weleens één bak van deze schotel, en dan nog bleef er over, maar Luciën kon een portie met gemak op. De televisie stond aan. Zijn benen lagen op de salontafel. Luciën dacht aan zijn moeder, die misprijzend zou toekijken hoe hij direct uit het plastic zat te schransen en niet eens de moeite nam de oranjekleurige vleesbrij op een bord te scheppen. Aan zijn luie gestrekte benen zou ze zich nog meer hebben geërgerd.

Toen het gezin eind jaren zeventig in Burundi woonde – waar Luciëns vader als chirurg en zijn moeder als operatieverpleegkundige werkte – was er voor moeder Ruitenberg der Alderwereldt één ding heilig. Hoe wezenloos zwaar het in het stuurse land ook was, hoe aangrijpend de levens van de bevolking en hoe groot hun persoonlijke tegenslagen en logistieke problemen: er waren uitingen van beschaving waaraan de Ruitenbergers zich onveranderlijk hielden. Luciëns vader zat immer gladgeschoren aan de ontbijttafel, de kleren van Luciën en zijn broers waren altijd onberispelijk gewassen, het eten serveerde zijn moeder zonder compromis in schalen en op borden, en drankjes – met name peperdure geïmporteerde Belgische bieren – werden gedronken uit glazen en nooit uit de fles. Dat was volgens zijn ouders de enige manier om zich staande te houden in een samenleving die op alle punten aan het desintegreren was (de Burundese genocide van 1972, waarbij tweehonderdduizend mensen waren afgeslacht, was nog door niemand vergeten).

De jaren in Burundi hadden Luciën gevormd, hoe kon het ook anders? De drie jongens van het gezin zaten op een katholiek Belgisch internaat niet ver van de hoofdstad, met Frans en Nederlands als voertaal. Het voelde vreemd om midden in een weerbarstig Afrikaans land te worden onderwezen uit suffe Vlaamse schoolboeken uit de jaren vijftig. De oude Ruitenberg der Alderwereldt vond het aan zijn stand verplicht om een paar jaar als tropenarts te werken en nooddruftige mensen te helpen. Even was er sprake van geweest dat Luciën als jongste zoon niet mee naar Afrika zou gaan, maar in Nederland zou worden ondergebracht op een kostschool. Luciën smeekte zijn ouders hem toch mee te nemen, niet uit verlangen naar een onbestemd avontuur – de motivatie van zijn broers – maar uit een opspelende angst voor wat hij later 'moederwee' zou noemen: de dreiging van het gemis van zijn ouderlijke koestering. Zelfs in zijn studententijd speelde een nostalgisch verlangen naar zijn moederlijke wereld hem nog weleens parten, al was dit niet bepaald een emotie die je makkelijk met anderen deelde. Hij had een medestudent althans nog nooit horen zeggen dat hij zijn moesje miste.

Kijkend naar de televisie in zijn huiskamer vroeg Luciën zich af of zijn vrienden op dat moment Berlijn al hadden bereikt. Hij schakelde heen en weer tussen de bulletins van RTL Véronique en Nederland 1, beide zenders spraken van een gespannen situatie bij de Brandenburger Tor, waar gewapende eenheden waren gesignaleerd. Dit was het moment dat Luciën zich pas echt zorgen om ons begon te maken. Hij had schuldjeuk, wroeging over het feit dat hij voor zijn snijpracticum had gekozen en niet met ons was meegereisd. Wat als een van ons iets zou overkomen en acuut medische hulp nodig had?

De Duitse kabelzenders hadden veel meer informatie over de situatie in hun buurland, er werd gesproken van een Oost-Duitse woordvoerder die in een persconferentie had gezegd dat de grenzen open waren. De grenzen open! Het bericht was wezenloos. Gedurende de avond probeerde Luciën vanuit de huiskamer de ontwikkelingen in Berlijn zo goed en zo kwaad als het ging te volgen, samen met huisgenoten, die al net zo overrompeld waren als hij. Er heerste een opgewonden sfeer en twee studentes moesten zelfs huilen van blijdschap toen de ARD beelden uitzond van een grote menigte Oost-Berlijners die zich bij grensovergang Helmstedt hadden verzameld. Ze werden door de wachtlopende Vopo's niet tegengehouden of beschoten.

'Dit is het begin van de toekomst, van een nieuwe wereld,' zei

Hanneke, een van Luciëns huisgenoten. Luciën zat op de bank en zuchtte.

We naderden de *Grenzübergangsstelle* Helmstedt-Marienborn. Gregor vertelde een verhaal over zijn broer Raymond, die als dienstplichtig soldaat was uitgezonden naar een basis in West-Duitsland. Voor de Nederlandse tak van het NAVO-leger moest hij helpen het morseverkeer van de communistische vijand te onderscheppen. Niet dat Raymond veel met militarisme ophad, maar dienstweigeren leek hem te veel gedoe, net als het voorwenden van een kwaal om het leger te ontlopen. Als hij dan toch anderhalf jaar onder de pannen was, dan het liefst in het buitenland met een gratis cursus Russisch als bonus. En zo kwam hij terecht op de luchtmachtbasis met de hilarische naam Geilenkirchen en een halfjaar later in Seedorf.

Raymond had een uitermate rustig baantje, want bijna nooit ving zijn divisie daadwerkelijk berichten op. Behalve die ene keer, toen hij – nota bene op zijn verjaardag – 's nachts was ingeroosterd. Midden in de nacht begon zijn Britse detectieapparaat plotseling geluiden te maken: er werd een bericht onderschept van achter het IJzeren Gordijn. Het leven op aarde zou van de boodschap kunnen afhangen. Driftig begon Raymond de morsecode te ontcijferen, en toen hij daarmee klaar was las hij langzaam de zin die hij had opgevangen: 'Поздравляем с днем рождения, Раймонд Хоукама.'

Hij herkende zijn naam en hoefde de woorden niet door te sturen naar de vertaaldienst om te begrijpen wat ze betekenden. 'Hartelijk gefeliciteerd met je verjaardag, Raymond Houckama,' mompelde hij hardop. Een niet onaardig nachtelijk grapje. 's Ochtends zei zijn leidinggevend officier: 'Ze hadden natuurlijk ook een SS-20 kunnen sturen, dus we blijven paraat.'

Goeroe was vijftien toen hij deze anekdote hoorde. Het grapje nam hem toch een beetje voor de Russen in, al was hij er net als zijn klasgenoten van overtuigd dat Russische, Chinese en Amerikaanse atoombommen een einde aan alles zouden maken. De wereld stevende af op het onafwendbare: de menselijke beschaving zou worden vernietigd door een nucleaire oorlog. We kunnen maar beter leven zolang er leven is, want we worden toch niet oud. Dit alles dankzij politiek gemarchandeer van een geriatrisch clubje megalomane machthebbers, mannen die intens werden gehaat – die van het zogenaamde vrije Westen zo mogelijk nog intenser dan die van de Russen. Gregor was niet de enige die er zo over dacht, we vonden dit in essentie allemaal. Daarom was onze reis naar Berlijn zo belangrijk. Een botsing tussen het onafwendbare en het ondenkbare.

Vanaf de beruchte grensovergang Checkpoint Alpha was het nog anderhalf uur rijden over de transit naar de West-Berlijnse enclave. Het oponthoud bij de Oost-Duitse grens duurde lang, om de tijd te doden kocht Berend bij een benzinestation curryworsten, Duitse zoetigheden en een Berlijnse stadsplattegrond. Terwijl we in de rij voor de douane wachtten bracht de autoradio live het bericht dat de grenzen volgens een Oost-Duitse official per direct open zouden zijn. Per direct, herhaalden we. Er waren meer mensen in de rij die dit bericht hadden gehoord: weggebruikers in de file kwamen uit hun auto's om opgewonden met elkaar over het nieuws te praten. We zagen omhelzingen, onbekenden zoenden elkaar, er stonden mensen te huilen. Jonas noemde ons 'gelukstoeristen' en hij hield vol dat hij het woord zelf had bedacht.

Weer op de snelweg zong Mike 'Back in the U.S.S.R.' van The Beatles, wat op weg naar Berlijn eigenlijk onzin was, maar de jury zag het door de vingers. Goeroe citeerde uit 'Berlin' van Fischer-Z. Mike sloeg terug met de Sex Pistols ('Holidays in the Sun') en de rauwe herrie van de Einstürzende Neubauten ('Steh auf Berlin'), waarop Goeroe sterk terugkwam met Iggy Pop en The Stranglers, die ook over de Muur hadden gezongen.

Mike noemde een nummer van Nick Cave dat niemand kende en kwam op het nippertje met Nina Hagens 'Berlin ist Dufte', waarop Goeroe in de aanval ging met een nummer van Hagens ex-echtgenote Herman Brood: 'Berlin schmerzt' ('*Warum weinst du kleine Berliner, heute abend gehts wieder los*'). Decennialang ontaardden onze gesprekken over muziek in een verplaswedstrijd tussen Gregor en Mike, waarbij Jonas en Berend voor de vorm probeerden mee te doen. Cola hield meestal wijselijk zijn mond en deed alleen een poging iets bij te dragen als hij zeker wist dat hij iets zinnigs zei. Te vaak was hij door de anderen smalend of pesterig uitgelachen om zijn pogingen.

Tegen een uur of acht reden we in de avondschemering West-Berlijn binnen. Met Gregor achter het stuur – hij had zijn vader beloofd dat hij als enige de Mercedes zou rijden – keken we zwijgend naar de huizen en de straten, die zoveel grauwer en grootsteedser oogden dan bij ons. De architectonische naweeën van Engelse bombardementen en geallieerde gevechten in de Tweede Wereldoorlog waren duidelijk zichtbaar. Alles in deze stad ademde zowel een overvloed als een gebrek aan geschiedenis. Veel graffiti, gastarbeiders, junks, punkers en meer vervallen panden dan we ons hadden voorgesteld. Nu hadden we elkaar de hele reis een Klein Orkest-verbod opgelegd en het nummer 'Over de muur' mocht niet worden geciteerd, laat staan gezongen, een afspraak waaraan we ons tot dan toe hadden gehouden. Toen we door een ranzig straatje langs een paar pornotheaters reden had Jonas zich niet meer in de hand en zachtjes begon hij te zingen: 'Er wandelen mensen langs porno en peepshow. Waar Mercedes en Cola nog steeds op een voetstuk staan.'

'Leuk toch, dat er ook een liedje over jou is geschreven...' zei Mike tegen Cola, waarop Jonas met luidere stem verder zong: 'Maar wat is nou die vrijheid, zonder huis, zonder baan? Zoveel Turken in Kreuzberg die amper kunnen bestaan. Goed, je mag demonstreren, maar met je rug tegen de muur... En alleen als je geld hebt, dan is de vrijheid niet duur.' Hierna barstten we gevijven spontaan in het refrein van het nummer uit, wat ongetwijfeld *camp* was, maar op dat moment toch werkelijk verwoordde wat we voelden. Alleen de vogels vliegen... Nou ja, et cetera.

Goeroe had eigenlijk geen idee waar we ons bevonden, maar Mike zag een verkeersbord met een pijl richting de grensovergang bij de Invalidenstraße. Het was er druk, althans veel drukker dan in de wijken waar we doorheen waren gereden. In een zijstraat zagen we een vrije parkeerplaats. Er hing een verwachtingsvolle energie in de stad, voorbijgangers liepen gehaast en opgewekt langs ons en verderop – in de buurt van de Muur – klonk het rumoer van scanderende mensen en sirenes. Er werd gezongen. Staand bij de auto verdeelde Gregor de vakantiemarken van zijn moeder. We hadden zin om elkaar te omhelzen, maar deden het niet.

Luciën stond in de kamer van zijn huisgenote Hanneke en keek naar een poster van een schilderij waarover zij met zoveel passie vertelde. Als jong meisje werd de kunstenaarsdochter Artemisia Gentileschi verkracht door haar leraar perspectieftekenen. Zij hoopte dat de man hierna met haar zou trouwen, maar dat liet hij na, waarmee haar verbolgen vader voor de keuze werd gesteld: hij kon de leraar eigenhandig vermoorden of hem een proces aandoen voor het schenden van de eerbaarheid van zijn dochter. Met grote tegenzin koos hij voor de tweede optie, maar daar kreeg hij weldra spijt van, want in plaats van een veroordeling van de verkrachter was het juist zijn dochter die van de rechtbank in Rome de duimschroeven kreeg aangedraaid om te kijken hoe betrouwbaar haar beschuldigingen waren. Zo ging dat in de zestiende eeuw. Uit gramschap over deze beslissing schilderde Artemisia jaren later – ze was inmiddels een bekende schilderes – regelmatig taferelen waarin vrouwen overheersten. Een van haar bekendste doeken was *Judith en Holofernes* uit 1620, waarin op koelbloedig naturalistische wijze een vrouw genaamd Judith het hoofd van een man genaamd Holofernes afsnijdt.

'Opvallend is,' legde Hanneke uit, 'dat Artemisia zichzelf heeft afgebeeld als Judith en haar verkrachter als de man die wordt onthoofd. Kunst als middel om wraak te nemen. Ik vind dat erg inspirerend.'

Luciën keek naar Hanneke, en vocht tegen een obsessief-compulsieve stoornis die verliefdheid wordt genoemd. Hanneke had een jaar medicijnen gestudeerd – ze hadden samen colleges gevolgd – maar daarna was ze vol bombarie overgestapt naar de kunstacademie. 'Ik denk dat ik uiteindelijk meer mensen kan helpen met mijn schilderijen dan met geneeskunde,' had Hanneke destijds gezegd. Luciën was zich in kunst gaan interesseren, al moest hij toegeven dat dit niet per se vanwege de kunst was. Hanneke leidde een tot zijn verbeelding sprekend leven, dat heel anders was dan zijn opleiding tot arts. Hij bewonderde haar als ze besmeurd met verf terugkwam van haar academie en hij genoot van haar blik op de wereld en de discussies die ze aanging over conceptuele kunst, politiek of om het even welk onderwerp.

Een paar maanden daarvoor hadden Hanneke en hij 'een moment' gehad. Met kennissen waren ze op een avond terechtgekomen in een kroeg waar ook Luciëns oudere broer met enkele andere artsen in opleiding zat te drinken. Tot ergernis van Luciën begonnen de mannen zich met hem en zijn entourage te bemoeien en een van hen had zelfs opzichtig geprobeerd Hanneke te versieren, door over subsidies te brallen en aan te kondigen dat hij ongezien een doek van haar zou kopen. Een doek van haar kopen om in haar broekje te komen zeker, dacht Luciën toen hij de jongen zijn aanbod hoorde doen. Hanneke was blij met het voorstel, al was het maar omdat ze permanent kampte met geldgebrek. De jonge dokter wilde alleen meer dan louter haar schilderij. In een steeg naast de kroeg liet Hanneke zich die nacht door hem zoenen, maar toen hij met zijn handen over haar lichaam ging wilde ze niet verder. Even dreigde het onaangenaam te worden, tot Luciën per toeval in de steeg verscheen.

Natuurlijk had hij gezien hoe Hanneke met haar vervelende glijer naar buiten was verdwenen, al had hij niet gedacht dat zij de jongen meteen in haar mond zou ontvangen. Het idee dat zij een willekeurige onbekende studievriend van zijn broer leuker gezelschap vond dan hem, stemde Luciën somberder dan hij zou hebben toegegeven en na een tijdje besloot hij de kroeg te verlaten. Op weg naar huis hoorde hij misbaar vanuit het steegje. Toen Hanneke hem zag noemde ze zijn naam.

Luciën vroeg wat er aan de hand was, en dat was het enige wat hij deed. Zijn vraag was blijkbaar genoeg om de woede van de man op te wekken, waarna hij Luciën uitschold en hem opdroeg op te donderen. Meestal – of feitelijk altijd – liet Luciën aanvaringen en scheldpartijen op straat lethargisch over zich heen gaan, maar in dit geval maakte zich een onverschrokkenheid van hem meester die hem zelf ook verbaasde.

'Rot zelf op,' zei hij, Hanneke wenkend dat hij haar veilig terug naar het café zou escorteren. Vier seconden later raakte de vuist van de ouderejaars dokter Luciëns jukbeen, met 'hoogenergetisch stomp aangezichtsletsel' en een 'periorbitaal hematoom' tot gevolg, hoewel dat laatste – in de volksmond een blauw oog – zich pas de dag daarna begon te manifesteren. Hanneke had gegild en deed zelfs een poging de jongen met wie ze even daarvoor nog stond te tongen een klap te geven. Er kwamen mensen uit het café. Uiteindelijk had Luciëns broer zich ermee bemoeid, die zich – voor de vorm, vond Luciën – boos op zijn vriend had gemaakt, waarna de jongen zowaar zijn excuses kwam aanbieden en de kwestie wilde afzoenen, het liefst met Hanneke.

Drie kwartier na het voorval kwamen Hanneke en Luciën terug bij de Jan-Pieter van Spilbergenstraat, zij bezorgd en hij vooral opgelucht dat hij in ieder geval een poging had gedaan om haar te redden. Hij voelde zich somber over het clichégehalte van de hele scène. Toen ze op de bank van de gemeenschappelijke huiskamer zaten zei ze: 'Ik ben blij dat je verscheen.' Ze praatte zacht, want ze wilde geen andere huisgenoten wakker maken. De heesheid van haar woorden raakte Luciën. Er was niets aan haar wat zijn verliefdheid niet voedde: haar lach, haar ogen, haar haar, haar lichaam, haar meningen, haar humor, haar stem ook.

'Ik vroeg mij vooral af waarom ík daar niet met jou in die steeg stond,' zei hij. 'Waarom laat je míj niet een doek van jou kopen?'

Dat klonk temeriger dan hij het bedoelde.

'Omdat ik geen werk aan vrienden verkoop. Je krijgt een schilderij van me, dat beloof ik,' antwoordde ze. Luciën zweeg en keek haar aan. En je zoent natuurlijk ook niet met vrienden, dacht hij. Alleen vergiste hij zich, want Hanneke boog zich naar hem toe en kuste hem. Het duurde niet lang, maar lang genoeg voor Luciën om de pijnlijke plekken bij zijn oog en zijn gekwetste ego te vergeten.

Waarom ze hem had gezoend begreep hij niet, maar hij was verguld met hun kortstondige vrijage – als je het al zo mocht noemen. Helaas bleef het bij deze ene zoen. Natuurlijk hoopte Luciën dat 'hun moment' het begin zou zijn van... een omgang, een relatie of hoe zij het ook wilde zien. De dagen na het voorval zagen hij en Hanneke elkaar echter niet en toen hij haar een eeuwigheid verder eindelijk weer trof in de huiskamer vertelde ze aan huisgenoten – en dus ook aan Luciën – over een vrolijke date die ze had gehad met een Nieuw-Zeelandse student die volgens de anekdote blijkbaar nogal opmerkelijk was geschapen. Luciën lachte mee, maar kon een diepe zucht niet onderdrukken. Over hun korte nachtelijke huiskamerkus hebben Hanneke en Luciën niet meer gepraat. Later bedacht hij dat ze hem die avond uit medelijden had gezoend, dat ze wellicht het gevoel had iets te moeten goedmaken of hem wilde troosten voor de knal op zijn kanis. Dat ze door hem te kussen wilde laten zien dat haar tongzoen met die jonge dokter ook niets voorstelde.

'Waarom ben je niet met je vrienden in Berlijn?' vroeg ze, toen ze was uitgesproken over Judith en Holofernes. Het verbaasde haar dat hij niet met ons was meegereden. Luciën dacht na over een antwoord. De waarheid was dat hij geen zin had om zich met z'n zessen in één stationwagen te proppen. Dat hadden ze eerder gedaan, tijdens een nachtelijk ritje naar een zeemanstent in Antwerpen en terug, en dat leverde hem destijds een claustrofobisch trauma op. Het idee om uren samengepakt naar Berlijn te rijden stond hem uitermate tegen. Hij zei: 'Ik had heel graag mee gewild, maar kon mijn practicum echt niet afzeggen. Daarbij vind ik jouw gezelschap echt veel aangenamer.'

Het klonk als een goedkoop zinnetje en dat was het natuurlijk ook.

We gingen op in de menigte. Mike had zijn opschrijfboekje bij zich om beelden en invallen te noteren. Gedurende de nacht raakte zijn boekje vol, omdat hij voortdurend aantekeningen maakte. Cola had nog één foto over op het rolletje in zijn fototoestel, maar die wilde hij bewaren voor een groepsfoto bij de Muur. Het enige waarmee je het – aldus een aantekening van Mike in zijn schriftje – kon vergelijken was het volksfeest na het winnen van de voetbalwedstrijd tegen West-Duitsland, anderhalf jaar daarvoor. Toen ging Nederland na het laatste fluitsignaal massaal de straat op om te vieren dat de bezetting en de verloren WK-finale van 1974 eindelijk waren gewroken. Die kinderachtige oranje uitbundigheden hadden iets weg van de waanzinnige *Überschwang* die in Berlijn op straat heerste: onbekenden omarmden elkaar, mensen huilden van vreugde, er klonk een onophoudelijk gejoel en iedereen leek stomdronken van vrijheid. En van drank, want er gingen flessen schnaps en sekt rond, alsof mensen die hadden bewaard om ze bij een gelegenheid als deze soldaat te maken.

Bij de grensovergang in de Invalidenstraße stond een grote menigte bij elkaar. Het Oost-Duitse regime had bij een persconferentie eerder die avond bekendgemaakt dat de grens *sofort, unverzüglich* geopend zou zijn, een bericht dat velen nog steeds wezenloos leek. Om het communistische besluit kracht bij te zetten gingen tientallen aan de vrije kant van de Muur de stenen alvast te lijf met pikhouwelen en beitels. We weten eerlijk gezegd niet meer of toen we bij de grensovergang aankwamen er al Oost-Berlijners waren gepasseerd of dat we later met eigen ogen de eerste bezoekers door uitzinnige stadsgenoten verwelkomd zagen worden. Achteraf hebben we – natuurlijk – die laatste versie vaker verteld, maar voor het verhaal maakte het niet uit.

We omhelsden iedereen die met geopende armen voor ons stond, we dronken mee, zongen liedjes die we niet kenden, we zwaaiden naar Trabantjes, joelden, zoenden voorbijgangers, juichten mee, scandeerden welkomstleuzen, we keken uit over de deinende mensenmassa, schopten tegen die gehate Muur, probeerden stenen en stukken pleister los te trekken, we deelden sigaretten uit en Jonas kuste kortstondig met een Oost-Duits meisje. '*Ich liebe dich!*' riep ze hem na, meegezogen door haar gezelschap. '*Ich dich auch!*' riep hij terug, maar zijn woorden bereikten haar in de drukte al niet meer.

'Ik hou echt van haar,' zei Jonas – en we geloofden hem. Wij hielden ook van haar.

Luciën lag in bed te luisteren naar de nacht. Als een van de weinige huisgenoten had hij een tweepersoonsbed, hoewel hij dat als een van de weinige huisgenoten niet echt nodig had. Hij dacht aan het effect dat Hanneke op hem had. Twee deuren verderop lag ze te slapen, ze had hem die avond welterusten gewenst met een zoen op zijn achterhoofd en daarna haalde ze de lolly waarop ze sabbelde uit haar mond (haar verslaving aan sigaretten had ze ingeruild voor zuurtjes op een stokje). Plagerig vroeg ze of Luciën hem wilde. Met gespeelde tegenzin nam hij haar lolly aan. Ze verdween naar haar kamer en na een paar minuten sabbelen was de lolly op. Hij hoopte dat hij ziek zou worden van haar virussen en bacteriën. Dat is liefde, bedacht hij. Het enige probleem was dat Luciën door de suiker nu niet meer kon slapen. Hij had geen zin om te lezen of naar de radio te luisteren en zelfs niet om te masturberen. Dat laatste probeerde hij voor de zekerheid toch even, maar hij gaf zijn poging snel op.

Na een tijdje begon hij te doezelen, tot hij een paar huisgenoten hoorde thuiskomen, duidelijk met aanhang. De huisregel was dat er na twee uur 's nachts geen muziek meer mocht worden gedraaid in de huiskamer, alleen hield niemand zich daaraan. Luisterend naar het geroezemoes en de elpee die ze hadden opgezet dacht hij eraan hoe hij zich vroeger, als zijn ouders een feestje gaven, in zijn jongensbed in slaap liet wiegen door het rumoer van beneden. Hoe aangenaam dat was. Hij onder de dekens, het leven onder zijn matras.

Zo te horen speelden zijn huisgenoten een drankspelletje waarbij opdrachten moesten worden uitgevoerd, want af en toe klonk er vrolijk gegil en waren aanmoedigende kreten te horen. Even overwoog hij om zich aan te kleden en zich bij het gezelschap te voegen, alsof hij net klaar was met studeren of lezen. De gedachte dat hij iets zou verstoren – een slim uitgezette romantische strategie van zijn huisgenoten – weerhield hem ervan.

Er werd zachtjes geklopt en langzaam ging zijn deur open. Aanvankelijk dacht hij dat een van de amokmakers in de huiskamer bij wijze van doe-opdracht bij een slapende huisgenoot moest binnensluipen (dat was al eens eerder gebeurd), maar het was Hanneke die in de deuropening stond. Ze had haar hoofdkussen in een hand en haar dekbed over een arm.

‘Buurman, ik kan niet slapen van dat lawaai. Mag ik hier komen liggen?’

Buurman, haar vaste aanspreektitel voor hem. Omdat Hannekes kamer pal naast de living lag zocht ze ’s nachts soms Luciëns kamer op. Het was een paar keer voorgekomen dat Luciën terugkwam van stappen en zij in zijn bed lag. Glimlachend zei ze: ‘Ik bedoel er verder niets mee.’

Ze wachtte zijn antwoord niet af en stapte in het goedkope lage bed dat Luciën met geld van zijn moeder had gekocht in een dumpzaak waar vooral gastarbeiders winkelden. Het matras schokte terwijl ze haar dekbed schikte. Met een ontwapenend stemmetje vroeg ze: ‘Je lag toch niet te rukken?’ Luciën haalde zijn schouders op en maakte een geluid dat van alles kon betekenen. Even zwegen ze, samen luisterend naar de geluiden van twee deuren verder.

‘Als ze maar niet in de huiskamer gaan liggen rampetampen,’ zei Luciën.

Hanneke herhaalde het woord rampetampen en grinnikte.

Hij vertelde dat hij eens een voormalige huisgenoot en zijn vriendin had getroffen in gênante flagrante delicto. Ze dachten dat er niemand thuis was en vonden het wel spannend om het op een openbare plek te doen.

‘Ik kwam de gemeenschappelijke ruimte binnen en zag dat zij op hem zat, als een cowboy op een rodeostier. Midden in de geru! Ik keek zo in haar kontkruis,’ vertelde hij. ‘Als dat een woord is.’

‘Ik weet niet of kontkruis een woord is, maar ik zie het beeld voor me, dank je wel.’

Hanneke vertelde dat ze een andere huisgenoot eens had betrapt terwijl-ie dronken in de huiskamer in het halfdonker aan zichzelf zat. Hij had de televisie aan en keek naar het mozaïekscherm van de kabel, waar in een van de blokjes het betaalde pornokanaal ongecensureerd was te zien.

‘Het is ontzettend zielig om te zien hoe hij op zijn knieën naar een heel klein hoekje van een tv-scherm zat te staren, met zijn piemeltje in zijn knuistje. Ik vroeg: ga je lekker? Waarop hij verschrikt zijn jeans wilde dichtdoen, maar was vergeten dat hij de afstandsbediening in zijn hand had. Het ding kwam vast te zitten tussen zijn gulp en zijn...'

'Slapstick,' zegt Luciën.

'Ik ben ook weleens tegen een bezopen huisgenote aan gelopen,' ging ze verder. 'Ze stond halfnaakt in de gang te bellen met een jongen en had niet door dat ik haar woord voor woord kon volgen.' Hanneke imiteerde het hitsige gefluister van het meisje. 'Oeh... ik neem je harde pik in mijn mond... oeh... je bent zo groot en stijf... oeh...'

'Dat is wat er van de mensheid is geworden.'

Er viel een stilte, in de huiskamer werd gegild. Luciën had het lampje boven zijn bed nog niet uitgedaan. Hij keek Hanneke aan, omdat ze opzichtig zijn gezicht bestudeerde. Zo uitdrukkingsloos mogelijk keek hij terug. Hannekes schoonheid – onder geen beding zou hij dit tegen haar zeggen – raakte hem zeer, oneindig veel meer dan een kunstwerk, of zelfs een muziekstuk, film of boek ooit had gedaan. Een schilderij (door mensenhanden gemaakt en bedoeld om mensenzielen te behagen) is gebonden aan regels, modegrillen, conventies en afspraken. Schoonheid in kunst is altijd schoonheid die openstaat voor interpretatie en analyse. Het uiterlijk van een vrouw als Hanneke (of van andere natuurverschijnselen) had voor Luciën een onverbiddelijkheid die uitsteeg boven kunst. Hanneke kon er niets aan doen dat haar voorkomen hem zo raakte: ze was mooi ondanks zichzelf, zoals zonsondergangen boven zee of watervallen in de wildernis altijd overweldigend zijn.

'Waar kijk je naar?' vroeg hij, met een gevoel van ongemak.

'Wat een raar hoofd heb jij eigenlijk...' zei ze.

Vanuit verschillende hoeken bekeek ze hem, een diamantslijper die een steen beoordeelde. Ze glimlachte erbij, dat wel. Toen stond ze abrupt op en verdween uit de kamer.

Het was de nacht, het waren wij, het was de roes, het jubelende gevoel van bevrijding, de Oost-Berlijnse vrouw zonder bovengebit die Jonas aan haar borst drukte, het waren de liedjes, de Oost-Duitse hit van Nina Hagen die door iedereen werd meegebruld, *du hast den Farbfilm vergessen*, het was de bijna beestachtige joel die door de straten waaide, de Deense punkster met paars haar die out ging en door Berend naar een rustiger hoekje werd getild, waarna Mike haar hand vasthield tot ze weer bij kwam, het was de fles drank die een man jarenlang had bewaard voor deze gebeurtenis, de energie, de kracht van de massa, de overweldiging van alles, de lichten, de geuren, het gestamp, het was het grote gezin met een vader en een moeder die beiden een kind droegen, het was de niet te stoppen stroom grappen, de liefde, de stoutste dromen, de mafkezen, de ambtenaren, de arbeiders, de vrouwen met haarnetjes, het waren de *Genossen* die op bankjes stonden, de bewoners die met fakkels liepen, de leuzen die werden gescandeerd, het waren de studenten uit Utrecht die Goeroe herkenden en nota bene de week daarvoor nog met hem in De Sidonia stonden, het waren de *Ossies* die over *Wessies* en *Ammies* – Amerikanen – praatten, het was de Kneipe waar ze een nummer van Vader Abraham speelden dat door iedereen werd meegezongen, het waren de West-Duitsers met buttons tegen kernenergie en kruisraketten, het waren de afgetrapte legerjasjes, de verdammte Kalter Krieg die hier werd weggedanst.

Bij een overvolle snackbar namen we een broodje shoarma, tussen een groep Turken en twee Oost-Duitsers die zo te zien voor het eerst shoarma aten. De besnorde eigenaar riep dat niemand hoefde te betalen. '*Alles ist heute frei!*' bulderde hij, maar toen we de winkel verlieten liet Cola toch een briefje van tien mark achter. Dat was typisch Cola, zei Berend tegen Goeroe. *Honnête homme* tot op het bot.

Later in de nacht nam het feest in liederlijkheid alleen maar toe. De berichten over vrije grensdoorgang leken nu werkelijk iedereen te hebben bereikt. Vele jaarproducties Trabantjes probeerden van Oost naar West te rijden en de Muur leek het epicentrum van de wereld. We kwamen vele nationaliteiten tegen en we voelden ons die nacht allemaal J.F. Kennedy.

Er liep een man op ons af met natte wangen en al van verre riep hij: 'Nederlanders!' Zelf oogde hij als iemand uit Meppel of Purmerend. Hij omhelsde ons alle vijf langdurig, alsof we elkaar na jaren weer terugzagen. Pas toen stelde hij zich voor als Richard Brennink, hij werkte bij een christelijke organisatie die overal in de wereld politieke dissidenten bijstond, ook in Oost-Berlijn. Hij vond het geweldig dat wij uit Utrecht waren gekomen om de omwenteling in deze stad mee te maken.

'Ik loop al uren alleen maar te huilen,' zei hij lachend tussen zijn tranen door. Richard troonde ons mee naar een kroegje waar de rest van zijn gezelschap zat, een bonte club internationale vredeswerkers die grip op de situatie probeerde te houden. Van vele kanten kwamen berichten over feestelijkheden en een vrolijke chaos, maar nergens waren er ongeregeldheden, nergens hadden Vopo's ingegrepen. Een deel van Richards delegatie maakte zich op om de Oost-Berlijnse kant te bezoeken en Richard vroeg of we zin hadden om met hen mee te gaan. Het voelde vreemd om de grens over te steken zonder uitgebreide controle. Aan de andere kant van de Muur brandden grote vreugdevuren en ook hier stonden mensen van beide stadsdelen te drinken, lachen en huilen. Er liepen militairen en agenten maar die deelden in de uitzinnigheden. Veel Ossies waren al aan de andere kant van de stad geweest en leken stoned, high en dronken tegelijk. Nog steeds gingen flessen drank rond.

We raakten de tijd kwijt, maar we bleven bij elkaar, hoe moeilijk dat ook was omdat we vanuit alle hoeken werden aangesproken en gewenkt. Halverwege de nacht sloten we ons samen met Richard aan bij een groep studenten die in optocht naar het West-Duitse deel liep en toen we de grensovergang passeerden werden we met gejoel binnengehaald. We kwamen terecht in een oud theater dat dienstdeed als herenigingsplaats annex feesthal. Ook daar werd gedanst en gezopen, er stonden mensen op tafels. Jonas en Berend werden belaagd door twee Oost-Duitse meisjes die steeds hun armen om hen heen sloegen. Berend werd na een tijdje door een van hen mee naar buiten getrokken, waarop Mike hem nariep dat hij het wel veilig moest doen, want anders kreeg hij straks een Oost-Duits kindje.

'Of Oost-Duitse aids,' vulde Gregor aan.

Later – we stonden op een hoek bij de Oranienplatz aan de West-Berlijnse kant – raakten we in contact met een groep West-Duitse studenten, jongens zoals wij. Een van hen heette Otto, die net als Gregor filosofie studeerde. Toen ze daarachter kwamen omhelsden ze elkaar geestdriftig als tweelingbroers die bij de geboorte waren gescheiden en elkaar na al die jaren pas zagen, in het centrum van de wereld. We kwamen uit Holland en hadden daarom – om een reden die we pas later begrepen – een streepje voor bij het gezelschap. Na een tijdje besloten we verder te trekken, maar onze nieuwe Duitse vrienden wilden per se op die plek blijven wachten. Al snel werd duidelijk waarom.

Anderhalf jaar daarvoor had Otto een Oost-Duits meisje genaamd Silke ontmoet, toen hij met zijn studiegroep een bezoek bracht aan Potsdam, een grote voorstad van Berlijn. Jarenlang werd die gemeente door de communistische machthebbers gezien als een militaire locatie en derhalve verboden voor potentiele spionnen uit het kapitalistische Westen, maar met de intredende glasnost mochten steeds vaker delegaties West-Berlijnse studenten de stad en de universiteit bezoeken. Otto en zijn studiegenoten werden ondergebracht in een jeugdherberg in het zogenoemde Holländisches Viertel, een wijk die geheel naar achttiende-eeuwse Nederlandse architectuur was gebouwd. De socialistische *Volksgenossen* hadden de trapgeveltjes en andere typisch polderse stijlelementen laten verslonzen, met als gevolg dat de wijk in staat van verval was geraakt en daarom – zoals vaker met aftakelende wijken – huisvesting begon te bieden aan studenten, boekhandeltjes, antiquariaten en mensen aan de rand van de samenleving.

Daar ontmoetten de West-Berlijnse studenten de Oost-Duitse Silke, die in het Holländisches Viertel een studentenkamer huurde. In de paar luttele dagen dat hun werkbezoek duurde waren Otto en Silke verliefd geworden, in de wetenschap dat een omgang tussen hen zo goed als onmogelijk was. Het leek alsof ze alles wat ze in één leven hadden willen bespreken, in drie dagen tegen elkaar zeiden. Eenmaal weer gescheiden door de omstandigheden hadden ze elkaar vele lange, even amoureuze als troosteloze brieven gestuurd, waarin ze gedichten en songteksten citeerden en vertelden over hun wederzijdse levens, ondanks alles fantaserend over een grenzeloze toekomst. Toen anderhalf jaar later de situatie in Berlijn steeds explosiever werd, belden Otto en Silke elkaar regelmatig om elkaar op de hoogte te houden. Bij een van die gesprekken hadden ze een straathoek afgesproken waar ze elkaar zouden ontmoeten in het bijna niet voor te stellen geval dat de Muur zou omdonderen. Die hoek bevond zich op de Oranienplatz, vlak achter de burgergrensovergang bij de Heinrich-Heine-Straße, een plek die door hen onder andere was gekozen om de link met het Holländisches Viertel.

Net toen we onze nieuwe Duitse vrienden weer gedag wilden zeggen, zagen we Silke opdoemen in de feestende menigte. In tientallen films gezien, in honderden gedichten bezongen: twee geliefden die elkaar na veel ontberingen weerzien en in elkaars armen vallen, het liefst in slow motion. Silke en Otto renden op elkaar af en omhelsden elkaar hartstochtelijk voor een hereniging à deux, onder luid applaus van geëmotioneerde omstanders, studiegenoten en Nederlanders. Zwijgend stonden ze langdurig in elkaars armen, in het onstuimige gedruis van liederen en gezang. Het was zoals Heinrich Heine honderdvijftig jaar daarvoor schreef: '*Wenn Worte aufhören, beginnt die Musik.*'

In afwezigheid van Hanneke staarde Luciën om zich heen naar de spullen in zijn kamer (studieboeken geopend op zijn bureau, kleren verspreid over stoelen). Al een paar maanden bezag hij de wereld door Hannekes ogen, dat hoorde bij de aandoening die hij had. Verliefdheid als een aaneenschakeling van al dan niet aangename hallucinaties. Als Luciën door de stad wandelde hoorde hij zichzelf tegen haar praten, als hij op het punt stond een boek te kopen vroeg hij zich af wat zij van de schrijver vond, als hij worstelde met een medisch vraagstuk bedacht hij wat zij ervan zou zeggen als ze niet was gestopt met haar studie. Natuurlijk had hij ook de gebruikelijke messiaanse fantasieën waarin hij haar redde uit een brandende bus of – zelf geraakt door een op drift geraakte sportauto – tegen omstanders die te hulp schoten nog net wist uit te brengen dat Hanneke de vrouw was aan wie hij het laatst in zijn leven had gedacht. 'Zeg tegen haar dat ik van haar heb gehouden,' waren zijn laatste woorden, die haar door een ambulancebroeder zouden worden overgebracht. Ze zou beseffen welk geluk er aan haar voorbij was gegaan: een leven met een man die tot zijn dood onvoorwaardelijk van haar had gehouden.

Ach ja.

In vroeger tijden koesterde Luciën zijn verliefdheden, al vanaf het moment dat hij op de peuterschool werd bevangen door een vreemde fascinatie voor een klasgenote die maanden in het ziekenhuis lag met leukemie, en uiteindelijk overleed. Haar ziekte en dood maakten diepe indruk. Luciën haalde het in zijn jonge hoofd dat hij medeschuldig was aan haar ellende. Na dit meisje kwam er snel een ander, en daarna weer een, en in alle fases van zijn latere leven was hij verliefd. Vaak leek Luciën verliefd op zijn eigen verliefdheden. In het Engels heet het '*lovesickness*', de ziekte van liefde: Luciën werd constant besmet, had altijd bij iemand een virus opgelopen, voelde zich permanent week in zijn hoofd bij de gedachte aan deze of gene.

Zijn verliefdheden werkten verlammend: zodra hij zichzelf had ingebeeld dat hij een vrouw begeerde, klapte hij dicht en gedroeg hij zich tegenover haar lethargisch of soms zelfs bot. Het vreemde was dat hij regelmatig ook op meerdere meisjes tegelijkertijd verliefd kon zijn, daarmee amoureuze wetten tartend, want in de romantiek is liefde pas liefde als één mens één mens begeert en andersom. Natuurlijk verwonderde hij zich er zelf ook over hoe het kon dat drie of vijf vrouwen tegelijkertijd voor hem 'de ene' konden zijn, maar hij legde zich erbij neer. Mettertijd werden Luciëns verliefdheden aparte grootheden, hij sprak erover alsof ze daadwerkelijk in het universum rondzwierven. 'Mijn verliefdheid op Mireille', 'de verliefdheid op Mandy', 'de Mimi-jaren'.

In verloren momenten rubriceerde hij zijn verliefdheden. De grootste. De meest slopende. De best beantwoorde. Een kleine, maar doorleefde. De verliefdheid waarvan hij het meeste spijt had. De verliefdheid die hem het meest zorgen baarde. Het Periodiek Systeem der Verliefdheden, Luciëns Persoonlijke Staalkaart van Verlangen. De verliefdheid op Margot had hem bijna naar Leiden gebracht (toen zij op het allerlaatste moment besloot om elders te gaan studeren moest Luciën op stel en sprong switchen), de verliefdheid op Roos zorgde ervoor dat hij een brommer kocht, de verliefdheid op Anousha bracht hem in een ontoerekeningsvatbare staat van janboel waarbij hij zich erg prettig voelde. Luciën was van de masochistische verliefdheden, van stille zelfkwelling, larmoyante overgave.

Dat dit begon te kantelen kwam door Hanneke, hield hij zichzelf voor. Hij was op een leeftijd dat het gedweep met onbeantwoorde verliefdheden aandoenlijk en pathetisch begon te worden. Zijn huisgenoten vergrepen zich naar hartenlust aan elkaar en aan iedere passant, terwijl Luciën de meeste spelhandelingen gadesloeg vanaf de reservebank, wachtend tot hij eindelijk het lef had het veld op te stappen.

De meeste, ja. Want het vreemde was dat hij wel degelijk af en toe zoende of bij een meisje in bed belandde. Zijn onbeantwoorde verliefdheden zorgden er niet voor dat hij altijd eenzaam ging slapen, alleen voelde hij voor vrouwen met wie hij neukte in de regel niets tot weinig. Een paar keer had hij op school met een meisje genaamd Deborah in de fietsenkelder gestaan, een klasgenote die hem liefdesbrieven schreef en heimelijk aan vriendinnen vertelde over de toekomstfantasieën waarin Luciën een rol speelde. Zijn gevoelens waren niet wederzijds. Niet dat het meisje onaantrekkelijk was of tot een sociale groep behoorde waarmee hij niet wilde worden geassocieerd, maar hij had simpelweg nooit over haar gedacht als iemand op wie hij zelf zou kunnen vallen. Wellicht was ze té bereikbaar. Toen zij na afloop van een schoolfeest toeschoot en abrupt haar tong in zijn mond stak, werd hij overweldigd door een idioot gevoel van afschuw, al had hij gelukkig wel de beleefdheid dit niet tegen haar te zeggen. Bij die zoen had het moeten stoppen, maar Deborah begon hem te belagen, zocht hem zelfs een keer onaangekondigd thuis op en trok hem af op zijn kamer. Luciëns moeder deed alsof het bezoek van een meisje de gewoonste zaak van de wereld was, maar zijn broers begonnen hem, in het bijzijn van Deborah, ermee te pesten. Een paar weken na deze vernedering had Luciën eindelijk het lef haar te vertellen dat hij niet verder wilde, wat bij hem grote opluchting en bij haar woedende verongelijktheid veroorzaakte.

Net toen Luciën zich al begon af te vragen of Hanneke om een of andere reden boos was afgetaaid, kwam ze terug in zijn kamer met een tekenblok en potloden. Gehurkt nam ze plaats op het bed, ze gebood hem rechtop te gaan zitten, waarna ze begon aan een schets, terwijl Luciën zich niet mocht bewegen.

'Als je maar geen tekening maakt waarin je mijn hoofd eraf hakt,' zei hij, doelend op *Judith en Holofernes* van Artemisia Gentileschi.

‘Dan zal je me eerst moeten verkrachten.’

Luciën knikte en luisterde naar het krassen van het potlood op haar papier. Na een tijdje trok ze zijn dekbed opzij, waardoor zijn onderlichaam zichtbaar werd (hij droeg een grote boxershort die hij voor kerst van zijn moeder had gekregen).

‘Wil ik dit?’ vroeg hij, maar ze gaf geen antwoord en bleef doorschetsen.

‘Waar denk je aan?’ vroeg ze, tussen het tekenen door, bedoeld om hem een beetje aan de praat te houden en zijn aandacht af te leiden. Zwijgend keek hij haar aan. Hij dacht aan *haar*, natuurlijk, verdomme, maar hij wist niet of hij dat moest zeggen.

‘Je had een lege blik. Waar zat je aan te denken?’

‘Ik dacht eh... aan mijn vrienden die nu bij de Muur zijn. Het schijnt een geweldige chaos te zijn in Berlijn, het regime kan geen orde meer houden. Ik probeerde het vannacht op de radio te volgen, maar er komen geen berichten meer.’

Met gedragen stem begon Hanneke een tekst op te dreunen: ‘*De muur die ’t paartje scheidt, die snode muur, waar door een spleet, van minnevuur verteerd, de stakkers samen fluisteren menig uur...*’

‘Oké...’

Luciën had geen idee wat ze bedoelde, waarop zij uitlegde dat ze ooit zelf een muur was geweest.

Luciën snapte het nog steeds niet.

‘Je bent een muur geweest...’

‘Ik heb een muur gespeeld. In *Een Midzomernachtdroom* van Shakespeare komt een zogenaamd “toneelstuk binnen het toneelstuk” voor: een groepje lompe arbeiders wil een plagerige act opvoeren bij het huwelijk van de twee minnelieden in het stuk. In die act speelde ik.’

Hanneke wilde in de uitvoering liever de rol van de vrouwelijke geliefde vertolken, maar de leraar die het stuk regisseerde – aan wie ze altijd al een hekel had gehad – bedacht voor haar een andere rol: die van muur.

'Muur?'

'Een van die lompe werkmannen moest een muur spelen, een muur die tussen twee acteurs stond. Er zat namelijk een kloof in die muur waardoorheen de geliefden lieve boodschapjes aan elkaar fluisterden.'

Hanneke vertelde niet verder, want ze schetste ingespannen. Luciën luisterde naar het geluid van haar potlood op het papier.

'En jij was die muur?' vroeg hij na een tijdje.

'Ik was de muur. Ik had een grote kartonnen doos op mijn hoofd waarop bakstenen waren geschilderd en een pak aan met een baksteendesign.'

Ze citeerde, wederom op een gedragen toon: '*En wel een muur, het is maar dat ge 't weet, die ergens een scheur heeft of een spleet, waardoor zo nu en dan het minziek paar, heel in 't geheim kan fluisteren met elkaar. Die kalk en deze steen bewijzen klaar, dat ik die muur ben, onomstotelijk waar.*'

'Goeie tekst.'

'De acteurs gingen vervolgens op hun knieën zitten om met elkaar te praten, door mijn benen heen. Door mijn spleet, zeg maar.'

'Aha.'

'Ja, dat was een grapje van meneer Shakespeare. In het jaar 1600 lagen ze daar vast helemaal dubbel om.'

'En in 1987?'

'Ook! Ik was een erg verleidelijke muur, moet ik zeggen. Ik had de lach aan mijn kont. Een van de acteurs praatte tegen mijn kut, de ander tegen mijn billen.'

'Charmant.'

'Het moment waarop de geliefden elkaar door de scheur in de muur een kus moesten geven was natuurlijk het hoogtepunt van de voorstelling. Er zat een uitsparing in de kartonnen doos op mijn hoofd, zodat het publiek mijn gezicht kon zien op het moment dat zij beiden hun koppen naar elkaar brachten.'

Hanneke deed de gezichtsexpressie na die ze aan de zaal had getoond, een mengeling van extase en walging. Ze hernam zich en zei: 'Het stuk ging over de onmogelijkheid van liefde.'

'Natuurlijk.'

'Shakespeare ridiculiseerde het, maar het is eigenlijk intriest. De geliefden wilden elkaar, maar...'

'Maar er stond een muur tussen hen in...'

'Juist.'

'Dat dat dus vierhonderdzoveel jaar geleden al een bestaande beeldspraak was...'

Hanneke stopte met tekenen en keek hem aan.

'Vind jij dat ik een muur om me heen heb?'

Ze vroeg het bijna achteloos, en ging weer door met haar schets.

'Hoe bedoel je?'

'Dat hoor ik van anderen. Dat ik een verdedigingswal om me heen heb en me nooit helemaal geef. Dat ik...'

'Wie zijn die anderen? Ik ros ze helemaal in elkaar. Jij hebt geen muur om je heen.'

'Niet?'

'Nee. Misschien... een lage bosschage. Een hek voor iedereen die bij je wil komen.'

Ze glimlachte. Terwijl hij het zei besefte Luciën dat dit het moment was dat hij haar over zijn gevoelens voor haar moest vertellen, dat hij moest toetasten, dat ze hem een opening cadeau deed die hij alleen maar hoefde door te gaan.

Hij dacht na over wat hij nu zou zeggen of doen, en hoe langer hij dat deed, hoe moeilijker het werd. Onhoorbaar zuchtend luisterde hij naar het geschets van haar potlood op het papier. Ze speelde met hem en hij wist het. Achter elke muur staan andere muren.

In de ochtend was het feest nog lang niet voorbij. De straten bleven vol en er stroomden op dit vroege uur nog almaar mensen en Trabantjes toe. We bivakkeerden op een grasveld, vlak bij de grensovergang waar onze auto stond, tussen punkers en studenten. Hoewel het november was en niet overdreven warm, stond iedereen te gloeien van de alcohol en een collectieve verliefdheid op het leven. Weg met het kommervolle verleden, alle ellende was in één nacht weggevloeid. Vanaf verschillende kanten klonk muziek en er werd onophoudelijk gezongen.

Jonas lag met zijn hoofd op de buik van een Oost-Duits meisje, Cola probeerde te dutten met zijn opgerolde jas als kussen, Berend stond te frisbeeën met twee jongens die we niet kenden maar wel tot onze persoonlijke vriendenkring rekenden, Gregor, Otto en Silke zaten op een bank te filosoferen over de implicaties van wat er vannacht allemaal was geschied, en Mike werkte zijn aantekeningen bij, al was er bijna geen ruimte meer in zijn notitieboekje. Hij priegelde wat woorden over het verleden, het nu en het later, en hoe die die nacht in elkaar schoven. *Zoals P.C. Boutens schreef: waar tijd en eeuwigheid elkaar ontmoeten worden sterren in de nacht geboren*

Mike zette een punt en klapte zijn blok dicht.

Met vochtige ogen keek hij om zich heen (wat hij zelf, later, mede weet aan slaapgebrek). Cola bekeek hem met een half oog.

'Zit je nu te huilen, Penis?'

Mike haalde zijn schouders op.

'Het is niet te bevatten wat we hier vannacht meemaken, Blauwe,' zei hij, waarop hij voor Cola de dichtregel van Boutens citeerde. Cola dacht na over de woorden.

Mike zei: 'En wij zijn erbij. Wij zijn er onderdeel van, in deze stad, op dit moment. De vrijheid heeft gewonnen. Dit is onze D-day.'

Cola schoot in de lach om Mikes pathetiek.

'Vooralsnog moet je wel nog in militaire dienst.'

Mike nam een bedachtzame trek van zijn sigaret en knikte langzaam.

'Echt niet,' zei hij plechtig. 'Ik ga niet meer in dienst en ik laat me ook niet afkeuren. Ik weet nu zeker dat ik zal weigeren. Je kunt geen uniform meer aantrekken of vervangende dienstplicht doen als je de val van de Muur persoonlijk hebt meegemaakt. Als vannacht ons iets heeft geleerd is het dat we nooit meer legers nodig hebben: de bevolking lost het zelf wel op. Laat de generaals en machthebbers de tering krijgen.'

Hij haalde een stuk steen uit zijn zak en hield het in de lucht. Mikes beroemde steen.

'Dit heb ik vannacht van die Muur gehaald. Pleistergruis met cement erop, maar toch is dit misschien wel het belangrijkste artefact dat ik ooit heb gehad. Toen Berend en Jonas op de Muur waren geklommen, begon een man met een pikhouweel erop in te hakken. Ik heb een brok gepakt.'

'Ik zag je het doen.'

Cola nam het afgehakte stuk bouwsteen van hem over en bekeek het. Hij snapte de betekenis en de symboliek, maar het bleef een lelijk ding. Hij gaf het brok terug aan Mike en liet zich weer achterover op zijn jas zakken.

'Dus je zat te janken om een stuk steen?'

'We stonden te dansen op een Muur die geen muur meer is. De wereld gaat veranderen. Het communisme zal onherroepelijk verdwijnen, de toekomst gaat beginnen. Dat idee overrompelt mij.'

'Overrompelt zelfs... De toekomst begint altijd, Mike, die hou je niet tegen.'

'In Oost-Duitsland hebben ze een poging gedaan de toekomst tegen te houden. Het is niet gelukt. De rest van de wereld zal volgen.'

'Waar hebben jullie het over?' vroeg Berend, die samen met Gregor kwam aanlopen. Ze maakten aanstalten om zich op de grond te laten zakken, maar Cola veerde op. Hij dacht aan de ene foto die hij nog op zijn rolletje had en het portret dat hij wilde schieten, een aandenken aan de enorme uitspatting waarin we met duizenden mensen de vrijheid vierden. Montaigne beschreef vriendschap als een relatie die losstaat van alle mogelijke belangen en waarin alles gemeenschappelijk is, of dat nu wensen, gedachten of meningen zijn. Wat we die nacht, die uren, meemaakten smeedde vooral ook onze vriendschap, al misten we Luciën.

Energiek wenkte Cola Jonas dat hij zich moest losrukken van de buik van het meisje. Aan een willekeurige omstander vroeg hij zijn toestel over te nemen en de laatste foto van ons te schieten. Gevijven gingen we in een pose bij elkaar staan, met de Muur – of wat daarvan over was – op de achtergrond, maar de jongen die de foto moest nemen treuzelde en de aandacht van anderen was gewekt. Er kwamen meer mensen voor Cola's lens staan. Twee meisjes omarmden Jonas en ook Otto en Silke en hun gezelschap schoten toe. De groep werd groter en groter, en de jongen met Cola's toestel deed een paar stappen achteruit. Na een tijdje stonden een man of veertig gebroederlijk bij elkaar, te juichen naar onze lens: Duitsers van beide kanten, Nederlanders, Scandinaviërs, Amerikanen, gelukstoeristen, onderdrukten, toeschouwers, feestvierders, slaafgeboornen, jong, oud, rijk, arm, knap, dom, slim, links, rechts, gelovig, atheïst – de toekomst was begonnen en dat overrompelde ons.

2019

Nog steeds staan we bij elkaar, toevallig wederom in Duitsland, bij een rustig pisveld langs de snelweg. Er passeert een groep voetbalsupporters op weg naar de Raststätte, ze zijn een jaar of twintig jonger dan wij. Een van de jongens roept iets, maar het is onduidelijk wat of naar wie. Er wordt overdreven gelachen om de opmerking, die wellicht over ons ging. Een jongen laat in het voorbijgaan een harde wind, een onbeschaafdheid die door de wannabe-hooligans met infantiel gegiebel wordt ontvangen. Groepen gedragen zich vrijwel altijd onuitstaanbaar, elke groep, op elk moment. Ook wij, al waren we Titaantjes après la lettre en maakten we ons niet, of niet vaak, schuldig aan zinloos machogedrag of braggadocio, we hebben nimmer het interieur van een café verbouwd, geen straatmeubilair gesloopt, nooit gestolen, nimmer scheten gelaten als andere groepen mannen passeerden. Aardig *without a cause.*

Als de supporters zijn gepasseerd zien we hoe een stukje verderop drie vrouwen rond een geopende motorkap kijken naar het motorblok van een oude Ford Taunus, terwijl een vierde achter het stuur de wagen aan de praat probeert te krijgen. We horen schrille nastotterende geluiden van een defecte startmotor. Net als wij hebben ze een voorschot genomen op de naderende zomer en zijn ze gekleed in luchtige outfits.

Met onze gezichten naar de zon drinken we veel te dure bourgogne uit plastic bierglazen. Luciën, die het schouwspel met de Taunus vanaf onze plek gadeslaat, oppert dat we misschien moeten aanbieden om de reizigers in nood te helpen – hij is van onze groep degene die het meest oog heeft voor mensen die hulp behoeven. Niet dat hij verstand van auto's heeft, maar het gaat om het gebaar. Cola oppert dat de vrouwen misschien verkeerd hebben getankt, waarop Jonas aan het gezelschap vraagt of ze soms assistentie nodig hebben.

'*Vielleicht hat einer von euch Benzin im Dieselmotor angeheizt?*' roept hij over het asfalt. Zuchtend schudt Luciën zijn hoofd, want hij ziet al een bui hangen waarin hij door ons publiekelijk voor schut gezet zal worden. Gezamenlijk lopen we naar de wagen. De vrouwen blijken afkomstig uit Engeland, ze zijn op weg naar een trouwerij van de zus van een van hen. Als Berend en Cola onder de motorkap beginnen te zoeken naar de oorzaak van het probleem, legt een van de vrouwen uit, wijzend op haar vriendin achter het stuur: 'Haar zus gaat met een Duitser trouwen. Het is haar derde huwelijk.' Lachend voegt ze eraan toe: 'De derde keer brengt geluk.'

Jonas knikt instemmend.

'Mijn derde huwelijk was ook heel erg gelukkig.'

De vrouw vertelt dat de plechtigheid pas overmorgen is; vanavond vieren ze *Junggesellinnenabschied*, een woord dat ze een paar keer lachend probeert uit te spreken. Een van de andere vrouwen doet met haar mee. *Young-gasshell-in-a-nabe-shield. John-gasoline-and-abs-shit.*

'We're having a hen night,' verduidelijkt ze, als het haar niet lukt om het woord goed uit te spreken, en een andere vriendin roept uitgelaten: 'We're on the loose!'

De *oe* in *loose* houdt ze langdurig en zangerig aan.

'Hebben jullie vanavond iets te doen?' zegt ze tegen Jonas, met een uitdagende blik. Haar ogen groot, haar pupillen zwart. De vriendinnen om haar heen lachen om zoveel directheid. Bij Nederlandse vrouwen zouden we hebben gedacht dat ze wisten wie Jonas was. Een paar jaar geleden speelde hij een paar – niet eens onaardige – rollen in Engelse tv-detectives, maar we hebben nooit gemerkt dat iemand buiten Nederland of België hem herkende. De vrouw spreekt hem duidelijk aan omdat hij is wie hij is.

Van oudsher zijn we altijd verdeeld geweest in twee kampen: de mannen die zich laten intimideren door het imponerende uiterlijk – of überhaupt de *aanwezigheid* – van vrouwen, en de mannen die zich geen angst laten inboezemen. Jonas is sinds de begintijd aanvoerder van de laatste groep en hij zal nooit geremd zijn vrouwen aan te spreken of te benaderen. Zijn aandacht richt zich overigens op alle vrouwen. Voor Jonas geldt wat iemand ooit over Bill Clinton schreef: dat er nog nooit een vrouw is geweest die hij geen aandacht gaf. Jonas' manier van omgang staat haaks op die van de vertegenwoordigers van het andere kamp, die vrouwen vooral stuntelig en onhandig benaderen. We hebben wel gemerkt dat vrouwen zelfverzekerde mannen vaak interessanter en aantrekkelijker vinden dan mannen die zich door hen schrik laten aanjagen.

De vraag was of we vanavond iets te doen hadden.

'Dat wil ze alleen maar weten omdat haar echtgenoot helaas is verhinderd om over te komen,' zegt een van de andere vrouwen, terwijl ze een arm om haar vriendin legt. De andere vrouw ontkent het, maar ze lachen beiden net iets te uitbundig.

'Wij hebben vanavond een *Junggesellenabschied* van een Duitse vriend van ons die met een of andere Engelse *broad* gaat trouwen,' zegt Jonas.

'Echt?' vraagt een van de vrouwen.

Ondertussen denken Berend en Cola het probleem onder de motorkap te hebben gevonden. Berend wendt zich tot de bestuurster en zegt dat ze de auto weer moet starten. De startmotor maakt gierende geluiden maar slaat niet aan, waarop Berend naar zijn eigen wagen loopt om een paar spullen te halen. De afgelopen vijfentwintig jaar heeft hij dagelijks met haperende machines te maken gehad en er is geen enkel mechanisch probleem dat hem uit het veld slaat. Jonas vraagt Berend onze magnum en een paar schone bierglazen mee te nemen.

Even later duikt Berend weer onder de motorkap en schenkt Jonas voor de vrouwen wijn in. In de Amerikaanse filmkunde wordt het een *meet cute* genoemd: de grappige, bijzondere of schattige ontmoeting van een toekomstig liefdesduo, de eerste keer dat ze elkaar in de ogen kijken, dat ene moment van romantische sprankeling. De vrouw die heeft geroepen dat zij *on the loose* zijn proost met Jonas en vraagt of we geen zin hebben om vanavond naar Frankfurt te komen, waar zij en de vriendinnen van de aanstaande bruid het centrum onveilig zullen maken.

'Goed idee!' roept Jonas, maar Luciën neemt het over en zegt dat we vanavond helaas in the middle of nowhere in een verlaten boshut verblijven.

'Waar slapen jullie?' vraagt een van de andere vrouwen.

'In het lieflijke Leutersdorf zum Kotzen,' zegt Jonas, zoals hij onze bestemming Lessebach noemt. De *on the loose*-vrouw zegt: 'Niets wat een Uber niet kan vinden.'

Jonas heft beide armen, als tv-dominee.

'Jullie zijn meer dan welkom,' zegt hij, waarop de vrouw gebaart dat ze zijn telefoon even wil vasthouden. Jonas overhandigt zijn mobieltje en ze zet haar naam en nummer in zijn contacten. Minzaam geeft Stephany Burdon-Sanders hem zijn toestel terug. Op dat moment slaat de motor van de Taunus aan. We brengen de glazen naar elkaar en proosten op het naderende weekend. Niemand van ons draagt wijde pijpen of leren jasjes en we hebben geen gecoiffeerde pornosnorren, maar als dit een blootfilm uit de jaren zeventig was, begon nu de groepsseks.

1991

Anderhalf jaar na de val van de Muur kreeg Gregor post uit Berlijn: een huwelijksaankondiging van Otto en Silke. Nadat ze op de Oranienplatz waren herenigd hadden ze elkaar nooit meer losgelaten. Wij waren van harte uitgenodigd voor een feest dat werd gehouden aan de voormalig Oost-Duitse kant (helaas niet in het Holländisches Viertel in Potsdam). De beide Duitslanden waren inmiddels alweer een halfjaar herenigd, zo snel was het gegaan. Gregor was ondertussen gestopt met zijn opleiding, de studie filosofie kwam hem na een paar jaar over als een ongelooflijke tijdverspilling en met wetenschap had het al helemaal niets te maken. Hij kreeg Otto's brief met de uitnodiging doorgestuurd via zijn moeder, want nadat hij zich voortijdig had uitgeschreven uit de universiteit werd hij prompt opgeroepen voor militaire dienst, en dus had hij zijn kamer in de Jan-Pieter van Spilbergenstraat maar onderverhuurd.

Zonder morren en zonder verwachting had hij zich gemeld bij een kazerne in Ermelo. Hij moest in de atlas opzoeken waar dat lag. Natuurlijk had hij Flip kunnen vragen om een procedure voor vrijstelling of uitstel te beginnen, want hij was op dat moment nog bedrijfsleider van De Sidonia en dus op een bepaalde manier onmisbaar voor het culturele leven in Utrecht, maar het leek beter het zure appèl te ondergaan.

Van de groep was Mike de enige die ging dienstweigeren, althans dat had hij met veel bombarie aangekondigd. Tot hun blijdschap waren Jonas, Cola en Berend uitgeloot en Luciën was – half tot schaamte, half tot opluchting – afgekeurd. Dat had te maken met zijn dienstkeuring, op zijn achttiende verjaardag, toen hij zich moest melden bij een kazerne in Amsterdam, tezamen met honderden jongens die die dag ook achttien waren geworden. Luciën had als enige verjaardagsgenoot een dichtbundel (een wat? een *dichtbundel*) meegenomen om zich tijdens de lege uren te kunnen verpozen. Dieptepunt was de bloedprik, afgenomen door een aankomende hospik die zenuwachtig tot zes keer toe Luciëns slagader niet goed wist aan te prikken. Bij de zevende keer viel de patiënt flauw. Toen hij op een brancard lag bij te komen, kwam er een Molukse keuringsofficier bij hem staan, die hem toeblafte: 'Sullen we jou maar lekkerrr naar huis sturan?' Later begreep Luciën dat alleen terminale patiënten én poëzieliefhebbers voor de lunch al wisten dat ze waren afgekeurd. De oude Ruitenberg had uitermate om het voorval moeten lachen en Luciëns broers hebben hem er vaak mee gepest. De arts in opleiding die zelf niet door de medische keuring kwam.

Goeroe probeerde op een andere manier onder zijn dienstplicht uit te komen. Hij kende een paar jongens die hadden geprobeerd te worden afgekeurd met I5 – wat wilde zeggen: vanwege onvoldoende intelligentie – en ook Gregor had getracht zijn IQ-test te saboteren. Dit was klaarblijkelijk niet gelukt, want toen hij zich in Ermelo had aangemeld werd hem te verstaan gegeven dat hij was ingedeeld bij een klasje toekomstige onderofficieren. 'Dat overkomt alleen de slimme jongens,' zei een oude beroepsmilitair met een rookstem. Zo slim was hij dus niet.

Het leven als onderofficier beviel Goeroe meer dan hij vooraf had gedacht, schreef hij in een brief aan Cola. Het begin van zijn opleiding bestond vooral uit fysieke exercities en het doorbladeren van vergeelde cursussen over Russische tanks in de jaren zestig, maar daarna werd hij ingedeeld bij een niet eens zo heel verschrikkelijk bataljon op de Veluwe, bij een compagnie die zich bezighield met het onderhoud van elektronisch materieel. Er liepen herten om het terrein en in de nabijgelegen dorpen werd door strengchristelijke meisjes in lange rokken naar hartenlust geflirt, daarmee sommige soldaten het hoofd op hol brengend. Een van Goeroes maten werd verliefd op zo'n meisje, verwekte later zelfs een kind bij haar, zag zich gedwongen met haar te trouwen en rolde zo soepel van de ene dienstplicht in de andere.

Veel van Goeroes compagniegenoten waren net als hij gestopt met hun studie en hadden besloten er maar het beste van te maken. Gregor werd bevorderd tot foerier: hij was verantwoordelijk voor de verdeling van baretten, laarzen, lakens, voedselbonnen, toiletartikelen en andere spullen. Hij had zes soldaten onder zich en al snel leerde hij gunsten te verlenen en lucratieve deals te sluiten met foeriers en intendanten van andere compagnies en bataljons.

Een beroepsmilitair vroeg of Gregor geen zin had zich alsnog aan te melden bij de academie in Breda voor een carrière binnen de landmacht, een voorstel dat hij weghoonde... al dacht hij er toch over na. Zijn ouders zou hij hiermee teleurstellen, maar wie was de mens om zijn ouders te plezieren? Een paar maanden voor het einde van zijn diensttijd begon hij te bedenken wat hij moest met zijn leven. Zin om verder te studeren had hij eigenlijk niet meer, de banen die hij ooit had geambieerd leken onbereikbaar (oorlogscorrespondent, jockey, golfbalduiker op Bonaire) en hoewel hij altijd kon terugkomen bij De Sidonia zag hij het leven in de horeca als een potentieel gevaar.

De uitnodiging voor het huwelijk van Otto en Silke bracht hem kortstondig terug naar zijn oude leven als onbezorgd student. Hij was blij dat het Duitse liefdespaar aan hen had gedacht, want de reis naar Berlijn had op hen allen grote indruk gemaakt. In de kazerne nabij Garderen leek alles ver weg, zijn Utrechtse leven, de nachtelijke uitspattingen en uitstapjes met zijn vrienden. Gregor vroeg direct verlof aan bij de sergeantmajoor en stuurde de brief met de uitnodiging door naar Cola, die op zijn beurt ook wel weer zin had om naar Berlijn te rijden. Cola regelde bij zijn vader een bedrijfsbus waarin ze alle zes zouden passen, want deze keer wilde ook Luciën per se mee (bang dat hij anders wéér een Wende zou missen).

Op de avond voor vertrek lag Gregor op zijn slaapkamer een sigaret te roken. In het begin van zijn diensttijd had hij met twaalf man op zaal gelegen, wat hij aanvankelijk niet eens zo vervelend vond, al sliep hij in een wiebelig stapelbed dat altijd kraakte, of hij zich nu omdraaide of niet. In het midden van de zaal stond een grote tafel, waar onophoudelijk werd gekaart en gegokt. Gregor had er vaak gezeten, tussen jongens met wie hij eigenlijk niet zoveel had, behalve dat ze goed konden kaarten. Toen hij werd bevorderd tot onderofficier kreeg hij samen met een andere dienstplichtige sergeant een tweepersoonskamer in een gebouw dat de soldaten het onderofficiershotel noemden, hoewel het eerder leek op een gevangenis. Gregor ging steeds minder kaarten. Ook zijn kamergenoot had in het dorp naast Garderen een christelijk boerenmeisje opgeduikeld, dat hij doordeweeks vrijwel elke nacht zag.

'Kun jij lekker in je eentje rukken,' zei hij tegen Gregor, voordat hij vertrok naar zijn verkering, een grap die hij iedere avond maakte. Enfin, er zat een grond van waarheid in. Gregor staarde door het raam van zijn kamer naar de buitenwereld. Het was te vroeg om te pitten, de zon gutste een oranjegele gloed over de bossen rond de kazerne. Hij drukte zijn sigaret uit en verliet zijn hok, met een onbestemde hunkering naar spanning. In vroeger tijden wandelde hij vaak met zijn ouders na de maaltijd een rondje in de buurt, tot hij als puber die bezigheid begon te associëren met gezapige burgerlijkheid. Een paar jaar liep hij 's avonds niet, maar in Utrecht begon hij toch weer rond te sloffen, meegetroond door Cola en met name Luciën, die avondwandelen tot kunst hadden verheven en vrijwel iedere avond een ommetje maakten in de buurt van de Jan-Pieter van Spilbergenstraat. Tijdens die tochten praatten ze uitzichtlooslang over niks en alles tegelijk. Vaak citeerde Luciën dichtregels die hem hadden getroffen, soms had hij zelfs een bundel bij zich. Regelmatig schreef Goeroe die strofes van hem over, om indruk te kunnen maken op letterenstudentes in De Sidonia. Niets dat de begeerte zo aanwakkerde als een goedgekozen gedicht. Regelmatig dreunde Luciën bij hun looptochten het toepasselijke 'Avondwandeling' van P.C. Boutens op, over een 'wij' die veel heeft meegemaakt maar ook nog veel voor de boeg heeft. '*Wij hebben ons vandaag verlaat! Pas bij de laatste brug, waar 't voetpad tussen 't gras vergaat, daar keerden wij terug. Zo saam doen we een korte poos over een wijd gebied, nog liggen wegen eindeloos voor morgen in 't verschiet!*'

Goeroe liep langs de ontspanningszaal, waar soldaten in groepjes televisiekeken, pingpongden of kaartten. Hij voelde niet de drang zich bij een van de clubjes aan te sluiten en wandelde door naar de slagboom bij de hoofdingang. De kameraadschap met zijn maten in het leger was anders dan de vriendschap die hij met ons had. De vrolijke, platte en vaak warme omgang die hij in dienst koesterde met jongens die in hetzelfde schuitje zaten, was een overlevingsmechanisme, een manier om er in het uiterste geval – een oorlog met de Russen – voor elkaar te zijn en elkaar te steunen in het gevecht. Onze vriendschap was van een andere orde: wij hadden elkaar gekozen.

Vijf minuten later slenterde Gregor in zijn eentje door het bos. Door de gloed van de ondergaande zon leek het alsof de bladeren en stammen met goudverf waren besproeid. Hij had hier een paar keer eerder gelopen met een paar maten. Tussen alle reuring op de kazerne had hij regelmatig alleenzaamheid gevoeld. Hij luisterde naar de stappen van zijn legerkistjes op de zachte bosgrond en verheugde zich op onze komst, op onze hereniging en het naderende feest van Otto's huwelijk. Volgens wetenschappers berusten vriendschappen in de regel op iets wat zij 'homofilie' noemen: liefde voor hetzelfde. Mensen die in elkaars buurt verblijven raken bevriend als zij dezelfde voorkeuren hebben en hetzelfde in het leven staan. Gregor miste ons, dat diepe besef drong door tijdens zijn wandeling. Hij zag hoe in het oosten de dag het gevecht met de nacht definitief begon te verliezen en hoe de stofwolk van deze strijd de hemel langzaamaan kleurde met een overweldigend schemerviolet. Dat was een lucht waardoor Luciën zich zeker zou laten overdonderen, bedacht Gregor, die de wereld – nog steeds – voor een groot deel zag door de ogen van de jongens om hem heen. Hij had de woorden niet paraat, maar Luciën zou, slenterend door het woud, ongetwijfeld Boutens hebben geciteerd: '*O konden we weer eens zo samen staan, aan de allerlaatste brug, en saam en blij er overgaan. Wij kwamen nooit terug.*'

Op zijn twaalfde richtte de zanger Nick Cave met schoolvrienden de A.A.A. op, de Anti Alcoholics Anonymous – een detail uit zijn biografie dat bij ons tot de verbeelding sprak, vooral bij Mike. Zelf begon hij pas te drinken op zijn vijftiende, dus hij had het gevoel dat hij enorm achterliep. Mike was fan van Caves band The Bad Seeds en van hun album *Tender Pray* had hij de groeven van het vinyl dusdanig uitgesleten dat de plaat letterlijk voortdurend kraakte en haperde. Misschien wel het aanstekelijkste nummer van die elpee was het hypnotiserende 'The Mercy Seat', over een gevangene die op de elektrische stoel nadenkt over zijn naderende straf. '*And the mercy seat is waiting, and I think my head is burning, and in a way I'm yearning to be done with all this measuring of truth, an eye for an eye, a tooth for a tooth, and anyway I told the truth and I'm not afraid to die.*' Het was vooral het repeterende woordje 'and' waarvoor Mike viel: doodgaan was het einde van 'and'.

Toen Nick Cave negentien jaar was hoorde hij in de gevangenis, waar hij vastzat voor een inbraak, dat zijn vader was overleden in het verkeer. Mike was achttien toen zijn vader stierf, dus wat dat betreft lag hij weer op de zanger voor. Zijn vader had in zijn luie fauteuil gezeten toen hij overleed. Er bleek geen enkele aanleiding voor zijn dood, de opgetrommelde gemeentearts vond geen ziekte of aandoening die verantwoordelijk kon zijn. 'Death by sitting' noemde Mikes stiefvader het met een smalende ondertoon.

Mikes ouders waren gescheiden toen hij drie jaar oud was, zijn moeder was snel daarna hertrouwd met Hendrik, een man met wie ze al tijden in het geniep een verhouding had. Zijn vader was woedend en wilde niets meer met zijn ex-vrouw en zoontje te maken hebben. Het gevolg was dat Mike werd opgevoed door een stiefvader die wilde dat hij hem papa noemde – waar Mike zich in het begin nog wel aan hield, maar vanaf zijn veertiende begon hij hem plagerig met Henkie aan te spreken. Alleen als Mike geld nodig had noemde hij zijn stiefvader nog papa.

Zijn echte vader – die hij zich niet kon herinneren en over wie hij tot dan toe niet veel had gehoord, want zijn moeder had weinig over hem verteld en Mike had er op zijn beurt niet vaak naar gevraagd – leerde hij bij toeval pas op zijn achtste kennen. In de zomer gingen Mike en zijn moeder een dagje naar Volendam, een uitje ter compensatie voor de omstandigheid dat ze dat jaar niet op vakantie konden, zogenaamd omdat zijn stiefvader het te druk had, maar in feite omdat er geen geld voor was. Mike en zijn moeder deden wat iedereen in Volendam doet: ze aten haring en paling, bezochten souvenirshops, ontweken toeristen en stonden stil bij de etalage van een fotograaf die mensen in klederdracht tooide. Een glimlachende man stond naast een schaterende zwangere Aziatische vrouw: hij gekleed in een lange zwarte streepjesbroek en een typisch bordeauxrood hemd met een zwarte muts op, en zij als Frau Antje met een kleurige rok, een zwart schort en stevige witte muts die in Volendam een hul wordt genoemd. Ze werden toegelachen door omstanders, ook door Mike en zijn moeder. Plotseling hoorde Mike zijn moeder zeggen: 'Jaap?'

De man genaamd Jaap keek lachend op. Die ene seconde, dat ene moment was alles nog perfect. Mike wendde lachend zijn blik van zijn moeder naar Jaap in zijn traditionele visserskostuum. Het gezicht van de man betrok toen hij zag wie zijn naam had geroepen.

Een paar tellen later vroeg Mike, die door zijn moeder aan zijn mouw werd meegetrokken door een Volendamse winkelstraat: 'Wie was dat?'

Zijn moeder gaf geen antwoord.

Mike dacht dat ze hem niet had gehoord.

'Wie was dat, mama?'

Zijn woorden sloegen tegen de straatstenen en kaatsten via de gevels van het walmende openluchtmuseum terug vanuit alle hoeken. Wie was dat, mama? Mama, wie was dat? Mama? Wie was dat? *Wie wás dat?*

Pas toen ze aankwamen bij de halte voor de bus richting Amsterdam hield zijn moeder haar pas in. Mike vroeg voor de zoveelste keer wie toch de man was die zij had herkend. Zijn moeder snauwde: 'Dat is je echte vader, nou goed?'

Haar uitval klonk zo snerpend dat Mike van schrik even stil was, beteuterd naar zijn moeder keek en toen begon te huilen, alsof het zijn schuld was dat hun zomerse uitje nu was verpest door de aanwezigheid van een man die hij niet kende. Zijn moeder liet hem staan met zijn emoties, maar ging na een minuut toch door haar knieën om hem te troosten – en juist op dat moment kwam Jaap aangerend, roepend en met zijn armen zwaaiend. Van veraf riep hij de naam van Mikes moeder.

'Saskia! Wacht nou even, Sas.'

Toen hij bij hen arriveerde slaakte hij enkele doorleefde kreten, want de achtervolging had hem zichtbaar veel inspanning gekost: hij boog voorover en zocht met zijn armen steun op zijn knieën.

‘Waarom loop je nu van me weg?’ vroeg hij, theatraal blazend van inspanning. ‘Waarom lopen jullie nu van me weg?’

Mike keek naar zijn moeder en naar de man die bij hen stond uit te hijgen. Was dit zijn vader, de man over wie nooit werd gesproken en naar wie hij bijna nooit had gevraagd? Half verscholen achter zijn moeder probeerde Mike naar hem te kijken. Jaap was niet meer in klederdracht. Abrupt vroeg Mike: ‘Ben jij mijn vader?’

Even keek hij naar de man en daarna naar zijn moeder, die zuchtte en hem een afkeurende blik gaf. Dat had ze hem toch net verteld?

‘Daar ga ik nog wel van uit,’ zei Jaap, lachend, en Mike begreep niet dat dit een hint moest zijn aan de vrouw die direct na de geboorte van hun eerste kind verliefd was geworden op een andere man.

Zijn moeder zei, plechtiger dan hij haar ooit iets had horen zeggen: ‘Mike, dit is je vader.’

De man richtte zich weer op en stak zijn hand naar hem uit, wat hem voorkwam als een vreemd gebaar.

‘Jij weet natuurlijk niet wie ik ben, maar ik herinner me jou als de dag van gisteren,’ zei hij. Mike en hij gaven elkaar een hand, zijn kleine jongensvingers omvat door een grote vaderknuist.

‘Ik ben Mike,’ zei Mike, zoals het hoorde bij een begroeting.

Jaap lachte uitbundig.

‘Natuurlijk weet ik hoe je heet,’ riep hij, waarop hij de jongen naar zich toe trok. ‘Je weet naar wie je bent vernoemd, toch?’

Mike keek eerst naar zijn moeder en schudde aarzelend van nee.

‘Weet je dat echt niet? Heeft je moeder dat niet verteld? Je bent vernoemd naar een Amerikaanse soldaat die Mike heette... Je opa. Hij kwam uit Amerika en heeft ons in de Tweede Wereldoorlog bevrijd van de moffen.’

‘Echt?’

‘Jouw oma, mijn moeder, werd verliefd op hem en toen werd

ik geboren. Zonder hem was jij er nooit geweest. Je opa heette Michael Jefferson McKinnon, Michael is afgekort Mike.'

Mike knikte. Zoiets had hij inderdaad weleens opgevangen, maar destijds had het hem echt niet geïnteresseerd. Inmiddels wel. Hij wilde tientallen dingen vragen, maar omdat zijn moeder argwanend en boos naar hem bleef kijken hield hij zijn mond.

Jaap pakte zijn portemonnee uit zijn zak en hield Mike een briefje van vijf gulden voor. Hij wees zijn zoon op een ijscoman, die met zijn wagen vlak naast de bushalte stond.

'Ga maar een hoorntje halen, dat lukt een grote vent als jij toch wel?' zei hij. 'Dan kunnen je moeder en ik even praten.'

Wat zijn ouders met elkaar bespraken kon Mike niet volgen, maar hij vermoedde dat ze het over hem hadden. Toen hij met een hoorntje vanille-ijs weer terugliep werd hij door zijn vader liefdevol onthaald. Hij hoefde het wisselgeld niet terug.

'Ik vind het zo fijn dat ik jou eindelijk eens zie,' zei hij. 'Je moeder en ik hebben net besproken dat je een keer bij me mag langskomen, zodat we elkaar een beetje kunnen leren kennen.'

Mike keek naar zijn moeder, die met een uitdrukkingsloze knik bevestigde wat zijn vader had gezegd.

Jaap zei: 'Daar verheug ik me zeer op. Ik moet nu weer terug naar mijn nieuwe vrouw, heb je haar net bij de fotograaf gezien? Ze heet Lien-Hoai en ze komt uit Vietnam. En weet je wat nu zo leuk is? Je krijgt een zusje of een broertje. Er zit een baby'tje in Lien-Hoais buik.'

Dat was veel informatie voor Mike, eerst de ontmoeting met zijn vader en nu het bericht dat hij een broertje of zusje zou krijgen. Zijn vader pakte weer zijn portemonnee en haalde er opnieuw een bankbiljet uit. Met een zelfvoldaan gebaar gaf hij het aan zijn zoon.

'Hier, mag je iets moois van kopen voor alle verjaardagen die ik heb gemist,' zei hij, terwijl Mike keek naar het bruine briefje met de afbeelding van Michiel de Ruyter. Hij wist wat het was, maar had nog nooit een briefje van honderd in zijn handen gehad. Toen hij en zijn moeder later in de bus naar Amsterdam zaten wilde zij dat hij het biljet aan haar gaf en dat was de laatste keer dat hij het zag – hij vroeg er ook niet meer om.

Het duurde een paar jaar voordat de ontmoeting met zijn vader er daadwerkelijk van kwam, eerst was er de geboorte van zijn halfzusje Marloes-Huyen en daarna deed zijn moeder er alles aan om een afspraak te traineren. Omdat Mike uiteindelijk zelf om een ontmoeting met zijn vader begon te vragen reed Hendrik hem op een dag naar Amsterdam, zodat Mike een middag met Jaap en zijn gezin kon doorbrengen. Jaap had een grote wand met elpees en een stereo-installatie van wel een meter hoog, met amplifiers, equalizers en wat niet al. Mikes stiefvader gaf niets om muziek, maar Jaap des te meer en hij had er groot plezier in om zijn zoon zijn favoriete bands te laten horen. Daar had hij altijd van gedroomd.

In het begin liet Mike zich graag overtuigen en mettertijd leerde hij luisteren naar muziek die niet paste bij zijn leeftijd: Jefferson Airplane, Fleetwood Mac, The Who, Deep Purple, The Stones, Johnny Cash ('A Boy Named Sue') en oude bluesmuzikanten. Later ontwikkelde hij zijn eigen smaak en probeerde hij op zijn beurt zijn vader – die hij om de zoveel maanden bezocht – enthousiast te krijgen voor zijn eigen ontdekkingen: Siouxsie and the Banshees, Echo & The Bunnyman, The Cure en Nick Cave. Vooral voor die laatste kon Jaap niet warmlopen, hoewel hij genoot van de discussies die Mike en hij hierover voerden. Toen Mike na de stille dood van Jaap door zijn oma – het liefje van Michael Jefferson McKinnon – werd gevraagd een speellijst voor zijn crematie te maken overwoog hij plagerig of hij Caves net verschenen nummer 'The Mercy Seat' daarin zou opnemen, maar liet dat idee toch zitten.

Het was in de tijd dat Mike cassettebandjes met Caves beste nummers voor zijn vrienden opnam, maar niet alleen zijn vader moest niets van de Australische duivelskunstenaar hebben, andere jongens op de middelbare school kenden zijn werk ook niet, laat staan dat ze het waardeerden, want daarvoor was Cave te grillig en ongrijpbaar. Later probeerde Mike ook ons warm te maken, wat niet meteen lukte. Daar was uiteindelijk iets anders voor nodig.

We moesten naar Duitsland en dus hadden we vervoer nodig. We gingen naar Veghel om een van de bedrijfswagens van Sunshine te lenen, het bedrijf van Cola's vader. Op de terugweg reden we langs Gelderland, waar Jonas die avond moest acteren in een eeuwenoud 'abel spel', een zomerse openluchtvoorstelling die werd opgevoerd op de binnenplaats van het oude slot Loevestein. Zeshonderd jaar geleden werden dit soort spelen precies op deze imposante plek ook al opgevoerd en wellicht over zeshonderd jaar nog steeds, dat wat de oude Ruitenberg dus de grote menselijke ketting noemde. We hadden met z'n vieren Jonas beloofd te komen kijken, om hem na zijn optreden mee terug naar Utrecht te nemen. Bij de toegangspoort van het kasteel lieten we onze vrijkaartjes zien, waarna we opgingen in het publiek, dat in de slottuin een kopje koffie dronk voor de voorstelling. Beschaafde mensen, met een voorliefde voor geschiedenis en middeleeuws toneel. In een hoek stond een potselaar kunstjes te doen, een minstreel zong liederen – en even leek de wereld vredig.

'Nergens bier!' riep Mike, die tevergeefs van de bar terugkwam.

We stonden bij elkaar en de rest van het publiek bekeek ons zoals wij hen bekeken. Toen het drukker werd kwamen er drie oudere dames bij ons staan.

'Het is de vraag of het nog doorgaat,' hoorden we een gezette mevrouw samenzweerderig zeggen tegen twee vriendinnen. Ze sprak van 'de situatie'. We keken elkaar niet-begrijpend aan, waarop Luciën probeerde af te luisteren waar het om ging.

'Je moet er niet aan denken dat het gaat escaleren...' hoorde hij een andere vrouw zeggen, met een bijna hoopvolle ondertoon die verried dat ze hier stiekem wel degelijk aan dacht. Ongemerkt probeerden nu ook wij het gesprek te volgen, maar de bepofbroekte minstreel liep onze kant op en dat deed de vrouwen zwijgen. Om de tijd te doden las Cola ons voor uit het programmaboekje. Het theatergezelschap bestond uit lokale amateurspelers, aangevuld met studenten van de toneelschool die voor een stage aan het project deelnamen (een van Jonas' docenten zou aanwezig zijn om hen te beoordelen). Er werden twee bij elkaar horende stukken uitgevoerd en Jonas speelde in beide, las Cola.

Als eerste brachten de acteurs het hooggestemde abele spel, volgens het programmaboekje waarschijnlijk de oudste overgeleverde toneeltekst van het Nederlands taalgebied. In het allegorische verhaal voerden ene Zomer en ene Winter een verbeten strijd over wie van hen de beste minnaar was voor een personage genaamd Liefde. Jonas speelde Zomer, een adellijke losbol die er prat op ging dat hij de vogels liet zingen en de bloemen bloeien. Zijn tegenspeler, een personage met het vermogen om verkleumde lijven te verwarmen, was in het dagelijks leven een kandidaat-notaris genaamd Theodor Peetersen.

Venus, de Godin van de Liefde, moest de gemoederen tussen deze Zomer en Winter proberen te sussen. Deze rol werd vertolkt door Irene Peetersen-Verkuijlen, in het dagelijks leven de echtgenote van de kandidaat-notaris.

Tot zover niets aan de hand.

In het laatste bedrijf gingen Winter en Zomer, ieder gewapend met een zwaard, elkaar echter plotseling daadwerkelijk te lijf. Als in: echt. Winter diende Zomer met de vlakke kant van zijn sabel een pijnlijke slag toe op diens bovenbeen. De klap resoneerde tegen de muren van de binnenplaats van het slot. Jonas viel uit zijn rol en sloeg op zijn beurt met zijn wapen hard terug tegen Theodors zij, tot ontzetting van velen. Het meest ontdaan was Venus, die ten overstaan van de honderd toeschouwers riep: 'En nu is het godverdomme genoeg!'

Een vreemde uitroep in een middeleeuws toneelstuk over hoofse liefde. Even dreigde de situatie te escaleren, tot Irene zich hernam en een personage dat een zwerver speelde haastig een paar slotwoorden sprak. In het aarzelende slotapplausje denderde Winter nog tijdens de ovatie het podium af, om via een houten trap door een hogergelegen overkapte deur te verdwijnen.

Er volgde een ongemakkelijk geroezemoes, waarin door het publiek werd nagepraat. Ondertussen deden vrijwilligers een kleine aanpassing aan het decor, terwijl er achter de coulissen – een provisorisch zwart scherm – hoorbaar werd gediscussieerd. Na het korte changement begon het tweede gedeelte van de avond, want er werd traditioneel een tweede stuk opgevoerd, de *sotternie*, oftewel de volkse klucht waarin het verheven thema uit het abele spel opnieuw werd behandeld, maar nu op spottende wijze. Jonas speelde een domme boer die een vrouw trouwde die hem al binnen drie maanden na de inzegening van het huwelijk een zoon schonk.

Het publiek op de binnenplaats van het kasteel probeerde de grappige verwikkelingen te volgen, maar die werden onderbroken door het heftige gesprek en de boze uitroepen in de aanpalende ruimte achter de deur. Eerst waren dat niet te duiden kreten en verwensingen, maar hoe harder er werd geschreeuwd, hoe beter te volgen waar de aanvaring om ging. Midden in een tekst van Jonas schalde een mannenstem over de keien van het hof: 'Je hebt Jonas gewoon geneukt, geef het nou maar toe.'

Een deel van het publiek op de binnenplaats moest grinniken om deze onbedoelde bijdrage en ook wij keken elkaar glimlachend aan. Jonas – vakman in spe – speelde onverstoorbaar door, tot een vrouwenstem woedend antwoordde: 'Alsof jij altijd je pik binnenboord houdt, Theodor, vuile hypocriet.'

Door velen werd gelachen en er viel even een stilte, omdat

ook de spelers op het podium zich lieten afleiden. Iemand herhaalde voor een meneer met een gehoorapparaat wat er was geroepen. *Alsof jij altijd je pik binnenboord houdt, Theodor, vuile hypocriet.* Iemand anders vroeg zich luidop af: 'Hoort dit erbij?', waarop sommigen moesten lachen. De gezette mevrouw die Cola eerder die avond al had horen praten over 'de situatie' stond op uit het publiek en liep de trap op naar de ruimte waar ruzie werd gemaakt.

Na afloop van de voorstelling dreigde de spanning opnieuw te escaleren, met name richting Jonas. Gelukkig waren wij er om hem te ontzetten. Toen we een halfuur later – na een paar heftige improvisatiescènes en veel geschreeuw – in de auto terug naar Utrecht zaten, hoorden we wat 'de situatie' had behelsd. Op vier achtereenvolgende donderdagavonden werden de abele spelen gerepeteerd in een bijzaal van het slot en voor Jonas was het nogal een toer om bij Slot Loevestein te komen, want zijn reis bevatte twee treinritten, een busrit en een overtocht met een veerpont. Een keer had hij op de terugweg kunnen meeliften met iemand die toevallig naar Amsterdam moest, maar de tweede keer was hij door de helletocht met het openbaar vervoer pas om halftwee 's nachts thuis. Op de woensdag voor de derde repetitiedag werd hij in de Jan-Pieter van Spilbergenstraat gebeld door Irene, de Godin van de Liefde, met de mededeling dat ze de volgende dag voor haar werk toevallig in Utrecht moest zijn. Als hij dat wilde kon ze hem aan het einde van de middag wel even komen ophalen.

Hij vond Irene een leuke vrouw, struis en blond als ze was. Ze reageerde altijd goedlachs en schroomde harde grappen niet. Van alle amateurspelers was zij het minst onder de indruk van de aanwezigheid van de stagiairs, ze sloofde zich het minst uit en kon de naderende voorstelling makkelijk relativeren. Een paar keer had Jonas met haar gepraat, waarbij ze had verteld over haar studentenleven in Groningen. Tegenover anderen noemde Jonas haar 'een tof wijf'.

Die middag stond ze al om drie uur voor de deur van zijn kamer in de Jan-Pieter van Spilbergenstraat. Irene vroeg of ze even van het toilet in ons huis gebruik mocht maken, en dat was het begin, want eenmaal binnen wilde ze zijn kamer zien, ze wilde wel een kopje koffie, ze wilde in Jonas' boekenkast kijken, ze wilde hun teksten van het toneelstuk doornemen, ze wilde discussiëren over de interpretatie van het stuk, ze wilde een paar scènes spelen, ze wilde op zijn bed zitten...

'Maar eigenlijk wilde ze vooral dat ik mijn tong in haar mond stak,' zei Jonas, terwijl Cola ons inmiddels zoekend door de Gelderse binnenlanden terug naar de snelweg probeerde te krijgen.

Zijn ontboezeming ontlokte hilariteit.

'Echt? Een getrouwde vrouw?'

'Het lag niet aan mij,' zei Jonas. 'Ik ondernam werkelijk geen actie. Haar man is mijn tegenspeler, dat zou toch echt onprofessioneel van mij zijn? Irene en ik schelen zeven jaar. Zij en Theodor wonen in Zaltbommel. Daar ga ik toch niets mee uitspoken?'

Maar dat had hij dus wel gedaan. Irene had op Jonas' bed gezeten en hem uitgehoord over zijn liefdesleven. Toen ze begreep dat hij vrijgezel was, zei ze dat ze zich dat bij hem wel kon voorstellen.

'Jij gaat natuurlijk van de ene meid naar de andere griet,' had ze gezegd, waarop Jonas antwoordde dat dit wel meeviel, wat het overigens niet deed. Na een tijdje had Irene gevraagd hoe het kon dat er een geweldig leuke vrouw in zijn kamer op zijn bed zat en hij niet toetastte. Of hij haar niet leuk en aantrekkelijk vond, had ze met een gespeeld stemmetje gezegd.

'Hierna zoende ze me, ik kon er echt niets tegen doen,' zei Jonas.

'Natuurlijk niet,' zei Cola.

'Ik was gewoon een of ander smakelijk hapje dat ze zich blijkbaar niet zou laten ontzeggen.'

'Spoken like a modest man,' zei Luciën.

'Ik vroeg: doe je dit met alle studenten die stage komen lopen bij jullie toneelvereniging? Ze zei: nee, alleen met jou. En niemand mag het ooit weten.'

In de auto werd gelachen.

'Toen moesten we dus nog vertrekken. Ze reed zo'n modern Renaultje en tijdens het rijden wilde ze dat ik mijn hand tussen haar benen stak. Ze zei dat als we aankwamen in Loevestein ik moest zeggen dat ze me bij het station had opgehaald. Toen stopte ze op een parkeerplaats langs de snelweg en... nou ja...'

'Wat?'

Jonas maakte een geluidje waarmee hij een krakende verenbodem imiteerde, een van zijn vaste deuntjes (hij bediende zich in dagelijkse gesprekken van een groot repertoire begeleidende geluidjes). Wij reageerden ontzet.

'Zo'n Renaultje heeft dus achterin best wat ruimte. Ik had een condoom in mijn portemonnee, maar dat hoefde ik van haar niet te gebruiken. Toen we een uur later samen aankwamen bij de repetitie was haar man al ter plaatse en hij reageerde joviaal op onze komst. Dat was echt heel idioot. Ik probeerde te repeteren alsof er niets was gebeurd. Dat leren ze je dus niet op de toneelschool, hoe je daarmee moet omgaan.'

Even keken we zwijgend uit over de Waal en de zachtpaarse avondgloei boven het landschap, wijd en zijd.

De middag van de uitvoering belde Irene wederom aan bij de Jan-Pieter van Spilbergenstraat, niet eens meer met de smoes dat ze toevallig in Utrecht moest zijn. Ze deden het twee keer: een keer op zijn kamer en een keer onderweg naar Loevestein, op dezelfde parkeerplaats als de week ervoor. Hoewel ze daarna op tijd aankwamen bij het diner voorafgaand aan de voorstelling – aangeboden door de vereniging die het evenement organiseerde – was de houding van Theodor Peetersen totaal omgeslagen.

Jonas hoopte eerst nog dat het spanning voor de naderende uitvoering was, maar Theodors agressiviteit had wel degelijk te maken met Irenes bezoek aan Utrecht. Voortdurend dreigde de kandidaat-notaris te vertrekken, waar hij door de regisseur steeds van af werd gehouden. Vervelend genoeg had zijn jaloezie dus wel invloed op Theodors spel, zoals dat gaat bij amateurs. Het resultaat was – onterecht en onbegrijpelijk – dat iedereen boos was op Jonas, inclusief zijn docent dramaturgie, die aankondigde dat hij de zaak wel zou moeten vermelden in zijn stageverslag.

Vlak voordat we met de geleende bus de Jan-Pieter van Spilbergenstraat binnenreden, vroeg Jonas vol onbegrip: 'Maar zij ging met mij naar bed, ik toch niet met haar?'

De volgende ochtend vertrokken we overdreven vroeg vanuit de Jan-Pieter van Spilbergenstraat om Gregor in Stroe op te halen bij zijn kazerne. Goeroe ontving ons op de parkeerplaats, waar hij gekleed in zijn uniform stond te wachten. Er werd gelachen om zijn lompe groene kloffie. Omdat er tijd was voor een rondleiding toonde hij ons de appèlplaats, kantine, slaapzaal en zijn werkvertrek. Mike was de enige die Goeroes rondleiding met argwaan onderging: zuchtend en met zichtbare afkeer bekeek hij alles wat Gregor ons liet zien. Gregor en hij hadden niet vaak over het leger gediscussieerd, zelfs niet toen Gregor het besluit nam geen vervangende dienstplicht te doen, maar vrijwillig onderdeel te worden van het grootkapitalistische moordzuchtige geweldsapparaat.

Mike liet hem meestal met rust, zoals Gregor Mike er niet van probeerde te overtuigen dat het allemaal wel meeviel in het leger. Mike had steeds intensiever contact met zijn advocaat over zijn voornemen te weigeren om negentien maanden van zijn leven met verouderd materieel oorlogje te spelen of boeken te kaften bij de Koninklijke Bibliotheek. Omdat hij bij zijn keuring verstek had laten gaan was hij volgens zijn juridisch team al 'onderdeel van het systeem'.

'Weet je al wanneer je bent opgeroepen?' vroeg Jonas aan

Mike, toen ze weer buiten op het parkeerterrein van de kazerne bij het busje stonden. Mike zuchtte, haalde een rafelige envelop uit zijn binnenzak. Zwijgend opende Jonas de oproepbrief. Mikes lichting, zijn toekomstige onderdeel, zijn plaats van aanmelding en de datum van opkomst.

'Over anderhalve week al?' riep Jonas.

Iedereen keek geschrokken in Mikes richting. Over tien dagen moest hij zich melden in een kazerne in een gehucht waarvan niemand ooit had gehoord. Daar zou hem, zoals het ging, bij binnenkomst een uniform worden gepresenteerd en op dat moment kon hij aangeven dat hij zich wilde beroepen op de Wet Gewetensbezwaren. Of niet. Er waren twee andere mogelijkheden. Mike kon met tegenzin het uniform aanpakken en alsnog in dienst gaan, een keuze die hij liggend in bed vaker had overwogen dan hij zou toegeven. Zijn zelfbeeld zou even een knauw krijgen, maar dat overleefde hij wel. Een andere optie was: niet verschijnen en onderduiken. Ook daar had hij regelmatig aan gedacht, onder zijn dekbed. De marechaussee maakte nauwelijks jacht op dienstweigeraars, maar er werd heus weleens een jongen die stiekem bij zijn moeder langsging om te douchen geboeid meegenomen richting een Depot voor Discipline. Toch moest het met een beetje vernuft en hulp zeker mogelijk zijn om langdurig uit de klauwen van de overheid te blijven, waarbij hij zeker een beroep zou kunnen doen op ons.

'Jezus man, heb je al iets besloten?' zei Luciën. 'Ik kan tijdelijk een extra bed op mijn kamer zetten. We kunnen een pool maken dat je steeds bij iemand anders slaapt.'

Goeroe gooide zijn pukkel met burgerkloffie in de achterbak van de bus en de rest van het gezelschap keek naar Mike.

'Ik weet het nog niet,' zei hij. 'Misschien blijf ik wel achter in Berlijn. Daar zijn genoeg kraakpanden. De kans is groot dat dit ons laatste weekend samen is.'

Hij bedoelde het als een grapje, maar toch.

Ons laatste weekend.

Op dat moment kwam er een oudere militair aanlopen, aan zijn epauletten te zien een hoge officier. Het gezelschap viel stil en Gregor ging rechtop staan. De man droeg een snor en grote gouden bril met een stuk slagtand in het montuur. Toen hij nabij was bracht Gregor het saluut.

De man groette niet terug en zei bits: 'Baret, sergeant.'

Er viel een stilte, wij keken naar Gregor, die strak voor zich uit keek. De man blafte: 'U weet donders goed dat u alleen mag groeten met uw baret op.'

'Ja, majoor,' antwoordde Gregor, waarna hij de wollen muts pakte die hij achter de riem van zijn broek had gestoken, het ding op zijn hoofd zette en ostentatief salueerde.

De majoor keek hem geërgerd aan en zei, bijna grommend: 'Is dat een manier om uw baret op uw kop te zetten, sergeant?'

We wisten niet dat er aan de baret in militaire kringen nogal belang wordt gehecht. Nieuwelingen kregen bij aankomst op de kazerne een bolle baret, die onwennig zat en behoorlijk lullig oogde. Hoe platter de baret op het hoofd lag, hoe langer het vod was gedragen en hoe hoger de status van de soldaat. Sommige beroepsmilitairen droegen hun hoedje al tientallen jaren, waardoor het vergroeid leek met hun schedel. Vrijwel alle militairen hadden hun baret schuin, met een lok van stof half over hun voorhoofd. Gregor had hem echter als een veredelde alpinopet opgezet en hem daarna – 'als een condoom' zoals hij later zou zeggen – over zijn hoofd getrokken met het insigne van zijn compagnie onnozel aan de zijkant.

'Doe uw baret goed,' zei de majoor.

Met beide handen bracht Gregor de muts in model en opnieuw bracht hij de majoor het saluut. De majoor salueerde ongeïnteresseerd terug en wendde zich tot de rest van de groep. Hij zei, niet vriendelijker dan hij Gregor had toegesproken: 'Soldaten of burgers?'

Hij keek daarbij eerst naar Jonas, die theatraal in de houding ging staan, en daarna naar Berend, maar die haalde zijn schouders op en gaf geen antwoord. Berend liet zich nooit snel intimideren. De stilte duurde Luciën blijkbaar te lang, want hij antwoordde: 'Burgers...'

De man knikte en bekeek ons alsof hij zoiets wel had gedacht bij zo'n stelletje gedegenereerde mietjes.

Luciën ging verder: 'We gaan naar een huwelijk in Berlijn.'

Dat was een mededeling die bleef hangen.

De majoor keek Luciën aan met een blik alsof die zojuist zijn weekvoorraad hondenbrokken met bak en al had opgegeten. Hij vroeg, nog meer blaffend dan daarvoor: 'Gaat een van jullie trouwen? U toevallig, sergeant?'

'Nee, majoor,' zei Gregor, die nog steeds min of meer in de houding stond. 'Een Oost-Duitse vriend van ons.'

'Oost-Duitsland!'

Plotseling veerde de majoor op en er verscheen een glimlach om zijn mond. 'Daar hebben we toch maar mooi van gewonnen. Heren, goedemorgen.'

Zonder ons nog aan te kijken draaide hij zich om en begon in de richting van het hoofdgebouw te lopen. Goeroe deed zijn baret weer af. Mike keek de man hoofdschuddend na en zei dat hij zeker ging onderduiken.

Op weg naar Berlijn, net over de grens, redden we het leven van een kind. Daar deden we later luchtig over (maar toch). Cola reed de bus naar een parkeerhaven omdat Mike moest plassen en Luciën iets wilde kopen, hij had weer eens niets gegeten na een bijna slapeloze nachtdienst. Helaas voor hem was er geen benzinestation of truckstop. In een rustige hoek van het lommerrijke terrein stond de camper van een Scandinavisch gezin, de moeder had een van de houten tafels van de parkeerplaats gedekt voor een ontbijt. Plotseling hoorden we haar roepen naar een kind dat niet verscheen. De vader van het gezin begon om de auto te lopen, steeds gehaaster. De stem van de vrouw werd hysterischer. Luciën zag het schouwspel aan en stelde voor om hen te helpen zoeken. Gezessen liepen we naar hen toe, maar ook wij konden het joch aanvankelijk niet vinden, tot Berend en Cola besloten om niet te zoeken aan de boskant van de rustplaats, maar in de richting van de snelweg. En daar zagen ze het jongetje lopen, in zijn eentje, met zijn speelgoedbeer in zijn hand. Uit het diepst van zijn borstkas brulde Berend hem toe, want de jongen was onder de vangrail door gekropen en zo de weg op gelopen.

Toen de ouders en wij arriveerden, dreef Cola met wilde armgebaren de voortrazende wagens naar de linkerrijbaan, terwijl Berend zich ontfermde over de peuter, die inmiddels krijsend op zijn billen zat, met zijn luier op het asfalt, net over de streep van de rechterrijbaan. Vijf minuten later zaten we met het hele gezelschap aan de gedekte picknicktafel, het joch lag nasnikkend in de armen van zijn nasnikkende moeder, en de vader wist van opluchting en schaamte niet hoe hij het ons naar de zin moest maken. Luciën wuifde de Duitse marken die hij ons wilde geven subiet weg... maar tegen de broodmaaltijd die al klaarstond kon hij geen nee zeggen.

In de jaren zestig kwamen ethologen er bij wolven achter dat niet alleen individuele dieren unieke karaktertrekken hebben, maar ook samenstellingen van individuen. Het verschijnsel werd 'groepspersoonlijkheid' genoemd. Sommige roedels wolven bleken nieuwsgierig, andere agressief of afwachtend, uitbundig of gelaten, opstandig of meegaand. Dit gedrag had wel iets maar niet alles te maken met het individuele karakter van de beesten. Een roedel wolven heeft een eigen inborst, die slechts ten dele wordt beïnvloed door de dominerende groepsgenoten. Volgens wetenschappers geldt dit ook voor mensen. Voor onze groep gold dat we ons in de regel niet als haantjes of mannetjesputters gedroegen, maar in tijden van nood of stress formeerden we ons als een falanx.

Gelaten reden we na dit voorval verder, dezelfde route als anderhalf jaar daarvoor. Checkpoint Alpha, de voormalige Oost-Duitse grensovergang, was niet meer in bedrijf en de transit naar West-Berlijn – inmiddels dus gewoon Berlijn – kon zonder tijdrovende controles worden genomen. Destijds waren we op de heenweg gestopt bij een benzinestation in de Oost-Duitse corridor om de sfeer te ervaren, en dat deden we nu weer. Het was opmerkelijk hoe de Raststätte was veranderd van een lijdzaam voorportaal naar een duistere wereld in een vrij normaal benzinestation. We besloten te lunchen met vette currywurst en andere Duitse traktaties. De eetzaal zat vol met gezinnen, toeristen, truckchauffeurs en handelsreizigers, bij een raam met uitzicht op een weegstation voor vrachtwagens vonden we een vrije tafel. Luciën haalde een immense voorraad bier, worsten, sauzen en zes lugubere gerechten genaamd Strammer Max, angstig dat er in heel Berlijn geen drank en voedsel meer te krijgen zou zijn en we met knorrende magen bij het huwelijk van Otto en Silke zouden arriveren.

'Zalig zijn zij die hongeren en dorsten naar gerechtigheid,' zei hij, toen hij een groot plateau op tafel zette. In Burundi waren er bij Luciën door Belgische priesters en zusters veel pasklare Bijbelcitaten ingeramd, af en toe kwam er zomaar een boven, hij wist ook niet altijd waar het vandaan kwam. Luciën begon de etenswaren te verdelen, maar de anderen pakten zelf iets van de berg. Toen hij keek naar de etende jongens voelde hij zich Ma Flodder, die met een sigaarstomp in haar mondhoek vertederd naar haar kroketten schransende gezin keek.

Jonas en Gregor bespraken een vrouw van middelbare leeftijd die een stukje verderop zat, bij wie je volgens hen door de enorme spleet tussen haar tanden een knikkergrote tongpiercing kon zien zitten. Steeds als ze lachte, wat ze veel deed, zagen ze een glimmende metalen bol.

'Ik denk ook voortdurend dat ze naar mij zit te lachen,' zei Mike, die een paar keer zenuwachtig in de richting van de vrouw keek. Ze had een androgyne kledingstijl, met een zwart jasje en een strakke zwartleren broek. Cola, die net als de anderen een freefight met een Strammer Max voerde, zei: 'Ik heb eigenlijk nooit de lol van een tongpiercing begrepen. Zo'n ding zit toch steeds in de weg als je eet?'

'Ik denk niet dat mensen zich daar druk om maken. Het is volgens mij alleen maar bedoeld voor seks,' zei Jonas, ook met zijn mond vol. 'Dab ib deb enige funkbie.'

'Hij bedoelt... dat is de enige functie,' zei Luciën.

'Ah.'

'Weet je dat of denk je dat?' vroeg Berend aan Jonas.

'Dat weet ik...' zei Jonas, nu duidelijk verstaanbaar. 'Dat heeft een meisje in De Sidonia me eens verteld.'

'Had ze een tongpiercing?'

'Yep... En twee navelpiercings, *for that matter*.'

'En waarom had ze die?' vroeg Goeroe. 'Zijn die ook voor seks?'

Luciën zei: 'Het lijkt me niet iets wat je in een normale sociale omgang zomaar even bij iemand informeert.'

'Wat bedoel je?'

'Mevrouw, mag ik weten waarom u in uw tong een stuk metaal heeft?'

'Heeft u dat wellicht voor orale stimulatie?'

'Hé, is dat om te pijpen?' riep Mike, die dat laatste woord met nadruk zei en een paar keer herhaalde, een acute aanval van Tourette simulerend.

'Dat valt buiten het decorum,' zei Luciën.

'Misschien heeft u uw tongpiercing wel voor het beffen,' zei Cola.

Beer lachte, tussen het kauwen door.

'Ja, verdomd, dat kan natuurlijk ook,' antwoordde Mike. 'Daar sta je niet bij stil, hoe veelzijdig zo'n knop in je mond kan zijn.'

Jonas vroeg of iemand wist wat beffen was in het Duits.

Cola: 'Waarom? Ga je het aan die vrouw vragen?'

'*Entschuldigung. Was ist beffen auf Deutsch?*' zei Mike.

'*Blasen?*' opperde Beer.

'Nee, dat is het zeker niet,' zei Jonas. 'Heb je nooit Duits nagesynchroniseerde porno gezien? Misschien *blaffen*? *Bläffen*.'

'*Bläffen*... Tuurlijk joh, taalwonder.'

Goeroe citeerde een versje dat zijn vader – toen hij met zijn vakbond naar een congres in Hamburg was geweest – hem na terugkomst uit zijn hoofd had laten leren: '*Rauchen, saufen, onanieren, Scheiße an die Wände schmieren, Alkohol und Sonnenschein, ficken und besoffen sein!*'

'Ik was toen dertien. Dat vond mijn vader destijds erg grappig om mij uit mijn hoofd te laten leren. En mijn leraar Duits ook. Die gaf me heel liefdevol een drie op mijn rapport.'

'Die vrouw zit echt met me te flirten,' zei Mike nogmaals. 'Dat gevoel heb ik echt.'

'Over wie hebben jullie het nu?' vroeg Berend, die met zijn rug naar de vrouw met de tongpiercing zat. Hij draaide zich half om.

'Niet meteen kijken.'

Goeroe stond op.

'Ik ga er wat van zeggen,' zei hij – en hij liep in de richting van de vrouw.

Natuurlijk zei Goeroe niets. In plaats daarvan ging hij naar het toilet, achter in de eetzaal van de Raststätte. Het is verbazingwekkend hoe iets eenvoudigs als een buitenlandse stoeprand, een net iets anders vormgegeven verkeersbord of de inrichting van een toilet je tijdelijk kan vervreemden van de eigen vertrouwde wereld. Gregor keek rond in de vaalgroen betegelde ruimte met zijn uitheemse raarvormige wasbakken en urinoirs. Er stond een man te plassen, maar verder was het er rustig en heerste er een bijna serene rust. Het rook er opdringerig naar chloor en lavendel.

Toen hij nog studeerde moest hij een paper schrijven over

de vraag of toeval vanuit een filosofisch standpunt kan bestaan – uiteraard in relatie tot 'vrije wil', waar het in de wijsbegeerte altijd weer op uitdraait. In de theoretische fysica leek het pleit namelijk al beslecht. In de vorige eeuw kruisten Albert Einstein en Niels Bohr, twee van de grootste natuurkundigen ooit, de degens over de kwestie of zuiver toeval wel of niet bestond. De vraag was of alles wat er in de wereld gebeurt van tevoren vastligt in de aard van de materie en de natuurwetten, of dat er werkelijk sprake zou kunnen zijn van een op geen enkele manier te voorspellen toeval. Eeuwenlang heeft de bal gelegen in het eerste kamp. Al in de elfde eeuw beweerde de toonaangevende islamitische denker Omar Khayyan: 'De eerste dag van de Schepping schreef wat de Dag des Oordeels zal lezen.'

Deze gedachte werd overgenomen door christelijke theologen, want het idee dat toeval zou bestaan was een belediging aan het adres van God, die immers volmaakt en alwetend is en dus heus wel weet wat er in de wereld allemaal gaat gebeuren. Ook Einstein was ervan overtuigd dat God niet dobbelde, een stelling die door andere wetenschappers echter toch in twijfel werd getrokken. Na een lang en heftig debat lijkt het tweede kamp te hebben gewonnen, en inmiddels gaan de meeste natuurkundigen ervan uit dat de wereld niet deterministisch is en sommige gebeurtenissen inderdaad onmogelijk te voorspellen zijn.

Goeroe stond op het vreemde toilet in het voormalige niemandsland tussen het inmiddels opgeheven West-Duitsland en de herenigde stad Berlijn staand te plassen, als onderdeel van een allesomvattend wereldwijd 'toevalsproces met een onvoorstelbaar aantal mogelijkheden binnen de uitkomstruimte'. Een van de uitkomsten stond ook in het toilet te pissen. Gregor herkende hem, maar durfde aanvankelijk niet te vragen of de man die naast hem stond te klateren was wie hij dacht dat hij was. Hij kende zijn reputatie als duivelskunstenaar, wildebras, dopehead, poltergeist, tongschraper, show-off, einzelgänger, alchemist, magiër, bietebauw, bullenbijter. Toen de man vanuit zijn ooghoeken doorhad dat de soldaat naast hem een paar keer schielijk naar hem keek, wendde hij zijn hoofd niet al te vriendelijk opzij, alsof hij wilde vragen wat het te betekenen had dat de jongen hem steeds aanstaarde. Wilde hij aandacht? Knokken? Was hij voor seks achter hem aan naar de wc geslopen?

'Are you Nick Cave?' vroeg Goeroe.

De Australische zanger was bij het grote publiek niet bekend, maar veel alto's, punkers en studenten wisten wie hij was. Nog geen uur daarvoor hadden wij op de Duitse snelweg een cassetteband met nummers van The Bad Seeds gedraaid – hoe groot was het toeval? Cave was verbaasd dat de soldaat hem herkende en reageerde veel vriendelijker dan Gregor vooraf zou hebben gedacht. Er verscheen zowaar een gemeende glimlach op het gezicht van de zanger.

'I'm not going to shake your hand,' antwoordde hij, met een diepe stem. Een kleine twinkeling in zijn ogen.

'What are you doing here?' vroeg Gregor, toen Nick Cave zich had omgedraaid richting de wasbak. Droog antwoordde hij: 'I was taking a leak.' Goeroe moest lachen, en Cave ook. Hij vertelde dat hij met zijn band moest optreden in Berlijn. Ze hadden een tour door Europa achter de rug en dit was hun zoveelste stop. Gregor kwam naast hem staan om zijn handen te wassen, en legde uit dat hij met vrienden letterlijk nog geen uur daarvoor naar 'The Mercy Seat' en andere nummers had geluisterd. Knikkend hoorde Cave dit aan. Toen Gregor zijn handen had afgedroogd gaven ze elkaar een hand. Bij het verlaten van de ruimte zei Cave met een zangerig Australisch accent: 'Goodbye soldier, best encounter on a dunny ever.'

Bij terugkomst aan de tafel vertelde Gregor meteen wie hij op het toilet had gezien, een mededeling die aanvankelijk met ongeloof en zelfs desinteresse werd aangehoord. Gregor verzekerde Mike dat hij hem niet in de maling nam, waarop Mike op zoek ging naar Nick en zijn bandleden. Een paar seconden later kwam hij terug, opgewonden op een manier zoals we bij hem eigenlijk nooit hadden gezien. Gehaast reikte hij naar zijn vaalgroene rugtas om zijn exemplaar van de debuutroman te pakken die Nick Cave een jaar daarvoor had uitgebracht en die Mike – hoe groot was de uitkomstruimte van dit toevalsproces? – bij zich had gestoken om in Berlijn te kunnen lezen tijdens verloren momenten. Met het boek in zijn handen verdween hij weer richting de hoek waar de leden van The Bad Seeds zaten. Een minuut later stonden we allemaal bij hun tafel, hoewel Luciën en Berend eigenlijk geen idee hadden om wie het nu eigenlijk ging.

De groep – een verzameling zwartgeklede popmuzikanten, roadies in spijkerpakken en vrouwelijke aanhang met zwartje jurkjes – was gecharmeerd van de jongehonderige Nederlandse studenten die plotseling onstuimig bij hen stonden te kwispelen. Nick Cave liet zich overdonderen door een jongen die niet alleen zijn onnavolgbare zwart-barokke debuutroman (over een doofstomme knul die wel met honden kon communiceren) had aangeschaft, maar zelfs had gelézen. Toen Cave het boek begon te signeren, werd hij door de andere muzikanten liefdevol geplaagd. Een van de begeleiders van de band kwam aanlopen met een enorm dienblad, glazen bier die ook werden uitgedeeld aan ons. Er werden stoelen bijgeschoven en de kring werd groter.

De leden van The Bad Seeds hadden het niet door, maar voor ons was het een moment in onze vriendschap. Mike vertelde hoe hij zijn inmiddels overleden vader had omgeturnd te luisteren naar Nick Caves muziek en Gregor citeerde het schunnige versje dat zijn vader hem had geleerd, tot hilariteit van de Duitssprekende bandleden en volgers. Op hun beurt disten de bandleden anekdotes over hun *never ending tour* op, hoe ze een magnum Moët & Chandon hadden gejat uit de kleedkamer van Split Enz, and hoe ze in Brussel dit and in Parijs dat and hoe ze op de vloer van een Liverpoolse voorraadkelder hadden moeten slapen and hoe dit het leven was waarvan ze ooit hadden gedroomd and inmiddels bij tijd and wijle walgden and cetera. Er was weinig romantisch aan om met een popgroepje in een gammele bus door Europa te crossen van de ene afgeleefde joint naar het andere krakershol, hoewel ze het leven ook niet konden missen.

Goeroe werd door een van de bandleden uitgehoord over zijn legerplunje, waarna Mike vertelde dat hij ook was opgeroepen voor de dienstplicht, maar zich liever gevangen liet zetten dan deel te nemen aan het systeem – een beslissing die goed viel bij de mannen. Nick Cave opperde dat Mike zich bij hen zou aansluiten als roadie, om op die manier zijn militaire dienst te ontlopen. De roadmanager – die tegenover ons al eerder had verzucht dat hij een chronisch tekort had aan mankracht – balde zijn vuist toen hij dit hoorde.

'Yeah, why not, Mike?'

Mike wist niet wat hem overkwam, overlegde even met ons en haalde vervolgens stante pede zijn andere spullen uit de bedrijfsbus van Cola's vader. Die middag vertrok hij met The Bad Seeds richting Berlijn en al een dag later richting Warschau, Praag, Wenen, Bern en de rest van Europa. Het leven *on the road* was hard, schreef hij in zijn sporadische brieven, maar veel beter dan in een Scheveningse cel tussen criminelen en een enkele lotgenoot. Na verloop van tijd liet hij Nick een zelfgeschreven songtekst lezen, die prompt op muziek werd gezet en al vanaf de eerste avond dat de band het nummer speelde aansloeg bij het publiek. Mike ging meer nummers schrijven en mocht na verloop van tijd zelfs meezingen, aanvankelijk alleen als *backing vocal*, maar toen Nick in Lissabon een keer een slechte stem had ook als leadzanger. Er volgde een gouden tijd, waarin Nick, Mike en de andere Bad Seeds elkaar stimuleerden het maximale uit hun muzikale capaciteiten te halen, iets wat door de in aantal almaar groeiende schare fans zeer werd gewaardeerd. In 2001 verliet Mike na goed overleg de band om eindelijk voor zichzelf te beginnen, waarna er vele gouden platen en enkele succesvolle internationale bestsellers volgden, want ook als schrijver brak hij door. De Nederlandse overheid – die Mike aanvankelijk bij verstek had veroordeeld tot gevangenisstraf en zelfs een internationaal opsporingsbevel had uitgevaardigd – pardonneerde hem, waardoor hij als een vrij man kon terugkeren naar zijn vaderland, waar hij als een held werd binnengehaald, mede door ons, zijn vrienden, die hij al die jaren niet was vergeten.

Nou ja, zo had het kunnen gaan. Toen Mikes boek gesigneerd was en we onze biertjes hadden opgedronken namen we afscheid van elkaar, althans wij van hen. De tourmanager van The Bad Seeds beloofde dat hij ons die avond op de gastenlijst van hun gig in de Neues Tempodron zou zetten, voor als het feest van Otto & Silkes huwelijk tegenviel. Op de snelweg richting Berlijn kwamen we ze nog eenmaal tegen, toen we hen passeerden – luid toeterend en met 'The Mercy Seat' uit de boxen schallend. In hun tourbus zwaaide niemand terug, maar dat deerde niet.

2019

We rijden in een verder zo goed als verlaten landschap langs uitgestrekte heuvels met strakke rijen frisgroene druivenstokken: vier auto's in colonne naar de bestemming diep in het woud. Luciën gaat voorop en dus tuffen we een paar kilometer onder de maximumsnelheid, tot ergernis van Jonas, die zin heeft om gas te geven. Zonder het van elkaar te weten luisteren Luciën en Cola naar Bach. Cola draaide in de Jan-Pieter van Spilbergenstraat *Die Kunst der Fuge* vaak op luid volume, tot verwondering – een beter woord is irritatie – van onze andere huisgenoten. Zelf speelde Cola hobo, bij het Utrechts Studenten Septet Bachdad, een ensemble gespecialiseerd in maffe uitvoeringen van barokke kamerstukken (twee van de violistes waren in een ander leven fotomodel en vooral dat laatste droeg bij aan de populariteit van het gezelschap). Na een paar jaar was de lol er voor Cola van af, vijf jaar geleden verkocht hij zijn hobo op eBay.

Jonas, direct achter Luciën, luistert in zijn auto niet naar muziek: hij streamt een audioboek van een uit het Spaans vertaalde roman, waarvan de Amerikaanse verfilming in Nederland binnenkort wordt bewerkt tot theatervoorstelling. Jonas is gevraagd voor een van de hoofdrollen. Tegen de producent en regisseur heeft hij volgehouden dat hij het origineel natúúrlijk had gelezen. Hij had in de winkel de flaptekst van het boek bekeken. Jonas kan zijn aandacht niet bij het verhaal houden, vooral omdat hij zich steeds afvraagt van wie toch de stem is die het luisterboek heeft ingesproken en waarom hij nooit voor dat soort klussen wordt gevraagd. Ook zit hij te dubben of hij niet zo langzamerhand een ontwapenend berichtje aan Stephany Burdon-Sanders zal sturen. Het is belangrijk om niet te snel iets van zich te laten horen, want dat verraadt een gretigheid die negatief kan worden uitgelegd, maar hij moet er ook niet te lang mee wachten op het gevaar af dat ze niet meer weet wie hij is.

'*It was nice meeting you, Stephany Burdon-Sanders... I'm trying to focus on the German roads here, but I can't help thinking of you a lot,* 😘🤪' typt hij ten slotte, maar hij verstuurt deze WhatsApp nog niet en legt het toestel naast zich op de bijrijdersstoel. Zuchtend luistert hij verder naar het audioboek, terwijl hij ondertussen op zijn tomtom zoekt hoe groot de afstand tussen Lessebach en Frankfurt is.

Tien meter voor hem heeft Luciën een gesprek aangenomen van het Groningse ziekenhuis waar hij vannacht heeft staan opereren. Met een dienstdoende specialist overlegt hij over de verdere behandeling van de patiënt wiens leven hij vannacht heeft gered (beter: wiens dood hij een tijdje heeft uitgesteld), maar een paar keer wordt zijn collega voor dringender zaken weggeroepen. Luciën luistert naar de wurgende muzak die over zijn boxen schalt als hij in de wacht wordt gezet en mistroostig denkt hij aan de orkestsuite waarnaar hij zat te luisteren voordat hij werd lastiggevallen. Er is veel van Bach verloren gegaan, veel van zijn partituren zijn verdwenen. Niemand zal die muziek ooit nog horen. Waar is die schoonheid van weleer nu, vraagt Luciën zich af. Waait die nog ergens in het universum of zijn de klanken voor altijd verloren?

Beer, achter in de colonne, houdt zich met aardsere zaken bezig. Hij belt met een van onze brouwers – de baardmannen of baarden, zoals ze in ons groepsidiolect heten – over een minieme verontreiniging in een batch van gisteren. De baard-vandienst wil Beers mening peilen voor hij een beslissing neemt.

Berend heeft een gesprek dat hij de voorbije decennia al ontelbare malen heeft gevoerd en nog minimaal de komende vijf jaar zal voeren. Dit is zijn leven: nadenken over bier. Dat hij dit voorlopig zal blijven doen hebben we zo afgesproken. Berend is de enige van ons gezelschap die geplaagd wordt door twijfels over ons besluit. De afgelopen maanden heeft hij zich ervan laten overtuigen dat we de brouwerij het beste kunnen verkopen en hij heeft zich erbij neergelegd dat hij contractueel nog jaren als verantwoordelijk bierbrouwer aan de zaak verbonden blijft.

Het naderende einde van ons gezamenlijke bedrijf valt hem zwaarder dan hij zal toegeven. Wij hebben Berend regelmatig liefdevol 'gevoelsarm' genoemd, een omschrijving die hij schouderophalend aanhoorde, zeker toen hij – door leven en omstandigheden geplaagd – wel degelijk over een groot gemoed bleek te beschikken. Toch is het waar dat als iedereen de afgelopen jaren op de banken stond te juichen, Berend bleef zitten. Glimlachend. In tijden van grote stress raakten wij in een diepe fase van hysterie, terwijl Berend rustig in zijn stoel bleef zitten. Fronsend. Maar wat Berend onderweg naar Lessebach voelt zijn de voortekenen van ontreddering, al zou hij dat woord zelf niet gebruiken.

Drie auto's voor hem krijgt Luciën zijn Groningse specialist weer aan de lijn, die verder wil praten over zijn patiënt. Eigenlijk zit Luciëns werk erop, hij heeft in die nachtelijke spoedoperatie een meneer verlost van een deel van zijn pancreas, maar nu zijn er toch complicaties die de endocrinoloog en zijn team niet goed kunnen duiden. Luciën speelt de rol van Sprechhund, al heeft hij ook geen idee wat de oorzaak zou kunnen zijn. Af en toe zegt hij iets om zijn collega het gevoel te geven dat hij meedenkt.

'Waar ga je eigenlijk heen?' hoort hij de arts vragen.

'Hoe bedoel je?'

'Waar ben je naar op weg?'

Even kijkt Luciën naar de voorbijschietende druivenstokken.

'Met wat vrienden ga ik naar een verlaten boshut, diep in het woud. We gaan een weekend drinken en...'

En dan valt er een stilte.

'En wat?'

Godsamme, het moet vermoeidheid en de stress van de afgelopen dagen zijn: Luciën schiet vol. Hij snapt zelf ook niet goed waarom. Tranen in zijn ogen, brok in zijn keel, stante pede schaamte en schuldgevoel. Geforceerd hoestend probeert hij zich te hernemen, blij dat Jonas en de anderen hem zo niet zien.

'Sorry,' zegt hij en hij probeert er zich met een grapje van af te maken: 'Er schoot even iets langs mijn epiglottis.'

Hij schraapt luidruchtig zijn keel, om een denkbeeldig druivenpitje achter zijn huig vandaan te krijgen.

'Wat ga je daar doen?' vraagt zijn collega als Luciën weer stil is.

'Niks bijzonders. Beetje drinken, koken, wandelen...'

'Klinkt heel erg bejaard,' zegt zijn collega, die qua leeftijd niet veel van Luciën verschilt. 'Niet naar de disco?'

'De disco? Dat klinkt anders ook heel bejaard,' zegt Luciën.

De man lacht en beëindigt het gesprek. Dan, terwijl hij nog nasnottert, denkt Luciën aan een gedichtje van Goethe dat hij in zijn studententijd samen met Jonas heeft vertaald in het café:

Alles heeft zijn tijd,
het nabije wordt veraf,
de hitte wordt koud,
het jonge wordt oud,
het koude wordt warm,
de rijke wordt arm,
de gek wordt slim:
alles op z'n tijd.

In de wagen achter hem is Jonas met zijn eigen vorm van poëzie bezig. Hij wist het tekstberichtje dat hij net schreef aan Stephany Burdon-Sanders. Zo langzamerhand zullen zij en haar vriendinnen wel in Frankfurt zijn gearriveerd om daar op te gaan in feestelijke liederlijkheden. Wat een idioot idee te denken dat ze op een levensteken van een Nederlander zit te wachten. Waarom zou hij contact met haar proberen te onderhouden, een vrouw die hij nooit meer zal zien of spreken?

Er was net een mooi moment op een parkeerplaats langs de snelweg, een sprankeling, er gloorde avontuur, een vergezicht naar een heimelijk impetueus samenzijn in een onbekende buitenlandse stad. Impetueus komt van het Italiaanse *impetuoso*, een aanwijzing in een partituur dat een muzikale passage door het orkest onstuimig moet worden uitgevoerd. Het begrip heeft een negatieve bijklank, want impetuoso kan ook slaan op gehaast, driftig of zelfs ondoordacht. Jonas kende tot voor kort de term niet, maar een impetueus personage dat hij in een toneelstuk moest spelen gebruikte het woord en zo sloop het zijn eigen vocabulaire binnen.

Terwijl hij hierover nadenkt bliept zijn mobiele telefoon. Op het scherm ziet hij een bericht van Stephany Burdon-Sanders. ‘*Have you forgotten us already?* 😂😂😂🍆💦’, leest hij.

1992

Begin jaren negentig was het communisme ontmanteld, maar de dienstplicht in Nederland bleef gewoon bestaan. Hoewel vele jongens werden afgekeurd of uitgeloot, moesten anderen gewoon onder de wapens. Onder wie Mike, die plechtig had besloten dat niet te doen. Inmiddels had het fanatisme waarmee in de decennia daarvoor jongens dienst hadden geweigerd iets onaangenaams gekregen. Daarnaast kwamen er 'weigeryups', jongens die helemaal niet tegen het leger waren, maar het vooral tijdverspilling vonden om in uniform rond te hangen of bij bejaardentehuizen tuinen te spitten. Velen van hen hadden met juridische hulp alsnog het officiële stempel 'buitengewoon dienstplichtig' gekregen, waardoor ze zich niet hoefden te melden. Diep in zijn hart wilde Mike dat ook, maar voor geen goud zou hij zich encanailleren met die ballen. Zijn totaalweigeradvocaten konden het echter niet eens worden over de te voeren strategie hoe hem uit dienst te houden. Zijn ene raadsman ('de mondstankterrorist' zoals we hem later noemden) adviseerde hem onder te duiken en te wachten op een generaal pardon, de andere ('het konijnenkapsel') leek het beter dat hij zich meldde op het tijdstip waarop hij was opgeroepen en de consequenties onderging.

Dat laatste advies volgde Mike op. Toen hij aankwam bij de kazerne was het vooral de verwilderde blik van zijn moeder die hem uit zijn evenwicht bracht. Liever had Mike zich door ons laten wegbrengen, maar Saskia – ze stond erop dat we haar bij haar voornaam noemden – wilde dat zelf doen. Bij het afscheid op de parkeerplaats huilde ze, eerst onhoorbaar, maar toen Mike door de poort naar binnen liep klonken haar diepe uithalen over het emotieloze asfalt. Ook Mike moest de tranen onder zijn ogen wegwrijven.

Bij binnenkomst werd hij verwelkomd door een niet onvriendelijke man met een uniform, die hem dirigeerde naar een wachtrij van jongens die hun dienstplicht kwamen voldoen. In zijn halve punkoutfit viel Mike uit de toon. Mike kende de procedure die ging volgen uit zijn hoofd: met de mondstankterrorist en het konijnenkapsel had hij vele malen doorgenomen wat er zou gebeuren, wat hij moest doen en zeggen. Hij keek naar de toekomstige soldaten voor hem, die van een korporaal een stapel kleren en een dienstwapen kregen gepresenteerd. Ik ben niet een van hen, ik ga me niet voor het karretje van moordzuchtige machthebbers laten spannen, ik hoef geen soldaat te spelen, ik wil mijn vizier niet richten op leeftijdgenoten die toevallig in een ander land zijn geboren.

'Dienstplichtig militair, neem dit uniform en dit wapen aan van uw meerdere,' hoorde hij de man tegen de jongen voor hem in de rij zeggen, waarna de knul de spullen overnam en vanaf dat moment ons land dus officieel beschermde tegen de Russen. Wat een veilig gevoel was dat. De korporaal glimlachte naar de jongen en legde even zijn hand op zijn schouder. Met deze knul zullen we de oorlog winnen.

Toen Mike aan de beurt was werd hij door de man met een niet onaardig gebaar naar voren gewenkt. Hoewel hij zich hierop had voorbereid ging er toch een onverwachtse gloed van spanning door Mikes lijf, dit was het ogenblik dat het erop aankwam, het moment waaraan hij vele uren had gedacht. In de paar seconden tussen de drie stappen naar de afgiftebalie was alles in zijn leven nog ongewis en alles mogelijk. De officier had intussen een stapel gemaakt van kleren, een baret en een Colt c7 – en hij overhandigde die aan Mike. Hierna zei hij, met bijna lachwekkende ernst, zijn officiële zinnetje.

Nog steeds was alles mogelijk. Mike kon ook sterven, dat was een derde optie: ter plekke dood neervallen en in ieder geval worden herdacht zolang er nog een van ons leeft.

'Nee,' zei onze vriend, luid en duidelijk.

Nee... Nee... Nee... Nee... Nee... Nee... Nee... Nee... Nee... Nee...

De klank van het woord galmde door de ruimte. Verschrikt keek de officier op en ook de aandacht van de andere militairen was gewekt.

De korporaal hernam zich, tilde nogmaals het stapeltje kleren en de Colt op en zei: 'Dienstplichtig militair, voor de tweede maal gebied ik u: neem dit uniform en dit wapen aan van uw meerdere.'

Hij keek daarbij vol mededogen naar Mike, alsof hij hem wilde behoeden voor een misstap (en waarschijnlijk was dat ook zo).

'Nee,' zei Mike nog een keer, met hetzelfde stemvolume als daarvoor, maar toch iets minder overtuigend, eerder smekend. Zo was het hem door zijn 'totaalweigerkollektief' ingepeperd. Jezus werd voor het kraaien van de haan driemaal verloochend, totaalweigeraars moeten nadat hun het dienstwapen wordt gepresenteerd driemaal weigeren. Vanuit zijn ooghoeken zag Mike dat een van de andere officieren de telefoon oppakte.

'Dienstplichtig militair,' zei de korporaal opnieuw, met een lichte irritatie in zijn stem. 'Voor de derde en wettelijk laatste maal gebied ik u: neem dit uniform en dit wapen aan van uw meerdere.'

Er was nog steeds de mogelijkheid dat Mike het stapeltje kleren en de Colt oppakte en gewoon zijn dienstplicht vervulde. In plaats daarvan zei hij voor de derde keer duidelijk Nee... Nee... Nee... Nee... Nee... Nee... Nee... Nee... Nee... Nee...

'Ik heb een rekwest van mijn advocaat bij me,' mompelde hij tegen de korporaal, die knikte en Mike een tijdje bleef aankijken. Uit zijn weekendtas haalde Mike de envelop van zijn juridisch supportteam.

'Weet je zeker dat je dit wilt, jongen?' zei de officier zacht, in een moment van bijna vaderlijke bezorgdheid, en Mike wist dat het buiten het decorum viel om een soldaat te tutoyeren en 'jongen' te noemen.

Mike knikte.

De man hernam zich en zei plechtig: 'Dan moet ik een bevel tot inverzekeringstelling geven en u onder militair arrest plaatsen.'

Mike kende de woorden uit zijn hoofd.

Nog die ochtend werd hij door de bevelhebber van de kazerne officieel overgedragen aan twee ongeïnteresseerde leden van de marechaussee, die hem op transport richting het Depot van Discipline in Nieuwersluis zetten, waar hij in een snikhete cel werd geplaatst en de rest van de dag doorbracht. Een zwijgende cipier kwam hem een dienblad met een bal gehakt, een glas lauwe melk en een bak waterige hopjesvla brengen. Hopjesvla, ook dat nog. Mike zag alleen de handen van de man. Een paar uur later werd Mike door het luikje van zijn cel meegedeeld dat hij zijn eigen ondergoed moest omruilen voor een onderbroek en een hemd die hem door de gevangenis werden verstrekt.

'Waarom?' vroeg hij aan de man die hem de schone kleren gaf. De man zei: 'Omdat we niet weten of jij je poepertje goed hebt gewassen, gevangene.' Het was het eerste menselijke contact dat Mike had sinds zijn arrestatie.

De dag erna werd hem door een majoor tijdens een indringend verhoor nogmaals een uniform en een wapen gepresenteerd, en toen Mike wederom driemaal weigerde de stapel aan te nemen – hij zat nu op zes keer – bracht een cipier hem naar een isoleercel, waar hij de rest van de dag verbleef en de nacht doorbracht. Dit was het gedeelte van zijn gevangenschap dat hij het meest had gevreesd. Tijdens de totaalweigerspreekuren werden door totaalweigervoorgangers vaak met afschuw herinneringen aan de isoleercel opgehaald, een martelmethode bedoeld om de wil van de dienstweigeraar te breken. Het eenzame verblijf vermorzelde Mike echter niet, integendeel, hij werd erdoor gesterkt in zijn beslissing te staan voor zijn principes – schreef hij ons later in een lange brief waarvan twee passages waren gecensureerd (die dus voor de eeuwigheid verloren zijn gegaan).

Er volgde een intense periode, waarin Mike twee keer werd overgeplaatst, nog zes extra keren het uniform en het dienstwapen weigerde en uiteindelijk terechtkwam in het achterlijk verre Daarhuizen, 'tussen boeven en verkrachters'. Voor ons betekende deze gevangenis vier uur heen en terug met trein en bus. Wij bezochten Mike een paar keer samen en ook los van elkaar.

De eenzaamheid van het gevangenisleven viel Mike zwaar. Het was verboden te schrijven op de muren of het meubilair en als een gevangene erop werd betrapt kreeg hij strafvermeerdering. Desalniettemin ontdekte Mike vele boodschappen in zijn cel, sommige gekerfd, sommige geklad. Boven in de stevig bevestigde kast had iemand met felle streken 'ASO Weert' gekrast en daaronder met verontwaardigde letters '39 maanden onschuldig!!!!!' Elders stond 'Fuck the systeem!', 'Lees dit niet', 'Everything I Do I Do For U' en 'Losing My Religion', waarbij het woord 'Religion' was doorgestreept en in een ander handschrift vervangen door 'Erection'. Op het kleine in de vloer verankerde bureaublad had iemand op een bijna onvindbare plek in een ouderwets handschrift 'moraal is een verzinsel van het kwaad' geschreven, een zin die Mike een keer of honderd las, maar nooit begreep. De tekst die Mike het meest ontroerde was het jaartal '1943', in het hout van een sponning van het tralieraam. Wie zat er in de oorlog in deze cel en waarom? Mike voelde zich op een bepaalde manier verbonden met deze lotgenoot.

Het matras op de robuuste bedbodem lag eerlijk gezegd beter dan dat in zijn voormalige studentenkamer, maar verder viel zijn nieuwe onderkomen hem zwaar tegen, al was de huur beduidend lager. Zijn kussen stonk, soms zo penetrant dat hij er hoofdpijn van kreeg. Er klonk altijd lawaai, zelfs, of met name, 's nachts. Af en toe schalde er door de oude hoge gevangenis een diep doorleefde schreeuw. Wanneer de centrale verwarming niet kraakte of klapte, tikten gevangenen er moedwillig tegen. Een keer per week werd de metalen pispot van zijn cel schoongemaakt door een Turk of Marokkaan die nooit iets tegen hem zei en alleen maar constant 'godverdegodverdegodver' mompelde. Toch had Mike het idee dat hij een goed contact had met deze man.

De zaak-M.J.H. Rathenau werd relatief snel afgehandeld omdat Mike zich niet verzette en van zijn dienstweigering geen politieke show maakte, in tegenstelling tot een paar andere totaalweigeraars in Daarhuizen, die zelfs in hongerstaking gingen. Na de pro-formazitting van de krijgsraad kwam het eigenlijke proces bij de Militaire Kamer in Arnhem: wij zaten tijdens de rechtszaak op de publieke tribune achter een glazen wand. Op het moment dat de rechter het vonnis voorlas keken we naar Mike, net als alle andere aanwezigen in de zaal. Mike draaide zich met een berustende glimlach om naar Saskia en daarna naar ons. Hij moest nog maanden zitten – en waarvoor en voor wie eigenlijk?

Na afloop mochten we even met hem spreken, de sfeer was mat en gelaten. Normaal maakten we voortdurend grappen en bespotten we elkaar, maar die middag waren we zwijgzaam, terwijl een van de totaalweigeradvocaten de strategie voor het hoger beroep toelichtte.

'Ik ben niet dood,' zei Mike tegen zijn moeder.

'Zo voelt het wel,' bracht ze uit, tussen haar snikken door.

Toen hij door twee ongeïnteresseerde marechaussees werd meegenomen riep hij ons na: 'Zet het bier maar vast koud.'

Onze vriendschap maakte ons onoverwinnelijk, onze vriendschap was de manifestatie van pure bezieling en zuivere levenskracht – al deden we daar dus helemaal niet pathetisch over. In een verhandeling over vriendschap vroeg Cicero zich af of mensen met elkaar bevriend zijn uit zwakte of uit behoefte. Vrienden staan elkaar met raad en daad bij, in ruil voor soortgelijke tegenprestaties. Dat klinkt nobel, maar is het dat wel? Is het niet berekenend als mensen vriendschappelijk met elkaar omgaan louter omdat ze daarvan zouden kunnen profiteren? Volgens Cicero was er een veel betere basis voor ware vriendschap: onbaatzuchtige liefde. Dat moest voor hem de kern zijn. 'Alles in een vriendschap is echt en zonder bijbedoeling,' schreef hij. En zo voelden wij dat ook. Althans, zo zou het moeten zijn. Cicero zei in diezelfde toespraak: 'De trouw van vriendschap wordt getoetst bij tegenslag.'

Binnen de Eredivisie van onze vriendenkring gold de erecode dat je je niet seksueel inliet met geliefden en ook niet met ex-geliefden, tenzij er sprake was van een geruime verjaring en van tevoren toestemming was gevraagd (en verleend *for that matter*). Cicero noemde het 'karakteradel': een eigenschap die vriendschap versterkt. In onze karakters zat het simpelweg niet ingebakken om de beminden van onze vrienden te begeren. Of toch?

Cola had een relatie met Phileine, een meisje dat biologie studeerde en achtergrondzangeres was in een twaalfkoppige band die hiphop, ska en jazz combineerde. Hij was verblind door liefde en zag in haar al snel de moeder van Cola 6 en diens broertjes en zusjes, hij wilde haar zelfs voorstellen aan zijn ouders. Hij schreef songteksten voor nummers die zij zou moeten zingen, nam saxofoonlessen en dacht erover zijn suffe hobo – die afgeknepen nasale perstoeter – in te ruilen in de hoop zich bij haar orkest aan te kunnen sluiten. Als Cola bij Phileine op haar studentenkamer was en ze na de seks samen luisterden naar muziek, stelde hij met tevreden berusting vast dat het leven hem welgezind was. En waarom ook niet?

Maar toen. Klassiek verhaal. Komt in duizenden films voor. Op een middag besloot hij om Phileine onverwachts te bezoeken na een college. Een van haar huisgenoten liet Cola binnen (en zij had het moeten weten, de trut), op de gang maakte hij een praatje met een van haar andere vriendinnen (en die waarschuwde hem ook niet, de teef), bij de keuken groette hij haar hartsvriendin (en die liet hem rustig naar haar kamer wandelen, de bitch) en daarna deed hij de deur van Phileines hoerige afwerkplek open.

Daar lag ze. Op heterdaad betrapt met een ander. Niet dat Cola en Phileine elkaar in de maanden daarvoor expliciet hadden beloofd nooit met vreemden het bed in te duiken, want dat soort afspraken was aan Phileine niet besteed. Ze wilde zich best binden, maar niet seksueel. Phileine en een of andere kale rauwdouwer – in wie hij een trompettist herkende – hadden niet door dat Cola in de deuropening stond. Altijd al een kutinstrument gevonden, de trompet. Cola hoorde de geluiden vanaf het matras en dacht: ik ben verliefd, dus ik wil het beste voor mijn geliefde, ik wil dat zij een zo plezierig mogelijk leven leidt – dus waarom sta ik er niet bij te springen dat zij het klaarblijkelijk zo naar haar zin heeft? Of eigenlijk kwam dat besef pas later, toen hij – allang niet meer verdrietig – had uitgedokterd dat verliefdheid niet betekent dat je het beste voor je geliefde wilt, maar vooral het beste voor jezelf.

Hij zal een paar seconden in die deuropening hebben gestaan, al duurde dit in zijn herinnering een halve pornofilm. Voor Cola voelde het als het grootste leed dat iemand hem ooit had aangedaan. Hij maakte zich boos om de uitdrukking 'met een ander in bed duiken'. Het was geen duik die Phileine had genomen, het was een achterwaartse tiendubbele flikflaksalto van een springplank van vijfentwintig meter hoog. In onmachtige woede rende hij weg van Phileines deur. Hij denderde de trap af, gooide woest de voordeur van het studentenhuis open en in zijn ontreddering stormde Cola zo de ingang uit, de straat op, weg van die smerige poel.

Daar liep Michelle, een ex van Beer, Jonas kende haar, maar Cola niet. Michelle zag haar belager niet aankomen. Cola, in zijn woede, kegelde haar zo omver: rücksichtslos werd ze naar het trottoir gelanceerd. Zelf wist Cola, op een uiterst stoethaspelige manier, ternauwernood zijn evenwicht te bewaren en te voorkomen dat hij naast haar op de grond donderde.

Even lag Michelle daas op de straattegels, waarna Cola toeschoot om haar overeind te helpen, zich uitvoerig verontschuldigend. Plompverloren vertelde hij – alsof dat iets verklaarde – wat hem zojuist was overkomen: dat hij zijn vriendin had betrapt met een ander. Zijn vriendin met een ander. In bed met een ander, zijn vriendin. Zijn vriendin in bed met een ander. Zijn vriendin met een ander in haar bed.

'Een trompettist,' riep Cola een paar keer, verbijsterd en verontwaardigd.

Bij de derde keer schoot Michelle in de lach. Toen ze niets bleek te mankeren dacht ze na over de situatie. Ze was niet boos om Cola's onbesuisde actie, maar ze leefde met hem mee, dat deed ze echt, al vond ze zijn verhaal over wat er was gebeurd op een bepaalde manier ook amusant. Hij wist zijn gram met getergde humor te verwoorden. Een trompettist. Zonder bijbedoeling vroeg ze of hij zin had om een kopje koffie met haar te drinken en even uit te blazen. Had hij geweten dat Michelle een ex van Beer was dan was zijn leven honderd procent zeker anders gelopen.

Toen Cola en Michelle anderhalve maand later voor de derde keer met elkaar naar bed waren geweest en na afloop in elkaars armen lagen te roken, praatten ze met een niet uitgesproken verliefdheid over hun amoureuze verledens: vorige relaties, veroveringen en miskleunen. Flarden geluk, alsof er geen toekomst was. Cola was Phileine inmiddels zo goed als vergeten, hij vergoelijkte haar gedrag zelfs al. Misschien waren zij en hij toch niet voor elkaar geschapen. Op haar beurt vertelde Michelle over een aimabele beer van een vent genaamd Berend, die haar de bons had gegeven omdat zij een vriendin over hem en zijn geslachtsdeel had verteld, die dat had doorgeroddeld aan een vriendin, die het vertelde aan een vriend van die Berend, die het weer aan Berend vertelde.

Cola liet haar los.

'Bedoel je Berend Moorman?'

Hij kwam overeind.

'Goddomme, dat is een van mijn beste vrienden.'

Vorsend keek Michelle hem aan en met een meisjesachtige intonatie zei ze: 'Oh oww.' Cola besefte dat zij het meisje van de zweefmolen bij de Stadsschouwburg moest zijn. 'De nacht in het reuzenrad' was een gebeurtenis waarover Berend regelmatig had gesproken.

Michelle kwam nu ook overeind.

'Dus hij heeft over mij verteld?' zei ze, eerder geamuseerd dan gekrenkt.

Weer viel er een stilte, waarin Cola zijn sigaret doofde in een glazen asbak.

Ze vroeg: 'Is het erg dat ik iets heb gehad met een van je beste vrienden?'

Cola zuchtte bijna niet hoorbaar.

'Wat was het dan dat je over zijn pik aan je vriendin vertelde?'

Er waren bij ons geen 'groepjes binnen de groep', zoals dat soms gaat, op één koppel na: Berend en Cola. Zij waren de as van het kwaad, het fundament van de groep, geen afspraak of beslissing werd zonder hen genomen. Ze hadden elkaar ooit ontmoet op een introductiefeest in een studentendiscotheek in het centrum, tijdens een avond dat de tent volgepompt leek met feromonen en testosteron. In het gedrang waren ze beiden hun studiegroepen kwijtgeraakt en zo raakten ze aan de praat. De liederlijkheden om hen heen cynisch becommentariërend keken ze naar de parade aan walmende uitslovers en stuitende wannabe's. Niets wat zo verbindt als een gedeelde aversie, aldus Tsjechov (geen idee of dit echt een citaat van Tsjechov is, maar het klinkt overtuigend).

Er kwam een andere jongen bij hen staan, een in een lange zwarte leren jas gehulde emo met getoupeerd donker pluishaar. We hebben zijn naam geweten, maar die is weggezakt. Gedrieën hielden ze een nuldejaars-topoverleg, tussen de uitbundige feestvierders en aanstellers. Er liepen veel ouderejaars en niet-studenten rond op zoek naar aangeschoten wild. Het gesprek van Berend, Cola en de jongen met de kogelviscoupe werd onderbroken omdat er bij de voordeur schermutselingen uitbraken tussen opgefokte corpsballen en alto's. Omstanders schreeuwden en om de knokpartij ontstond een kring van toeschouwers. De student zonder naam stelde met een bijna verlekkerde blik voor om ook even te gaan kijken. Cola pakte hem bij zijn nek.

'We gaan er alleen naartoe als we meevechten met de underdog,' zei hij zonder aarzeling. Een typisch colaiaanse reactie, al wist Berend dat nog niet. De The Cure-lookalike deinsde terug. Berend niet.

'Kom,' zei hij, waarna Cola en hij zich naar het opstootje wurmden. Gezamenlijk wierpen ze zich in het centrum van het gevecht, Berend nam de meest agressieve student in een wurggreep en daarna was de ophef snel voorbij. De portiers van de discotheek namen de jongen met het gescheurde corporale jasje van Berend over en de kring van ramptoeristen bij de ingang loste op. Berend en Cola liepen terug naar de bar, waar de jongen met het pluiskapsel was verdwenen.

Drie jaar na dit voorval klopte Cola in de Jan-Pieter van Spilbergenstraat met een bezwaard gemoed op de deur van zijn vriend.

Hij had een fancy fles wijn uit de kelder van zijn vader meegenomen om de te bespreken zaken soepeler te laten wegglijden. Berend deed open, en was niet verbaasd dat zijn vriend hem onverwachts bezocht. Wel was hij verbaasd over de fles wijn, die hij onmiddellijk ontkurkte. Hoewel Cola zijn vriend de jaren daarvoor een keer of oneindig had gezien, keek hij nog altijd geamuseerd naar diens imposante postuur. Hij was niet de enige. Beers moeder – ze speelt een bepalende rol in het verhaal van onze brouwerij – was erg klein van stuk. Hoe het mogelijk was dat zo'n schriel vrouwtje zo'n enorm beest had voortgebracht, was voor iedereen een raadsel.

Niet dat haar fysieke gestalte een representatie was van haar persoonlijkheid, integendeel. Kateřina Volencova, de in Heiloo geboren dochter van een Tsjechische wetenschapper die zich in de jaren dertig in Noord-Holland had gevestigd, vulde in haar eentje met gemak een stationshal. Haar handelsmerk was haar rock-'n-rolloutfit, ze ging vaak gekleed in felgekleurde petticoats en truitjes. Op een groepsfoto uit 1997 – genomen toen we voor het eerst onze bieren mochten tappen op het popfestival Lowlands – stond ze breed lachend, gekleed in een donkergroen pluizig bontjasje en strakke zwarte hotpants. Peter Moorman, Berends vader, telg uit een geslacht van manegehouders, was geen kleine man, maar zijn lichaamsbouw deed weinig aan die van zijn zoon denken, behalve dat hun gezichten op elkaar leken. Waar Beers enorme lijf vandaan kwam was dus onduidelijk. En waarom er zoveel kokette meisjes op hem leken te vallen ook. Berend was als een lome Deense dog die voortdurend werd belaagd door keffende chihuahua's. Vaak hadden de ietepetieterigste studentes hun zinnen op hem gezet, vrouwen die anatomisch onmogelijk bij hem konden passen.

Michelle was een uitzondering, en misschien daarom dat hij aan haar bleef hangen. Het maffe was dat hij ook na hun kortstondige relatie – meer dan een three-nights-stand was het niet geweest – aan haar was blijven denken. Berend had van zichzelf nooit begrepen waarom hij het in een opwelling had uitgemaakt. Nadat eenmaal tot hem doordrong dat Michelle en hij elkaar daadwerkelijk niet meer zouden zien, vlamde zijn verliefdheid op, heftiger dan toen ze nog dateten. Zal je altijd zien. Hoe had hij zo dom kunnen zijn? Hij vertelde ons over haar en wij adviseerden een voor een dat hij haar – het liefst groots en meeslepend – moest zien terug te winnen.

En zo stond hij een paar keer op het punt Michelle te bellen en te zeggen dat hij een blunder had begaan, fantaserend hoe hij haar op straat zou verrassen, haar op zijn schouder zou nemen en haar golvend door de stad naar haar kamer zou dragen. Uiteindelijk ontbrak het hem aan het lef om de telefoon op te pakken. Hij wilde Michelle niet lastigvallen, besloot hij, en daarbij dacht hij zeker te weten dat hij haar met een andere jongen had gezien, waarna hij haar uit zijn hoofd probeerde te zetten, tevergeefs. Na een paar maanden liet hij zich op een avond in De Sidonia strikken door een mondige rechtenstudente van 1,60 meter, die bij hem in bed ging liggen en daar voorlopig niet meer uit kwam. De foto van Michelle op zijn prikbord werd door dit meisje leep verwijderd, al ontkende ze dat. Na een halfjaar vertrok de studente weer uit eigen beweging, waar Berend niet om treurde omdat hij – maar dat vertelde hij niet aan het meisje – al die maanden Michelle in zijn kop had gehad.

En toen klopte Cola dus op zijn deur, met een dure fles in zijn hand. Eerst dronken ze van de wijn, die *for the record* smaakte als alle andere wijnen, en daarna keken ze naar darts op de BBC.

'Ik moet je wat vertellen,' zei Cola.

'Dat klinkt alsof je het gaat uitmaken,' zei Beer. 'Maar... Maar Cola... We kunnen toch vrienden blijven?'

Cola glimlachte flauw.

'What's up?' zei Beer.

'Ik ben Michelle tegen het lijf gelopen.'

'Ah.'

Uit Cola's ernstige ondertoon concludeerde Berend dat er iets aan de hand was. Hij vermande zich.

'Heeft ze een ander? Is ze zwanger? Gaat ze trouwen?'

Op de BBC schalde de *caller*: '*One hundred and eightyyy!*', waarop het gejuich van het publiek het gesprek even onderbrak.

'Nee, ik ben haar letterlijk tegen het lijf gelopen.'

'Hoe bedoel je?'

'Letterlijk,' zei Cola en hij vertelde van Phileine en haar pornotrompettist, hoe hij in de deuropening had staan kijken naar hun ongedwongen gevoos, hoe hij de straat op stormde en pardoes Michelle tegen de grond kegelde.

'Michelle? Was ze gewond? Heb je haar pijn gedaan?' Hij balde zijn vuist en zei: 'Schoft.'

'Nee, dat niet. Ze begreep heel goed waarom ik zo kwaad was. We zijn van schrik samen een kopje koffie gaan drinken.'

'Oké...'

'Ja, nou ja.'

Er viel een stilte.

'En toen?'

Op het tv-scherm gooide een van de darters opnieuw driemaal een *triple twenty*.

'*One hundred and eightyyy!*' klonk het in de huiskamer, gevolgd door een shot van verhitte juichende Engelsen met bier in hun hand.

'En toen?'

Beer keek Cola getergd aan.

'Ik wist niet dat het om jouw Michelle ging.'

Beer zuchtte theatraal.

'O, op *die* manier koffiedrinken, bedoel je,' zei hij. 'Koffiedrinken met je kleren uit.'

Cola nam een lange slok van zijn wijn.

Beer ging verder: 'Je komt een vrouw tegen genaamd Michelle, wat toch wel een naam is die even blijft hangen – hoeveel Michelles zouden er rondlopen in Utrecht –, en jij denkt niet: goh, zou dat de Michelle zijn van mijn vriend en huisgenoot Beer?'

Beer was inmiddels gaan staan.

'En toen?' ging hij verder.

'En toen... Wat wil je dat ik erover zeg?'

Cola keek naar zijn getergde vriend, naar zijn grote stevige lichaam.

'En toen?' vroeg Berend nogmaals.

'We kennen elkaar nu drie weken...'

'Drie weken? En al die tijd dacht jij er niet aan om mij even op de hoogte te stellen. Kennen? Wat bedoel je met kennen? In Bijbelse zin zeker?'

'Ik hoorde pas vanmorgen dat Michelle jouw Michelle was.'

'Vanmorgen! Hoezo vanmorgen? Sliep je bij haar? Sliep zij bij jou? Sliep ze in de Jan-Pieter van Spilbergenstraat?'

Cola gaf geen antwoord.

Volgens de psychologie is jaloezie de pijn die mensen voelen als ze gedwongen worden hun beeld van zichzelf en de wereld bij te stellen, als de werkelijkheid anders is dan zij hopen of willen. Volgens wetenschappers hebben we jaloerse gevoelens om ons hiervan bewust te maken. Jaloezie is onaangenaam, maar heeft als functie om ons te laten aanpassen aan de realiteit. Jaloezie is gezond. Althans, dat is de theorie.

Het oogde niet gezond, zoals Berend erbij stond. Cola keek naar een blakende kerel van 115 kilo: 41 kilo verdriet, 39 kilo jaloezie, 13 kilo woede, 10 kilo teleurstelling, 8 kilo zelfmedelijden, 4 kilo zelfverwijt, 2 ons haat en 10 gram moordlust.

'Drie weken kennen jullie elkaar. Hebben jullie wat? Ben je verliefd?'

Ze voelden beiden dat dit op een of andere manier een bepalend moment in hun vriendschap was. Natuurlijk had Cola over de vraag nagedacht, niet omdat Berend die stelde, maar omdat hij al eerder voor zichzelf probeerde te verwoorden waarom hij zo snel van de ene hartstocht in de andere was gedonderd. Wat zei dat over liefde als die zich zo snel kon laten vervangen?

'Ik denk het wel,' zei hij en hij besefte dat het een rotantwoord moest zijn. Berend vloekte en dit was misschien de eerste keer dat Cola dat zijn vriend hoorde doen. Berend hield zich altijd in. Als bierbrouwer heeft hij later hooguit vijf keer echt hartgrondig gefoeterd, maar dan moest er een complete batch zijn mislukt door een fout van hem of een van zijn baarden.

'En zij?'

Cola keek hem aan.

'Ook, denk ik,' zei hij en zachter voegde hij eraan toe: 'Hoop ik.'

Beer liet zijn hoofd zakken.

'Weet zij dat ik jouw vriend ben?'

'Dat heb ik vanmorgen verteld. Toen ik hoorde dat zij jouw ex is.'

'Mijn ex.'

Het woord bleef hangen, terwijl Berend het laatste restje wijn uit de fles van Cola's vader schonk en het glas in één teug achteroversloeg.

'En ben jij nog verliefd?' vroeg Cola, niet om hem dieper de grond in te trappen maar uit oprechte bezorgdheid.

Het publiek van de BBC juichte uitzinnig om een gewonnen leg van een van de spelers.

'Nou ja, dat doet er nu niet meer toe,' zei Berend mistroostig. Na een paar seconden mompelde hij toegeeflijker: 'Kdenktwel.'

'Wat?'

'Ik denk het wel.'

Cola zocht in zijn jasje naar zijn sigaretten en hield Berend zijn pakje voor.

'Wil je...' vroeg hij, maar hij maakte zijn vraag niet af.

'Wat?'

'Wil je dat ik haar niet meer zie?' zei Cola. 'Als dat is wat je wilt, begrijp ik het en maak ik het uit. Ik had kunnen vermoeden dat mijn Michelle jouw Michelle was, daar had ik bij stil moeten staan.'

'*One hundred and eightyyyy!*' klonk het vanaf het scherm.

Beer zette met de afstandsbediening de tv uit.

'Wat voor vriend zou ik zijn als ik dat van je zou verlangen?' zei hij.

Toen Mike voor langere tijd naar de gevangenis moest besloten we met z'n vijven naar Amerika te gaan, een reis waarover we vaak hadden gefantaseerd. Dankzij een verkeerde boeking van het bedrijf van Cola's vader had Cola de beschikking over vier vliegtickets naar Miami die anders ongebruikt zouden blijven. Omdat we een leeg halfjaar in het vooruitzicht hadden besloten we van de gelegenheid gebruik te maken en er één ticket bij te kopen. Gregor was net uit dienst en wist nog niet wat hij ging doen, Berend en Cola hadden hun bul gehaald en Jonas kon zich een paar maanden uitroosteren onder de belofte dat hij in Florida een hoog aangeschreven cursus straattheater zou doen (wat hij uiteindelijk zou vergeten). Luciën was de enige die niet al die tijd kon blijven, want hij moest na een maand terug naar Nederland om zijn coschappen af te ronden.

Tussen Berend en Cola bleef er spanning, of althans tussen Berend en de rest van de wereld. De eerste keer dat Cola en Michelle samen naar De Sidonia kwamen vertrok Berend vrijwel direct met de smoes dat hij nog iets voor zijn studie moest doen, de studie die hij dus net had afgerond. Een paar dagen later zaten we aan de bar in De Sidonia en we spraken over Berend, die zich aan alles leek te onttrekken. Jonas riep: 'Jezus, ik snap het niet. Hij heeft het zelf met dat wijf uitgemaakt en nu Cola met haar is mag dat plotseling niet.'

Cola zat erbij, hoorde het aan en pakte Jonas onverwachts bij zijn nek.

'Achter mijn rug mag je over haar zeggen wat je wilt,' zei hij, opmerkelijk emotieloos. 'Maar als je Michelle nog één keer in mijn bijzijn een wijf noemt kun je nieuwe voortanden bestellen.'

Hij liet Jonas weer los, die niet boos was, maar ruiterlijk zijn excuus maakte. Hij zei dat hij het niet had moeten zeggen. 'Dom van me. Zo denk ik helemaal niet over haar. Het is geen wijf, het is een fantastische vrouw, sorry.'

Jonas stak zijn hand uit, die Cola schudde, waarmee de kwestie uit de wereld was. Alleen moest nu nog de ellende met Berend worden opgelost. Berend leek te zwelgen in een onbegrijpelijk liefdesverdriet en ontliep ons. Tegen Luciën zei hij dat hij erover dacht om maar niet mee te gaan naar Amerika. Luciën, die de gave had om van alles een drama te maken, zei dat Berend er niet zo'n drama van moest maken.

Een week voor ons vertrek dronken we, zonder Berend, een kop koffie in het Polman's Huis, een voormalige herensociëteit in het centrum. De imposante zaal met immens hoge ramen was verbouwd tot grand café, waar overdag kakkineuze mevrouwen een high tea gebruikten en schrijvers zich lieten interviewen tussen de enorme spiegels en bloemstukken. Op het plafond zat een pleisterwerk dat gedecoreerd was met rozetten, schelpvormige rocailles en medaillons met vier mollige kereltjes die de seizoenen moesten voorstellen.

We kwamen daar vaker en we hadden Berend meegevraagd om iets te drinken in de stad, maar hij had op het antwoordapparaat van Luciën ingesproken dat hij met iets belangrijks bezig was en dus echt geen tijd voor ons had. Nou, prima. Er kwamen nauwelijks jonge mensen in het Polman's Huis, tenminste niet als gast. De bediening bestond daarentegen geheel uit langbenige studentes die – naar we begrepen van een meisje dat later ontslag nam – door de eigenaar persoonlijk werden geselecteerd op uiterlijke schoonheid.

We zaten aan een tafeltje tussen oudere vrouwen, van wie sommige flirtten met Jonas. Na een tijdje zagen we hoe iemand de lange bordeauxrood fluwelen gordijnen bij de ingang opzij klapte en de voormalige sociëteit binnenstapte. Het was Berend, *onze* Berend, met in zijn kielzog een van zijn petieterige schoonheden. Berend, die te druk was met belangrijke zaken om met ons de stad in te gaan. Hij zag ons niet en nam plaats aan de andere kant van de zaal, met zijn rug naar ons toe.

'Nu begrijp ik waarom hij geen tijd voor ons had,' zei Gregor en Jonas ging verder: 'Kijk toch eens hoe verdrietig hij is.' Gevieren keken we goed naar de knappe verschijning met wie Berend was gearriveerd, een meisje dat zittend op haar stoel met haar beentjes nauwelijks tot de marmeren vloer kwam.

Uit het Grieks komt de term *archè kakon*, oftewel het begin van alle misère. Hoe groot een rampspoed ook is, ergens in het verleden is een zaadje geplant waaruit alle ellende is gekiemd. *Alle* ellende is in ons geval overdreven, maar die middag in het Polman's Huis heeft tot op de dag van vandaag doorgewerkt.

'Kijk hem toch eens lachen,' zei Jonas, over Berend en zijn vriendinnetje, die vrolijk een fles wijn en een groot plateau fruits de mer lieten aanrukken.

'Nou, of ze hebben het net gedaan,' zei Gregor, 'of ze gaan het straks nog doen, dat lijkt me duidelijk.'

Het idee ontstond om Berend gedrieën even te begroeten en wellicht een paar oestertjes mee te snaaien. Dat laatste was een voorstel van Luciën.

'Hé Berend, man, jij hier?' riep Gregor hem tegemoet. Berend reageerde vrolijk op onze komst.

'Dus dit bedoel jij met dat je te druk bent om met ons te drinken?' zei Luciën lachend.

'O hallo!' zei Jonas vriendelijk, en hij deed alsof hij nu pas doorhad dat er nog iemand anders bij Berend aan tafel zat. Hij gaf de vrouw hoffelijk een hand en maakte een kleine buiging.

'Wat een leuke nieuwe vriendin heb jij,' zei hij tegen Beer.

'Nieuwe vriendin?' zei Berend. 'Dit is mijn moeder.'

Kateřina Volencova gaf nu ook glimlachend een hand aan Luciën en Gregor, waarmee een van de vele zaadjes voor de toekomst werd geplant.

In Florida dacht de Spaanse zeerover Juan Ponce de León ooit de bron van de eeuwige jeugd te vinden, om die vervolgens te stelen en te verkopen. Wij arriveerden 480 jaar later in de Sunshine State en onze intenties waren in ieder geval een stuk vriendelijker. Na aankomst zochten we op een enorm parkeerterrein naast het vliegveld van Miami naar een afgetrapte occasion waarmee we door Florida konden rijden. Dat was een idee van Cola de Oude, die vijfentwintig jaar daarvoor – in 1967, vlak voor Cola's geboorte – zelf ook met een oud barrel door Amerika had getoerd, toen iedere zelfbewuste jongere *On the Road* van Kerouac probeerde na te leven.

De zwarte verkoper leek in het geheel niet op de glad pratende handelaars in films die er alles aan doen om mensen een auto aan te smeren. Volgens het naamkaartje op zijn jasje heette hij Rodney Knight. Hij leek er niet van te houden om zijn mond te bewegen en bleef ongeïnteresseerd bij alles wat we zeiden. Toen Jonas – die als een *method actor* de rol van doorgewinterde autokoper speelde – een paar keer zogenaamd deskundig tegen de rand van zo'n roestbak tikte en met zijn handen voelde aan het chassis, zei de man zuchtend: 'Please, don't touch my cars.'

Het was het eerste wat hij tegen ons zei.

Uiteindelijk zagen we voor 335 dollar een niet eens zo heel erg gammele Toyota, een bak waar we met z'n vijven inclusief bagage in pasten. Met een beetje geluk konden we die vijf maanden later weer terugverkopen, stelde Luciën voor, maar onze vriend Rodney haalde zijn schouders op ten teken dat hij niets beloofde. Bij het afrekenen en het invullen van de officiële papieren wilde hij kortaf weten waar we heen wilden, waarna hij zuchtend een plattegrond pakte en op de kaart aangaf welke buurten in Miami en welke gebieden in Florida we maar beter konden mijden.

'Why?' vroeg Goeroe.

'You don't wanna find out for yourself,' zei Rodney afgemeten.

Op de kaart omsingelde hij een gebied genaamd de Keys, een subtropische eilandengroep links van Florida. We hadden eigenlijk nog nooit van de eilanden gehoord, al meenden Cola en Luciën zich vaag te herinneren dat Ernest Hemingway ooit op Key West had gewoond. Nors gaf Rodney ons de tip daarheen te reizen.

'Why?' vroeg Goeroe nogmaals.

'Because I say so,' zei hij.

Hij kon niet vermoeden wat zijn woorden voor ons zouden betekenen. Met één achteloze opmerking bepaalde een zwarte autoverkoper uit Miami de levens van een groep Nederlandse jongens. We hebben later een vrij succesvolle imperial stout naar hem vernoemd.

Met Berend achter het stuur reden we over de lange US Highway 1 richting de Conch Republic, zoals de anarchistische vrijstaat van de Keys zich noemde, toen de bewoners zich in 1982 tevergeefs probeerden af te scheiden van het moederland. De zogenaamde revolutie mislukte al na een dag jammerlijk, maar de naam bleef bestaan. De brede asfaltweg die het vasteland verbond met de eilanden en eilandjes glooide kalm over tientallen bruggen en landtongen, langs stranden, havens, palmbomen, drive-inrestaurants, motels en beach resorts.

We namen onze intrek in een christelijk youth hostel op Key West bij een van de havens langs zee, achter de beruchte Duval Street. De jeugdherberg zelf stelde weinig voor, maar vlak achter onze barakken lag The Dry Tortugas Speakeasy, een mengelmoes van een kroeg, restaurant, snackbar, kantine van een jachthaven, concertzaal, scooterverhuur en viswinkel. De naam *speakeasy* was een erfenis van de Amerikaanse drooglegging, toen verborgen dranklokalen hun klanten opdroegen om te fluisteren en zo geen aandacht te trekken van de autoriteiten. Zestig jaar later was het onvoorstelbaar dat The Dry ooit een plek was waar mensen stilletjes zaten te drinken. Het etablissement had inmiddels hoge openlucht-ramen en was uitgegroeid tot een luidruchtige verzamelplek voor vissers, duikers, toeristen, Miamianen, dagjesmensen, muzikanten, arbeiders, dronkenlappen en locals met bruin verweerde koppen. De keuken was vierentwintig uur per dag open en hoe vroeg of laat het ook was: er zaten altijd mensen. Als de UNESCO een Werelderfgoedlijst van kroegen zou opstellen, kwam dit café daar zeker op.

The Dry werd direct onze favoriete *stamping ground*, wat mede te maken had met twee vaste serveersters genaamd Dana en Molly. Dana had iets weg van Demi Moore uit *St. Elmo's Fire* en Molly was de zwarte variant van Demi Moore uit *About Last Night*. Ze hadden beiden de raspende stem van de actrice. De eerste avond dat we er zaten vroeg Molly aan Gregor, toen hij als gevolg van zijn jetlag nogal langdurig naar de verfomfaaide menukaart zat te staren, of hij wel kon lezen. Hij oogde, zei ze, alsof hij meer testikels had dan hersencellen – een zin waarmee haar reputatie in één keer was gevestigd. Later hoorden we haar de opmerking ook tegen andere mannen maken, maar dat deerde niet.

De eerste dagen deden we wat alle toeristen doen: we huurden een boot om op de zandbanken voor het eiland te snorkelen, we bezochten enkele highlights, lagen aan het strand en laafden ons aan het nachtleven met Duval Street als vibrerend middelpunt. De twee kilometer lange straat herbergde tientallen stampvolle openluchtcafés (waar van 's ochtends vroeg tot diep in de nacht singer-songwriters stonden te blèren), Cubaanse koffiehuizen, schimmige bordelen en nachtclubs met extravagante dragqueens bij de ingang. Dit was toch wat anders dan uitgaan in Utrecht.

Een van de trekpleisters van Duval Street was een grote uitspanning genaamd Sloppy Joe's, het voormalige stamcafé van Ernest Hemingway, die hier avond aan avond dronken met vissers aan de toog had gehangen. Uit respect voor de schrijver was er inmiddels een broodje naar hem vernoemd. Omdat de plek vooral werd bezocht door corpulente Amerikaanse schreeuwtoeristen met te bleke benen in te korte broeken, kozen wij meestal liever de rauwe atmosfeer van The Dry Tortugas Speakeasy, waar – naar verluidt – bezoekers in vroeger tijden bij de voordeur werden gecontroleerd op wapens: droegen ze er geen, dan kregen ze van de portier voor de zekerheid een leenexemplaar.

Dagelijks hoogtepunt op het eiland was de traditionele Sunset Celebration, waarbij twee uur voor zonsondergang vanuit kroegen en clubs een carnavaleske stoet feestvierders, muzikanten, goochelaars, vuurspuwers en andere idioten drinkend en blowend richting een brede kade trok om met elkaar naar de zonsondergang boven de Golf van Mexico te kijken. De eerste week van ons verblijf sloten we ons een paar keer bij de meute aan en het was inderdaad een imposant schouwspel om *the fire-breathing pumpkin* achter de einder te zien zakken, in de wetenschap dat al eeuwenlang mensen zich op deze plek aan het fenomeen vergaapten. In de jaren zestig zouden hippies en freaks onder invloed van lsd hebben gewacht tot Atlantis uit de zee zou herrijzen en sommigen leken dat nog steeds te doen.

Op de derde avond dat we ons onderdompelden in the Celebration stond Luciën in zijn eentje aan de kade, met een heupflesje bourbon in zijn hand, terwijl de anderen verderop in het gras lagen te lummelen. Naast hem stond een vrouw, een paar jaar ouder dan wij. Ze droeg een strohoed en een wijde witte jurk waarin haar ranke gebruinde rug goed zichtbaar was. Tevreden en rozig bekeek Luciën de hemelse theatervoorstelling boven zee, toen hij vanuit zijn ooghoeken zag dat de vrouw naast hem met tranen in haar ogen stond te schokschouderen. Hij boog zich naar haar toe en vroeg voorzichtig waarom ze huilde. Snikkend vertelde ze dat haar man net was overleden.

Luciën schrok, natuurlijk, maar hij begreep al snel dat het woord 'net' wat overdreven was, want het voorval was zeven jaar daarvoor gebeurd. Anderhalve week na hun trouwerij was haar echtgenoot, stomdronken van geluk zoals de vrouw zelf zei, een stukje verderop zo van een brug van de US Highway 1 gereden, rechtstreeks de Golf van Mexico in. Zijn auto was met moeite uit de diepe vaargeul getakeld, maar zijn lichaam – waarschijnlijk door de stroming meegevoerd – was nooit gevonden.

'Soms ga ik nog kijken tijdens zonsondergang,' zei de vrouw. 'Ik weet dat het onzin is, maar ik blijf hopen dat hij op een dag uit het water komt gelopen.'

In de warme gloed van de zakkende zon probeerde Luciën iets troostends te zeggen, terwijl zij zijn heupfles van hem overnam en die aan haar mond zette.

Later die avond zaten we op de porch van The Dry, aan het water, in een zwoelzachte avondbries die eindelijk enige verkoeling bracht, en we bespraken een probleem dat we niet hadden voorzien: dat alles hier veel duurder was dan in Nederland. In een week hadden we uitgegeven waarvan we een maand hoopten te leven.

'Misschien moeten we onze kamergenoten maar eens vragen wat zij zoal uitspoken,' zei Gregor, want we deelden onze achtpersoonskamer in de christelijke herberg met twee vage maar niet onvriendelijke Amerikaanse jongens die het in The Dry breed lieten hangen. Regelmatig trakteerden ze ons op een biertje. Volgens Dana waren ze op de vlucht voor de FBI, volgens Molly ging het om mormonen die zich aan hun milieu hadden ontworsteld. Vaak stonden ze 's ochtends zeer vroeg op om te worden opgehaald door dezelfde speedboot die hen laat in de avond weer terugbracht. Wat ze overdag deden was niet duidelijk, maar legaal leek het niet. Toen we op een van de avonden in The Dry de rekening van een vrij copieuze maaltijd wilden voldoen bleek dat onze mormoonse slaapkamergenoten dat al hadden gedaan, een aardige geste, maar vooral *awkward.*

'Ik ga geen papaverplanten oogsten of koraalduiken, en ik wil ook niet als dragqueen in een nachtclub staan,' zei Jonas, die wel al eerder had geopperd dat hij kon solliciteren als singer-songwriter bij een van de openluchtbars, want in Nederland had hij ook bijverdiend als barpianist. Dat verdiende zo goed dat hij er een deel van zijn studie van kon betalen.

'Ik denk dat jij een erg aantrekkelijke dragqueen zou zijn,' zei Luciën. 'Je zou daar goed mee kunnen verdienen.'

'Alleen als jullie allemaal meedoen,' antwoordde Jonas. 'Misschien sowieso een goed commercieel idee: dat we een dragqueenboyband beginnen met stampende discomeezingers. Trekken we op Duval Street geheid volle zalen mee.'

'Ik haak af,' zei Goeroe. 'Ik krijg van dat gedreun altijd spontaan tinnitus.'

'Wat?' vroeg Jonas.

'Tinnitus.'

'O, ik dacht dat je syfilis zei.'

'Ja, dat krijg ik ook van dat soort muziek.'

Cola zei: 'We zullen toch iets moeten bedenken, want op deze manier houden we het niet drie maanden vol.'

Op dat moment verscheen de Weduwe op het terras, die we nog niet eerder in The Dry hadden gezien. Het kan best zijn dat Luciën haar tijdens de viering van zonsondergang had verteld dat we daar vaak kwamen. Natuurlijk hadden wij vanaf het grasveld bij de kade gezien hoe hij zijn bourbon had gedeeld met een blonde vrouw in een wapperende witte jurk, romantisch starend naar de ondergaande zon.

'Mooie vrouw,' had Cola gezegd, nogal gedecideerd.

'Als je maar met je takken van haar afblijft,' had Berend op de terugweg naar The Dry tegen hem gezegd, omdat Cola in Nederland natuurlijk nog steeds met Michelle verkeerde en Berend van plan was erop toe te zien dat deze kwetsbare vrouw – die het maanden zonder haar vriendje moest stellen – niet zou worden bedrogen. Toen de Weduwe ons zag zitten reageerde ze verheugd. Ze kwam bij ons staan en Luciën trok onmiddellijk een stoel naar achteren met het aanbod bij ons te komen zitten, wat ze prompt deed. Jonas wenkte Dana, die zuchtend naar ons tafeltje kwam, wat niet persoonlijk was, want Dana zuchtte om alles. De Weduwe zei dat ze ons graag een biertje wilde aanbieden.

Ze bestelde een *pitcher*, een glazen kan van bijna twee liter waaruit zelf bier kon worden bijgeschonken.

'Which beer?' vroeg Dana.

'Which beer do you thínk?' vroeg de Weduwe – en ook zij kon niet vermoeden wat deze woorden voor ons zouden betekenen. Het leek er soms op alsof velen in Amerika maar op één ding uit waren: ons in de richting van de toekomst te jagen.

Florida heeft altijd een gecompliceerde verhouding met bier gehad. Na de drooglegging in de jaren dertig kreeg iedere staat nieuwe alcoholwetten, waarbij die van de Sunshine State golden als volslagen ridicuul, omdat het bedrijven om vreemde redenen vrijwel onmogelijk werd gemaakt op grote schaal bier te bottelen, vervoeren of importeren. Welbeschouwd was dat de schuld van de Amerikaanse mogol Miller, een noordelijke fabrikant die na de oorlog een zuidelijke staat zocht om een gigantische brouwerij uit de grond te stampen en daarmee het land te overspoelen met goedkope massaproductie. Aanvankelijk dachten de Millers aan Florida, en de staat verkneukelde zich al om de economische injectie die Miller zou geven. Helaas viel de keuze uiteindelijk op buurstaat Georgia. Nou, dan moet je net die rancuneuze hufters uit Florida hebben. Uit wrok over Millers beslissing voerden de Floridianen de beruchte 'bottle-size law' in, die het verplicht stelde dat bierflessen en fusten – met name die van Miller – aan strikte eisen voldeden. Ze gingen Miller op alle mogelijke manieren tegenwerken.

Een bijkomstigheid was helaas dat weinig brouwerijen nu nog legaal bier konden produceren, maar dat namen ze voor lief.

Een maas in deze wet werd gevonden door bars: onder strikte voorwaarden konden bepaalde kroegen aan huis hun eigen bier brouwen, als er maar rechtstreeks vanaf de tap werd geschonken, want de drank mocht niet worden gebotteld of vervoerd. In de opstandige Keys was de controle op de handhaving hiervan echter beperkt en er waren meerdere bars die hun thuisbrouwsels aan restaurants, losse klanten en zelfs buurtsupers verkochten. Een van die brewpubs was The Dry Tortugas Speakeasy. Een van hun favoriete brouwsels, ook dat van de Weduwe: Turtle Juice Ale.

Het is niet moeilijk om hoogdravend over bier te spreken. Zoals sommige mensen lyrisch kunnen worden van wijn en whisky, worden anderen dat van bier. Dat heeft ons toch altijd lichtelijk verbaasd. De afgelopen jaren hebben we duizenden zegepralende verheerlijkingen aangehoord, we luisterden naar bewierokende loftuitingen, we zagen mannen met biertatoeages, we lazen bijna religieuze hymnen in vaak onnavolgbaar poëtisch koeterwaals, we merkten op festivals en bij proeverijen een devotie voor bier die we werkelijk niet konden bevatten, laat staan navolgen. Regelmatig hebben we het meegemaakt dat mensen om ons heen tranen in hun ogen kregen, rillingen, diepe emoties. Wij niet. Althans, wij minder. Maar toch.

Dat gezegd hebbend. Dana zette een tot de rand gevulde pitcher met het ijskoude thuisbier op de tafel van onze porch. De glazen kan besloeg direct en natuurlijk kon het onmogelijk een straal van de ondergaande zon zijn geweest, maar het leek wel degelijk alsof er een felle spot op ons stond gericht, alsof de kan werd verlicht door een fantasmagorische oranje gloed. In een film zou er een koor van engelen klinken: juich, hemelen, juich!

Natuurlijk waren we bierdrinkers, net als iedereen die we kenden. Bier was de gedachteloze standaarddrank, het alcoholische water waarmee we ons in onze studentenjaren voedden. En met bier bedoelen we *pils*, het laffe waterige smakeloze fabriekstinnef dat ons in bulkvoorraden door de strot werd geduwd in kroegen en de supermarkt. We dronken vast ook weleens speciaalbiertjes, oftewel het eveneens in megafabrieken geproduceerde gesuikerde hopvocht, dat van pils verschilde in die zin dat het op een ándere manier laf, waterig en smakeloos was. En plotseling stond daar het huisbrouwsel van The Dry in een straal ondefinieerbaar licht.

De Weduwe schonk de Turtle Juice in zes glazen, die ze plechtig verdeelde alsof ze het brood brak. Met een vrolijke glimlach hief ze haar glas, waarna we met haar proostten en een slok namen. We hebben er later nooit pathetisch over gedaan, over dat moment, nooit. Maar toch. *Juich, hemelen, juich!*

In de weken daarna werd Luciën hevig verliefd op de Weduwe, alleen had niemand dat door. Een andere ontwikkeling was dat Diablo, de vaagste van de drie eigenaren van The Dry, ons zijn brouwinstallatie liet zien, omdat hij van Dana en Molly had gehoord dat we zo lyrisch waren over zijn Turtle Juice Ale. Diablo had een Belgische moeder en was bovenmatig trots op de paar Vlaamse woorden die hij met een vreemd on-Vlaams accent uitsprak. Hij was verantwoordelijk voor de brouwerij van het café en pochte graag op zijn vakmanschap. We hadden nog nooit over het brouwen van bier nagedacht.

Blijkbaar moest een van de serveersters of de mormonen Diablo hebben verteld van onze nijpende geldsituatie, want waar het er aanvankelijk op leek dat hij ons alleen maar een rondleiding gaf, zei hij op een gegeven moment: 'Als jullie je hier morgenochtend om halfzeven melden om mij te helpen met brouwen, krijgen jullie aan het einde van de dag wat groene papiertjes...' Glimlachend voegde hij eraan toe: 'Het is dat, of zaadjes toppen op mijn wietplantage.' Hierna schaterde hij het uit, hoewel we pas later begrepen dat hij geen grap maakte.

We hebben nooit geweten of Diablo zijn echte naam was, Vlaams klonk het in ieder geval niet. Soms liet hij een halve week zijn gezicht niet zien in The Dry, maar op andere dagen stond hij al bij zonsopkomst eieren te bakken voor Cubaanse nachtvissers, om daarna met ons de hele dag in ketels te roeren en na een werkdag van meer dan twintig uur tegen het krieken van de ochtend onvermoeibaar achter de dj-set te staan. Op de ochtend dat we hem voor het eerst hielpen stonden we gelijk op met de mormonen op onze slaapzaal, die we even in de waan lieten dat we met hen mee zouden varen naar hun geheimzinnige plek. Twintig jaar later heeft Luciën hun in de gevangenis een grote doos levensmiddelen laten bezorgen, maar laten we niet op de gebeurtenissen vooruitlopen.

Onze eerste werkdag meldden we ons in een van de bijkeukens van The Dry. Achteraf gezien weten we dat er op Diablo's brouwinstallatie best het een en ander viel aan te merken, maar daar hadden we toen geen benul van. Het oogde allemaal erg professioneel. Diablo deed het voorkomen alsof hij Gods Eigen Brouwer was, de hoeder van het edele Amerikaanse craft beer, en dat maakte indruk op ons. Dat had ook te maken met de geweldige *batches* die hij brouwde: frisse, twinkelende, onstuimige, dartelende, pure smaken die ons beginnende palet hebben gevormd. Tot op de dag van vandaag toetsen we ieder bier aan de oervoorkeuren die Diablo ons bijbracht.

Waarschijnlijk viel het achteraf allemaal mee met die overdonderende beleving van zijn brouwsels, maar we hadden geen vergelijkingsmateriaal. Diablo liet ons zien hoe het proces werkte, hoe hij zijn granen moutte en zijn mout schrootte, hoe hij zijn receptuur schreef, hoeveel spierkracht en doorzettingsvermogen het werk kostte en vooral dat het overgrote deel van de werkzaamheden bestond uit schoonmaken en nog beter schoonmaken. Zijn bijkeuken annex brouwerij annex kantoor annex moutzolder annex voorraadkelder en soms annex slaapplaats – als mevrouw Diablo hem voor de zoveelste keer op straat had gezet – was eigenlijk te klein voor ons vijven en dus werkten we in shifts, waarvan Berend het grootste deel voor zijn rekening nam. Diablo had geen vaste brouwtijden, omdat hij louter op bestelling leverde, niet alleen om de voorraad in zijn eigen kroeg aan te vullen, maar ook om andere bars en particuliere afnemers tevreden te houden. Soms stonden we vijf dagen achter elkaar op de moutzolder en achter de ketels, soms hingen we een week lang aan de toog, te wachten op werk.

Ondertussen liet Luciën zijn hoofd op hol brengen door de Weduwe, die al tijdens hun eerste avond in The Dry enkele van haar al dan niet ingebeelde fysieke ongemakjes met hem besprak, omdat ze ervan overtuigd raakte dat hij een erg goede dokter was – wat natuurlijk klopte, al zagen wij dat toen nog niet. Na een paar weken nodigde ze hem op een avond thuis uit in haar maisonnette, de bovenverdieping van een authentiek houten huis van het soort dat op de Keys tot beschermd cultuurgoed behoort. Het trof hem hoe aardig en geïnteresseerd ze was. Ze citeerde Amerikaanse en Engelse gedichten, iets waarmee je bij Luciën veel punten scoorde voor het eindrapport. De Weduwe had een balkon met uitzicht op Duval Street, en Luciën en zij zaten soms lang naast elkaar in een schommelstoel te kijken naar de voorbijtrekkende menigte, terwijl ze onze zelfbrouwsels dronken en luisterden naar een zachte bries door een windgong met kristallen scherven. Bij een van die gelegenheden droeg de Weduwe een flanellen witte jurk, maar ze had geen moeite gedaan om alle knoopjes te sluiten, zodat Luciën een glimp zag van haar borsten, die niet werden gestut door een bh, want daar had ze zichzelf van bevrijd. Het beeld van haar borsten zou Luciën lange tijd plagen.

In haar slaapkamer onderzocht hij haar onschuldige klachten, omdat ze te bang – waarschijnlijk te arm – was om zich door een huisarts goed te laten controleren. Luciën deed alle standaardtests, met een zaklantaarn inspecteerde hij haar tong en amandelen, hij checkte haar klieren en reflexen, en stelde vragen over haar dieet en de medische geschiedenis van haar familie. Toen hij een duidelijk beeld had wist hij haar gerust te stellen, waarna hij bij een apotheek ter grootte van een supermarkt een zak gangbare middelen voor doorsnee-kwaaltjes haalde (en betaalde). De Weduwe was hem dankbaar en gaf hem het gevoel dat hij haar leven had gered – en waarom ook niet?

Toen ze die namiddag op haar balkonterras zaten, zoenden ze. Het initiatief kwam van haar, maar dat had Luciën niet afgeschrikt. Hun kus was eerder loom en zacht dan gepassioneerd en onstuimig. Wandelaars over Duval Street hadden hun omhelzing kunnen zien, maar niemand keek naar boven. De Weduwe nam Luciën aan zijn hand mee naar haar slaapkamer, waarna ze nu ook de resterende knoopjes van haar jurk openmaakte en wilde dat hij naast haar kwam liggen en later op en onder haar.

Nadat ze beiden lagen uit te blazen stak ze een voorgerolde joint op en bood ze Luciën een hijs aan. Hij zag tranen in haar ogen. Zacht vroeg hij of ze aan haar man dacht. Bedeesd glimlachend schudde de Weduwe haar hoofd, een paar keer met haar wimpers knipperend.

'Nee, dat is het niet. Ik ben een beetje overmand door de situatie. Je bent heel bijzonder. Ik moet je bekennen dat ik wel vaker naar bed ga met een man, met mannen, maar jij bent voor mij heel speciaal,' zei ze. 'Ik weet niet goed wat ik hiermee aan moet. Ik weet niet hoe jij je voelt.'

Na een tijdje knoopte ze haar jurk weer dicht en nam ze Luciën mee terug naar het balkon, waar ze zich achterover liet zakken op haar schommelstoel. Luciën ging bij de balustrade staan, samen keken ze naar de stoet feestgangers richting de dagelijkse Sunset Celebration. Ze vroeg of ze hem had beledigd of gechoqueerd met haar opmerking over andere mannen. Betrapt – het was wel zo – zei Luciën dat hij er helemaal niet mee zat. De waarheid was dat hij de verhalen die in The Dry over haar werden doorgeroddeld natuurlijk had gehoord, met name Dana en Molly waren hard in hun oordeel: Molly had gezegd dat de dag dat de echtgenoot van de Weduwe zich dronken van een brug reed 'de mooiste van haar leven' moest zijn geweest omdat ze nu ongestoord alle kerels van Key West en omstreken mee naar haar vunzige slaapkamer kon sleuren.

'Misschien moet je je vrienden maar niet vertellen dat wij met elkaar naar bed zijn geweest,' zei ze.

'Waarom niet?' vroeg Luciën, die naast haar op de schommelstoel ging zitten.

Ze haalde haar schouders op. 'Ik wil dat het mooi blijft tussen ons en ik zit niet te wachten op veroordelende blikken van jouw vriendjes. Dit is ons geheim. Dit is tussen jou en mij.'

Woorden die Luciën raakten. Hij vroeg zich af of hij ooit zo'n geheim met een vrouw had gedeeld. Zijn verliefdheid, die al immens was, wakkerde nog meer aan. De Weduwe vlijde haar lichaam tegen het zijne, en zwijgend luisterden ze hoe de zachte avondbries de kristallen scherven liet tinkelen.

Luciën dacht vaak na over liefde en las er veel over. Volgens de Griekse filosoof Empedocles was de wereld in de oertijd bezaaid met ontelbaar veel lichaamsdelen, klein en groot. Soms gebeurde het dat armen, benen, levers, hersens, geslachtsdelen en andere organen aan elkaar vastplakten. Het mechanisme dat hiervoor verantwoordelijk voor was noemde Empedocles 'de kracht van liefde'. Veel van die liefdessamensmeltingen leverden monsterlijke creaturen op, die gedoemd waren te sterven en te verdwijnen, maar een minderheid bleef in leven en kon zich zelfs voortplanten. Hoe sterker de liefde, hoe ingewikkelder het samengesmede schepsel. Het meest succesvolle wezen dat uit de lichaamsdelensoep tevoorschijn wandelde was – hoe kon het ook anders – de mens. Wij. We zijn het resultaat van de grootst mogelijke liefde: een kracht die ons heeft verdoemd.

Het toeval dat onze voorouders ooit bij elkaar bracht, speelt nog steeds een allesbepalende rol. Vele geliefden zullen zich de vraag stellen of de liefde voorbestemd is of het resultaat van een willekeurige samenloop van omstandigheden. Ze koesteren natuurlijk het eerste. Liefde-die-zo-heeft-moeten-zijn voelt inniger dan liefde-die-in-feite-inwisselbaar-is. Luciën hoopte vurig dat zijn geheime liefde met de Weduwe van de eerste categorie was.

Hij had grote moeite om ons niet over haar te vertellen, want hij wilde niets liever dan over haar praten. We vroegen waar hij zoal zijn dagen sleet. Hoewel het nooit het plan was geweest dat we altijd alle tijd met elkaar zouden doorbrengen, was er wel steeds het besef dat we *met elkaar* op vakantie waren. De anderen hadden een boot gehuurd en urenlang gesnorkeld bij een van de zandbanken. *En waar was Luciën?* We hadden gegeten bij een verborgen Koreaans eethuisje, waar we ons tegoed deden aan authentieke bulgogi en kimchi. *En waar was Luciën?* We waren naar Miami gereden – drie uur heen en drie uur terug – voor een wedstrijd van de Miami Dolphins. *En waar was Luciën?*

Die lag gewoon te neuken. Luciën maakte ons wijs dat hij veel tijd had doorgebracht in de plaatselijke boekhandel waar hij een geweldige kast poëzie had ontdekt, dat hij vaste bezoeker was in het voormalige woonhuis van Ernest Hemingway, de eerste villa op het eiland met een wijnkelder en een zwembad. Er waren dagelijks rondleidingen voor toeristen, die zich vergaapten aan het huis van een schrijver die ze geen van allen hadden gelezen. Luciën zei dat hij er een paar keer was geweest. Luciën en de Weduwe hadden de bezichtiging inderdaad regelmatig gedaan, omdat zij 'postuum verliefd was' op de man die het eiland beroemd had gemaakt – en Luciën op haar.

Wat de Weduwe aan Hemingway vooral zo aantrekkelijk vond was diens compromisloze destructieve onstuimigheid: Ernest dronk, vocht, las, schreef en liet zich zijn leven lang regelmatig onder de moeilijkste omstandigheden door vrouwen verleiden en zijn hart was sneller ontbrandbaar dan een brok natrium in de openlucht. In een van de vertrekken van zijn woonhuis hing een foto van een veel oudere verpleegster die hem in Milaan tijdens de Eerste Wereldoorlog had verzorgd, nadat hij als chauffeur van het Rode Kruis ernstig gewond was geraakt bij een auto-ongeluk (wat volgens historici te maken had met zijn belabberde gezichtsvermogen). Liggend in het ziekenhuisbed was er bij Hemingway een verbeten verlangen naar deze vrouw opgelaaid, een wellust die ondanks het leeftijdsverschil uiteindelijk door haar werd beantwoord. Het paar maakte plannen om te trouwen, maar dat werd afgeblazen toen de vrouw zich verloofde met een Italiaanse officier en Hemingway ondertussen alweer verkikkerd was op een andere vrouw (hij heeft haar later vereeuwigd in zijn roman *A Farewell to Arms*).

'Zijn wij hen?' vroeg de Weduwe aan Luciën, toen ze samen keken naar het portret van de schrijver en de knappe verpleegster. Luciën had eigenlijk geen idee wat ze bedoelde.

Zijn vertrek begon te naderen: als enige van onze groep moest Luciën er weer vandoor, om zich in Nederland te melden bij zijn faculteit. Hij vreesde het moment van afscheid: hij wilde niet terug, niet weg van zijn Weduwe en zijn vrienden, niet terug naar zijn coschappen en het saaie studentenleven, niet weg van de vrijheid en de broeierige slaapkamer van de Weduwe, haar balkon waar hij overdag zoveel lome uren doorbracht.

Op de avond voor zijn terugvlucht stond in The Dry een groot feest gepland onder het motto 'A Madhouse Reunion'. Diablo en de andere eigenaren organiseerden regelmatig idiote uitspattingen met onnavolgbare thema's als 'The Seven Deadly Sins', 'Richard Nixon', 'Athletes and Mathletes', 'Tomatoes', 'Your Favourite Drink' en 'Make Gatsby Proud'. Aanvankelijk moesten wij wennen aan deze carnavaleske feestavonden, maar hoe vaker we in ons stamcafé zaten, hoe meer we ons aanpasten aan de lokale gewoontes. In de omgeving van Duval Street waren een paar dumpzaken met prullaria, waar we van ons weinige geld kleren kochten die aansloten bij de thema's van de feesten.

Molly en Gregor hadden inmiddels een soort verhouding, in die zin dat ze elkaar in The Dry voortdurend meden en de ander geen blik waardig keurden, om aan het slot van de avond steevast te eindigen in een steeg achter onze jeugdherberg of op een verlaten stuk strand aan de Golf van Mexico. Tegenover ons noemde Gregor het 'verstandsseks', al gaf hij toe dat hij wel gevoelens voor Molly begon te krijgen. Ook Jonas was al drie keer bevangen door een groots en meeslepende verliefdheid, en zelfs Berend was op een avond meegegaan naar de boot van een kokette zeilster van 1,61 meter. Alleen Cola had zich, onder het wakend oog van Berend, niet aan enige amoureuze drift overgegeven, omdat hij zich uitsluitend en alleen richtte op één vrouw in Nederland, die hij regelmatig *collect call* belde en aan wie hij lange brieven schreef (wat Michelle op haar beurt tijdens zijn afwezigheid uitspookte heeft hij zich nooit afgevraagd).

De uitspattingen van Jonas, Gregor en Berend werden openlijk besproken, maar Luciën hield over de Weduwe op haar verzoek steeds zijn mond, hoe moeilijk dat ook was. Toen zijn vertrek begon te naken vertelde hij haar dat hij terug naar Nederland moest. Ze was diepbedroefd en een paar uur zelfs ontroostbaar, en dat streelde hem toch. Ook was ze boos dat hij haar niet eerder op de hoogte had gesteld. Ze riep: 'Had ik het geweten, dan had ik me misschien niet zo in je verloren. Ik dacht dat jullie hier langer zouden blijven.'

'Mijn vrienden blijven, ik moet terug. Ik baal daar zelf ook verschrikkelijk van.'

'Nou, daar heb ik veel aan, dat jij baalt.'

Luciën voelde zich schuldig. Voor zijn gevoel was hij nog nooit zo verliefd geweest op een vrouw (dit klopte niet). Dat de prille liefde blijkbaar wederzijds was én nu al in de kiem gesmoord werd maakte hem, met een meisjeswoord, radeloos.

'Ik kom na mijn coschappen direct terug,' hield hij de Weduwe voor, maar ze wuifde alles wat hij zei weg en stuurde hem haar huis uit.

Die middag vond hij bij zijn vaste boekhandel in een zijstraat van Duval Street oude Engelse vertalingen van twee beroemde boekjes van Ovidius: de leerdichten *Ars Amatoria, The Art of Love* en *Remedia Amoris, Remedies for Love.* Volgens de boekhandelaar kwamen ze uit de collectie van de ex-echtgenote van Ernest Hemingway, althans uit een van de vier. In het eerste boekje legde Ovidius uit hoe mensen elkaar moesten verleiden en veroveren. Verliefd worden en blijven is een moeilijke opgave, elkaar verlaten en passie kwijtraken is zo mogelijk nog zwaarder.

Daarover ging het tweede werk: hoe mensen van hun hartstocht konden afkomen. Een afscheid moest kort en krachtig zijn, las Luciën. Geliefden die elkaar verlieten moesten volgens Ovidius vooral nuchter en kalm blijven en waar mogelijk een ijzige rust in acht nemen. Nog een strategie was om de slechte kanten van een scheidende beminde te benadrukken, iets wat de Weduwe tweeduizend jaar nadat deze tip was opgeschreven voor zichzelf moest hebben uitgedokterd, want in de uren nadat Luciën haar had verteld van zijn vertrek had ze hem erop gewezen hoe vaak hij haar irritatie had opgeroepen met zijn weke gedrag en poëtische geouwehoer. Het leek of ze al haar ergernissen bij elkaar had opgeteld en haar gevoel was omgeslagen in afkeer – geheel in de geest van Ovidius. Luciën liet de twee boekjes inpakken voor een toepasselijk afscheidscadeau, maar toen hij de boekhandel verliet bedacht hij zich.

We zagen er met z'n allen uit alsof we naar de reünie van het gesticht gingen. Cola oogde als een donkerkleurige versie van gitarist Slash, Gregor had zijn gezicht geschminkt als The Joker, Luciën was verkleed als dokter, Jonas als Napoleon en Berend droeg een alpinopet waar aan het zwarte piemeltje bovenop een touw zat met een grote rode ballon gevuld met lachgas eraan. Voor het feest in The Dry hadden wij met een beetje hulp van Diablo twee batches gebrouwen: een Dutch Courage Ale en een Eternal Youth Stout. Boven de lange bar hing een groot spandoek met de tekst *Fornicaturi te salutant*, potjeslatijn voor 'zij die gaan neuken, groeten u'. Dat kondigde het niveau van de avond aardig aan.

Voorafgaand aan de uitspattingen aten we gezamenlijk aan een tafel op de veranda, waar we net niet zagen hoe de zon in de zee zakte, al konden we de jubelende voorpret van de Sunset Celebration voelen. Diablo kwam bij onze tafel staan, hij zei iets wat we met een beetje taalkundig trapezewerk konden herleiden tot 'eet smakelijk' en daarna complimenteerde hij ons omstandig met onze bieren, waarop we (om precies te zijn Berend) trots konden zijn. In een paar weken waren we echte bierbrouwers geworden, zei hij, wat op z'n minst overdreven was. Onuitgenodigd pakte Diablo een stoel en schoof bij ons aan. Hij vroeg of we zin hadden in het naderende feest, maar dat was niet de reden dat hij bij ons was komen zitten.

Hij draaide er verder niet omheen en deed ons – plotseling nogal formeel – een *business proposal*. Met de andere eigenaren van The Dry had hij overlegd om ons het aanbod te doen hun brouwerij te kopen. Voor vijfentwintigduizend dollar mochten we de hele brouwinstallatie overnemen, de grote bijkeuken en voorraadschuur konden we huren tegen een belachelijk lage prijs en The Dry zou gegarandeerd vijf jaar lang een vast aantal gallons per maand afnemen tegen marktconforme prijzen. Wat we verder produceerden en aan wie we bier verkochten mochten we uiteraard zelf weten. Als we de zaken goed aanpakten spraken we over 'big bucks' en een 'major player'.

'The Dutch Brewery,' zei Diablo met zijn handen geheven, alsof hij keek naar een bord met ons logo. Als we dat bedrag de week erop bij elkaar hadden geschraapt konden we meteen aan de slag. Hij schoof zijn stoel weer naar achteren en zei dat we er maar over moesten nadenken. Uitdagend riep hij ons na: 'The drinks tonight are on the house!', waarschijnlijk in de hoop dat we ons starnakel zouden zuipen en blind een wurgcontract zouden tekenen. Gregor had al van Molly gehoord dat Diablo en de andere eigenaren acute cashproblemen hadden, maar het fijne wist zij er ook niet van.

'Zit er in zo'n kleine *pub brewery* genoeg omzet om met z'n allen van te kunnen leven?' vroeg Cola, altijd de zakelijkste. 'We moeten toch vier monden voeren. Later misschien vijf, als Mike uit de gevangenis is en we hem laten overkomen.'

'Zes monden,' zei Luciën. 'Ik blijf namelijk ook.'

Toen Luciën die middag zijn vaste boekhandel had verlaten was hij doorgelopen naar een reisbureau in Duval Street. We waren er eerder binnen geweest omdat ze ook dagtripjes naar Cuba aanboden, maar die vliegtochten bleken onbetaalbaar en met een boot duurde de reis te lang. Vastberaden had Luciën zijn vliegticket vanaf Miami naar Schiphol laten omboeken, waarna hij bij een publieke telefoon op straat zijn studiebegeleider had gemeld dat hij wegens omstandigheden pas een halfjaar later aan zijn coschappen kon beginnen. Vervolgens belde hij zijn moeder, die niet begreep wat hem bezielde. Eigenlijk wist hij dat zelf ook niet.

Wij waren natuurlijk blij dat hij bleef. Gregor wenkte Molly voor een nieuwe pitcher met door ons zelf gebrouwen bier om het nieuws te vieren.

'And then the waitress came,' zei Molly toen ze kwam aanlopen met een nieuwe kan. 'Came, not in the sense that she reached a shrieking blood-splattered orgasm, but with a fresh amount of a nourishing and nutritious beverage...'

Uitdrukkingsloos zette ze hierna ons bier op tafel.

'Ik geloof dat ik verliefd ben op deze vrouw,' zei Goeroe.

'Hij zegt in het Nederlands dat hij verliefd op je is,' zei Jonas tegen Molly, die haar hoofd schudde en haar schouders ophaalde.

'Little words don't fill holes,' antwoordde ze, een gezegde dat Gregor haar had bijgebracht. Toen ze doorliep naar een andere tafel proostten we op Luciën en zijn beslissing om te blijven.

Die avond brak er boven het eiland een grotesk noodweer uit, wat in dat deel van de Golf van Mexico en dat deel van het jaar niet ongebruikelijk was. Het bliksemde constant, waardoor het leek alsof het Caraïbische achternichtje van het noorderlicht een imposante *son et lumière* gaf. Geregeld donderde het en teisterden felle slagregens met enorme lauwwarme druppels de mensen die op straat van het ene dranklokaal naar het andere overdekte terras renden.

Luciën had ons niet verteld wat de echte reden was van het besluit om in Key West te blijven – en achteraf gezien zou het voor iedereen, met name voor hemzelf, beter zijn geweest als hij dat wel had gedaan. Halverwege de avond arriveerde ook de Weduwe op het feest, conform het thema van de avond gekleed in een modieuze dwangbuis van wit satijn. Dankzij het neonlicht aan het plafond van de zaal lichtte haar outfit fel op. Luciën had gehoopt dat ze hem normaal zou begroeten, alsof haar gram van die middag een tijdelijke eruptie was geweest, maar ze gunde hem geen blik en schreed in haar eentje naar de dansvloer, waar ze met gesloten ogen begon te heupwiegen. We hadden haar vaker in haar eentje zien dansen, eenzaam tussen een zwampende menigte.

Luciën wilde naar haar toe lopen om haar te vertellen van zijn besluit, maar op dat moment viel de elektriciteit uit, iets wat regelmatig gebeurde op het eiland en in de dranklokalen steevast met hilariteit werd onthaald. Sommige etablissementen hadden een noodaggregaat, maar de eigenaren van The Dry hadden daarin niet geïnvesteerd. In anderhalve seconde veranderde alles. De lichten doofden en zanger Michael Stipe van R.E.M. – die net aan het kwijlen was over *shiny happy people* – verstomde, waarna er een langgerekt gejoel klonk, waarschijnlijk een geëvolueerde oerdrang om angsten te bezweren. In een duistere hoek begon een groepje feestvierders te zingen en van buitenaf klonk, tussen de geluiden van de nog immer plenzende regenbui door, dreunende muziek van de aanpalende kroeg (die blijkbaar wel over een eigen generator beschikte). Een deel van de feestelijkheden in The Dry zette zich voort op de porch, maar er waren ook bezoekers die in het donker stug door bleven dansen, zonder beats en lichtshow.

Toen na een minuut of tien de stroomvoorziening werd hersteld klonk er gejuich en applaus. Het duurde een paar seconden tot ook Michael Stipe weer begon te zingen en op dat moment zag Luciën zijn Weduwe: hoewel ze zich nog steeds op de dansvloer bevond, was ze niet meer alleen. Ze stond in een innige omhelzing met een man die ze gepassioneerd zoende, op het maniakale af. Om haar vrijage te vergemakkelijken had zich losgemaakt uit haar zelfgekozen satijnen dwangbuis. Met haar ene hand ondersteunde ze het achterhoofd van de man die ze kuste, haar andere hand had ze in zijn kruis, alsof er niet tientallen andere mensen om hen heen stonden. Wat was dat voor vent, dacht Luciën. Toen hij beter keek, zag hij om wie het ging: een grote kerel die een alpinopet droeg met een rode ballon zwevend boven hem. Wat een uitermate droevige aanblik. Berend.

Even had Luciën het gevoel alsof hij in zijn maag werd gestompt, alsof hij op het punt stond flauw te vallen. Er wordt gezegd dat een mens voor hij sterft in een milliseconde 'de film van zijn leven' ziet, een razendsnelle montage van alle hoogte- en dieptepunten. Luciën kreeg een variant daarop: hij zag dit moment, deze psychotische scène op de dansvloer, zijn geliefde Weduwe tongzoenend met een van zijn beste vrienden, zijn béste beste vriend, een vermaledijd gelebber vanuit ontelbare standpunten, in een permanente zoom, een eeuwigdurende loop. Hij was klaar om te sterven.

'Kijk,' hoorde hij naast zich, een stem die hij herkende. Luciën keek opzij en zag Cola, die op zijn beurt naar Berend en de Weduwe op de dansvloer stond te kijken. 'Daar zat zij al een tijdje op te azen, ze heeft gewoon van de stroomstoring misbruik gemaakt om Berend eindelijk te pakken. Het hing in de lucht, die twee.'

Na een tijdje voegde hij eraan toe: 'Mooi hè? De liefde.'

Hing het in de lucht, die twee?

Cola keek zijn vriend vrolijk aan, Luciën lachte met hem mee, terwijl hij dacht: waarom sterf ik niet? Waarom blijf ik staan kijken? Waarom heb ik mijn verblijf op dit eiland verlengd? Waarom heb ik in godsnaam niemand verteld van mijn liefde voor deze vrouw? Hoe kom ik van deze verdomde hartstocht af?

Anderhalf uur later werd hij gearresteerd. Na verslagen op het feest te hebben rondgedrenteld besloot Luciën de liederlijkheden aan zich voorbij te laten gaan, zeker toen een gezelschap met Berend en diens nieuwe beminde zich op de porch terugtrok met een pitcher eigengebrouwen bier. Nadat Luciën meerdere malen tevergeefs had geprobeerd oogcontact met de Weduwe te maken hield hij de eer droef te moede maar aan zichzelf. Hij rende in de stromende regen van The Dry naar hun christelijke jeugdherberg aan de overkant, waar onze mormoonse kamergenoten als vanouds al lagen te slapen omdat ze voor zonsopkomst zouden worden opgehaald. Luciën probeerde in zijn stapelbed troost in poëzie te vinden door wat klotegedichten te lezen uit een paar teringbundels die hij had meegenomen, maar geen enkele pleurisregel, geen tyfuswoord, geen kutmetafoor verwoordde de radeloze zelfhaat die hem op het feest was overvallen. Hoe had hij zo dom en blind kunnen zijn zich uit te leveren aan een vrouw als de Weduwe?

Hij moet in slaap zijn gevallen, want hij werd ruw gewekt door het overdonderende lawaai van een deur die werd opengebroken. Vanuit meerdere hoeken kreeg hij meteen daarop felle zaklampen op zich gericht en toen hij ontwaarde dat er mannen de slaapzaal binnen waren gekomen keek hij in de loop van meerdere vuurwapens. Aan de overkant van de ruimte werkten de indringers met veel fysieke overmacht de mormonen tegen de grond en meteen daarop werd ook Luciën onbehouwen van zijn bed gelicht en op de vloer gesmeten. Terwijl hij voelde dat hem handboeien werden omgedaan hoorde hij zinnen die hij kende uit Amerikaanse televisieseries. *You have the right to remain silent. Anything you say can and will be used against you in a court of law.*

Het zal een actie zijn geweest die de lokale autoriteiten van de Conch Republic lang hadden voorbereid. De politieactie beperkte zich niet tot de jeugdherberg, want ook The Dry werd door een grote politiemacht omsingeld en afgesloten van de buitenwereld. In kleine groepjes werden de bezoekers verhoord en geregistreerd. Sommigen werden in hechtenis genomen, onder wie Molly en Dana, die in een politiebus moesten plaatsnemen naast Luciën en de mormonen. Een van de arrestanten riep tegen Dana dat ze geen woord moest zeggen zonder haar advocaat, waarop hem meteen door een agent werd toegesnauwd dat hij the fuck moest upshutten.

Luciën kwam terecht in een gevangenis in het plaatsje Marathon, op een uur rijden van Key West. Met een stuk of vijftien anderen werd hij ondergebracht in een cel zonder ramen ter grootte van een klaslokaal. Door de open tralies van de ruimte zag hij later die nacht dat ook Diablo en de andere eigenaren van The Dry werden binnengebracht, met handboeien om.

Luciën wist van zichzelf dat hij onmogelijk iets illegaals kon hebben gedaan, maar toch maakte hij zich zorgen, want hij had genoeg Amerikaanse films gezien over gevangenen die onterecht werden veroordeeld en jarenlang opgesloten. Hij dacht terug aan zijn jaren in Burundi, toen hij op een middag met zijn vader staande werd gehouden bij een militaire wegversperring, een gebeurtenis die grote indruk maakte omdat zijn vader zich compleet anders gedroeg dan normaal. Als Luciën in de ziekenpost waar zijn ouders werkten naar zijn vader keek, naar zijn deskundige overwicht en vormelijke afstandelijkheid jegens patiënten en medewerkers, voelde hij trots en bewondering – gevoelens die hij niet had toen hij toekeek hoe zijn vader zich bij de controlepost gelaten door gewapende soldaten liet uitschelden en vernederen. In de gevangenis van Marathon merkte Luciën hoe hij op zijn vader leek. Aan een passerende cipier zei hij dat hij een Nederlandse toerist was die bij toeval gearresteerd moest zijn, waarop de man hem toebeet dat hij zijn *fucking mouth* moest houden. Geschrokken liet Luciën zich met dezelfde gelatenheid als die van zijn vader weer op zijn bank zakken en keek hij om zich heen. Dit was het moment dat in gangsterfilms de groepsverkrachting begon.

Aan het einde van de middag werd Luciën vrijgelaten, nadat hij anderhalf uur door twee detectives intensief was verhoord, voornamelijk over zijn banden met de eigenaren van The Dry, de rest van het personeel en de mormonen, die klaarblijkelijk een lucratieve nering in de productie van drugs en illegale drank hadden opgezet op een van de onbewoonde Keys. Tijdens de ondervraging had Luciën een paar keer moeten vechten om niet in tranen uit te barsten. Na het verhoor kreeg hij te horen dat hij mocht vertrekken. Hoe hij van Marathon naar Key West moest komen was zijn probleem, begreep hij. Van een brigadier mocht hij één telefoontje plegen: Luciën voelde de sterke drang zijn moeder in Nederland te bellen, maar bedacht zich terwijl hij al aan het draaien was. In plaats daarvan liet hij zich door een operator doorverbinden met The Dry, waarna hij zowaar Jonas aan de lijn kreeg.

'Ik ben net vrijgelaten,' zei hij. 'Ik ben op het politiebureau van Marathon, vlak langs de Highway 1. Ze laten me hier gaan, maar ik heb geen vervoer.'

'Oké, dat komt goed uit,' antwoordde Jonas. 'We gaan namelijk terug naar Nederland. Cola en Goeroe zijn het nu voor ons allemaal aan het regelen bij het reisbureau. Waarschijnlijk vliegen we morgenochtend al terug.'

Luciën liet de woorden tot zich doordringen.

'Waarom zouden we dat doen?' zei hij. 'Wij hebben toch niets verkeerds gedaan? Ik heb mijn ticket gisteren juist laten verlengen.'

Jonas vertelde dat Berend die ochtend was gebeld door zijn

moeder, Kateřina Volencova. 'Op haar beurt heeft zij weer gesproken met Saskia, de moeder van Mike. Wij moeten terug naar Nederland.'

De hoofdagent riep tegen Luciën dat hij zijn gesprek moest afronden, maar Luciën deed alsof hij hem niet hoorde en riep: 'Waarom dan?'

Hij hoorde dat Jonas diep ademhaalde.

'Mike heeft in zijn cel geprobeerd zelfmoord te plegen.'

2019

We arriveren in colonne, met Jonas voorop – hij heeft Luciën ingehaald uit ergernis over diens slakkengang. Het door een haag van bomen en struiken omzoomde Duitse familiedomein ligt verscholen in het begin van het bos, aan het einde van een lange onverharde landweg. Het grote houten hek bij de ingang van het terrein is gesloten en daarom stapt Cola uit zijn wagen om het hangslot te ontgrendelen. Jonas is ook uitgestapt, om een sigaretje op te steken. Als Cola langs Jonas loopt neemt hij de peuk van hem over, waarna hij een diep doorleefde trek neemt.

'Je bent weer gestopt, begrijp ik,' zegt Jonas.

Ook Berend en Luciën stappen uit, de laatste om in een hoek aan de rand van het terrein te plassen.

'Hoe vaak zijn we hier nu geweest?' vraagt Berend als Luciën weer komt aanlopen.

'Keer of vijf, schat ik.'

Een keer of vijf nam Cola ons mee naar het gebied, voor boswandelingen, wilde ritten in een van de fourwheeldrives en vooral voor crisisberaad en gesprekken over de toekomst. In Lessebach bespraken we hoe we in godsnaam een bierzaal met vijftig en later honderd m/v draaiend moesten houden zonder de vriendschap failliet te laten gaan. Het is niet toevallig dat we ons laatste weekend hier in het woud samenkomen om herinneringen op te halen en afscheid te nemen van onze brouwerij.

‘Schiet eens op met dat hek, man,’ roept Jonas naar Cola, die staat te hannesen met het hangslot.

‘Als je dat hek niet openkrijgt rijden we anders wel terug naar Nederland,’ roept Luciën, terwijl Berend in zijn achterbak op zoek gaat naar kruipolie.

‘Dit slot is volgens mij nog van voor de oorlog,’ zegt Cola.

Het was Cola 3 die in 1948 met overzees geld van Cola 2 in Duitsland via een kennis voor een paar grijpstuivers een jachtvergunning kocht voor een gebied van achthonderdvijftig hectare, inclusief een eigen terrein en een forse hut uit de jaren twintig. Dat de aankoop zo goedkoop was had natuurlijk te maken met de naweeën van de oorlog. Voor de verarmde bewoners van Lessebach, een gehucht van een paar boeren, was het even wennen dat een Farbige, een kleurling, het in het jachtgebied voor het zeggen kreeg, maar dat duurde niet lang. Cola 3 hield dorpsbewoners en landbouwers in de omtrek tevreden omdat hij de wildstand op peil bracht, braaf alle door de beesten aangerichte schade aan oogsten vergoedde en zorgde voor omzet bij de plaatselijke herberg en middenstand. Toen hij na een paar jaar namens het handelsbedrijf van zijn Caraïbische familie zelfs significante hoeveelheden wijn uit de streek rond Lessebach begon te importeren voor de Nederlandse markt, namen de bewoners de huidskleur van *der Drop* definitief voor lief (hij kreeg zijn bijnaam omdat hij met kerst in het gehucht pakketten met Nederlandse kaas, potten haring en zakken drop uitdeelde).

Vanaf de jaren zestig nam Cola 3 zijn troonopvolger mee naar de hut. Cola’s vader werd door de Lessebachers liefdevol *der Kleine Drop* genoemd, wat later alleen *der Kleine* werd, ook toen hij zijn vader allang in lengte was voorbijgestreefd. Onze Cola, nummer 5, kwam ook als kind naar het gebied, samen met zijn zus Cath en vaak met vriendjes. Het bos werd hun koninkrijk, ze kenden alle beekjes, kruinen, heuvels, bergplaatsen, konijnenburchten, vossenholen, omgevallen bomen en veldjes die door vrijwel geen mens werden belopen. Ze hielden speurtochten, speelden verstoppertje, voerden oorlogen met onzichtbare tegenstanders, liepen urenlang rond met walkietalkies en leerden al ver voor hun achttiende autorijden in een van de aftandse barrels van de oudere Cola's.

Later struinden wij hier dus rond in naam van de vriendschap.

Wij waren al vrienden voordat het mode werd om vrienden te zijn. De zelfmoordpoging van Mike was een lakmoesproef: we hadden met z'n vijven in Key West kunnen blijven om een bedrijf te beginnen en wellicht een Amerikaans bestaan op te bouwen, maar zodra we het bericht hoorden over onze vriend besloten we terug naar Nederland te vliegen. Daar is verder niet over gediscussieerd, de ongeschreven wetten van vriendschap. Achteraf gezien moet die beslissing iets met ons hebben gedaan. Onze vriendschap, die al een paar jaar bestond, was tot dat moment iets waarover we vooral niet te lang nadachten. We waren een *few*, een *happy few*, in de woorden van Shakespeares Henry V, een *band of brothers*, een vriendengroep, niet uitsluitend met elkaar, maar binnen een groter geheel van andere groepen, waartoe we ten dele ook behoorden, in steeds wisselende samenstellingen.

Natuurlijk hadden we ook heus anderen ontmoet die in potentie tot onze groep konden behoren, maar uiteindelijk de binnenring niet bereikten. Over de vraag waarom wij dan uiteindelijk overbleven hebben we toen nooit echt nagedacht. Dat had waarschijnlijk te maken met onze groepsaard: wij praatten in de regel veel, maar zeiden vaak minder. Je kunt over zwaartekracht diep nadenken zonder ooit te begrijpen wat die precies inhoudt of waarom het verschijnsel überhaupt bestaat. Vermoedelijk dachten we allemaal hetzelfde over onze vriendschap, al spraken we dat niet uit: door te veel te benoemen bestond het gevaar dat de band zou verslappen, zoals je je ook kunt verstappen als je tijdens een wandeling geconcentreerd aan wandelen begint te denken. De sterke kant van vriendschap was nu juist de achteloosheid ervan – vonden wij.

Sommige filosofen hebben met hooggestemde redeneringen het verschijnsel proberen te duiden. Aristoteles stelde als voorwaarde dat vriendschap van beide kanten moet komen en dat vrienden elkaar te allen tijde steunen en het beste voor elkaar hopen. Hij schreef dat het verlangen naar vriendschap meestal snel komt, maar vriendschap zelf niet. Anders dan liefde op het eerste gezicht is vriendschap niet instant: ze heeft tijd nodig om te ontstaan en te rijpen. Dat zien we in de herkomst van het woord 'vriend', een tegenwoordig deelwoord van het werkwoord 'vrijen', wat in vroeger tijden liefhebben of houden van betekende. Vrienden zijn van oudsher *vrijers*: we houden van onze vrienden. Omdat het enige tijd kost voor je iemand liefhebt, duurt het even voordat je kunt spreken van vriendschap.

Latere denkers hebben de lat nog hoger gelegd. Volgens Montaigne streefde vriendschap niets minder dan volmaaktheid na. De essentie van vriendschap was in zijn ogen de ondeelbaarheid van bevriende geesten: broederschap versmelt 'tot een zo allesomvattend samengaan dat de naad die de vrienden verbindt verdwijnt en nooit meer zal worden teruggevonden'. Vrienden zijn, in de woorden van Aristoteles, 'meerdere lichamen met één ziel'.

Er waren gelukkig ook filosofen met een nuchterder kijk. Volgens Kierkegaard zijn mensen voornamelijk bevriend om samen te lachen en de wereld belachelijk te maken. De Romeinse dichter Ovidius gebruikte hiervoor het begrip ludus, vriendschap als een vrolijk creatief spel van uitdagingen en lichtzinnigheid. De onstuimigheid die vriendschap smeedt. Vriendschap die volgens Nietzsche overigens helemaal niet bestaat. Alleen een 'alleen mens' is van nature oprecht, aldus de later krankzinnig geworden Duitse mopperaar: zodra mensen bij elkaar komen 'begint de hypocrisie' en 'verdwijnt de eerlijkheid'. Als we weten dat onoprechte mensen nooit vrienden kunnen zijn en iedereen onoprecht is in het bijzijn van anderen… bestaat vriendschap niet.

Mensen die zeggen elkaars vrienden te zijn doen in Nietzsches ogen louter alsof. Het leven is absurd en chaotisch, en om dat te ontkennen of zelfs te ontvluchten, verschuilen we ons achter fabels en verzonnen constructies. Het leven is nutteloos en zonder betekenis, maar door voor te wenden dat we vrienden hebben, dichten we het een waarde toe die het niet heeft. Vriendschap is een zelfverzonnen doekje voor het bloeden.

Dat was een hardvochtige maar achterhaalde redenatie die voor ons niet opging, want zeker na de zelfmoordpoging van Mike was het de vriendschap die hem – en met hem ook ons – erdoorheen sleepte. De Engelse priester George Herbert schreef: 'To live without a friend is to die without a witness.' Dat verwoordde ons gevoel veel beter: vrienden zijn elkaars getuigen.

Toen Mike op de intensive care van het Militair Hospitaal in Utrecht lag te knokken voor zijn leven – hij had een voorraad medicijnen met een liter goedkope wodka proberen weg te spoelen en daarna een poging gedaan zichzelf te verwurgen aan een deursponning – versterkte dat alles. Zoals Jonas daar jaren later over zei: het gaf onze vriendschap iets *magisch*. We hebben ons nooit verloren in al te pathetische verhandelingen over vriendschap in het algemeen en die van ons in het bijzonder, terwijl dat zeker had gekund. Achteraf vonden we het op z'n minst opmerkelijk hoe onze omgang in de loop der seizoenen was gegroeid, hoe we steeds dichter tot elkaar waren gekomen tot de zelfmoordpoging van Mike onze vriendschap deed stollen. Magisch.

Eindelijk is het Beer en Cola gelukt om het verroeste hangslot van het toegangshek te ontgrendelen. Achter elkaar rijden we het terrein op. Bij de ingang van de boshut heeft Cola nummer 3 een paar decennia geleden parkeerplaatsen aangelegd met een garage voor twee jeeps, verderop staat een container die door Cola's vader is omgebouwd tot koelcel voor het wild en daarachter heeft Cola met zijn kinderen eigenhandig een grote vuurplaats gebouwd met een hoge metalen constructie waaraan een enorm rond grillijzer hangt om vlees te braden – en groenten voor Cola's kinderen, die al jaren vegetariër zijn.

De bijna een eeuw oude hut met houten veranda heeft een huiskamer annex keuken met een imposante kachel waarop kan worden gekookt. Er zijn twee slaapkamers, een masterbedroom met een twijfelaar – vanwege zijn omvang steevast ingenomen door Berend – en een kleinere ruimte met twee stapelbedden voor de rest.

De aankomst in de hut is altijd overweldigend: de decennialang gerijpte zompige geur van naaldbomen, stof, as, braadvocht, koffie, natte kleren, mist, kaarsvet, sterke drank, rode wijn, koppen van opgezette beesten, rottende bladergrond en modderlaarzen. Dat Berend zich nooit door deze geur heeft laten inspireren voor een of andere Stout of Porter, is achteraf onbegrijpelijk.

Cola en Luciën gooien de luiken open, Berend en Jonas beginnen spullen en proviand voor de komende dagen naar binnen te dragen, de flessen cadeauwijn van Cola's vader, zoutjes, kazen, fruit en zowaar toch ook wat van onze nieuwste bieren. Als hij terugloopt van de hut naar de auto's, zegt Jonas, kijkend naar zijn schermpje: 'Godsamme, ik was vergeten dat hier geen bereik is.'

'Heerlijk toch?' zegt Luciën, die zich verheugt op een paar digi-vrije dagen.

Jonas, theatraal: 'Hoe overleven we dat, in godsnaam?'

Van vorige bezoeken weet hij dat er op het terrein een plek is waar af en toe een wolk 3G waait, soms genoeg om net wat berichten binnen te halen, maar altijd te weinig voor volwassen menselijke communicatie. Hij loopt naar de plek waar het hem ooit lukte om contact met de buitenwereld te onderhouden.

‘Zit je soms te appen met die Engelse mevrouw van net? Doe dat ding weg, man,’ roept Luciën hem vanaf de veranda toe. ‘Wij zijn alles wat je de komende dagen nodig hebt.’

‘Dat neem ik meteen aan, en inderdaad heb ik een bericht gehad van Stephany Burdon-Sanders, want zo heet ze, maar ik zit óók in een appgroep waarin *as we speak* heftig wordt gediscussieerd over onze try-out van gisteravond in Antwerpen. Ik speel de hoofdrol, dus ik kan me er eigenlijk niet aan onttrekken. We zitten in een cruciale fase van de procreatie. Over drie weken gaan we in première en er wordt een strijd uitgevochten tussen de regisseur en de spelers onderling. Het is een veldslag in mijn appgroep.’

Jonas speelt in een toneelbewerking van een postuum verschenen verhaal van Franz Kafka een personage genaamd Blumfeld, een oudere vrijgezel die plotseling wordt achtervolgd door twee rubberen ballen die in zijn bijzijn maar niet kunnen stoppen met stuiteren. Waar Blumfeld komt, verschijnen zij ook. Het lijkt of de ballen hem achtervolgen.

‘Hij ergert zich er dus enorm aan en doet er alles aan om dat stomme gestuiter te stoppen. Ik probeer ze weg te slaan, leg overal tapijten neer en probeer ze zelfs op te sluiten in een kast, maar het lukt me niet die krengen te verjagen. Echt een kafkaesk verhaal.’

‘En waarover wordt dan digitaal gediscussieerd?’ vraagt Cola, die het laatste van de raamluiken opent.

‘Volgens de Vlaamse regisseur – man met een sjaaltje en een designbril van drie kilo – zijn die stuiterballen eigenlijk een metafoor voor het *Ewig Weibliche*, zeg maar voor “borsten”, voor de drang van de man om altijd te verlangen naar vrouwelijke koestering.’

‘Wat lijkt regisseur me toch een heerlijk beroep,’ zegt Luciën.

‘Eh, ja, maar het is wel een interpretatie die door twee van mijn tegenspeelsters wordt bestreden. En terecht natuurlijk. Ze vinden het eigenlijk seksistisch en niet meer van deze tijd om vanuit een mannelijk perspectief zo naar verhalen te kijken, zelfs als dat verhaal door een man is geschreven. Het dominante masculiene narratief ligt in toneelkringen tegenwoordig erg gevoelig. Ballen mogen dan stuiteren, daarmee zijn het nog geen tieten. Ik snap hun boosheid wel.'

Cola en Luciën kijken elkaar aan.

'Dus soms zijn ballen ook ballen...' mompelt Cola.

'Dat is wat ík net in de groep heb gezegd. Misschien bedoelde Kafka wel twee testikels in plaats van borsten. Het kan toch heel goed dat het eigenlijk z'n kloten zijn en dat meneer Blumfeld als oudere vrijgezel innerlijk worstelt met zijn seksualiteit? Daar komt dan direct een reactie op. Worstelende witte oude mannen, daar zitten vrouwen van nu echt niet op te wachten.'

'En terecht,' roept Luciën.

Jonas kijkt mistroostig naar zijn telefoon.

'En daarom baal ik ervan dat er hier geen bereik is, want nu lijkt het net alsof ik de discussie aan het ontduiken ben en het gesprek op mute heb gezet. Daar hebben ze in dat soort opgefokte kringen een broertje dood aan.'

'Een zusje dood, zou ik zeggen,' zegt Cola.

'Tot voor kort zou ik mijn moeder hebben gebeld om het huidige gendermechanisme te bespreken, maar ja...'

Maar ja.

Cola en Luciën knikken.

Sarah Valentijn – bij het grote publiek bekend als Sarah Rutjes – was in haar jonge jaren een redelijk bekende toneelverschijning, omroepstem van de VPRO en feministisch boegbeeld, tot ze Jonas' vader ontmoette en zich goeddeels uit het openbare leven terugtrok. Ze overleed een halfjaar geleden aan de gevolgen van een verwaarloosde longontsteking, iets wat Jonas zichzelf kwalijk neemt omdat hij zijn moeder tijdens het Nederlands Filmfestival maar liefst drie avonden achter elkaar mee op sleeptouw nam, tot haar vreugde *for that matter*. Pas later werd het Jonas duidelijk hoe ernstig haar verkoudheid was geweest. Haar dood valt Jonas veel zwaarder dan hij de afgelopen jaren zou hebben gedacht. Hij had op zich een goede band met haar en hoe meer zijn succes als acteur toenam, hoe beter ze met elkaar omgingen, althans tot het moment dat ze zich begon te ergeren aan alle al dan niet vermeende excessen, de artikelen over zijn turbulente levensstijl, de vele *Mädelgeschichten* en daaruit voortvloeiende publicitaire ellende. Niet dat Jonas zich naar zijn moeder richtte, maar toch.

Anders dan bijvoorbeeld voor Luciën, wiens moeder het zingevende centripetale principe in zijn leven is, was Sarah Valentijn voor Jonas meer een gezellige vriendin, iemand met wie hij sier kon maken in artistieke kringen, die er niet voor schroomde om in een nachtcafé shotjes achterover te slaan met buitenlandse regisseurs. Of met ons, Jonas' vrienden.

Berend komt aanlopen met vier pijpjes van een kleine batch die hij vorige maand heeft gebrouwen. Op de handgeschreven etiketten staat alleen 'geheim'.

'Commercieel biertje,' zegt Cola, een van de flesjes aannemend. 'Mag ik een Geheim van je?'

'Barman, doe mij een Geheim.'

'Mag ik zes Geheimen en twee spa rood?'

Als enige doet Jonas niet mee met de spontane brainstorm die Berends verse batch uitlokt. Hij houdt zijn flesje in de lucht en zegt: 'Op de moeders.'

1993

Mike hoefde na een behandeling van een halfjaar in de PAAZ van Ziekenhuis Overvecht niet terug naar de militaire gevangenis. Om zijn ontslag te vieren gaven we een bescheiden feest in de Jan-Pieter van Spilbergenstraat, ons stamhuis. Het huis was in al die jaren veel meer dan alleen een plek waar we woonden, het werd een verzamelplaats, een hostel voor aangewaaide buitenlandse gasten, een studiezaal, afleveradres, bibliotheek en vervangcafé, we vierden er Sinterklaas, kerst en oudejaarsavond, het liefst allemaal tegelijkertijd. Na verloop van tijd kwamen er steeds meer jongens uit onze groep wonen, tot we er bijna allemaal een ruimte betrokken. Het huis werd de kraamkamer van onze vriendschap. Vaak noemden we het kortweg 'de Jan-Pieter' of 'de JP van S'.

De Jan-Pieter heeft ons gevormd, al was het alleen maar door de gedeelde verantwoordelijkheid voor Hugo, de huishond, vernoemd naar het keffertje van Marilyn Monroe, hoewel ook het verhaal ging dat Hugo daadwerkelijk het hondje van de filmster was en hij via een onnavolgbare weg in ons huis terecht was gekomen (wat natuurlijk onzin was, want dan zou hij minstens dertig jaar zijn geweest). Luciën had ooit het idee zijn geschiedenis uit te zoeken en de ongeautoriseerde biografie van het beestje schrijven: *Ik, Hugo*.

Hugo was een lieve, dappere en trouwe kwispelende bastaard die door ons – en vooral door de vrouwen die ons huis bezochten – werd gekoesterd. Niemand wist hoe oud Hugo was of wie hem in huis had genomen. Een jonge ziel in een oud hondenlichaam. Hugo hoorde bij het meubilair, dat dan ook voor een groot deel naar hem rook. Hij was er altijd, in iedere kamer, bij iedere bewoner, en iedereen die het huis bezocht werd door hem wild kwispelkwijlend begroet. Per dag werd hij vele malen uitgelaten, waardoor hij ook in de buurt een graag geziene verschijning was. 's Nachts scharrelde hij door het huis en als de nachtelijke uitspattingen hem te gortig werden ging hij op de zolder in de ketelkast liggen, in een mandje dat daar ver voor onze tijd voor hem was neergezet. Nieuwe huisgenoten waren ritueel verplicht ervoor te zorgen dat Hugo's natte brokken altijd werden aangevuld en zijn hok regelmatig werd verschoond, waarmee het de schoonste plek van ons huis was. Vroegere huisgenoten moeten hem ooit bier hebben gevoerd, want Hugo had een onverbeterlijke drang om met zijn kwispelstaart pijpjes en bierglazen om te stoten en dan snel het vocht naar binnen te slobberen. Bier drinken was hem door een student diergeneeskunde echter verboden en als we hem erop betrapten dat hij toch lag te lurken schoot hij schuldbewust de gang op.

Vlak voor Mike de psychiatrische afdeling zou verlaten raakte ons een tegenslag die de schaal van Richter voor de rest van de mensheid niet deed uitslaan, maar ons – en met name onze aanhang – zeer droevig stemde: Hugo stierf na een aanrijding in de straat. We hadden met het huis gevoetbald in het park verderop, en Hugo was bij de wandeling terug naar de Jan-Pieter de bal voortdurend wild blaffend achternagerend. Toen een geparkeerde auto plotseling optrok, kwam hij onder het chassis. De chauffeur, die Hugo goed kende en ook verzot op hem was, was hevig geschrokken. Luciën ontfermde zich over Hugo, maar zijn kennis van hondenanatomie en honden-spoedchirurgie was te beperkt om iets te kunnen betekenen. Na ons een minuut of tien met grote verbaasde ogen te hebben aangekeken, zachtjes kermend, stierf hij, omringd door zijn bazen, bazinnen en buren. Wat een liefde moet het hondje op het eind van zijn leven hebben gevoeld. Die avond hebben wij plus aanhang Hugo gezamenlijk begraven in de tuin van de JP van S, waarna we tot diep in de nacht herinneringen hebben opgehaald en velen ons kwamen bezoeken voor een spontane condoleance.

De volgende dag schreef Luciën in ons huisboek, dat vooral door hem werd volgeschreven: 'Deze gebeurtenis zou natuurlijk – los van het immense leed van de dood van onze geliefde Hugo – ook de aankondiging kunnen zijn van het uiteenvallen van ons huis, een naderende tijd van brouilles en bonjes. Zoals het meestal gaat met groepen: ze vallen uiteen. Men vertrekt naar elders, contacten nemen in aantal en hevigheid af en na verloop van jaren is er van het eens zo intense samenzijn van de huisgenoten niet meer over dan wat herinneringen, foto's en schokkerige beelden van mensen met gedateerde kapsels.' Cola schreef daar met grote letters onder: 'Dat nooit!' en Jonas vulde dit aan met: 'Ik ga nooit meer naar de kapper!'

Toen Mike het ziekenhuis verliet hadden we twee cadeaus voor hem. Ten eerste hadden we een vrijgekomen kamer in de Jan-Pieter voor hem weten te reserveren. Vlak voordat Mike zich als totaalweigeraar bij zijn kazerne had gemeld had hij zijn benepen kamertje in zijn eigen studentenhuis leeggehaald en zijn spullen ondergebracht bij zijn moeder. Het idee dat hij na de psychiatrische afdeling in het gekkenhuis van zijn moeder moest gaan wonen was onmenselijk, en daarom loodsten we hem bij ons naar binnen.

Het tweede cadeau was dat we speciaal voor zijn terugkeer een eigen bier hadden gebrouwen, op het dak van de Jan-Pieter. Sinds jaar en dag was het dak voor ons verboden terrein in verband met lekkages en overlast voor de buurt, maar onze voorgangers hebben zich – net als wij – daar nooit veel van aangetrokken: er waren vele zomerse dagen en nachten dat we op ons dak leefden, waar huisgenoten een provisorische keuken hadden aangelegd, zodat we niet drie verdiepingen hoefden af te dalen als we kant-en-klaarmaaltijden wilden opwarmen. Er stonden zitbanken en op warme avonden sleepten we een televisie naar boven om wedstrijden van Oranje te kijken.

Na onze abrupte terugkomst uit Amerika had Berend op ons dak een bescheiden overdekte brouwinstallatie geïnstalleerd, waarbij hij alles wat Diablo ons had geleerd nabouwde. Met behulp van een tot molen omgebouwde oude boor van Berends vader konden we mout schroten, koken, filteren en bottelen, en dat allemaal met uitzicht op de Domtoren. De eerste resultaten waren vaak zuur en ondrinkbaar, maar toen Mike werd ontslagen uit het ziekenhuis kregen we de kunst van het brouwen opnieuw onder de knie. Het speciaal voor Mike gebrouwen bier noemden we Welkom, als een geste om hem in de Jan-Pieter te onthalen.

Welkom was wat vroeger gruitbier heette, een oud-Hollands brouwsel met kruiden die we in onze tuin, het park en velden rond Utrecht hadden geplukt, waaronder gagel, laurierbesjes ook wat hop (dat was nog voordat we zelf hop gingen verbouwen en we bevriende studentenhuizen geld boden voor de hopoogst van hun tuin). Mike, die we in brieven klaarblijkelijk met aanstekelijke geestdrift hadden verteld over ons bieravontuur en de mogelijkheid om op Key West een brouwerij te kopen, had zich dankzij een behulpzame aalmoezenier en de bibliotheek van zijn gevangenis ingelezen in het onderwerp. Nadat we op het dak van de Jan-Pieter op zijn behouden terugkomst hadden geproost vroeg Mike of we wisten dat Duitse brouwers in vroeger tijden traditioneel de receptuur van een nieuw bier samen met een vol vat begroeven, omdat dit geluk zou brengen. Dat wisten we dus niet. Later die nacht hebben wij met z'n zessen het recept van Welkom samen met een literfles ritueel begraven in de tuin van de Jan-Pieter, op drie meter afstand van de plek waar we een paar weken daarvoor Hugo hadden neergelegd. Als hij dat had geweten, had hij kwispelend zijn grafje omgewoeld.

Omdat Mike dankbaar was dat hij bij ons in de Jan-Pieter van Spilbergen kon komen wonen, haalde hij uit het asiel een vervanger voor Hugo. Het beestje heette Timmy en leek in niets op zijn voorganger. Natuurlijk begon Timmy met een grote achterstand omdat Hugo niet te vervangen was, maar alsof hij bij voorbaat wist dat hij een verloren strijd voerde deed hij ook op geen enkele manier zijn best om zich geliefd te maken. Timmy gedoogde Mike, maar de rest van het huis en de bezoekers werden door hem wekenlang met geblaf, gegrom en een diep doorleefde argwaan bejegend. Waar Hugo als ultieme allemansvriend zijn aandacht verdeelde tussen alle huisgenoten plus aanhang, sliep Timmy uitsluitend op de kamer bij Mike. Alleen met merkbaar chagrijn liet hij zich door anderen uitlaten, waarbij hij hartroerend jankend langs voorbijgangers liep alsof hij wilde communiceren: red mij dan toch van deze barbaren.

Timmy taalde niet naar bier en kon regelmatig vanuit zijn hoekje in de huiskamer amechtig zuchten, vaak op momenten dat er even een kleine stilte viel, waardoor het leek alsof er betekenis in school. *Gottegot, het is eindelijk even stil in dit huis.* Van nachtelijke uitspattingen was hij niet gediend, als huisgenoten na het stappen in de gemeenschappelijke ruimte nog wat wilden drinken bleef hij net zo lang blaffen tot iedereen maar naar zijn kamer ging. Na een paar maanden trok Timmy gelukkig een beetje bij en kon hij het opbrengen om soms ook naar ons te kwispelen, nieuwe huisgenoten werden door hem echter lange tijd met wantrouwen in de gaten gehouden.

Mike en Timmy trokken veel met elkaar op. Mike zag een nieuwe studie niet meer zitten en stortte zich met Berend op het bierbrouwen. Mike bleek creatiever dan Berend, hij experimenteerde met maffe gisten die hij van bakkers in de binnenstad kreeg of zelf kweekte uit restjes Belgisch bier. Hun liefde voor brouwen bracht Mike en Berend dichter bij elkaar: ze daagden elkaar uit en zweepten elkaar op, dagen achter elkaar. Zoals van Mike viel te verwachten zag hij bierbrouwen als meer dan bierbrouwen alleen, voor hem werd het een sport, een kunstvorm, een manier om zich te uiten en zijn persoonlijkheid te etaleren. Brouwen was *a way of life*. Berends bieren waren zachter, soepeler en over het algemeen drinkbaar, terwijl de brouwsels van Mike met enige welwillendheid *an acquired taste* konden worden genoemd. Bij hem mislukten vele pogingen, vaak uit slordigheid, maar af en toe produceerde hij veertig liter bier dat echt spectaculair was en waarnaar aanvullende vraag ontstond.

Voor ons was het geweldig te zien hoe Mike en Berend elkaar steeds beter maakten en hoe ze van elkaar leerden. Na een tijdje stond niet alleen het dak van de Jan-Pieter vol kratten, fusten en flesjes, ook de gangen, kelder en kamers zelf werden gevuld. We begonnen te leveren aan bevriende studentenhuizen, aan kroegen en als er ergens een obscuur feest was verzorgden wij tegen kostprijs het bier. Gregor was na terugkomst uit Amerika weer begonnen als barman in De Sidonia en hij kreeg eigenaar Flip zover om af en toe een van onze batches op de kaart te zetten, hoewel hem dat door zijn vaste brouwer Heineken expliciet was verboden.

Ondertussen was ook Cola begeesterd geraakt. In zijn studententijd had hij samen met een studiegenoot een bedrijfje opgezet, met financiële steun van Cola 4. Zijn kompaan was als whizzkid geweldig in programmeren. Het idee van hun onderneming was om een landelijke studentenservice op te zetten voor consumenten die problemen hadden met door hen aangeschafte peperdure computers, die immers voortdurend vastliepen of slecht functioneerden. FIKS!, zoals hun bedrijf heette, maakte een snelle start en kreeg veel aandacht in de media, maar na een jaar was de klandizie – mede door de opkomst van tientallen concurrenten – zo goed als opgedroogd. Cola was kapot van het faillissement, maar zijn vader nam hem niets kwalijk: miskleunen hoorden nu eenmaal bij het ondernemerschap.

We hadden er vaker over gesproken om onze Amerikaanse brouwerij dan maar in Nederland op te zetten. Toen de inkomsten van feesten en de omzetten in de cafés van Flip begonnen toe te nemen, schreef Cola een bedrijfsplan. Het belangrijkste was een locatie voor de brouwerij, want het dak van de Jan-Pieter was romantisch, maar bepaald onhandig omdat we steeds met spullen moesten slepen.

Mike ruilde bij een bakker in de Bakkerstraat regelmatig een sixpack van onze eigenbrouwsels tegen een zakje gist. Hij had een goed contact met de man. In de tuin achter de bakkerij lag haaks op het aanpalende pand een werfkelder die helemaal liep tot aan de Oudegracht. In vroeger tijden, vertelde de bakker trots, werden van hieruit al broden per schip vervoerd naar elders in de stad. Helaas deed de kelder al decennialang geen dienst meer. Mike was verliefd op de ruimte en beloofde de bakker een aandeel in onze brouwerij als we zijn kelder mochten gebruiken. De bakker schamperde: 'Denken jullie werkelijk dat er brood zit in een brouwerij?'

Cola had berekend dat we met een schappelijke huur en een niet al te dure brouwinstallatie een investering nodig hadden van vijfentwintigduizend gulden, wat voor ons gigantisch was, maar we kenden iemand die dit bedrag voor ons zou kunnen ophoesten. Vergezeld van een krat met verschillende bieren spraken we af op het hoofdkantoor van Sunshine Foods, Cola's familiebedrijf, pal naast hun grote distributiecentrum in Veghel. Cola 4 ontving onze delegatie gemoedelijk en gaf ons een kleine rondleiding, waarbij hij niet bescheiden was, maar ook niet snoefde. Sunshine Foods was onder zijn leiding uitgegroeid tot een middelgrote wereldspeler, groot genoeg om in Nederland van belang te zijn, klein genoeg om internationaal geen enkele illusie te koesteren. De buurtsuper onder de mondiale voedselgiganten, noemde Cola's vader het bedrijf. De Jesseruns waren niet onbemiddeld en tot nu toe was het iedere generatie gelukt een volgende stap in de groei te zetten. Bij familiebedrijven geldt de regel dat de stamvader de zaak opbouwt, de zoon de boel beheert en de kleinzoon alles weer ruïneert, maar de opeenvolgende Cola's hadden zich hier niet aan gehouden.

De meesten van ons hadden Cola's vader weleens ontmoet, zoals we in de loop der jaren elkaars familieleden en hun bijzonderheden hadden leren kennen. Cola 4 speelde de rol die we hem vaak zagen spelen, die van een typische ouweheer die weet wat er in de wereld te koop is, zonder voor te wenden dat hij een vriend van ons was. Open, maar gereserveerd. Na de wandeling door het bedrijf gingen we naar de ruime directiekamer, waar zwart-witportretten van de oudere Cola's hingen.

'U hangt er zelf niet tussen,' merkte Jonas op, kijkend naar de foto's.

'Nee, het lijkt me verschrikkelijk om iedere dag naar een foto van mezelf te moeten kijken,' zei hij. 'Maar zodra die Cola van jullie het hier voor het zeggen krijgt, als dat er ooit nog van gaat komen, dan mag hij mijn konterfeitsel met alle liefde ophangen. Kan hij lekker iedere dag naar me kijken.'

Hij nodigde ons uit om plaats te nemen op stoelen aan een grote gepolitoerde tafel in het midden van de ruimte.

'Ik zou jullie graag een glas wijn uit ons assortiment aanbieden, maar ik begrijp dat jullie zelf de drankvoorziening doen,' zei hij, waarop Mike ons krat op de tafel zette.

Terwijl Cola begon aan zijn pitch, opende Berend een paar flesjes en zette die voor Cola's vader neer. Luisterend naar zijn zoon begon hij te nippen. Knikkend keek hij ons af en toe aan, alsof hij verbaasd was dat er iets drinkbaars van ons dakterras was gekomen.

Cola schetste eerst de geschiedenis van het bierbrouwen in Nederland. In vroeger tijden waren er honderden, zo niet duizenden brouwerijen, tot vanaf het einde van de negentiende eeuw de meeste daarvan weer roemloos verdwenen. Heden ten dage waren er bijna geen kleine brouwers meer over en dus lag de markt open voor ambitieuze jonge bescheiden lokale helden die de strijd aan zouden gaan met de algehele smaakvervlakking, de versuikering en de verpilsing van het aanbod.

'Wij zijn die brouwers!' ging Mike verder. 'Wij gaan de kunst van het bierbrouwen terug naar Utrecht brengen. Elders in Nederland zijn er ook al een paar initiatieven en concurrenten, maar niet zo ambitieus als wij, Brouwerij Zes Vrienden.'

Over die naam waren we nog niet helemaal uit, maar het betoog van Cola en Mike klonk er niet minder bevlogen om. Ons wist hij er in ieder geval mee te overtuigen. Toen Mike was uitgesproken gebaarde Cola's vader dat hij het plan wilde inzien. Zwijgend begon hij te bladeren, af en toe maakte hij een aantekening in de kantlijn.

'Goed,' zei hij na een tijdje, met een intonatie dat het toch misschien niet helemaal goed zat. 'Jullie zijn met z'n zessen. En hebben dit jaar een omzet van... nog geen tweeënveertighonderd gulden.'

'Zoveel?' zei Jonas.

'Maar dat is nog zonder dat we überhaupt een bedrijf hebben. Zodra we zijn begonnen zal dat exponentieel stijgen,' zei Gregor. 'Mijn baas in het café waar ik werk wil veel afnemen.'

Cola's vader keek hem even aan.

'Jij bent de filosoof toch? En jij bent acteur,' zei hij en wendde zich tot Jonas. 'En wat gaat jullie rol worden? Dat bedoel ik niet lullig. Jullie zijn met z'n zessen. Wat wordt jullie rolverdeling? Kun je met een hobbybrouwerijtje zes grote monden vullen?'

'Grote monden...' herhaalde Jonas.

Cola gaf antwoord. Mike en Berend werden de hoofdbrouwers, maar we zouden in het begin allemaal meekoken. Hijzelf zou de bedrijfsvoering doen. Gregor werd verantwoordelijk voor de verkoop, want daar was hij goed in (of dat ook echt zo was wisten we niet, het klonk in ieder geval aannemelijk). Jonas zou zich storten op de vormgeving en de promotie, en Luciën – die als coassistent al zestig uur per week in touw was – werd tekstschrijver en chef kwaliteitsbewaking, een functie waar hij zich zeer op verheugde omdat die voornamelijk uit proeven zou bestaan. Wij zessen zouden onze vriendschap en gezamenlijke persoonlijkheid in ons bier weten te brouwen, dat was ons hoogste doel.

Toen Cola 4 genoeg wist leunde hij achterover in zijn stoel.

'Tja...' zei hij.

'Tja...' zei Cola 5, met exact dezelfde intonatie.

In FIKS! had Cola's vader een levensvatbaar bedrijf gezien, maar het idee van een commercieel thuisbrouwerijtje van een groepje gesjeesde studenten en een coassistent vond hij eerlijk gezegd onzinnig – hij zei het maar gewoon recht voor z'n raap. Onze brouwerij leek hem bij voorbaat ten dode opgeschreven, zonde om er geld in te laten wegvloeien. Ter plekke besloot hij niet in ons te investeren, sorry jongens. Goed gezelschap, slecht idee.

Nadat hij dit had gezegd schonk hij uit een van de flesjes zijn glas nog eens bij, waarna hij ons weer met dezelfde bewonderende verbazing aankeek.

Cola's vader – in vijf seconden transformeerde hij van sympathieke suikervader tot harteloze grootkapitalist – wilde dus *niet* in ons investeren. Dat was een wending die we niet hadden zien aankomen. Vooruitlopend op zijn belegging hadden we al bestellingen gedaan en een optie op de werfkelder aan de Oudegracht genomen. Cola had ons voorgehouden dat de bijdrage van zijn vader een formaliteit was. We hadden zelfs vooraf gediscussieerd over de vraag of we niet ook onderdeel van Sunshine Foods moesten worden, maar we vonden allemaal dat we onafhankelijk moesten blijven en ons vooral nergens aan moesten committeren. 'Je vader mag best investeren,' had Mike toegeeflijk gezegd, 'maar we doen nooit concessies aan iemand, nooit.'

Cola – die zich had voorgenomen om zich bij ieder besluit van zijn vader neer te leggen – legde zich niet bij het besluit neer.

'Godsamme,' riep hij. 'FIKS! was, als ik eerlijk ben, natuurlijk een onderneming die niets had toe te voegen aan Sunshine

Foods. Maar juist een brouwerij past wél in de filosofie van een familiebedrijf dat al – wanneer was het? – sinds de negentiende eeuw handelt in etenswaren en dranken. Bij mijn weten heeft Sunshine nooit bier verkocht, papa, laat staan gebrouwen. Dit is echt een gouden kans. In Amerika hebben wij gezien dat een *pub brewery* potentie heeft, dat je er kroegen mee kunt bevoorraden. Dit heeft toekomst. We komen uit een familie van mensen die durven, toch?'

Dat laatste zei hij lachend, maar zijn vader beantwoordde zijn lach niet.

'Ik heb geen zin in weer een miskleun, Nicolaas,' zei hij. 'Je bent er goed het schip mee ingegaan en daar had ik je als vader voor moeten behoeden. Nu heb je een faillissement op je naam en dat is voor geen enkele ondernemer prettig.'

'Misschien ben ik wel geen ondernemer, ik wil gewoon met vrienden goeie bieren brouwen.'

Cola's vader wendde zich tot ons.

'Het is mooi dat jullie zulke goede vrienden zijn, dat moeten jullie koesteren. Maar vriendschap mag nooit de basis zijn voor een onderneming. Dat gaat altijd mis. Het is mijn grootste bezwaar: jullie willen bierbrouwen omdat jullie denken dat het de vriendschap versterkt, maar voor een business mag dat geen uitgangspunt zijn. Als zakenpartners moeten jullie ook soms verre van vriendschappelijk zijn en hard tegenover elkaar staan. Het draait om een goed idee, nooit om vriendschap.'

'Maar we hébben een geweldig product! Heeft u onze bieren geproefd?' riep Goeroe. 'Haal uit uw kantine pijpjes fabriekstinnef of blikjes Belgisch massawater, en proef het verschil.'

'Maar omdat jij een lekkere guacamole kunt maken, betekent dat nog niet dat je sombrero's moet verkopen. Jullie zijn amateurs! Jullie brouwen biertjes voor de lol, voor de lekker. Bierbrouwers verkopen veel meer. Geen pilsjes, maar een gevoel, een verhaal, een manier van leven, iets wat groter is dan bier alleen.'

'*Larger than lager*,' zei Jonas.

'Je zit anders verdomme te genieten van onze guacamole, papa!'

Cola werd steeds bozer, zijn vader steeds halsstarriger en wij steeds stiller. Na twintig minuten kapte Cola 4 de discussie af.

'Jullie mogen jezelf en de vriendschap niet verliezen in klein bier,' zei hij. 'Jullie hebben alle tijd voor iets anders, alle tijd.'

En dat was waar. Vijfentwintig jaar later kocht Sunshine alsnog ons bedrijf, voor meer dan honderdtachtig keer het bedrag dat we hun toen vroegen.

Timmy begroette ons blaffend, niet uit enthousiasme, maar omdat hij vond dat we niets op het dakterras van de Jan-Pieter hadden te zoeken. Luciën boog zich naar hem toe en zei: 'Als je werkelijk wilt dat we een gezonde camaraderie ontwikkelen, zul je ons wat vriendelijker moeten bejegenen.'

Grommend schoot Timmy onder de bank waarop Mike spullen had gezet.

Sinds de aanvaring tussen Cola en zijn vader hadden we geen bier meer gebrouwen, maar we wisten dat als we er nu mee zouden stoppen, we het bedrijf konden opdoeken. Berend had van de bodem van onze gezamenlijke pot inkopen gedaan en eigenhandig vijfentwintig kilo mout geschroot met zijn geïmproviseerde schrootmolen. Mike zette kookgerei klaar, spullen die hij die ochtend eerst had gesteriliseerd. 'Brouwen is dat wat je doet als je niet aan het schoonmaken bent,' luidde de gouden regel die Diablo er bij ons had ingeramd. Het bereiden van een batch kostte uren, er was tijd genoeg om te vergaderen over onze gefnuikte geldingsdrang en het geld dat we niet hadden. Mike had nog steeds een optie op de werfkelder aan de Oudegracht, maar de bakker wilde een aanbetaling die we niet hadden.

Al maanden zweepten we elkaar op met een zoektocht naar

onbekende bieren, productiemethodes en onverwachte ingrediënten. Geestdriftig spraken we over dijdraad, kluin, faro, grisette, nieuwlicht, kuit, minnebier: brouwsels die ooit mateloos populair waren, maar door de zegetocht van het industriepils langzamerhand uit het biercultuurgoed leken te zijn verdwenen. Berend en Mike hadden die ochtend hun zinnen gezet op een saison, een biersoort die we nog niet eerder hadden gebrouwen. Mike had erover in een van zijn naslagwerken gelezen dat het oorspronkelijk in een Belgische provincie tijdens de winter werd gebrouwen voor de zomerse maanden, als seizoensarbeiders behoefte hadden aan dorstlessers.

We wisten allemaal niet hoe saison hoorde te smaken, maar dat deerde niet, want degenen aan wie we het bier zouden serveren kenden de smaak ook niet. Alles was een ontdekkingsreis. Berend had een paar recepten opgeduikeld en gistdokter Mike was op zoek gegaan. Het probleem was dat hij niet wist welke gist verantwoordelijk was voor de productie van saison. Van Hans, een bevriende gistfreak uit Amersfoort ('de brouwende apotheker'), had hij een voorraadje gist gekregen dat de man had opgekweekt uit het residu van een paar flesjes saison van een Belgische brouwerij. Mike had het spul een paar dagen lang zelf doorgekweekt.

Voor onze brouwerij was hij druk bezig met het aanleggen van een gistbank, een fetisjistische verzameling van uiteenlopende soorten die hij kocht, ruilde of eigenhandig kweekte in gistingsvaten. Onvermoeibaar heeft Mike kopers, verkopers, journalisten en bezoekers van de brouwerij de geschiedenis van gist uitgelegd, want zonder gist geen bier. Wie van bier houdt maar niets van gist weet, weet niets van bier. De opvatting dat het de brouwers zijn die bier maken noemde hij schromelijke zelfoverschatting: gist maakt bier.

Het woord gist komt van een linguïstische oerstam die 'zieden' en 'opbruisen' betekent, etymologisch verwant aan 'gier', 'goor', 'geur' en 'gaar'. In de ogen van Mike was gist een metafoor voor zowel de bron als de onstuimige veranderlijkheid van het leven. Gist bestaat uit tientallen miljarden eencellige creaturen die zich in een paar generaties razendsnel aanpassen en ontwikkelen, en daarom zijn brouwers in een permanente worsteling met de evolutie, met de schepping zelf. Net als pasgeboren baby's moeten gistcellen worden gekoesterd met zorg en aandacht, want ze zijn net zo kwetsbaar, hulpbehoevend en hongerig.

Gist ligt jarenlang in een winterslaap te wachten tot die eindelijk wordt toegevoegd aan een rijk moutsoepje. Dan ontwaken de beestjes en gaan ze zich maniakaal voeden met zuurstof. Zodra ze op gewicht zijn, beginnen ze zich nog maniakaler te vermenigvuldigen, een proces dat doorgaat tot alle zuurstof is verbruikt. Omdat de gretige geile gistcellen onverzadigbaar zijn en zich voortdurend blijven voortplanten, storten ze zich op de aanwezige suikers om hun behoeften te stillen, waarbij ze woest dansend alcohol en koolzuur uitpoepen plus een paar al dan niet prettig smakende bijproducten. Dit gaat door tot de beestjes verzadigd zijn en hun energie opraakt. Uitgeput klonteren ze samen in dikke vlokken. Wat na hun orgie overblijft is gerstkookvocht, restsuiker, alcohol en koolzuur. Bier.

Direct na onze terugkeer uit Key West was Luciën begonnen aan zijn coschappen. Zijn beide broers waren chirurgen, rauwdouwers, krachtpatsers, messenwerpers. Tijdens zijn hele middelbareschooltijd en opleiding kreeg Luciën voortdurend te horen dat hij ook die richting op moest, wilde hij niet tot überschlemiel van de familie worden uitgeroepen. 'Wat is het verschil tussen God en een chirurg?' was een vast grapje van zijn broer Lodewijk tijdens familiebijeenkomsten. 'God weet dat hij geen chirurg is.'

Zijn broer Roeland en vader Ruitenberg der Alderwereldt moesten dan samenzweerderig lachen op een manier die Luciën bij aanvang van zijn studie één ding plechtig deed besluiten: al word ik bedrijfsarts, ik kies niet voor chirurgie. Bij een kerstdiner vertelde hij dat hij het liefst cardioloog of internist wilde worden. Roeland hield hem schamperend voor dat internisten de cryptogrammenmakers onder de artsen zijn: bangige twijfelaars die weken kunnen nadenken over het al dan niet verhogen van een medicatie met een halve yoctogram. Cardiologen waren in zijn ogen niet meer dan onderhoudsmonteurs wier werk in essentie neerkomt op het afstellen van de motor en het schoonhouden van leidingen.

Dat Luciën het daarmee niet eens was had te maken met het coschap dat hij op de afdeling cardiologie had gelopen, waar een jonge cardioloog hem onder zijn hoede had genomen. Op een dag kwam er een oude baas met zijn dochter op het spreekuur. Hij in de negentig, zij in de zeventig. Standaardonderzoek liet zien dat het cholesterol van de man een beetje was verhoogd. De cardioloog liet Luciën meekijken naar de waarden.

'Hoe kan dat?' vroeg de cardioloog aan de patiënt, waarop de man zijn schouders ophaalde.

'Ik heb de laatste tijd wat meer kaas gegeten,' zei hij.

'Wat meer kaas gegeten,' herhaalde de arts. 'Oké. Dat kan. Dan verhogen we uw cholesterolmedicatie.'

Hij liet aan Luciën zien hoe hij deze beslissing administratief moest doorvoeren. Het gesprek met de oude baas ging verder tot het consult volgens de agenda voorbij was. Toen de bejaarde man opstond om weer te vertrekken, vroeg de cardioloog: 'Wacht, gaat u nog even zitten. Wat is dat nou eigenlijk met die kaas? Ik vind het toch een raar verhaal.'

Op dat moment begon de man te snikken.

'Ik heb een paar jaar geleden mijn Martha verloren,' zei hij, met een breekbare stem.

De arts knikte, maar de man zei verder niets meer.

'Ik denk dat mijn vader een beetje worstelt met de eenzaamheid en een afgenomen levenslust.'

Er viel een stilte.

'En u dacht,' zei de arts, 'als ik maar genoeg kaas eet, dan stijgt mijn cholesterol en krijg ik vanzelf een hartaanval.'

De oude baas probeerde niet te huilen, maar slaagde daar niet in.

Suicide by cheese. Die had Luciën niet zien aankomen. De cardioloog ook niet. Zacht maar beslist zei hij dat het eten van kaas niet de methode was, dat hij de man in contact zou brengen met instanties die hem konden helpen om aan zijn probleem te werken. Wat Luciën raakte aan dit consult was de menselijkheid. De dokter had met zijn mensenkennis gevoeld dat er meer speelde dan louter een door het eten van kaas verhoogde cholesterolwaarde.

Het was een van de redenen dat Luciën liever cardioloog dan chirurg wilde worden. Althans, tot hij zelf als coassistent op de snijafdeling kwam te werken en ontdekte dat er achter die stoere façade van slagers als zijn vader en broers artsen schuilgingen die het lot van mensen letterlijk in handen hadden. Eén verkeerde beslissing, hoe klein ook, en de kans was aanzienlijk dat een patiënt stierf. Luciën leerde hem langzaamaan kennen, de *Homo chirurgus*, en daarmee begon hij zijn familieleden beter te begrijpen. De chirurgen van zijn opleidingsziekenhuis waren onverschrokken, rücksichtslos en competitief, maar ook vaak beminnelijk en toegewijd.

Als coassistent stond hij eens urenlang een team van chirurgen bij die een deerniswekkende patiënte opereerden. Bij een onschuldige inenting was er blijkbaar een hongerige vleesetende bacterie in haar lichaam geslopen, maar de symptomen hiervan waren haar huisarts aanvankelijk ontgaan. De vrouw, een meisje nog, kreeg gele strepen op haar arm en een grote rode vlek op de plek van de injectie. Toen antibiotica niet hielpen en een enorme blaar openbarstte werd ze met spoed naar het ziekenhuis gereden. De boosdoener was inmiddels aan zijn vreettocht door haar lichaam begonnen. Chirurgen probeerden de moordzuchtige veelvraat weg te snijden, maar steeds was hij hun te snel af. Minutieus stroopten de artsen de huid van het meisje centimeter voor centimeter af om de aangetaste gebieden te bevrijden, maar steeds dook de bacterie weer op in gezond weefsel. Na een gevecht van dertien uur overleed de patiënte, bijna achteloos. De onzichtbare bacterie had het gewonnen van een team topdokters.

Zwijgend trokken de chirurgen en hun assistenten zich terug in de aanpalende ruimte om zich af te zepen. Een van de chirurgen, een man die soms onbehouwen grappen maakte, vroeg aan de twee co's die bij de hele operatie aanwezig waren geweest: 'En wat gaan we nu doen?'

Het was een leermoment. Ze wisten het antwoord niet.

'Nu gaan we even huilen,' zei hij.

Luciën, die moe was en naar zijn bed verlangde, was verbaasd en zelfs geïrriteerd over zoveel komisch bedoelde luchtigheid, tot hij zag dat de chirurg geen grap maakte: een paar minuten later stond de man in de kleedkamer inderdaad te schokschouderen. Iets wat Luciën God nog niet snel zag doen.

Die avond zocht Luciën geen troost in zijn bed in de Jan-Pieter van Spilbergen, maar bij zijn moeder aan de keukentafel. Aanvankelijk was dat misschien niet zijn beste ingeving, want zijn vader wilde alles weten van de operatie, vooral technische dingen. Hoe zat het met de intradermale en subdermale vloeistoffen? Ging het om een autolytisch of enzymatisch debridement? Werd de hemodynamische stabiliteit gemonitord?

Na het medisch topoverleg wilde zijn vader terug naar zijn werkkamer gaan en kreeg Luciën van zijn moeder een stuk citroentaart – waarna hij moest huilen.

'Ik dacht dat je van citroentaart hield,' zei ze.

Zijn vader stak nog even zijn kop om de keukendeur en zei bemoedigend dat het waarschijnlijk de vermoeidheid van de operatie was.

'Moest jij weleens huilen, pa?' vroeg Luciën, met een lichte ondertoon van verwijt. Even viel er een stilte. De oude Ruitenberg had deze vraag niet verwacht. Luciëns moeder antwoordde: 'Je vader zat voortdurend te janken.'

Zijn vader zuchtte.

'Helemaal niet waar,' zei hij. 'Misschien tienduizend keer of zo, maar echt niet meer.'

Na dit antwoord schoot Luciën weer vol, uit een plotseling opspelend mededogen met zijn vader, de wereld, zichzelf, het meisje dat die dag was opgegeten door bacteriën.

Toen hij een halfuur later over zijn emoties heen was praatte hij met zijn moeder aan de keukentafel over zijn studie, zijn vrienden, zijn bezigheden, de vrouwen in zijn leven. Vanuit Key West had hij onverwachts een lieve briefkaart gekregen van de Weduwe, met een vaag excuus voor haar gedrag met Berend en de vraag of hij zin had om na zijn coschappen terug naar Amerika te komen. Dit voorstel en het vooruitzicht hadden hem ontregeld. Zijn moeder had een goed beeld van de manisch-depressieve nukken van het mens en zag aankomen wat er zou kunnen gebeuren: Luciën zou zich aan de Weduwe uitleveren en vervolgens weer genadeloos door haar worden gedumpt. Ze praatte op haar zoon in en verbood hem nog verder aan haar te denken en haar zeker niets terug te sturen.

Om van het onderwerp af te zijn bracht Luciën het gesprek op bier. Hij probeerde zijn moeder uit te leggen waarom hij en zijn vrienden zelf gingen brouwen. Zijn moeder gaf hem een tweede stuk citroentaart en luisterde beleefd. Luciën vertelde over de speakeasy, over Diablo en de bespreking met Cola's vader, die hun geen moer had opgeleverd. Zijn moeder vroeg of hij werkelijk dacht dat hun brouwerij kans van slagen had. Luciën dacht aan de werkdrift van Berend, de zakelijkheid van Cola, de overtuigingskracht van Goeroe, het sexappeal van Jonas en de bezetenheid van Mike.

'Ik denk het echt. Onze bieren zijn anders dan wat er normaal voor bier doorgaat. Berend en Mike zijn er vierentwintig uur per dag mee bezig. Alleen moeten we nu een volgende stap zetten. We willen de productie verplaatsen naar een werfkelder aan de Oudegracht. Nu doen we alles nog in ons studentenhuis. De kratten, flessen en vaten staan op de gangen en zelfs in mijn kamer opgesteld.'

Mathilde Ruitenberg der Alderwereldt-van Beeck ('een stevige naam voor een stevige vrouw') vroeg hoeveel geld we nodig hadden.

'Vijfentwintigduizend gulden, misschien iets meer.'

'En met hoeveel jongens zijn jullie?'

'Zes.'

'Dat zijn dus zes moeders,' zei zijn moeder, waarna er een stilte viel en Luciën een stuk taart wegkauwde.

'Met één hebben we niet zo'n goed contact,' zei hij.

'Oké, vijf moeders.'

'Hoe bedoel je?'

'Dat is vijfduizend gulden per moeder.'

'Hoe bedoel je?'

Mathilde Ruitenberg der Alderwereldt-van Beeck belde de andere vrouwen over onze plannen. Als eerste pleegde ze het telefoontje waar ze het meest tegen opzag, dat met Lizbeth Jesserun, de moeder van Cola. Lizbeth moest luid grinniken toen ze hoorde dat haar man niet wilde investeren in de bierbrouwerij van haar zoon en zijn vrienden, en ze bleef grinniken – luider nog – toen Mathilde vroeg of zij daar met de andere moeders wel zin in zou hebben. Wel meer dan dat!

Lizbeth leek meteen enthousiaster dan Mathilde zelf. Jubelend hing ze op. Ook Kateřina Volencova en Sarah Valentijn, de moeders van Berend en Jonas, lieten zich graag uitnodigen naar ons verhaal te luisteren, maar de moeder van Goeroe was terughoudender. Gregor was opgeleid als filosoof, vertelde ze, toen hij een paar jaar geleden een vaste baan nam als barman hadden zij en haar man grote bedenkingen. Daarnaast was ze bang dat als zij haar geld zou steken in de brouwerij van haar ene kind, zij haar andere zoon ook financieel moest steunen. Toch besloot ze aan te horen wat we te zeggen hadden.

Als laatste belde Mathilde met Saskia, een gesprek dat begon met een langdurige huilbui over Mikes zelfmoordpoging en zijn vrienden die lekker in Amerika feest lagen te vieren. Mike was volgens haar niet goed uit de psychiatrische afdeling gekomen.

'Nu heeft hij zich weer geobsedeerd gestort op dat stomme bierbrouwen, hij vraagt me voortdurend geld voor grondstoffen,' zei Saskia, en op dat moment moest Mathilde dus nog vragen of Saskia zin had om met de andere moeders in het bedrijf te investeren. Saskia zei meteen nee, al was het maar omdat ze simpelweg het geld niet had. Pas jaren later hoorden we dat Mathilde had aangeboden Saskia's deel renteloos en aflossingsvrij voor te schieten, zodat zij als volwaardige moeder-investeerder kon meedoen, maar daar was Mikes moeder niet op ingegaan.

Twee weken later zaten er vijf vrouwen op het dakterras van de Jan-Pieter. We hadden kloekmoedig opgeruimd, een muurtje met graffiti van een kabouter met een enorme erectie overgeschilderd en onze beste bieren klaargezet, waaronder onze nieuwe Utrechtse saison, die moeiteloos de strijd met welk speciaalbier dan ook aankon, al hadden we nog maar tien kratten. Berend liet in het kort het brouwproces zien, Cola legde uit hoe we onze nering zakelijk wilden aanpakken, Jonas en Goeroe gingen met proefglaasjes rond en Luciën had Utrechtse Vocking-worst en kaas op een plank gelegd.

'Volgens mij gaan jullie ons tipsy voeren, in de hoop dat wij jullie dan alles geven wat jullie nodig hebben,' zei Kateřina Volencova, niet helemaal onterecht.

'Bring in the booze,' riep Sarah Valentijn.

Na de presentatie liepen we in optocht vanaf de JP van S naar de grote boogvormige werfkelder aan de Oudegracht, om onze moeders de plek te laten zien waar ons imperium zou beginnen. De bakker van wie we de ruimte wilden huren vond het aanvankelijk onzin dat we zijn locatie voor de zoveelste keer wilden bekijken, maar toen Jonas hem had gezegd dat er vijf erg knappe vrouwen zouden langskomen verwelkomde hij onze groep persoonlijk. Hij vertelde over de eeuwenoude warme band tussen bakkers en brouwers, een band die wat hem betreft ook de moeders van de brouwers betrof.

Toen hij weg was schetste Berend hoe onze brouwerij eruit zou komen te zien, waarna Cola het had over onze ambities. In de werfkelder naast die van ons zat een zieltogend veganistisch restaurant en het kon niet anders dan dat dit louter kon blijven bestaan om drugs wit te wassen of de belasting te ontduiken. Het idee was om het eethuis op termijn over te nemen en te verbouwen tot bierlokaal naar Amerikaans voorbeeld, een plan dat de moeders wel aansprak.

Voor na de rondleiding hadden we aan de overkant van de Oudegracht een tafel gereserveerd in De Sidonia, waar we de moeders alleen lieten met nog veel meer bieren en lekkernijen. De tafel trok veel bekijks, wat onder andere kwam omdat Kateřina Volencova met haar rock-'n-rolloutfit als een minimannequin door de zaak begon te paraderen. Het duurde een tijd voor we eindelijk werden ontboden weer bij hen aan te schuiven. De hele middag had iets wezenloos gehad, met onze moeders aan de rand van onze speeltuin. Wij speelden in de zandbak en brouwden bier, zij zaten met lege buggy's bij elkaar langs de kant en keken toe. Iemand sprak van 'de Club van Mama's', een term die we jarenlang zijn blijven gebruiken. Kateřina liet met gevoel voor grote gebaren namens de moeders een fles champagne aanrukken. We hadden wat te vieren.

De volgende ochtend gingen we met ons voltallige sextumviraat naar de Kamer van Koophandel om ons in te schrijven als vof. Over onze naam hadden we lang nagedacht. Er waren in de maanden daarvoor vele tientallen potentiële etiketten voorbijgekomen. We besloten af te zien van Brouwerij Zes Vrienden omdat dit behoorlijk *corny* klonk en Luciën had aangekondigd dat hij misschien voor lange tijd naar Afrika wilde en sowieso niet wist of bierbrouwen zijn levensvervulling zou zijn. Het zou lullig zijn om in dat geval de naam te moeten veranderen in Brouwerij Voorheen Zes Vrienden.

Er waren vele alternatieven. Boven de ingang van onze toekomstige brouwerij hing een oude steen met in weelderige letter de naam 'De Draeck', al had de bakker geen idee waarom. Brouwerij De Draeck klonk op zich goed, totdat Mike een veto uitsprak omdat hij jeuk kreeg van ouderwets gespelde namen. 'Dan is het net of we voor het koningshuis brouwen,' zei hij, met een logica die we niet helemaal konden volgen. Een tijdje speelden we met het idee om ons Brouwerij Twee Hondjes te noemen, een hommage aan Hugo en Timmy. Onze reclameslogan zou dan worden: 'Ik wou dat ik Twee Hondjes dronk.' Het vernoemen van een bierhuis naar een dier kwam in de geschiedenis van het brouwen vaak voor, in voorgaande eeuwen droeg een derde van alle Nederlandse brouwerijen namen als De Beer, De Rode Leeuw, De Osch, De Valk, 't Haentje, Het Lam, De Gekroonde Valk, Het Zeepaert, De Hengst, De Steur, De Gecroonden Pikkelharinck: de hele ark van Noach kwam voorbij. Net als bij ons.

Vele namen passeerden de revue, tot we melig en moe werden van onze creatieve verplaswedstrijd. Brouwerij Sleutel West. Brouwerij De Utrecht. De Utrechtse Leeuw. Onder Aan De Dom. Brouwerij 't Stichtse. Stathe Brouwerij. De Stichtelijke Brouwerij. De Westelijke Beschaving. Brouwerij De Muur (voorstel van Luciën). Leven In De Brouwerij. De Bonte Kraag. De Brouwerianen. Brouwerij Hip Hop. De Nachtportier. Brouwerij De Schemering. Brouwerij De Tiet. De Drie Tieten. Brouwerij Festina Lente. De Listige Gist. Gistwerk. De Stookmolen. De Bierkaai. De Vogelvrije (lang onze favoriet). Brouwerij Pals (lang onze favoriet). De Jan-Pieter (lang onze favoriet). Brouwerij de Moeders (lang onze favoriet). Brouwerij Broederliefde. Brouwerij Elckerlyc. Vat Fundum. Hop Sakee. Craftwerk. Het Lagerhuis. Brouwerij De Weduwe (meteen afgeschoten door Luciën). Brouwerij Alt-Tap. Brouwerij De Genadetroon. Brouwerij The Dutch Speakeasy.

Cola voerde de gesprekken met de medewerker van de Kamer van Koophandel, die geïntimideerd leek door onze voltallige aanwezigheid. We hadden als cadeau een sixpack van onze Utrechtse saison voor hem meegenomen, dat hij eigenlijk niet mocht aannemen, maar graag in ontvangst nam. Samen met Cola stelde hij de papieren op, hij wilde kopieën van onze paspoorten en uittreksels uit het bevolkingsregister.

'En nu de belangrijkste vraag. Hoe heet jullie vennootschap?' vroeg hij, starend naar zijn computerscherm.

'Brouwerij Alle Tijd,' zei Cola plechtig.

De ambtenaar herhaalde onze naam en vroeg Cola om deze te checken op zijn scherm. Cola knikte en de man hield zijn vinger plagerig lang boven de SEND-knop.

'Heren,' zei hij. 'Weten jullie het zeker?'

'Schiet toch op, vent,' zei Mike.

Toen we officieel waren ingeschreven vroeg Luciën aan de man of hij een foto van ons wilde maken, een groepsportret dat we die middag lieten uitvergroten voor onze trotse investeerders.

Het zou nog lang duren voordat we daadwerkelijk in bedrijf konden gaan. Die periode ging onze persoonlijke geschiedschrijving in als 'The A-Team', vernoemd naar de Amerikaanse tv-serie waarin een groepje gedegenereerde Vietnamveteranen regelmatig voor een gecompliceerde technische operatie stond, een schier onmogelijke taak die zij in een vrolijke sequence van een paar minuten alsnog succesvol wisten uit te voeren met behulp van wat zwerfafval, een versleten trampoline, een paar voetzoekers, gesmolten pingpongballen en een wasrek. Alleen duurde bij ons die sequence acht maanden.

Hoewel de Club van Mama's ons genereus geld had geleend, was dat bedrag natuurlijk bij lange na niet toereikend om een volwaardige brouwzaal uit de grond te stampen, en daarom namen we allerlei baantjes aan voor verdere financiering. Ieder vrij moment kwamen we bijeen om te klussen, de vloer van onze brouwerij te gieten, muren te sauzen of spullen bij elkaar te zoeken. Berend en Mike ontwierpen een zo efficiënt mogelijke productielijn met een aparte moutopslag, schrootruimte, filterkuip en gistkamer. Wat we hadden geleerd in Key West en op het dak van de Jan-Pieter probeerden we te perfectioneren in De Draeck. Onze benodigdheden haalden we overal vandaan, Luciën ging openbare veilingen van inboedels af, Gregors baas Flip hielp ons niet alleen aan baantjes maar ook aan afgedankte horecazooi, Mike – optimaal gebruikmakend van zijn kleine afwijking in het autistische spectrum – demonteerde in twee werkdagen vijf gedumpte wasmachines op zoek naar speciale onderdelen en Berend leerde lassen om zelf de leidingen aan te leggen. We zeiden: *the things we do for beer*.

Onze grootste vondst was een afvulapparaat uit de boedel van een failliete sapfabriek in Drenthe, na een tip van Goeroes vader. Berend en Gregor gingen er met de trein heen en kwamen opgewekt terug omdat het gevaarte ons in staat zou stellen meer dan zeshonderd flessen per uur af te vullen. De curator gaf ons de machine gratis mee, omdat ontmanteling en afvoer hem alleen maar nog meer geld zouden kosten. Met z'n zessen zijn we het ding in een geleende vrachtwagen gaan ophalen en we kregen zowaar onbezoldigd hulp van de bemanning van een boot van de gemeentelijke reinigingsdienst, die het gevaarte naar onze werfkelder takelde.

Als dank voor hun diensten gaven we de kerels een krat Utrechts saison en een krat van onze bovengistende Festina Lentebock, bieren die we nog hadden gebrouwen op het dak van de Jan-Pieter. Hoewel het onder werktijd was openden de kerels een paar flesjes, om samen met ons te proosten.

'Dit hebben jullie zelf gebrouwen?' vroeg Billie, een van de mannen met een zwaar Utrechts accent, waarna hij luidruchtig vloekend blijk gaf van zijn bewondering.

'Ik word klant,' zei hij. 'Echt, hoor. Ik *gaat* bier van jullie kopen.'

Een week later kwam hij inderdaad met zijn boot langs om een krat van ons af te nemen. Vijf jaar later namen we Billie aan als een van onze vertegenwoordigers, en dat is hij tot op de dag van vandaag.

Rechts van onze brouwerij zat het veganistisch krakersrestaurant Wereldkeuken, gerund door een zwijgzaam echtpaar. Ze leken niet gelukkig. Een paar maanden daarvoor had er een recensie van de zaak in *de Volkskrant* gestaan onder de kop 'Het droevigste restaurant ter wereld', een bespreking die zo hilarisch hardvochtig was dat in de weken erna vele bezoekers vrolijk kwamen checken of de bevindingen van de krant klopten. De slechte service en de erbarmelijke gerechten van de 'macrobiotische Fawlty Towers' gaven het eethuis een cultstatus, maar ondanks de verhoogde omzet was het humeur van de eigenaren niet verbeterd. Onze komst werd door hen met argwaan en zelfs misprijzen gadegeslagen. Toen we op een ochtend met emmers verf en schildersspullen via de trap naar de werf langs Wereldkeuken liepen, was de zin waarmee de vrouw ons liefdevol begroette: 'Als jullie ons overlast bezorgen stappen we naar de gemeente.'

Haar man stond er knikkend bij, met een blik alsof we net voor zijn ogen een veld sojabonen hadden platgebrand. Mike – die als enige van ons weleens bij Wereldkeuken had gegeten, in het gezelschap van een totaalweigeradvocaat – wilde direct iets scherps terugblaffen, maar Jonas was hem voor.

'O excuus!' riep hij, gespeend van enige ironie. 'Wij hebben ons nog helemaal niet voorgesteld, wat onattent van ons!'

Een voor een noemde hij onze namen, waarna hij zei dat hij zich volkomen kon voorstellen dat het echtpaar zich bezorgd maakte over hun nieuwe buren, dat zou hij ook zijn als een brouwerij zich naast zijn restaurant zou vestigen.

'En daarom gaan we als we onze productie eenmaal op gang hebben speciaal voor jullie een biologisch bier brouwen, dat jullie van ons krijgen als burendienst. Buren zijn er om elkaar een beetje te helpen, nietwaar?'

Jonas had op dat moment geen idee wat biologisch bier inhield, maar het klonk alsof hij wist waarover hij sprak.

'We gaan uitsluitend werken met gecertificeerde biologisch geteelde grondstoffen,' vulde Berend aan, iets wat hij niet met ons had overlegd, maar het was niet het moment om daarover een discussie te beginnen.

'Onze aanvraag om alcoholische dranken te mogen schenken is nog steeds in behandeling bij de gemeente,' zei de restauranthouder met een verwijtende ondertoon, alsof wij daar een rol in hadden gespeeld.

'We zijn vooral bang voor stankoverlast,' zei de vrouw (die we later Eugenie zijn gaan noemen, hoewel dat waarschijnlijk haar echte naam niet was). Dat was een beladen mededeling, want de recensie in *de Volkskrant* had nu juist gesproken van een penetrante veganistische putlucht die in het restaurant hing.

'We houden jullie in de gaten,' zei Eugenie dreigend.

'Ik hoop dat jullie je vergunningen goed hebben geregeld,' ging haar man verder, al kregen we de indruk dat hij dat helemaal niet hoopte. Toen hij was uitgesproken keek hij naar Jonas, die al een tijdje naar de grond stond te turen. Achteloos zei Jonas tegen Eugenie: 'Wat een mooie schoenen heb jij eigenlijk aan...'

Even was het alsof alle aardse geluiden door een wormgat in het ruimte-tijdcontinuüm naar een ander universum werden gezogen. Iedereen keek omlaag naar de schoenen van Eugenie, waarover met een beetje goede wil kon worden gezegd dat ze op z'n minst, nou ja, niet alledaags waren.

'Ja sorry,' zei Jonas. 'Ik heb nu eenmaal iets met schoenen en mensen die mooie schoenen dragen. Dat is een beetje een afwijking van me.'

We zagen een kortstondige glans in Eugenies ogen. Eindelijk iemand die iets aardigs zei over haar bordeauxrode Roots.

'Nou, ik wens jullie veel succes,' zei ze en ondanks haar norse timbre stond de inhoud van deze mededeling in contrast met alles wat ze daarvoor had gezegd.

We waren bezig met het bouwen van een gemetseld onderstel voor onze maischketel. Een goed uitgewerkt plan hadden we niet. We improviseerden, zoals we altijd deden. Tijdens het bouwen van het onderstel kregen we ruzie. Berend probeerde leiding te geven, maar Cola en Gregor waren het niet eens met zijn werkwijze. Luciën had geen idee, Mike leek Berend gelijk te geven en Jonas wilde geen partij kiezen, hoewel hij wel een voorkeur had.

Nu hadden we niet vaak ruzie en als we wel conflicten kregen, maakten we daar geen groot drama van. Deze aanvaring dreigde echter te escaleren, want Berend kreeg een aanval van onverzettelijkheid. Hij wilde dat we dat onderstel metselden zoals hij dat wilde, omdat hij dat wilde. Cola en Goeroe vonden echt dat er een fout in zijn ontwerp zat en ze wilden ons ervoor behoeden het bouwwerk later weer te moeten afbreken, met alle kosten en moeite van dien. We kwamen recht tegenover elkaar te staan en er leek geen oplossing voor onze Mexican standoff. De aanvaring is onze geschiedschrijving ingegaan als 'de onderstelcrisis'. Zelfs Berend begon zijn stem te verheffen.

Bij vergelijkbare problemen hanteerden we meestal een eenvoudige besluitvorming, waarbij we af en toe over vraagstukken stemden en soms iemand zijn veto uitsprak. Als we met drie tegen drie stonden heerste er een decibeldemocratie: de groep die in een discussie het hardst schreeuwde won het pleit. Wie bereid was om zijn waardigheid en beschaving te laten varen door met overdreven veel lawaai een punt te maken, moest wel overtuigd zijn van z'n gelijk.

En zo stonden we tegenover elkaar. Toen alle bouwtechnische argumenten over en weer werden weerlegd verhardde de verbale strijd en betrokken we de loopgraven. Er kwamen andere argumenten, die steeds verder weg raakten van dat verdomde onderstel. Een tijdje stonden we tegenover elkaar te blèren omdat er een beerput aan onderlinge irritaties en onhebbelijkheden was opengetrokken. Dit was ongetwijfeld wat de VU-professor die ons als onderwerp gebruikte later bedoelde met intimidatievertoningen, coalitievorming en isoleringstactieken.

Voor een buitenstaander die geen Nederlands sprak moet het een imposante theatervoorstelling zijn geweest. In onze choreografie van de ruzie liep er geregeld iemand weg, maakten anderen verontwaardigde wegwerpgebaren, werd er geroepen, gezucht, gesteund, geblazen, gewezen, geërgerd, getoornd, geraakt, gekrenkt, beledigd, gescholden, uitgedaagd, gedreigd. Tot we plotseling vanuit onverwachte hoek een raar kinderlijk stemmetje hoorden.

'Hallowallowallo, waarom hebben jullie ruzie?'

We keken naar de ingang van de werfkelder en alle schermutselingen verstomden spontaan, omdat er een vervreemdend element aan onze verbale en theatrale bokswedstrijd werd toegevoegd.

Er stonden twee *clowns*.

De ene droeg een bolhoed en had in zijn hand een grote gele zonnebloem, de andere hield een bontgekleurd kinderparaplutje vast.

De eerste zei, met een benepen clownesk stemmetje: 'Jongens, jongens, jongens toch, we konden jullie hiernaast horen.'

'Tjongejongejonge, wat kunnen jullie schreeuwen zeg,' zei de ander, met dezelfde intonatie.

Het effect van de situatie was dat onze ruzie meteen voorbij leek.

'We zagen jullie al een tijdje voorbijkomen,' zei de ene clown. 'Jullie droegen allemaal spulletjes. We vroegen ons al af wat jullie gingen bouwen.'

'We zijn namelijk jullie buurtjes,' ging de ander verder.

'Ik ben Joeli.'

'En ik ben Boeli.'

Samen zeiden ze: 'Hallooooow.'

We waren in de veronderstelling dat de werfkelder links van ons niet in gebruik was, maar er bleek een circusschool gevestigd die werd gerund door deze clowns. Op woensdagmiddag kwamen er kinderen langs voor circuslessen en ook gebruikten ze hun ruimte om te repeteren voor optredens.

'En wat doen jullie?' piepte Joeli.

'Kunnen jullie alsjeblieft normaal praten?' vroeg Mike.

'We zijn bierbrouwers,' antwoordde Luciën.

'Ah, ik hou erg van bier,' zei Boeli, met zijn eigen zware stem.

Joeli en Boeli kwamen met grote flapschoenen naar ons toe gewaggeld om zich voor te stellen. Hun echte namen waren Robert en Peter.

'Mag ik vragen waar jullie ruzie over ging?' vroeg de laatste, toen we hen allemaal de hand hadden geschud. 'We konden het niet helemaal volgen.'

Luciën, die zich zo min mogelijk met de technische kant van onze aanvaring had bemoeid, vatte in zijn woorden het probleem en de standpunten van de verschillende facties samen, waarop zowel Robert als Peter zich over ons af te bouwen onderstel boog.

'Jullie zitten er allebei naast,' zei Robert. 'Je hoeft die stenen niet wigvormig te hakken of zagen, maar je moet wel met koppen metselen omdat de strekken anders gaan keperen.'

Er viel een stilte. Het klonk als Nederlands, maar niemand van ons had begrepen wat hij precies bedoelde.

'Omdat het circus helaas niet altijd genoeg oplevert, klussen we af en toe bij in de bouw,' zei Peter, die met Robert begon te overleggen. Een moment later stonden er twee clowns met timmermanspotloden, troffels en een kapsabel ons onderstel te metselen.

Na een maand of acht vonden we onszelf klaar om in productie te gaan. Alle leidingen waren gelegd, kuipen en ketels stonden op hun plek, we hadden voorraad, bestellingen en een productieschema voor zeker drie maanden. Het enige wat we nog niet hadden bedacht was met welk bier we moesten proefdraaien. Het lag voor de hand om te beginnen met ons Utrechtse saison, maar we hadden ook andere klassiekers. Inmiddels waren we bezocht door een stoet ambtenaren die namens allerlei instanties onze ruimte moesten inspecteren.

Mike en Berend werkten nog steeds veel samen met Hans, de bierbrouwende apotheker uit Amersfoort, die ons regelmatig hielp met onze processen. Nog voor we één bier in onze werfkelder hadden gebrouwen was Hans de eerste die een aandeel in Alle Tijd wilde, een aanbod dat we afsloegen, waarna we als dank voor het vertrouwen wel jarenlang trouw onze bieren in zijn laboratorium lieten testen.

Een dag voordat we van start zouden gaan kwam hij langs. Hans wist veel van bier en beschouwde zichzelf terecht als onze mentor. Na ons brouwhuis te hebben bekeken rookten we aan de Oudegracht een sigaretje en dronken we een JP van S-brouwsel dat hij nog niet had geproefd. Hans was verguld met het idee dat er eindelijk weer een brouwerij aan de gracht zat. In vroeger tijden wemelde het er hier van, door de geschiedenis heen zaten er zeker een stuk of dertig, maar die waren allemaal verdwenen. Dat er zoveel werd gebrouwen was omdat gekookt bier voor stedelingen veiliger was dan drinkwater. Bier was er in alle soorten en maten, variërend van hoge tot lage alcoholpercentages dronk men van 's ochtends tot 's avonds, van oud tot jong. Zelfs kinderen dronken bier. Luciën wilde weten waar al die brouwers dan het water vandaan haalden om hun bieren mee te brouwen.

'Meestal gewoon uit de gracht,' zei Hans. 'De meeste brouwerijen zaten aan het begin van de Oudegracht, waar het water van de rivier de stad binnenkwam. Daar was de vervuiling het minst. Verderop loosde iedereen zijn zooi in de plomp, maar ook dat hoefde geen onoverkomelijk probleem te zijn.'

Hij schoot zijn peuk in het water en vroeg aan Berend om hem aan één arm vast te houden, waarna hij zich diep voorover-boog, half op de stenen ging liggen en met zijn vrije hand water uit de gracht in zijn lege bierglas schepte.

'Er waren vier simpele voorwaarden die in de middeleeuwen ook al golden,' zei hij, toen hij weer overeind was gekomen. 'Als water helder is, geen kleur heeft, niet stinkt en nergens naar smaakt, kun je het in principe gebruiken om bier mee te brouwen.'

Hij keek naar het glas dat hij zojuist had gevuld.

'Neem dit water...' Hij hield het omhoog zodat wij het ook goed konden zien. 'Het is helder en het heeft geen kleur. Dan zijn we al een stap verder.'

Hans bracht het glas naar zijn neus en hij begon te snuffelen.

'Ik ruik niks. Het stinkt niet. Stap drie. Nu de laatste voorwaarde. Wil iemand het even proeven?'

'Ik denk er niet aan,' zei Luciën. 'En als arts raad ik je ook af om dat te...'

Hij was nog niet uitgepraat of Hans had het glas al aan zijn mond gezet en een slok genomen. Hij spuugde het uit, maakte wat smakgeluiden en stelde vast: 'Ik proef helemaal niets. Maar dan ook echt niets. Dit water kun je volgens middeleeuwse voorschriften gewoon gebruiken om bier van te brouwen. Het zal misschien geen topbier zijn, maar je kookt alle eventuele schadelijke stoffen er zo uit.'

Mike gebaarde dat hij ook wilde proeven.

Nadat hij op zijn beurt het grachtwater had uitgespuugd namen we allemaal een slok, ook Luciën.

Vier weken later was er de feestelijke opening van Brouwerij Alle Tijd, met de presentatie van een bijzonder bier dat we na het vertrek van Hans hadden gebrouwen met onze gloednieuwe installatie. In Hans' laboratorium was alles getest en goed bevonden, zodat we ons brouwsel konden schenken aan vrienden, fans, ambtenaren, buren, clowns en moeders: Grachtwater.

2019

'Grachtwater!' roept Luciën, alsof hij plotseling stilstaat bij de nagedachtenis aan een oude vriend.

We hebben net de jeep geparkeerd bij een boerderij op de uitgestrekte landerijen tussen de bossen van Cola's familie en het gehucht Lessebach. Hier woont een boer die voor zijn Nederlandse overburen het dagelijks onderhoud doet van het jachtterrein. In de dagen dat er niemand in Cola's hut verblijft voedert hij regelmatig het wild, door met zijn tractor in het woud lekkernijen te strooien op vaste plekken. Nu wij hier dit weekend verblijven mogen wij dat zelf doen. We moeten zo het hele bos door.

'Ik zie ons nog met een krat Grachtwater in de Amsterdamse studio van de *Zondag Show*,' gaat Luciën verder, terwijl Cola en Beer grijze tanks vullen met mais en geperste voederbrokken.

'Laatst heb ik een band van dat interview teruggezien,' roept Jonas, die een volle tank voer naar de jeep tilt.

De anderen reageren verrukt.

'Heb jij daar dan een dvd van?' vraagt Berend. 'Die wil ik ook.'

'Een VHS. Vond ik in de nalatenschap van mijn moeder. Ze bleek alles te hebben getapet van mijn beginjaren, niet alleen gastrolletjes en commercials, maar dus ook ons eerste televisie-interview. Zoals moeders doen. Gelukkig zat er in haar inboedel ook nog een oude videorecorder. Heel maf om al dat materiaal terug te kijken.'

‘Veel porno zeker?’ zegt Cola.

‘Die heb ik nog niet gevonden, ik heb ooit wel een keer – maar toen was ik nog maar dertien of zo – een procreatieve video van mijn ouders per ongeluk in de recorder gestopt. Mijn vader met een grote toelejodocus op de bank in onze huiskamer. Heel maf.’

‘Gadverdamme zeg.’

‘Dat vond ik toen ook, maar ik kan me wel herinneren dat ik er toch een tijdje gefascin–’

‘Je dwaalt af, Jonas,’ zegt Luciën. ‘Wat stond er op die band van de *Zondag Show*?’

Jonas tilt met veel misbaar de zware ton met mais in de auto.

‘Nou ja, ons bezoek toen,’ zegt hij, als de ton staat. ‘Het beeld was al wat wazig en schokkerig, en het geluid een beetje tipsy, maar het programma zelf was prima te volgen. Leuk gesprek. Ik mocht aan tafel en jullie zaten in de zaal met z’n vijven op een rijtje. Erg aandoenlijk om te zien. Zo jong nog. Zo’n grote mond dat we hadden. Vooral Mike, die vanuit zijn hoekje zat te blaten dat Grachtwater maar een stom grapje was en dat we met onze echte brouwsels Nederland opnieuw bier zouden leren drinken. Maf om dat terug te zien. We waren stoer en overtuigd van ons kunnen. Veel stoerder dan nu, eigenlijk. Jeugdige overmoed.’

‘Ik herinner me nog dat Mike behoorlijk over de zeik was dat we niet allemaal aan tafel mochten,’ zegt Luciën. ‘Of althans, dat híj niet aan tafel mocht zitten.’

Jonas: ‘Die presentatrice, hoe heet ze nou, ging daar gewoon live een glasje Grachtwater zitten drinken.’

‘Ze was altijd heel journalistiek verantwoord, maar met Jonas liet ze al haar principes varen. Ze zat alleen maar daas naar hem te lonken,’ roept Beer, een grote bak met geperste voederbrokken volscheppend.

‘Hou toch op.’

‘Zei ze niet dat jij om op te vreten was?’ zegt Cola. ‘Zoiets herinner ik me. Het was echt een heel kritisch interview. Ze nam een slokje van ons bier en riep tegen het publiek: ik geloof dat ik de brouwer lekkerder vind dan het drankje zelf.'

'Zei ze dat echt?' vraagt Beer.

Jonas knikt gespeeld bescheiden.

'Er werd in de studio smakelijk gelachen.'

Eerder die week waren we gebeld door een medewerkster van de *Zondag Show* dat ze het zo'n origineel idee van ons vonden. Of we live over ons bier wilden vertellen. Jonge bierbrouwers, dat klonk in de jaren negentig nog erg opwindend.

'Misschien dat mijn moeder daar ook wel een rolletje in heeft gehad,' zegt Jonas. 'Zij was goed bevriend met de presentatrice. Volgens mij hebben ze iets bekokstoofd.'

Vanaf het begin was duidelijk dat Jonas het gezicht van Alle Tijd zou worden en dat hij alle interviews zou doen, niet alleen omdat hij als enige camera-ervaring had. Hij baalde ervan dat hij – net als Luciën – niet altijd kon meebrouwen met de anderen en dat hij zijn taken soms moest verzaken omdat hij op pad moest om te acteren. Dit was zijn manier om iets terug te doen. En hij vond het natuurlijk ook gewoon heel lekker om publiekelijk de bierbrouwer uit te hangen.

Luciën herinnert zich dat Cola in een telefooncel zijn moeder ging bellen om te horen wat ze van het programma had gevonden, terwijl Jonas pijpjes Grachtwater begon uit te delen aan het publiek. Jonas zegt: 'Mensen lazen ons merk en dachten dat ze door *Bananasplit* in de maling werden genomen. Verder weet ik niet meer zoveel van die avond. Behalve dan dat we die nacht cocaïne gingen snuiven.'

'Was dat díe avond?' roept Cola, een ton pakkend.

'Ik wil er niet meer aan herinnerd worden,' zegt Luciën.

Berend weet het plotseling ook weer. 'Er gingen na de live-uitzending twee redactrices mee Amsterdam in. Ze wilden naar de RoXY, want daar kwamen op zondagavond uitsluitend mensen die op maandagochtend niet hoefden te werken. Die meisjes loodsten ons de club binnen...'

'Stond daar niet een of andere dealer?' vraagt Cola.

'Daar stond een of andere dealer die toen wij er net waren tegen jou zei: hé man, goed dat je er bent. Fijn om je weer eens te zien. Hetzelfde als altijd?'

Luciën: 'Ja, verdomd, dat zei hij.'

'Ik had die man echt nog nooit gezien,' zegt Cola.

'Smoesjes,' zegt Jonas. 'Jij was kind aan huis bij die kerel, geef dat nu eindelijk na al die jaren maar eens toe. Anders zei hij dat toch niet tegen jou? Waarmee kan ik u van dienst zijn, meneer Jesserun? Hetzelfde als altijd, meneer Jesserun? Hoeveel kilo wilt u vandaag, meneer Jesserun?'

'Volgens mij hebben we toen binnen voor een paar honderd gulden cocaïne gekocht,' zegt Jonas. 'Mike vond het zonde, zei hij, want hij kende in Amsterdam adressen waar het veel goedkoper was.'

'Ja, Mike met z'n adresjes.'

In al die jaren hebben we niet vaak gezamenlijk drugs gebruikt (en zeker niet met Luciën erbij), maar die eerste keer cocaïne zullen we niet meer vergeten. Er was de euforie van ons eerste tv-optreden, de wegebbende spanning dat drie miljoen mensen ons en ons bier hadden gezien.

We zaten in een van de vele vreemde nisjes van de verbouwde bioscoop, de dj's draaiden die zondag 'easy tunes' en geen snoeiharde tempobeats, wat bijdroeg aan de sfeer. In de nis hing een monochroom blauw kunstwerk met daaronder een uitspraak van de jonggestorven schilder Yves Klein: 'Today I am no longer as afraid as I was yesterday in the face of the souvenir of tomorrow.'

We hadden van Cola's vaste Amsterdamse dealer een pakketje gekregen, dat we – beducht voor portiers – met de nodige spanningsverhogende geheimzinnigheid aan elkaar doorgaven. Jonas wist hoe je moest snuiven en deed voor hoe je met de punt van een huissleutel steeds kleine beetjes in je neus moest stoppen (Mike maakte maar vijf keer de grap dat hij in het zakje moest niesen). De energieke tinteling van de cocaïne gecombineerd met de nagloeiende extase van de opnames maakte ons op dat moment onoverwinnelijk. Door de coke verloren we het besef van tijd, waardoor alles leek samen te smelten, die nacht, die nis, the souvenir of tomorrow, ons bier, wij samen.

1997

Halverwege de jaren negentig was Cola de eerste van de groep die de Jan-Pieter van Spilbergen verliet, een gebeurtenis die ondanks de symbolische betekenis zonder ophef voorbij was gegaan. Als Cola later nog weleens in ons oude huis kwam, werd hij door Timmy met geblaf onthaald, niet om hem te verwelkomen, maar om duidelijk te maken dat hij niet meer welkom was. Michelle en Cola gingen samenwonen in een appartement boven een van de cafés van Flip, de trouwe afnemer van onze brouwerij. Natuurlijk was er soms nachtelijke geluidsoverlast, maar Cola en zij hielden van de reuring. Inmiddels was Michelle afgestudeerd als socioloog. Ze had nog geen baan en solliciteerde nauwelijks, hoewel ze tegenover de buitenwereld volhield dat ze op zoek was. Op afroep werkte ze in de Jaarbeurs bij congressen als hostess (of grondstewardess, zoals Cola haar noemde). Het was gedachteloze arbeid, waarbij ze gekleed in suffe mantelpakjes bezoekers door het gebouw moest loodsen of domme gadgets moest uitdelen. Soms werden zij en haar collega's alleen maar ingehuurd om 'mooi te zijn'. In het begin probeerde ze haar werk nauwgezet te doen, maar ze werd steeds losser. Een bezoeker vroeg haar eens waar hij de Feniks-zaal kon vinden.

'Daar achter in de gang, dan naar links en helemaal doorlopen,' antwoordde ze met een beminnelijke glimlach. Toen de man uit het zicht was verdwenen vroeg haar collega: 'Wat is de Feniks-zaal?'

Michelle maakte een grimas. 'Geen idee.'

Ze had zorgen en die betroffen Cola. Ze wist al een paar dagen dat ze zwanger was en ze zocht een goed moment om hem het nieuws te brengen. Michelle wist zeker dat het kind in haar buik van Cola was, dat was niet waarmee ze worstelde. Het probleem was dat Cola al zijn tijd in zijn brouwerij stopte, veertien uur per dag, zeven dagen per week. Ze was bang dat hij zou zeggen dat hij een baby er in deze fase echt niet bij kon hebben. In dat geval wist ze dat ze het kind toch ging houden, ook als dat zou betekenen dat ze Cola daardoor zou kwijtraken. Het weke wezentje van hooguit een centimeter was nu al belangrijker dan de belangrijkste man in haar leven.

Cola was inderdaad alle tijd met Alle Tijd bezig. In de begintijd brouwden we één keer per week, meestal op maandagochtend, hoewel we ons hadden voorgenomen nimmer op maandagochtend te werken. Onze brouwsessies werden publiekelijke evenementen, waarbij vrienden, studenten, buren en bierfreaks langskwamen om ons te zien schroten, maischen, filteren en koelen. In alle bescheidenheid: het was ook een fascinerend schouwspel om ons bezig te zien. We schreeuwden naar elkaar, we werkten ons in het zweet, er stond muziek op, dampen stegen op en testosteron vulde de werfkelder. Natuurlijk trok dit toeschouwers aan. De enige die weinig van alle aandacht moest hebben was Mike. Hij zei: 'We zouden kaartjes moeten verkopen, dan verdienen we nog eens wat.'

Omdat de vraag naar onze bieren toenam schroefden we onze brouwfrequentie op tot meerdere keren per week en later soms twee keer per dag. De afspraak was dat iedereen zo veel mogelijk zou meewerken, mits dit niet botste met eigen bezigheden. Jonas had ondertussen regelmatig betaalde acteerklussen en Luciën was zich als basisarts aan het specialiseren, dus het was logisch dat zij nu en dan verstek lieten gaan.

Een maand na ons openingsfeest hadden we met z'n allen een 'non-gezeik-agreement' getekend. Het onvermijdelijke gevaar was dat sommigen harder zouden werken dan anderen, terwijl we de revenuen toch met elkaar moesten delen. Omdat het onmogelijk was om daarvoor een staffel te bedenken maakten we de afspraak dat iedereen voor zichzelf naar bier en geweten moest uitmaken hoeveel energie hij in de brouwerij stak – we waren niet elkaars werkgevers.

In het begin deed Cola veel van de organisatorische rompslomp, er moest belasting en btw worden afgedragen en leveranciers moesten worden betaald. Hij kreeg hulp van een gedreven juriste in ruste. In vroeger tijden had zijn moeder er een sport van gemaakt te koorddansen op de dunne draad van de wet, een bezigheid die ze met toewijding oppikte om ons van dienst te zijn. Haar stelregel was: je kunt beter vergiffenis vragen dan toestemming. Regelmatig kwam ze op de brouwerij en Cola klaagde dat hij zijn moeder vaker zag dan zijn vriendin.

Op een avond kwam hij moe thuis met een doos proefflesjes, maar Michelle zei dat ze even geen zin meer had in bier. Cola zei dat hij dit begreep. Ze zaten op de bank en keken naar een latenighttalkshow, met op de achtergrond de geluiden van het café onder hen. Michelle had haar agenda in haar hand en ze begon opzichtig te bladeren.

'Even een vraagje,' zei ze. 'Wat doe jij op 14 september?'

Cola trok zowel zijn wenkbrauwen als zijn schouders op.

'Geen idee,' zei hij. 'Ik neem aan dat ik op de brouwerij zal zijn. Ik ben altijd op de brouwerij. Ik ben goddomme altijd op de brouwerij.'

Michelle knikte en deed of ze een aantekening maakte in haar agenda.

'O, zou jij in dat geval die datum dan even kunnen vrijhouden?'

'Geen probleem. Wanneer zei je?'

'14 september.'

'Dat is... over acht maanden, of zo.'

'Ja, zoiets.'

‘Wat is er op 14 september?’

‘Acht... negen maanden...’

‘Waarom moet ik die dag vrijhouden?’

Michelle legde haar handen op haar buik.

‘Omdat dan ons eerste kindje wordt geboren.’

Cola keek Michelle met grote ogen aan. In de kamer klonk alleen het geroezemoes van beneden.

‘14 september?’ riep hij, waarna hij probeerde om er een grapje van te maken: ‘Hoe laat?’

Op dat moment – een gebeurtenis die bijdroeg aan het verhaal dat ze later aan hun kind zouden vertellen – hief in het café een gezelschap een lied aan voor een jarige, gezang dat op de verdieping daarboven doordreunde.

‘Lang zal je leven,’ zong Cola mee, met zijn gezicht dicht bij Michelles buik.

Hun baby zou het eerste kind worden binnen onze vriendengroep – althans, dat was wat we toen nog dachten. Ten eerste was er de onverkwikkelijke geschiedenis van Jonas met Irene, de amateurtoneelspeelster met wie hij kortstondig een affaire had gehad terwijl haar man ook een rol in hun abele spel vertolkte. Jaren na het voorval kreeg het verhaal nog een staartje. Jonas speelde inmiddels bij een muzikale kindervoorstelling van Toneelband Olleke Bolleke (niet voor de artistieke prestatie, maar voor het geld, want aan de brouwerij verdienden we op dat moment nog niets). In een buurthuis in Aalburg – Jonas had nog nooit van het dorp gehoord – trad het gezelschap ’s middags op voor een paar schoolklassen kleuters en hun ouders. Toen Jonas tijdens de voorstelling op een verloren moment de zaal in keek herkende hij Irene op een van de voorste rijen. Ze was ontegenzeglijk ouder geworden, haar kapsel was korter en zij wat molliger, maar ze oogde nog steeds *pretty amazing* verpletterend.

Jonas voelde dat hij een rode kop kreeg en probeerde haar

blik te peilen, maar kreeg er geen hoogte van hoe ze hem aankeek. Was ze boos, geschokt, ging ze hem na afloop confronteren met zijn schandalige gedrag? Naast haar zaten een paar jongetjes van een jaar of vijf, zes, wie weet zeven – hoe kon je in godsnaam zien hoe oud een kind was? – en hij vroeg zich af of er een van haar was.

Na het slotapplaus kon Jonas niet meteen weg. Hij was met de acteursbus gekomen en moest wachten tot alle plichtplegingen waren gemaakt en ze weer konden vertrekken. Als altijd was er na de voorstelling gelegenheid voor het publiek kennis te maken met de acteurs en na te praten over de show, waarbij er handtekeningen werden uitgedeeld en er een schoolfotograaf rondliep om mooie plaatjes te schieten. Jonas stond bij een strategisch opgestelde statafel te wachten op aanspraak. Ineens stond Irene naast hem.

'Dus je speelt nog steeds toneel?' vroeg ze, hand in hand met een van de knulletjes. Dat moest dus haar zoontje zijn. Ze had het lachend gezegd en er had geen verwijt in haar stem geklonken. Hij reageerde wellicht iets te uitgelaten.

'Hééé... Jij niet dan? Hoe is het? Hoe ís het met je?'

Ze gaven elkaar drie zoenen, voor de buitenwereld oogden ze als twee collega's die vroeger in hetzelfde stuk hadden gestaan.

'Met drie kinderen ben ik daar helaas echt te druk voor. Dit is Kees, onze oudste. Zeg eens even gedag tegen die meneer die zo mooi voor jullie heeft gespeeld,' zei ze, maar Kees deed niet wat zijn moeder hem vroeg. Blijkbaar had hij het niet zo mooi gevonden. 'We hebben thuis ook nog Bram, maar die wilde niet mee, en de jongste, Trijntje, is net een paar maanden.'

'Wauw, wat een geluk allemaal. Handenbindertjes zeker?' zei Jonas, opgelucht dat ze niet was gekomen om een scène te trappen. 'Ik ben blij dat het allemaal zo goed is... sinds eh...'

'Ja!' zei Irene, die zijn zin niet afmaakte.

'Hoe lang is het nu geleden dat we in Loevestein stonden?' Lachend keek ze hem aan.

‘Ik heb het verdrongen,’ zei ze, en iets serieuzer: ‘Ik weet het echt niet meer. Lang geleden.’

Jonas beaamde dat.

‘Het was maf om je plotseling op het podium te zien staan, na al die tijd bedoel ik,’ zei ze. ‘Ik kreeg het er even warm van in de zaal. Echt warm. Ik zie je weleens voorbijkomen in een commercial, maar dat is toch minder eng.’

Ondertussen begon haar zoontje aan haar arm te trekken om haar mee te tronen naar een andere plek.

‘Als de kinderen groter zijn ga ik misschien weer acteren,’ zei ze, waarop Jonas haar vragend aankeek. Een paar meter van hem vandaan riep ze: ‘Ik mis het echt. Misschien staan we ooit nog samen in een voorstelling.’

Haar zoon wilde per se dat Irene meeging en even zwaaide ze nog naar Jonas, waarna ze opging in de rest van het publiek. Toen ze uit zijn blikveld was verdwenen probeerde hij – en wij later met hem – uit te rekenen hoe lang het geleden was dat ze samen hadden gespeeld.

Na Cola verhuisde ook Luciëns oude vlam Hanneke uit de Jan-Pieter, omdat ze van de gemeente een gesubsidieerd woonatelier kreeg aangeboden. Luciëns verliefdheid op haar stond op de waakstand, hij had zijn aandacht verlegd naar andere vrouwen. Op sommige momenten vroeg Luciën zich zelfs af of hij nog wel wat voor haar voelde. Op haar beurt beschouwde Hanneke hem als haar trouwste en beste vriend, en omdat hij haar had geholpen met verhuizen nodigde ze hem uit bij haar te komen borrelen.

Als cadeautje voor haar nieuwe atelier kocht Luciën op een rommelmarkt een nieuwe schildersezel, waarmee ze verguld was, want haar oude had het na jaren begeven en ze had geen geld voor een nieuwe. Luciën nam – zo mogelijk tot nog grotere vreugde – ook Chinees eten mee, wat in de Jan-Pieter hun gedeelde verslaving was geweest. Luciën kende geen vrouwen die zo hartstochtelijk konden schransen als zij. Samen zaten ze op haar grote rode bank te bunkeren, ze had niet eens de moeite genomen haar bont besmeurde schildersoverall uit te trekken.

Toen ze alle bakken had leeggeschept, vroeg ze aarzelend of ze hem iets pijnlijks mocht vragen. 'Een vraag die ik liever niet wil stellen.'

'Doe toch maar,' zei hij.

'Oké... Je hebt ooit beloofd dat je een schilderij van me zou kopen. Dat was toen die opdringerige bal in die steeg jou een klap gaf. Hij wilde een doek van me aanschaffen, waarop jij zei dat je dat ook wilde.'

'Wil je dat ik een schilderij van je koop?' hoorde Luciën zichzelf zeggen. Hij meende zich te herinneren dat ze had gezegd dat ze nooit werk aan vrienden zou verkopen, maar hield daarover verder zijn mond. Daarbij had hij er in tijden van hevige verliefdheid voortdurend aan gedacht een doek van haar te kopen, hoewel hij diep in zijn hart haar schilderijen niets voor hem vond, te kleurrijk en extravagant (niet per se lelijk). Toen zijn hartstocht voor haar wegebde vergat hij ongemerkt zijn belofte. Hij voelde zich bezwaard dat ze er nu zelf op terugkwam.

'Ik heb eigenlijk een nog beter idee,' zei hij, nadat hij er even over had nagedacht. 'We hebben vorig jaar voor het jaarverslag van onze brouwerij een dichter gevraagd een gedicht over ons te schrijven. Ik denk dat we jou kunnen vragen om een schuttersstuk van ons te schilderen. Zou je dat kunnen, een groepsportret?'

Hanneke reageerde verrukt en balde haar vuist.

'Wauw, daar krijg ik meteen energie van,' zei ze, waarna ze aarzelend zei dat ze nog wat wilde vragen.

'Zou ik...' begon ze, maar ze maakte haar zin niet af.

'Wat?'

Zuchtend vroeg ze om een voorschot. 'Ik weet niet hoe ik de maand moet doorkomen, al mijn geld is op. Dat hoort natuurlijk bij het kunstenaarschap, maar ik moet toch eten. Je hoeft me niets te lenen, dat wil ik echt niet. Vrienden lenen elkaar geen geld, dat gaat altijd mis. Daarom wil ik ervoor werken. Als ik een voorschot op het schuttersstuk kan krijgen, steun je me enorm.'

Luciën knikte en even later pinde hij bij een bankautomaat in haar straat driehonderd gulden, balend dat hij nu moest proberen het voorstel er bij de anderen door te krijgen.

Toen hij terugkwam had Hanneke haar schildersoverall en slobbertrui omgeruild voor een hemdje van zwart kant. Ook had ze de fles wijn geopend die ze speciaal voor zijn bezoek had gekocht. Met een dankbare glimlach nam ze de biljetten van hem aan en legde ze in een laatje, waarna ze zich weer naar hem draaide.

'Weet je,' zei ze. 'Ga eens zitten. Toen we huisgenoten waren heb ik altijd de boot afgehouden. Maar we zijn geen huisgenoten meer.'

'Hoe bedoel je?' vroeg hij, oprecht verbaasd.

Ze liep naar hem toe en zoende hem, abrupt. Luciën zag het echt niet aankomen. Hij voelde zich licht in zijn hoofd. Haar zoen was bruusk, bijna agressief. Wat overkwam hem? Jarenlang had hij aan haar gedacht, eenzame nachten lang had hij over haar gefantaseerd, tevergeefse plannen gesmeed om haar te versieren en onrealistische scenario's uitgedacht waarin zij een hoofdrol speelde – en nu was zij het die haar tong in zijn mond stak, zonder enige voorafgaande amoureuze spanning of flirt. Was het omdat hij haar driehonderd gulden had gegeven? Luciën voelde een weerzin die hij niet snapte, op een mentaal niveau althans, want zijn lichaam reageerde verraderlijk op Hannekes liefkozingen.

'Wil je dit echt?' vroeg hij, en hij probeerde afstand te nemen en haar van zich af te duwen. Hij bedoelde: ik weet niet of ik dit wil. Hanneke liet zich niet door hem tegenhouden, stak haar tong weer in zijn mond en reikte naar zijn broek. Ze pakte zijn hand en bracht die naar haar borsten. Luciën wist inmiddels zeker dat hij dit niet wilde – al dacht zijn pik daar dus anders over. Ze knoopte zijn gulp open, stak haar hand in zijn boxershort en boog zich voorover. Hoezeer hij zich ook verstandelijk probeerde te verzetten: hij was er niet tegen bestand.

Verdwaasd kwam hij 's nachts terug in de Jan-Pieter, grommend verwelkomd door Timmy. Bij het afscheid had Hanneke gezegd dat ze hoopte dat hun vriendschap er niet onder zou lijden dat ze met elkaar naar bed waren geweest. Hij beloofde haar dat dit niet zo was – zoals hij weleens vaker wat beloofde.

In de dagen daarna was hij van slag, omdat hij steeds aan haar en haar wellust bleef denken. Maar niet alleen aan haar. Tegen het advies van zijn moeder in had Luciën een paar jaar daarvoor het contact met de Weduwe toch weer hersteld. Toen hij afstudeerde als basisarts had hij zelfs met het idee gespeeld naar Key West te gaan, tot hij werd geplaatst in de vooropleiding cardiochirurgie. Af en toe stuurden de Weduwe en hij elkaar brieven waarin ze vertelden over hun leven. In een van die berichten had hij haar verteld over Hanneke en over hun onverwachte vrijage, zoals de Weduwe op haar beurt af en toe over haar liefdesleven sprak.

'Are you sure you want to be with this Hanneke person?' schreef ze terug, met een licht gepikeerde ondertoon. 'Follow your heart, Luciën, follow your HEART!'

Hij was inmiddels in opleiding bij het AZU, waar hij rondliep op de afdeling cardiochirurgie. Een paar dagen na de laatste brief van de Weduwe gebeurde er iets wat voor het verhaal van onze vriendschap en de brouwerij van groot belang was, in de ketting van onvermijdelijke gebeurtenissen. Luciën deed zijn rondes over de zaal, toen via een zoemer de komst van een ambulance werd aangekondigd. Dat betekende dat iemand een hartinfarct had of anderszins acuut moest worden geholpen. Nu was Luciën niet ingeroosterd op de spoedeisende cardiohulp en dus vervolgde hij zijn bezoekjes aan patiënten.

Na een tijdje hoorde hij een verpleegkundige over de gang roepen of iemand in godsnaam Frans sprak. De man die net was binnengebracht sprak alleen Frans, maar niemand van de dienstdoende artsen beheerste de taal goed genoeg om met hem te kunnen communiceren. Het ging om een diplomaat die tijdens een vergadering onwel was geworden, waarna hij met spoed naar het ziekenhuis was vervoerd. Luciën, die in het Burundese klooster van zijn jeugd voldoende Frans had leren spreken, rende naar de behandelkamer waar de man was neergelegd.

Hij schrok toen hij de man op het bed zag liggen, want in al die jaren van opleiding had hij nog nooit zoiets gezien. De Fransman – een veertiger, hooguit – was nat van het zweet en zijn gezicht oogde grauw, letterlijk op het grijze af. Wat Luciën vooral zag was complete ontreddering. De ogen van de man toonden doodsnood, of zoals een van de cardiologen later zou zeggen: 'Hij was op dat moment aan het sterven en hij wist het.'

De verpleegkundigen en artsen probeerden hem te kalmeren, maar er was geen gesprek mogelijk. Luciën deed zijn best te begrijpen wat hij prevelde en vertaalde zo goed mogelijk zijn kreten en verzuchtingen. Dat hij doodging, riep hij meerdere keren. Dat hij nooit naar Nederland had moeten komen. Waar was zijn vrouw? Vertel mijn vrouw dat ik van haar hou. Vertel haar schijt dat ik van haar hou. Ik wil niet sterven zonder mijn vrouw, schijt. Ik ga dood. Ik wil mijn vrouw zien. Schijt. Hoer. Schijt jij. Schijt, klootzak.

Luciën probeerde hem gerust te stellen met zachte nietszeggende zinnetjes waar hij zelf ook geen woord van geloofde. Dat alles goed zou komen en dat soort troosttaal. Dat hij in goede handen was. De dingen die je zegt tegen iemand die op sterven ligt.

'Vertel hem dat we hem gaan dotteren,' riep een van de artsen, terwijl hij met een telefoon in zijn hand stond te bellen. 'Wat is dotteren in het Frans?'

'Geen idee,' zei Luciën en tegen de man riep hij: 'Vous obtenez un traitement de dotter.'

Het interesseerde de man geen reet. Schijt. Hoer. Klootzak.

Even later kwam de arts die de patiënt zou opereren hem ophalen. Terwijl verpleegsters de man en het bed voorbereidden voor de operatiekamer vroeg de arts aan Luciën of hij tijdens zijn opleiding al een keer bij een spoed-dotterbehandeling had geassisteerd. Luciën schudde van nee.

'Dan is dit jouw *lucky day*,' riep hij, waarop Luciën al zijn andere bezigheden moest staken. 'Het is tijdens de ingreep noodzakelijk dat de patiënt bij bewustzijn blijft, dus ik heb iemand nodig die Frans spreekt en hem bij de les houdt.'

Een kwartier later stond Luciën ingezeept op de operatiekamer tussen een team van zes mensen. De patiënt mocht om medische redenen niet onder narcose, maar had inmiddels wel een kalmerend middel gekregen, al had dat zijn doodsnood niet verminderd. Terwijl de Fransman lag te kermen en schelden begon de cardiochirurg de behandeling. Met een buis ging hij via de rechterarm van de patiënt voorzichtig het vaatstelsel binnen en al snel vond hij de verstopte kransslagader, die hij opende met een oprekbaar metalen buisje. Het effect was spectaculair. Direct begon er weer bloed te stromen door de geplaagde ader, wat meteen zichtbaar was op de röntgenmonitor. En ook als dat niet zichtbaar was geweest had het team het gemerkt, want er kwam spontaan kleur in het gezicht van de Fransman.

In de operatiekamer brak de zon door. De man begon te ademen, zuchten, huilen, lachen, schateren en stralen tegelijk: hij had zijn leven terug. De artsen hadden hem weggerukt uit de klauwen van de dood. Van een van de doktoren mocht hij bellen met zijn vrouw, waarop Luciën een toestel pakte, het nummer intikte en de hoorn bij het gezicht van de Fransman hield. Hij hoorde de man zeggen dat hij nog nooit zo gelukkig was geweest haar stem te horen.

Die middag boekte Luciën bij een reisbureau een ticket voor een vlucht naar Key West – zijn hart achterna.

Gekleed in glimmend zwarte hotpants verscheen Kateřina Volencova als laatste in restaurant Wereldkeuken, gelegen direct naast onze brouwerij. De andere moeders zaten al aan tafel, met geamuseerd misprijzen om zich heen kijkend naar de inrichting en clientèle. Het contrast tussen de groep vrouwen en de andere bezoekers van het veganistische eethuis was groot.

'Waarom wilde je in godsnaam hier afspreken?' vroeg Mathilde Ruitenberg, die echt probeerde om zachtjes te praten, maar daarin niet slaagde.

'Ik vind het een geweldige ervaring,' zei Sarah Valentijn, naar wie vanuit meerdere hoeken werd geloerd omdat mensen haar herkenden als de omroepster van vroeger. 'Uit mezelf zou ik hier nooit naartoe gaan.'

'Wacht maar tot je de menukaart hebt gezien,' zei de moeder van Gregor. 'Dan baal je dat je dit pas zo laat hebt ontdekt.'

'Nogmaals, waarom zijn we *hier*?' vroeg Mathilde opnieuw, nu zo duidelijk dat ook onze buurvrouw Eugenie – zoals we haar noemden – haar kon horen.

Sinds de moeders ons financieel steunden kwam hun Club regelmatig bij elkaar, niet alleen om de voortgang van hun investering te bespreken, maar omdat ze elkaar simpelweg mochten. De etentjes die ze organiseerden namen in uitbundigheid toe en ze zagen elkaar steeds vaker, in wisselende samenstellingen. Aanjager was Kateřina Volencova, die de vrouwen die avond bij elkaar had geroepen voor een moedersvergadering.

'Maar waarom *hiehier*?' vroeg nu ook Lizbeth Jesserun, die zich na afloop van een administratieve sessie met Cola één keer met Berend, Goeroe en haar zoon in dit eethuis had laten folteren met gierst, linzen en kikkererwten. Kateřina keek even om zich heen, boog zich over tafel en zei met zachte stem: 'Omdat we deze tent gaan kopen.'

De vier andere vrouwen keken haar aan.

Zachtjes voegde ze eraan toe: 'Alleen weten de eigenaren dat nog niet.'

De vrouwen knikten elkaar samenzweerderig toe vanwege de aankoop die ze klaarblijkelijk gingen doen.

'En nog iets...' ging Kateřina verder. 'Wat ik heb bedacht is niet helemaal legaal, denk ik.'

Die woorden bleven hangen.

Mathilde en Lizbeth keken elkaar met een kleine gespannen glimlach aan.

'Waarom willen we dit restaurant kopen?' vroeg Mathilde, waarna Kateřina haar een bestraffende blik gaf omdat haar woorden toch weer net te luid haar mond hadden verlaten.

'Deze kelder zit naast de brouwerij. Als we dit restaurant erbij kunnen trekken is dat een perfect afzetkanaal. Je kunt hier een geweldig proeflokaal van maken. Dat is goed voor de business,' antwoordde Lizbeth, die het er al eerder met Cola en Goeroe over had gehad.

'En waarin zit het "niet helemaal legale"?' zei Sarah. Haar vraag klonk eerder verlekkerd dan bezorgd.

'Ik zou niet precies weten wat een veganistisch eethuis als dit zou moeten kosten,' zei Kateřina. 'Maar laten we uitgaan van honderdduizend gulden, ik zeg maar wat.'

'Dat is een groot bedrag,' zei Mathilde. 'Daar zouden we eerst even over moeten nadenken.'

Op dat moment kwam Eugenie langs met de menukaarten, die ze met een nors hoofdknikje op de tafel van onze moeders legde. Ze liep door zonder bestellingen op te nemen. Toen ze buiten gehoorafstand was, zei Lizbeth: 'Ik vermoed dat we niet veel goodwill voor dit restaurant hoeven te betalen.'

'En nu dat illegale,' zei Sarah.

Kateřina keek om zich heen en zei met zachte stem: 'Oké, wat ik jullie nu ga vertellen is geheim en moet ook tussen ons blijven. Mijn man en ik hebben het aan vrijwel niemand verteld, alleen aan onze advocaat. Zelfs Berend weet er niets van.'

‘Spannend!’

‘Mijn ouders kwamen in de jaren dertig vanuit Tsjecho-Slowakije naar Nederland. Ik ben hier geboren. In 1960 vluchtte mijn tante Justýna voor de communistische machthebbers, waarna mijn ouders zich over haar ontfermden. Tante Justýna was voor ons de enige directe link met het moederland.’

‘Ik ben heel benieuwd waar dit verhaal heen gaat,’ zei de moeder van Gregor.

‘Tante Justýna leefde haar verdere leven in alle rust. Ze werkte eerst als kantinejuffrouw in de Amsterdamse haven, later als bibliothecaresse in Alkmaar. Nooit deed ze iets buitenissigs, ze sloofde zich niet uit, ze was een goede tante, zeker geen losbol die leeft voor de lol.’

‘Zoals jij,’ zei iemand.

‘Zoals ik. Na haar pensioen leefde ze op een bovenwoninkje in een vooroorlogse wijk. Omdat mijn ouders allebei al waren overleden bezocht ik haar regelmatig. Daar was ze blij mee en om dat te tonen gaf ze me soms een kwartje. Dat vond ik vertederend. Ik was eind dertig en kreeg van mijn tante geld om nog niet eens een half ijsje te kopen.’

‘Hebben jullie al een keuze gemaakt?’ onderbrak Eugenie Kateřina’s verhaal. Niemand van de moeders had haar zien aankomen. Eugenie ging aan de tafel staan, in een aura van ongeduld, alsof ze stante pede een aversie had tegen deze groep gesoigneerde vrouwen. Lizbeth zei dat ze nog niet hadden gekeken, maar wel heel blij zouden zijn met een biertje van de buren. Iedereen knikte enthousiast.

Eugenie vertrok zwijgend en Kateřina ging verder. Jarenlang leefde tante Justýna in haar eentje, ze werd oud en raakte soms een beetje verward. Als Kateřina en haar man bij haar kwamen wist ze niet meer dat ze in Nederland was. Gelukkig werd ze niet zo dement dat ze naar een verpleeghuis moest, want dat weigerde ze pertinent.

‘En toen werd ze ziek, we verpleegden haar thuis en we waren vaak bij haar. Af en toe was ze helder, meestal praatte ze onzin. Vlak voor ze overleed pakte ze me bij mijn arm en fluisterde vlak bij mijn oor: *Přemýšlejte o záclonách.*'

Op dat moment zette Eugenie met ingehouden lompheid vijf biologische biertjes op tafel, die de vrouwen zelf maar moesten verdelen. Sarah probeerde de Tsjechische zin van tante Justýna te herhalen: 'Tjimmiesleetsje o naas lonaag.'

'Přemýšlejte o záclonách,' verbeterde Kateřina haar. 'Mijn Tsjechisch is niet heel goed. Ik vertaalde het als: denk aan de gordijnen. Dat zei tante een paar keer: denk aan de gordijnen. Wij probeerden niet echt te achterhalen wat ze bedoelde, want ze zei wel meer vreemde dingen.'

'En nu dan dat illegale,' zei Sarah.

'En nu het illegale! Toen mijn tante was overleden werd haar lichaam opgehaald door mannen in zwarte pakken. Mijn man en ik moesten daarna haar spullen inpakken en haar huurwoninkje leegruimen. Als een van de laatste klusjes ging mijn man op een ladder staan om...'

'De gordijnen van de rails te halen,' zei Mathilde.

'Juist. Mijn man gooide ze vanuit het raam van de bovenwoning in een container die beneden stond. Best zwaar, zegt hij. Ik zeg: wat? Die gordijnen, zegt hij. Ik zeg: hoezo zwaar? Hij zegt: ik vond ze best zwaar. Ik weet niet hoeveel gordijnen wegen, maar deze waren best zwaar. Zegt hij.'

Omdat Kateřina het zaakje niet vertrouwde ging ze voor de zekerheid toch even aan die gordijnen voelen. Inderdaad, ze waren opvallend zwaar.

'Dus mijn man sleepte ze weer naar boven. Ik pakte een schaar en knipte de voering los.'

Kateřina liet een stilte vallen om de spanning op te voeren.

'En?' fluisterde Sarah.

Kateřina keek om zich heen.

Zacht zei ze: 'Er zat honderdveertigduizend gulden in de gordijnen.'

‘Waaaaat?’

‘Hoeveel?’

‘Honderdveertigduizend. Cash. In guldens dus, niet in Tsjechische kronen, anders was het niets waard geweest. Honderdveertigduizend gulden, verdeeld over allemaal bij elkaar gebonden pakketjes.’

‘Honderdveertigduizend,’ zei Mathilde, die zich echt moest forceren om haar stem niet te verheffen.

‘Wat vond je daarvan?’ vroeg Sarah.

‘Opwindend! Ja toch?’ zei Kateřina. ‘Natuurlijk zijn we gaan fantaseren hoe tante Justýna aan dat geld kwam. Ze verdiende in de bibliotheek hooguit vijfentwintigduizend per jaar. Zo’n bedrag heeft ze nooit bij elkaar kunnen sparen. Of ze moet totaal niet hebben geleefd.’

‘Ze moet een dubbelleven hebben gehad,’ zei Mathilde.

De moeders begonnen meerdere opties te noemen. Misschien was tante Justýna spion van de communisten. Misschien werkte ze bij als prostituee. Misschien verhandelde ze drugs. Misschien was ze seksslaaf van een geriatrische miljardair.

‘Ik ga meteen de gordijnen van al mijn tantes controleren,’ zei Lizbeth.

Kateřina schetste het probleem van haar en haar man. Ze hadden een ongelooflijke hoeveelheid zwart geld gevonden en wisten niet wat ze ermee aan moesten. ‘We hadden naar de politie kunnen stappen, maar dan waren we het natuurlijk meteen kwijt. Zo’n vondst wordt direct geconfisqueerd. Welk oud vrouwtje bewaart er thuis bijna anderhalve ton?’

‘Maar jullie hebben niets fouts in de zin gehad, jullie hebben dat geld alleen maar gevonden,’ zei Lizbeth. ‘Wat heb je ermee gedaan?’

Kateřina bracht haar handen bij elkaar en zei zacht: ‘Niets. We hebben die cash nu op zolder liggen en doen er niets mee. We zeggen het vaak tegen elkaar als mantra: wat moeten we doen met de poen? Wat moeten we doen met de poen?’

‘En nu?’ zei de moeder van Gregor.

‘Nou ja... Ik dacht...’

Ze liet een stilte vallen en keek om zich heen.

‘Als we ons dan afvragen wat we moeten doen met de poen...’

‘Je bedoelt dat we met dat geld deze tent kunnen kopen?’ vroeg Sarah zacht.

Kateřina haalde haar schouders veelbetekenend op.

‘Voilà.’

‘Jezus!’ fluisterschreeuwde Mathilde. ‘We zitten hier een misdaad voor te bereiden.’

Het woord ‘misdaad’ gaf een vreemde spanning, niet onaangenaam.

‘Misdaad... Misdaad...’ zei Lizbeth. ‘Dat is het natuurlijk niet. Ik zie het meer als een logistiek probleem. Dat geld was technisch gezien van jouw tante. In de wet staat niet dat je geld niet in je gordijnen mag naaien. Ze was zo gek als een deur, dat is niet strafbaar. Misschien heeft het mens wel extreem zuinig geleefd, daar gaf je net zelf een voorbeeld van. Na haar dood ben jij de rechtmatige erfgenaam, dus die gordijnen zijn van jou. Er zitten misschien wat rafelige kanten aan, maar het is heus geen misdaad om een gordijn open te knippen. Ik denk dat we dit met een beetje creativiteit wel kunnen rechtbreien.’

‘Weten jullie nu eindelijk al wat jullie willen hebben?’ hoorden ze iemand blaffen. Eugenie stond weer bij de moeders. Ze wierp een geïrriteerde blik op de menukaarten, die almaar onaangeroerd op tafel lagen.

‘Zeg, we hebben een vraag,’ zei Mathilde, met een directheid die de andere moeders deed slikken. ‘Is dit restaurant eigenlijk op de markt?’

Eugenie gaf geen krimp.

‘Hoe bedoelt u?’

‘Is het te koop?’

Eugenie gaf nog steeds geen krimp.

Luciën vloog via Atlanta rechtstreeks naar het kleine vliegveld van Key West, waar hij een taxi pakte die hem naar onze oude christelijke jeugdherberg bracht. Het gebouw was in vijf jaar niets veranderd, maar dat kon niet gezegd worden van The Dry Tortugas Speakeasy, waarvan de ramen waren dichtgetimmerd, de muren beklad met graffiti en de veranda was begroeid met onkruid. De plek op UNESCO's Werelderfgoedlijst voor kroegen was The Dry zeker kwijt. Het stemde Luciën droeviger dan hij van tevoren zou hebben gedacht. Als onze vriendschap ergens was gesmeed, was het in dit alcoholische epicentrum.

Luciën had de Weduwe niet verteld van het ticket dat hij had geboekt, hij wilde haar verrassen met zijn komst. *Follow your heart*! Ze had hem geschreven dat ze niet meer op Duval Street woonde, omdat ze zich dat financieel niet meer kon veroorloven. In plaats daarvan verbleef ze tijdelijk bij haar broer, die woonde op Stock Island, een schiereiland dat aan Key West vastlag. In een zijstraat van Duval huurde Luciën een mountainbike en binnen een halfuur stond hij – na een mooie tocht, zijn kop in de felle zon – met kloppende borst voor haar woning, een stacaravan met een houten ombouw. Het huisje oogde karakteristiek voor dit subtropische deel van Amerika. Er stonden palmbomen. Er was een porch met een schommelstoel. Er blafte een hond naar de krekels. Tijd bestond hier niet.

Luciën wandelde over het pad naar de voordeur, opende de hordeur en klopte aan. De broer van de Weduwe deed open, een typische Key met een intens gebruinde kop en door de zon gebleekt haar, een vaal T-shirt, oude slippers en een korte broek die tot op de draad versleten was.

'Hi buddy, what's up?' zei de broer, loom en niet onvriendelijk.

Luciën zei dat hij voor zijn zus kwam en vroeg of ze thuis was.

'My sister?' herhaalde de man.

Fronsend bracht hij zijn hand naar zijn haar.

'I don't have a sister.'

Luciën dacht dat hij zich vergiste, keek op het papiertje waarop het adres stond en noemde de naam van de Weduwe.

'The widow with the long blond hair.'

Nu moest de broer-die-geen-zus-had hartelijk lachen. Schaterend herhaalde hij wat hij had gehoord. Toen hij zich had hernomen zei hij: 'Did Elaine put one over on you?'

Het leek alsof hij genoot van het moment, want hij bleef maar lachen. Luciën zei dat hij niet begreep wat hij bedoelde.

'She's my *wife*,' zei hij. 'Not my sister. Look.'

Hij liet zijn trouwring zien.

'We got married last year. Best day of my life. Never a dull moment with that broad. You wanna come inside and wait for her? She fooled you, buddy.'

Zijn lach donderde over de porch.

Twintig minuten later zat Luciën achter een dubbele bourbon in Sloppy Joe's, het stamcafé van Ernest Hemingway, waar als vanouds een man met een gitaar droevige liedjes stond te spelen. In vijf jaar tijd was er helemaal niets veranderd. Luciën sloeg zijn drank in één teug achterover en bestelde meteen een volgende. Zo gingen mannen in films om met hun verdriet.

Luciën vervloekte de Weduwe, het verschrikkelijke feesteiland Key West, zijn eigen goedgelovigheid, hij vervloekte vrouwen, de gedichten die hij las die over alles gingen behalve over dit gevoel, hij vervloekte zijn moeder dat ze hem niet had tegengehouden (al wist ze dan niet dat hij een ticket had gekocht), hij vervloekte de wereld, Ernest Hemingway, Hanneke en haar schilderijen, de fransoos die hem in deze positie had gelokt, merde, merde toi, hij vervloekte de luchtvaartmaatschappij die hem hierheen had gevlogen, de arbeiders die het vliegveld hadden aangelegd, hij vervloekte bovenal zichzelf, zijn weekheid, zijn verraderlijke verliefdheden, suffe aanhankelijkheid, zijn verlangen naar overgave, zijn bassin liefde dat bij het geringste overstroomde, hij vervloekte dat verdomde hart van hem.

Later die middag liep hij – wankel van de drank – over Duval Street op zoek naar het reisbureau om zo snel mogelijk zijn retourvlucht naar Nederland te bevestigen, terug te reizen en te kunnen doen alsof deze episode nooit had plaatsgevonden. Natuurlijk was het zonde van het geld, één weekend op en neer naar Florida, maar hij wilde geen minuut langer op Key West blijven. Met een beetje geluk zou hij zelfs zijn moeder niets hoeven vertellen. Wat zie je bruin, Luciën. Zonnebank, mama. Weet je wel hoe ongezond dat is?

Waggelend tussen de toeristen, dragqueens en dagjesmensen uit Miami hoorde hij plotseling iemand zijn naam roepen. Zonder zich om te draaien bleef hij staan, binnensmonds vloekend. Hij had er geen rekening mee gehouden dat de Weduwe weleens op Duval Street kon rondhangen. En nee, hij ging zich niet omdraaien. Luciën wist dat hij niet bestand zou zijn tegen haar zoete smoesjes, haar doorzichtige gedraai.

'Luciën, it's me!' hoorde hij haar roepen. 'What are you doing here?'

Wat ik hier doe, behalve een idioot van mezelf maken? Zuchtend draaide hij zich met een ruk om, klaar om haar de waarheid te zeggen, haar te confronteren met haar schanda... Daar stond Molly.

Perplex zei Luciën een paar keer haar naam. Hij probeerde zich te hernemen.

'How are you? Long time no see. I thought you were in jail...'

Misschien niet de beste zin voor een hernieuwde kennismaking.

'Luciën!' riep ze en ze leek oprecht blij. 'I'm so glad to see you. I've been looking for you guys for ages. You've totally disappeared. What happened? Suddenly you were gone, nobody knew where you went.'

Nu zag Luciën dat ze niet alleen was: er stond een schattig

jongetje van een jaar of vijf naast haar, met een grote bos afrohaar en een ontwapenend koppie.

'I want you to meet my son Fabian,' zei ze, waarna ze haar zoontje een duwtje gaf om zich beleefd aan Luciën voor te stellen. Luciën boog zich voorover, schudde het uitgestoken handje van de knul en vertelde hoe hij heette. Het joch keek vragend op naar zijn moeder. Ze zei: 'This is a friend of your father.'

Meanwhile, back in the Netherlands. Terwijl Luciën ontspannen vakantie vierde op Key West mochten wij onze waar verkopen op het popfestival Lowlands, de driedaagse uitspatting in de woestenij van Flevoland. Sinds de eerste editie in 1993 waren de meesten van ons vaste Lowlanders. Gregor en Jonas kenden een paar van de organisatoren en omdat zij onze *independent brewery* een welwillend hart toedroegen mochten we op het festivalterrein een stand huren om onze biertjes te verkopen aan de bezoekers. Het kwam vaker voor dat Gregor en Jonas ergens in de provincie op een folkloristische lapjesmarkt ons aanbod uitstalden voor het langssjokkende publiek, maar dit was anders. Lowlands was midden in de doelgroep. Lowlands werd onze doorbraak. Er was een tijd vóór en ná Lowlands. En dat had mede te maken met de onderste linkerrib van Jonas.

Michelles zwangerschap gaf een golf van energie, niet alleen bij ons, maar ook bij de Club van Mama's, die Cola plagerig de Club van Oma's begon te noemen. Na de aanschaf van het veganistische restaurant naast onze werfkelder – Eugenie en haar man hadden zich verrassend snel overgegeven – kwamen de moeders nog vaker bij elkaar dan daarvoor. Natuurlijk werd er bij die gelegenheden over alles en iedereen gepraat. Daar waren het moeders voor. Er is een verschil tussen praten en roddelen, dat laatste is altijd kwaadaardig en destructief. We hebben geen aanwijzing te denken dat de moeders over ons anders hebben gepraat dan louter met goede bedoelingen. Een van hen (onmogelijk te achterhalen wie) vertelde dat Michelle tijdens haar studententijd al een keer met iemand van onze vriendengroep romantische omgang had gehad, waarop een andere moeder (aannemelijk is het te denken dat dit Sarah Valentijn was, al maakt dat voor het verloop van het verhaal niet uit) geamuseerd riep: 'Jonas toch?'

Wat we zeker weten is dat Kateřina Volencova toen zei: 'Nee, Berend. Dat weet ik omdat ik hen eens samen heb gezien.'

De andere moeder riep meteen dat zij het ook niet wist en daarmee was de kous af. Of althans, daarmee had de kous af moeten zijn. Feit is dat de naam Jonas bleef hangen en dat was allemaal niet zo erg geweest als het niet waar was. Maar dat was het wel.

Een paar jaar daarvoor – over onze brouwerij werd alleen nog maar gefantaseerd – moest Michelle als grondstewardess in de Jaarbeurs assisteren op een congres voor stokers. Een imponerende stand in de hal was gereserveerd voor de firma Lucas Bols, de grootse distilleerder ter wereld. Bezoekers werden welkom geheten door een ingehuurde acteur die de historische Lucas Bols moest voorstellen, en daar begint de rol van Jonas. Gekleed in een zwarte toga, geplooide kniebroek, hemd met open manchetten en stijve plooikraag sprak hij tegen de luyden die zich bij zijn stand kwamen vervoegen een door hemzelf geschreven tekst: 'Hooggeachte Meesters, zijt welkom bij deez' kraam. Hoort nu toe, o vrunden: Lucas Bols is mijnen naam. In 1575 reeds begon mijn vaders vader, als ik 't wel vernam, de eerste en oudste stokerij van Amsterdam.'

Jonas nam met een theatraal gebaar zijn hoed af en ging verder: 'Hij stookte soete likeuren in geuren en kleuren. Treedt nader ja! Gy moocht ze zelf keuren! Nu hoort, gy Heeren, hoort! Heeft u dit spul verhuecht? So klapt eens in uw handt, en roept dan ja met vruecht!'

Er stonden tientallen kleine glaasjes klaar om dorstigen van dienst te zijn en daarvan werd gretig gebruikgemaakt. We maken hier de kanttekening: niet alleen door bezoekers. Iemand van de Jaarbeurs was verantwoordelijk om de shotjes steeds weer bij te vullen, en daar begint de rol van Michelle. Natuurlijk hadden zij en Jonas gegrinnikt om de toevalligheid dat ze moesten samenwerken.

'Wat zie je er eh... opvallend uit,' zei Michelle over Jonas' outfit.

'En jij dan!' zei hij, wijzend op haar veel te nette mantelpakje.

Jonas was die middag in zijn element en hij dolde met bezoekers en medewerkers, ook met Michelle, die voortdurend om hem moest lachen. De shotjes die de firma Bols serveerde bevatten slechts twintig milliliter likeur, een halve borrel, en dus moesten mensen er veel van nemen om een beetje aangeschoten te raken.

Michelle en Jonas namen er veel.

Tussen de golven bezoekers door begonnen ze glaasjes achterover te slaan, eerst als grap en later omdat het verdomd drinkbare likeur bleek. We hoeven niet in detail te treden, maar aan het einde van hun laatste shift liepen ze naar een voor bezoekers afgesloten gedeelte van de enorme hal, en daar stonden ze achter een scherm even in elkaars armen, stomdronken. Er is gezoend en waarschijnlijk meer dan dat, maar nog tijdens hun moment van gedeeld zelfverlies besloten ze, ondanks hun door alcohol aangetaste gevoel voor decorum, dat een verdere exercitie geen goed idee was.

'Ik heb verkering met een van je beste vrienden.'

'Je bent de vriendin van een van mijn beste vrienden.'

'Dit kan echt niet.'

'Dit kan echt niet.'

'Dit kan echt niet.'

'Dit kan echt niet.'

'Dit kan echt niet.'

'Dit kan echt niet.'

'Dit kan echt niet.'
'Dit kan echt niet.'
'Dit kan echt niet.'
'Dit kan echt niet.'

Wat er echt is gebeurd had in nevelen gehuld moeten blijven. Toen kwam Lowlands. De organisatie van het festival had onze bierkraam gesitueerd op een veld tussen maffe eettenten en andere culinaire buitenbeentjes. Naast ons stond een stand waar 'shooters' werden verkocht, kleine cocktails die in één teug achterover moesten worden geslagen (met idiote namen als Training Bra, Blowjob, Flatliner, Nazi Taco en Cocksucking Cowboy). Detail dat er wel toe doet: de likeur voor deze drankjes werd geleverd door de firma Bols.

Op zaterdagmiddag was Lowlands op z'n best: de zon explodeerde, uit vele tenten klonk muziek, feromonen waaiden over het veld. We hadden de Club van Mama's uitgenodigd om een kijkje te komen nemen, want geen van hen was ooit op een popfestival geweest. De vrouwen vergaapten zich aan de vredelievende mensenmassa die over het terrein van de ene naar de andere kant deinde. Onder ons motto '*we get high on our own supply*' serveerden we ze na hun tocht over het veld bij onze kraam een keur van onze beste biertjes. Het was druk en onze tappen stonden permanent open. Cola zei: 'Money in the bank.'

Op dat moment werd Jonas door iemand geroepen. Hij was herkend door een medewerker van de stand naast ons, een man die vrolijk op ons af kwam lopen en vroeg of Jonas de acteur was met wie ze een paar jaar daarvoor in de Jaarbeurs shotjes hadden uitgedeeld. Jonas reageerde verheugd. Ooit had hij een wijze les geleerd van een oudere acteur. Als je op straat wordt herkend moet je altijd vriendelijk blijven. Nooit uit de hoogte doen, altijd reageren alsof je heel blij bent dat je wordt aangesproken en als je dat niet bent acteer je dat, had de éminence grise gezegd. Je bent toch acteur, verdomme?

Jonas deed overdreven aardig tegen de man en kon zelfs het gedicht nog opdreunen waarmee hij bezoekers van de Jaarbeurs destijds had uitgenodigd een shotje te nemen: 'Lucas Bols is mijnen naam. In 1575 reeds begon mijn vaders vader, als ik 't wel vernam, de eerste en oudste stokerij van Amsterdam. Hij stookte soete likeuren in geuren en kleuren. Treedt nader ja! Gy moocht ze zelf keuren!'

Er werd welwillend gelachen om zijn act.

De man van de shooters zei: 'Jij hebt toen nog achter de schermen die ene griet een veeg gegeven. Die blonde, die steeds de glaasjes moest bijvullen. Jullie zaten er zelf ook de hele tijd van te snoepen.'

Ook om deze mededeling werd smakelijk gelachen. Klonk als onze Jonas. De man ging verder: 'Jij had het niet door, maar wij zijn allemaal even gaan kijken. Zo'n blond meisje, lekker wijf wel. Jullie gingen er helemaal in op.'

Inmiddels moest Jonas al zijn acteertalent aanwenden om te blijven doen alsof hij het een leuke anekdote vond, maar geen idee had over wie de man sprak.

'Ik ontken alles!' riep hij vrolijk.

'Kom, hoe heette ze nou? Je weet toch nog wel hoe ze heet?'

Jonas wist van niets, hij kon zich er werkelijk helemaal niks nada meer van herinneren. En toen riep iemand uit de hoek van de moeders lachend de naam Michelle. Het klonk onschuldig en misschien was het ook wel zo bedoeld. Jonas acteerde zeer overtuigend dat hij dit niet had gehoord en als afleidingsmanoeuvre begon hij een conference over de vreemde namen van de shooters die de buurman serveerde aan de argeloze jongeren. 'Waarom zou iemand *in his right mind* een drankje willen dat Cocksucking Cowboy heet? Buttery Nipple. Pubic Lip Reconstruction.'

Jonas kreeg de lachers op zijn hand en het moment waaide over.

Niet lang nadat de buurman met zijn idiote verdachtmakingen terug naar zijn stand was gelopen vertrok de Club van Mama's. Voor Jonas leek de rust zich te herstellen.

Het vertrek van de moeders was het moment waarop Cola had gewacht. Hij wenkte Jonas, die knikte en een vermoeden had wat er ging komen. Cola gebaarde hem dat hij moest meelopen naar het voor bezoekers afgeschermde terrein achter onze kraam. Jonas volgde gedwee. Natuurlijk had Cola meteen begrepen wat er aan de hand was. Wij wisten allemaal hoe het zat. Uit angst voor de reactie van Cola liepen Berend en Gregor met hen mee, alleen Mike bleef achter bij het bier en de omzet.

Eenmaal backstage was Cola opmerkelijk rustig, daarover hebben we ons later verbaasd. Hij trilde niet van woede, zijn stem sloeg niet over, hij leek niet aangedaan. Tegen Jonas zei hij: 'Ik ga je niet uithoren over wat er allemaal wel of niet precies is gebeurd. Er *is* iets gebeurd, veel woorden ga ik er niet aan vuilmaken. En niet aankomen met smoesjes of leugens. We weten allemaal hoe het zit.'

Jonas knikte dat hij begreep wat Cola zei.

'Toen ik iets kreeg met Michelle werkte ze nog niet bij de Jaarbeurs,' zei Cola. 'Dus jullie hebben me beiden bedrogen, daar komt het op neer.'

'Het is het domste wat ik ooit heb gedaan,' zei Jonas, een mededeling waarover in andere omstandigheden gediscussieerd kon worden, want Jonas had een behoorlijk *track record* als het om domme dingen ging.

Cola liet zich niet afleiden.

'Ik wil maar twee dingen weten,' zei hij. 'Was het eenmalig?'

'Ja.'

'Hebben jullie geneukt?'

'Nee.'

'Goed, ik ga er verder niet veel over zeggen. Het is lang geleden en sindsdien is er nogal wat gebeurd. Mijn liefde voor Michelle is mij alles waard, al was het maar omdat ze mijn kind draagt. Ik hou van haar, daar verandert niets aan. Voor mijn vriendschap met jou geldt hetzelfde. Ik hou ook van jou, je bent mijn vriend en ik wil dat dat zo blijft. Daarom lossen we dit eens en voor altijd op. Je mag kiezen tussen de kaak en de maag.'

We keken allemaal naar Cola. Jonas met open mond.

'Hoe bedoel je?' vroeg hij.

'Ik haal één keer uit met mijn vuist en het is aan jou om te bepalen of dat op de kaak of in de maag wordt. Daarna is het akkefietje voor mij uit de wereld en hebben we het er nooit meer over. Kaak of maag?'

Berend en Goeroe probeerden er iets over te roepen, maar Cola zei: 'Jongens, rustig. We gaan niet vechten. Ik ga hem niet in elkaar slaan. Ik geef hem één dreun, één opdoffer, zoals ze dat vroeger noemden, één watjekouw, en daarna is het voorbij. Wat wordt het, Jonas? Kaak of maag?'

Jonas probeerde na te denken en tijd te rekken.

'Ik heb overmorgen een voorstelling, dus de kaak is geen optie. Stel dat je die breekt, dan kan ik niet spelen.'

'Oké, de maag dus,' zei Cola. 'Zet je schrap.'

'Wat?'

Nog voor Jonas zich schrap zette haalde Cola vol uit tegen diens buik. Jonas schreeuwde ingehouden en zakte getergd naar de grond, met beide handen zijn maagstreek pakkend. Hij hapte amechtig naar adem, bleef kreten slaken en kronkelde met zijn lichaam. Na een minuut steunen, kreunen en draaien werd hij door Cola en Berend overeind geholpen en schoongeklopt. Later die middag stelde een verpleger van de EHBO-post op Lowlands vast dat Jonas' linkeronderrib misschien zelfs was gebroken. Cola en Jonas hebben het er verder nooit meer over gehad.

Mike had al maanden het idee dat hij 's nachts in elkaar werd geslagen. Vaak werd hij boos en gefrustreerd wakker, al wist hij niet op wie en waarom. Zijn dromen gingen vaak over bierbrouwen, wat niet onlogisch was, want brouwen was het enige wat hij deed, naast praten, nadenken, schrijven en discussiëren over bier.

Er is een Afrikaans gezegde dat luidt: '*If you wanna go fast go alone, if you wanna go far go together.*' Mike wilde snel gaan. Steeds vaker kreeg hij aanvaringen met Berend, over uiteenlopende onderwerpen die altijd met zoiets alomvattends als het brouwproces te maken hadden. Berend was de nuchtere, de zwijger, stoïcijn, terwijl Mike de prater was, de denker, dweper. Zoals Mike zich op gezette tijden ergerde aan Berends ongenaakbaarheid, zo kreeg Berend genoeg van Mikes verheven theorieën over bier als kunstvorm. Voor Mike was brouwen een verlengstuk van zijn persoonlijkheid.

'Brouwen gaat altijd over ego,' liet hij optekenen in een interview over Brouwerij Alle Tijd op de lifestylepagina van het *Utrechts Nieuwsblad*. Er stond bij: Mike Rathenau, hoofdbrouwer. 'Bier is het eindproduct van de zoektocht van een bierbrouwer. Die zoektocht is de belangrijkste missie in mijn leven. Brouwen is mijn ziel leggen in een drank die er nog niet is.'

Beer schoot in de lach toen hij de woorden van de hoofdbrouwer in de krant las. Voor hem was brouwen een vak, alle geouwehoer over ziel, ego en zoektochten kon hem gestolen worden. De opdracht was een zo goed en lekker mogelijk bier te produceren. Met die stelling was Mike het roerend eens, maar de *tweede* opdracht van een brouwer was in zijn ogen om mensen 'opnieuw te leren proeven'. Van hem mocht bier 'vervreemden' en daarom sloot hij geen enkel ingrediënt bij voorbaat uit. Mike brouwde met de wildste ingrediënten: citroengras, koriander, kardemom, pinda's, gember, mosterd, vijfkruidenpoeder, chocola, zoethout, drop en zelfs wiet. Mike wilde het experiment, Beer de traditie.

Een van hun ruzies ging over het maken van fouten. Johan Cruijff zei over voetbal: 'Wie de minste fouten maakt wint de wedstrijd.' Berend vond dat dit adagium ook gold voor het brouwen van bier. Een brouwer kan tientallen fouten maken, met als gevolg dat zijn bieren rieken naar een riool of smaken naar kinderkots. Brouwen is proberen fouten te voorkomen, vond hij. Mike was het daar niet mee eens: fouten waren juist nodig om tot het meest bijzondere bier te kunnen komen. Soms moest je er met je pet naar gooien, want waar die pet landde kon zomaar een schat liggen. Berend zuchtte om dit soort mikeiaanse nonsens. Tegenover anderen begon Berend Mike lui en gemakzuchtig te noemen en Mike Berend star en voorspelbaar. In het begin brouwden ze samen, maar dat werd na verloop van tijd steeds minder, en daar waren ze beiden niet rouwig om. Mike zei: 'Het is ondoenlijk om twee ego's in één bier te krijgen.'

Naast de aanvaringen met Berend zat het Mike steeds meer dwars dat zijn moeder niet bij de Club van Mama's hoorde. Dat lag voor een deel natuurlijk aan Saskia zelf – wist hij ook wel – maar hij kreeg de indruk dat de andere moeders het prima vonden. Het gevolg was dat hij zich buitengesloten voelde. Net als de anderen was hij voor een zesde eigenaar van het bedrijf, maar dat begon te wringen. Jonas en Luciën lieten in de werfkelder af en toe hun mooie koppies zien, maar Mike verzette veel meer werk en was voor de brouwerij veel belangrijker, vond hij niet eens zo diep in zijn hart.

De uitbarsting kwam op een avond in het atelier van Hanneke. We kwamen bij elkaar om te poseren voor het groepsportret dat Luciën ons wilde aanbieden. Daar hadden we eigenlijk bedenkingen bij, maar Luciën had onze voormalige huisgenote driehonderd gulden voorschot gegeven en nu konden we niet meer terug. Luciën was zelf te laat. Hij arriveerde met Goeroe in zijn kielzog, tot ergernis van Mike, die iets belangrijks wilde bespreken voordat we geportretteerd zouden worden.

'Sorry dat we zo laat zijn,' zei Gregor met een twinkeling in zijn ogen. 'Het komt door mij. Luciën vertelde me iets wat ik echt even moest verwerken.'

Hij zei het lachend, dus we vermoedden dat het bericht wel zou meevallen. Gregor maakte geen aanstalten te vertellen wat hij had gehoord.

'Wat is het?' vroeg Jonas aan Luciën, maar die zei: 'Dat moet Goeroe jullie echt zelf vertellen.'

Ondertussen begon Hanneke zich om te kleden. Ze trok in ons bijzijn haar trui en broek uit, om die te verruilen voor een besmeurde schildersoverall (ongetwijfeld was ze zich ervan bewust dat we naar haar keken).

Goeroe zei: 'Ik hoor net dat ik... vader ben geworden.'

Vader!

Verbaasd werd er gelachen en Goeroe kreeg al dan niet ironische felicitaties. Als mannen die nog geen kinderen hebben gevraagd wordt of ze al vader zijn luidt het stoere standaardantwoord vaak: 'Niet dat ik weet!' Zoals iedere vrouw er zeker van is dat haar kinderen van haar zijn, zo kunnen mannen kinderen hebben zonder het te weten.

'Het is dus echt waar,' zei Goeroe. 'Luciën heeft mijn zoon gezien. Hij heet Fabian, hij is vijf jaar oud en spreekt vlekkeloos Amerikaans.'

'Amerikaans?' zei Cola.

'En hij heeft een grote kop met kroeshaar.'

Jonas riep: 'Van Molly?'

Dit ontlokte hilariteit en verbijstering. Luciën vertelde over zijn recente bezoek aan Key West, over de Weduwe die hem naar het eiland had gelokt en over zijn ontmoeting op Duval Street met de moeder van Goeroes zoon. Alsof de bevalling zojuist had plaatsgevonden werd Gregor op zijn schouders geslagen en gefeliciteerd, wat redelijk onzinnig was, want hij wist verder niets van Molly's situatie. Maar toch, hij had een zoon. Goeroe kreeg van Luciën een op de achterkant van een rekening van Sloppy Joe's gekrabbeld adres en telefoonnummer. Luciën wist dat Molly maandenlang naar ons op zoek was geweest, maar ze had geen informatie over de vader van haar kind, anders dan dat hij Guru heette en waarschijnlijk woonde in de Amsterdamse hoofdstad Utrecht.

'Wat ga je doen?' vroeg Jonas.

Gregor was sinds een halfjaar met Yvette, na een lange periode van geklooi met serveersters en studentes. Yvette had gewerkt in De Sidonia, waar Goeroe haar bedrijfsleider was. Ze waren een paar keer met elkaar naar bed geweest, maar meer was het niet geworden, tot Yvette parttime bij een of ander chic instituut ging werken en naar Amsterdam verhuisde. In een straat waar ze nog nooit geweest was – en trouwens ook nooit meer zou komen – liep ze Goeroe tegen het lijf, die verdwaald rondliep op zoek naar het hoofdkantoor van een horecaketen die onze bieren wilde afnemen. Zoveel toeval, dat kon geen toeval zijn. Drie maanden later verhuisde Yvette terug naar Utrecht om bij Gregor in te trekken.

'Ga je haar vertellen van Fabian?' zei Berend, een vraag waarover Gregor nog niet had nagedacht. 'Ik weet überhaupt pas sinds een uur dat ik een zoon heb. Ik moet nog bedenken wie ik er allemaal over ga vertellen.'

Mike – laten we het eindelijk eens over hem hebben – zat zich ondertussen op te winden. Hem zeiden de belevenissen van zijn vrienden in Key West weinig, want toen zij feestten, zopen en kinderen verwekten, zat hij om principiële redenen opgesloten in een helverlichte cel van twee bij drieënhalve meter, pillen opsparend voor zijn Grote Ontsnapping. Hij verbaasde zich erover hoe zieltogend leeg het leven van de anderen soms op hem overkwam, hoe weinig hun focus lag op waar het volgens hem echt om ging in het leven. Toen hij de opgewonden herinneringen aan Molly en The Dry aanhoorde overviel hem een gevoel dat Samuel L. Jackson in *Pulp Fiction* verwoordde als: '*I had what alcoholics refer to as "a moment of clarity"*.'

'Jongens,' zei hij, ons gesprek onderbrekend. 'Ik moet jullie ook wat vertellen.'

Ondertussen was Hanneke klaar met haar voorbereidingen.

Er stond een groot doek op haar nieuwe schildersezel, ze had spullen klaargezet en wilde dat we allemaal een positie zouden innemen, zodat ze voorzichtig kon beginnen om een compositie te schetsen. Dit was het moment dat Mike zei: 'Ik wil er niet op.'

'Hoe bedoel je?' vroeg Cola.

Hij bedoelde dat hij er niet op wilde.

Mike riep dat hij geen enkele behoefte had aan een groepsportret. Hij zei het maar gewoon eerlijk. Al tijden voelde hij zich niet meer thuis bij onze brouwerij. Iedereen deed maar wat, er was geen sturing, geen filosofie, geen richting. Meer dan een halfjaar had hij het aangezien en hij was er – dat konden we niet ontkennen – vaak genoeg over begonnen, maar blijkbaar lagen onze prioriteiten op andere terreinen dan die van hem.

Toen hij was uitgesproken was het even stil, tot Jonas begon te lachen en vaststelde dat Mike ons belazerde. Goeie *prank*. Dit waren de grappen die we met elkaar uithaalden.

'Kom, laten we poseren,' zei Jonas.

Mike vroeg of we hem zagen lachen.

Hij was doodserieus. Onze brouwerij was begonnen als een hobbyproject op het dak van ons studentenhuis, maar het tragische was dat we vier jaar later niet veel verder waren.

'Feitelijk zijn we begonnen in Key West,' zei Berend, maar Mike ging daar niet op in.

'Er zijn twee opties hoe we dit probleem kunnen oplossen,' zei hij. 'Welke het ook wordt: de brouwerij moet compleet worden gereorganiseerd, dat is de enige manier om te overleven. We moeten ons herbezinnen en niet meer louter voor de lol een beetje bierbrouwen. We hebben de mogelijkheid om nationaal en internationaal mee te spelen in het *craft beer*, maar dan moet er iemand aan het roer staan met visie. Ik ben bereid om de leiding op me te nemen, maar alleen als de dingen echt gaan zoals ik ze voor me zie. Dat is mijn eerste optie, en daar wil ik dan ook navenant voor worden betaald.'

Zijn woorden werden met gelatenheid aangehoord. Cola en Berend keken elkaar aan, Jonas zuchtte geïrriteerd en Luciën stond er hoofdschuddend bij. Niemand van de anderen had het gevoel dat er binnen onze brouwerij grote problemen waren, al konden er natuurlijk altijd zaken worden verbeterd.

'En je tweede optie?' vroeg Goeroe.

Mike keek naar de grond en knikte. Hij richtte zijn hoofd op en zei met gevoel voor dramatiek: 'Dat ik wegga. Dat jullie doorgaan zoals jullie nu doen en dat Brouwerij Alle Tijd in goede bedoelingen blijft steken. Dat zou dan jullie beslissing zijn en daar heb ik vrede mee. Ik ga niet meer de verantwoordelijkheid nemen voor zoals het nu gaat.'

'Het gaat helemaal niet slecht,' riep Jonas.

Berend en Cola moesten lachen om de stelligheid van Mikes opties.

'Kunnen we er niet gewoon over praten?' zei Luciën. 'En dan niet nu, maar later. Er staat een kunstenares klaar om ons te schilderen. Dit getuigt naar haar toe ook niet van respect.'

'Ik wil niet op dat doek,' zei Mike nogmaals. 'Ik wil eerst weten wat we gaan doen met de brouwerij. Het heeft geen zin om een groepsportret te maken als ik er niet meer bij hoor.'

Onderling hadden we het weleens over de *daddy issues* van Mike gehad: hij kon vaak uitermate kinderachtig en geraakt reageren op situaties, wat wellicht was terug te voeren op de getroebleerde relatie met zijn stiefvader en vader.

'Doe godverdomme niet zo moeilijk,' zei Jonas. 'Je lijkt wel een wijf met je geëmmer. We zijn vrienden. We zijn een vriendenbrouwerij. Je hoort er zeker bij.'

'De meesten van ons werken ernaast, jij leeft van je uitkering. Heel goed, niemand heeft daar een moreel oordeel over,' zei Cola. Dat laatste was niet helemaal waar, maar daar ging het nu niet om.

Cola ging verder: 'De brouwerij levert ons een lekker zakcentje op en we zien wel waar het schip strandt. We zijn vrienden die bierbrouwen. We hebben trouwe afnemers. Er zijn mensen die uit Groningen komen om ons kluinbier te halen. Wat meer moet er zijn?'

'De meeste mensen zien bierbrouwen als een hobby voor rijke mensen, zoiets als polo of zeezeilen. Voor mij is het dat niet, voor mij is brouwen een missie, een manier om de wereld te herscheppen,' zei Mike.

'Jezus christus,' zei Berend.

'En hoe zou je het voor je zien als je besluit de brouwerij te verlaten?' vroeg Cola. 'Heb je daar al over nagedacht? We zijn met z'n zessen eigenaar.'

Mike haalde zijn schouders op.

'Dan zullen jullie me moeten uitkopen. Daar komen we ook vast wel uit. We zullen iemand het bedrijf moeten laten taxeren.'

'Taxeren?' zei Cola verbaasd. Mike dacht al aan taxeren.

Jonas stond op van zijn stoel.

'Je wilt dat we jou betalen om op te rotten?' riep hij ontzet. 'Wat is dat voor een idioot voorstel? Weet je, ik kan je wel voor je bek slaan.'

'Er slaat hier helemaal niemand helemaal niemand voor z'n bek,' zei Cola, wat uit zijn mond niet per se overtuigend klonk.

Mike maakte tegen Jonas het 'kom dan'-gebaar. Kom dan, jongen. Kom, gaan we naar buiten.

'Jongens, ik denk niet dat dit het geschikte moment is om te schilderen,' zei Hanneke, die ostentatief haar potlood bij haar andere spullen legde en haar atelier verliet. Een halfuur lang werd er heftig gediscussieerd. Luciën probeerde redelijk te blijven en de zaak ook van Mikes kant te bezien.

'We hoeven nu toch niet tot een beslissing te komen?' zei hij. 'We kunnen er toch gewoon tijdens een vergadering verder over praten? Het lijkt me dat het altijd goed is om nog eens even na te denken over hoe sommige dingen kunnen verbeteren, daarvoor hoeft niemand te dreigen met vertrek.'

Mike zei: 'Dat hoef jij niet voor mij te bepalen.'

Abrupt vroeg Berend: 'Hoeveel wil je hebben?'

Mike keek hem strak aan, maar gaf geen antwoord.

'Kom op, man. Laten we maar meteen beginnen met onderhandelen. Je hebt er vast al over nagedacht. Voor hoeveel moeten we je uitkopen? Wat denk je te vangen?'

Mike haalde zijn schouders op en blies.

'Niet over nagedacht. Dat zal een taxateur moeten uitmaken, ik zal...'

'Fuck de taxateur!' riep Jonas. 'Hoeveel wil je? Drieduizend? Vijfduizend? Tienduizend?'

'Vijftigduizend,' zei Mike, die er dus toch over had nagedacht.

Cola herhaalde het bedrag vol ongeloof.

'Denk je nu echt dat we al drie ton waard zijn?' vroeg Goeroe.

'Veel meer dan dat zelfs,' zei Mike. 'Daar hebben we dus een taxateur voor nodig, om dat te bepalen.'

'Vijftig-fucking-duizend!' riep Jonas. 'We werken ons allemaal het schompes, we investeren alles wat we hebben in het bedrijf en nu wil jij dat we nog krommer gaan liggen om jou vijftigduizend gulden te betalen?'

'Jullie werken je het schompes? Denk je dat echt? Als er godverdomme iemand is die altijd werkt, die altijd op de brouwerij is, die alles doet, altijd schoonmaakt, altijd etiketten plakt en altijd alle weet ik veel, ben ik het.'

'Niemand zegt dat je niet hard werkt,' zei Luciën. 'Iedereen heeft waardering voor je.'

'Ik zeg dat *jullie* niet hard werken. Jullie denken dat een brouwerij een lolletje is, iets wat je er voor de vriendschap een beetje bij kunt doen.'

Jonas stond met veel misbaar op.

'Ik ga ervandoor, dit hoef ik verder niet te horen. Dat groepsportret doen we een andere keer, als we deze hufter zijn armzalige poen hebben betaald.'

Woedend stampte hij naar de deur.

'We zijn voor jou uit Amerika teruggekomen, klootzak!' riep hij.

Mike riep terug: 'Jullie hadden nooit naar Amerika moeten gaan. Jullie hebben me in de gevangenis laten rotten.'

De volgende ochtend kwam Berend erachter dat alle gisten uit onze gistkast waren verdwenen. Later begrepen we dat Mike 's nachts naar de brouwerij was gegaan om heimelijk alle potjes, monsters en reageerbuizen in een koelbox mee naar zijn eigen huis te nemen. Het nieuws vervulde ons met intense moedeloosheid. Terwijl Cola binnen ging teleconferenceren met zijn moeder en iemand van haar voormalige advocatenkantoor, stonden Berend, Jonas en Goeroe buiten aan de gracht van de werfkelder te roken en amechtig te vloeken, broedend op tegenacties. We zouden naar Mikes huis kunnen gaan om de gisten op te eisen, desnoods met enige fysieke kracht. Als we die ochtend niet konden brouwen raakten we achter op schema. Het was al een keer voorgekomen dat we Flip niet konden leveren.

'Ik denk dat hij ons te lijf gaat als we hem thuis opzoeken,' zei Berend kalm.

Jonas antwoordde: 'Nou en?'

Toen Cola was uitgebeld kwam hij bij ons staan met zijn bevindingen. Hij bietste een peuk van Jonas (officieel was hij nog steeds gestopt) en vertelde dat de advocaat voorstelde dat we zelf zo snel mogelijk probeerden ergens nieuwe gist vandaan te halen, zodat we ons konden concentreren op belangrijker zaken. Liz zou uitzoeken hoe het zat met het eigenaarschap van de brouwerij.

'Dit is dus het gezeik dat we al die jaren hebben geprobeerd te voorkomen,' zei Cola. 'Dit is waar iedereen ons voor waarschuwde.'

'Hoe kan een vriend zo snel omslaan in een vijand?' zei Jonas. Het klonk uit zijn mond alsof hij Shakespeare citeerde, en dat was *for that matter* ook zo.

'Mike gaat nu alles doen om ons te traineren, ik ken hem,'

ging hij verder. 'Dit wordt *nasty*. Dit wordt *the mud and the blood and the beer.*'

We verbaasden ons – in steeds luidruchtiger bewoordingen – over de snelheid waarmee het conflict was geëscaleerd. Had onze brouwerij echt geen toekomst, zoals Mike had gezegd? Moesten we Lizbeths advocaat het hard laten spelen of gingen we Mike toch nog tot rede proberen te brengen?

'Ik ken Mike al honderd jaar, dat gaat hij nooit doen,' zei Jonas.

Andere vragen: hoe kwamen we aan vijftigduizend gulden? Wat zouden de andere moeders vinden van deze breuk? Zat er auteursrecht op de bierrecepten die Mike had opgesteld? Wat voor vrienden waren we eigenlijk? Hadden we inderdaad niet naar Amerika moeten gaan?

'Nee, natuurlijk wel, godverdomme,' riep Jonas. 'Onze reis draaide toch niet om Mike? Hij zat vast in Daarhuizen, wat konden we doen? Mike moet leren dat niet alles in het leven om Mike draait.'

'Hallowallowallo, waarom sijn jullie so boosj?' hoorden we plotseling een verwrongen stem zeggen. Vanuit de hoogte zei iemand met een al even vreemd accent: 'Tjongejongejonge, het leven isj toch veuls te mooi om boosj te sijn?'

Staand op de schouders van onze circusbuurman Joeli jongleerde Boeli met een stuk of vijf kegels. Beiden droegen ze grote flapschoenen en waren ze gekleed in afzichtelijke clownspakken. Het stuk gracht voor hun circuskelder gebruikten ze regelmatig om hun acts te oefenen of kinderen te vermaken.

'Wat isj er aannut handjepandje?' vroeg Boeli.

'Godallemachtig,' zei Jonas, tegen ons. 'Dit trek ik echt niet.'

Het was die ochtend dat Cola voor het eerst voorstelde om naar de bossen van Lessebach te rijden, onze latere warande voor stilte in tijden van lawaai.

2019

'Het maffe is: ik kan me dat hele groepsportret niet meer herinneren,' zegt Cola. 'Wel dat we dat gesprek met Mike voerden, maar niet dat we moesten poseren voor Hanneke. Ik dacht dat we die ruzie op de brouwerij hadden.'

Wild schokkend rijdt hij ons in een van de jeeps naar de vaste voederplaatsen in het woud. Behendig loodst hij de wagen over de zompige paden, langs hagen van ondoordringbare struiken en steile stukken, in een boslandschap met een coloriet van ontelbare schakeringen groen, oker, amber, taupe, bruin. Er hangt een chlorofylkleurig waas en op sommige plekken vallen strepen zonlicht door het bladerdak.

'Staat mij eerlijk gezegd ook niets meer van bij,' zegt Berend.

'Ik kan me die hele Hanneke niet meer voor de geest halen,' zegt Jonas.

'Huisgenote van de Jan-Pieter,' legt Luciën uit. 'Kunstzinnig. Beetje weird, maar wel knap. Wilde voortdurend discussiëren over kunst.'

'Ik zie haar niet voor me.'

'Je bent ooit met haar naar bed geweest, lulhannes, maar dat weet je waarschijnlijk niet meer,' zegt Luciën, doelend op een avond in De Sidonia waarop Hanneke en Jonas eenmalig in bed belandden, misschien tweemalig.

'O, díe Hanneke!'

Cola: 'Jonas heeft een nogal selectief geheugenspectrum.'

'Jonas herinnert zich de wereld aan de hand van het zaad dat hij heeft verspreid,' zegt Luciën.

'Ik dacht dat jíj met die Hanneke naar bed was geweest?' zegt Berend.

'Nee, we hebben één keer wat gerommeld in haar atelier,' zegt Luciën, 'toen ik haar een voorschot gaf voor dat groepsportret.'

'Dat schilderij dat er dus nooit kwam,' zei Cola. 'Je zou je geld terug moeten vragen.'

'Nou ja, zoveel was het niet, achteraf.'

'Misschien dat je daarom niet met haar naar bed bent geweest.'

'Ik kan me dit dus allemaal niet herinneren,' zegt Jonas. 'Hoe zou dat komen? Waarom de ene gebeurtenis wel en de andere niet? Hoe gaat dat? Wie neemt die beslissing? Heb je in je hoofd een rechtbank die sommige herinneringen wel opslaat en andere niet, of gaat het volslagen willekeurig?'

'Ik herinner me soms de idiootste dingen,' zegt Berend. 'Dat ik ergens overstak en naar een reclamebord op een bushalte keek. Het horloge van mijn opa. Mijn vader die een plank schuurde en tegen mij zei: wat schuren we lekker.'

'Ik herinner me vaak onze voortuin,' zegt Cola. 'Daar was niets bijzonders aan. Gewoon een voortuin. Mijn ouders wonen al veertig jaar niet meer in dat huis. Toch herinner ik me steeds die voortuin.'

'Omdat herinneringen geen feiten zijn, maar lepe constructies. We hebben er behoefte aan orde te scheppen en zin te geven aan de onbegrijpelijke puinzooi om ons heen. We herbeleven emoties bij bedachte persoonlijke waarheden,' zegt Jonas.

'Bedenk je dit nu ter plekke?' vraagt Luciën.

'Nee, komt uit een toneelstuk.'

Cola zet de wagen stil bij een open veld waar een paar palen staan met vale brokken zout waaraan beesten kunnen likken. De mais en voederbrokken gaan we uitstrooien op vaste plekken in het bos. De dieren kennen deze plekken. Cola en zijn familieleden kennen de dieren die deze plekken kennen.

Luciën vraagt of we deze officiële laatste keer in Lessebach het jagen zelf niet eens kunnen overslaan. We kunnen toch ook gewoon wat rondrijden en wandelen? Cola zegt dat dat helaas niet gaat. Volgens het zogenoemde *Verwaltungsverfahrengesetz* is zijn familie niet alleen verantwoordelijk voor de dieren in het gebied, maar ook voor de akkers van de boeren. Als een landbouwer knaag- of pikschade heeft van de beesten op hun terrein, moeten de Cola's die vergoeden.

'Pikschade...' zegt Jonas, maar Cola geeft geen antwoord en zegt: 'En daarom krijgen we jaarlijks van het Duitse Staatsbosbeheer *Ziele* op.'

'Ziele?' vraagt Berend.

'Targets. Doelen.'

'Ah, Duitsers en hun targets,' zegt Jonas, die op de bijrijdersstoel zit en zijn arm losjes over zijn portier laat hangen. 'Jullie krijgen dus een lijstje op met hoeveel dieren er moeten sterven. Zoveel zwijnen. Zoveel herten. Zoveel reetjes.'

'Ja, daar zijn ze hier heel *gründlich* in. We moeten alles precies bijhouden, en als we onze doelen niet halen krijgen we een boete, een behoorlijke ook.'

'Een boete! Geld betalen als je geen dieren hebt doodgeschoten? Belachelijk!' roept Luciën.

Cola vertelt dat hij dit weekend minimaal één ree moet schieten. Als dat niet lukt moet zijn zus Cath er volgende week twee doen.

'Ach gut...' zegt Jonas. 'Ergens rent hier dus vrolijk een nietsvermoedend reetje rond, onwetend van het feit dat jij hem gaat afknallen. Daar zie ik tegen op, als ik eerlijk ben. Ik blijf het een vreemd idee vinden dat mensen dieren doden.'

'Eh, jij hebt net bij de Ratstätte een broodje Bratwurst gegeten. Daar zat, als het goed is, ook een beestje in dat heeft geleefd,' zegt Berend.

'Nou, waar ik vooral tegen opzie is dat als Cola straks zijn verplichte beestje schiet, Luciën daar een foto van maakt, jij die op Facebook zet, bagger.nl die plaat oppikt en ik vanaf dat moment weer word neergezet als grote schoft, als gewetenloze hertendoder.'

'Jonas Valentijn, der Hirschenazi.'

'Wat is *Hirsche*?'

'Herten.'

'Dat bedoel ik. Ik heb al genoeg pikschade aan mijn kont hangen.'

'Oké, spreken we af dat we geen foto's maken,' zegt Cola.

'Vanaf volgende maand mag ik voor een praatprogramma dat ik nog niet mag noemen filmpjes maken waarin ik mensen spijkerhard aan de tand ga voelen over morele kwesties. Hoe kan ik dat doen als ik zelf stupide sta te grijnzen bij een zojuist doodgeschoten neefje van Bambi? Dat ondergraaft mijn rol compleet.'

Jonas' telefoon maakt geluid. Verheugd kijkt hij op zijn scherm. We hebben bereik! Opgewekt begint hij zijn berichten te lezen, maar dan kijkt hij bedenkelijk.

'Sorry,' zegt hij en loopt een paar meter van ons vandaan om te bellen.

Terwijl wij voer rondstrooien horen we Jonas praten met zijn agente. Als hij het gesprek heeft beëindigd praat hij ons bij. Twee actrices van het stuk dat hij gisteravond in Antwerpen try-outte hebben volgens de site van *De Morgen* hun medewerking aan de productie gestaakt, uit onvrede over het ongepaste innuendo van de regisseur. Ze voelen zich geïntimideerd en hebben dit op social media gedeeld. Jonas werd volgens het onlineartikel niet beschuldigd, maar de krant refereerde wel aan een oud interview met hem.

Dat fuckin' interview. Destijds hadden we het aanstormende reclamebureautje ABC/XYZ gevraagd een pitch te maken voor onze huisstijl, voor ons een belangrijke opdracht, want vormgeving is voor microbrewers cruciaal. *Don't judge a beer by the la-*

bel, zegt men, maar in werkelijkheid wordt veel bier verkocht op de aantrekkelijkheid en snedigheid van etiket en naam. Er kwamen twee jeugdige creatieve hotshots bij ons langs om zich in onze directiekamer te laten voorlichten en inspireren. Tijdens het gesprek werd Jonas weggeroepen en toen hij na enige tijd terugkwam was het gezelschap inmiddels verdwenen. Althans, dat dacht hij.

Direct bij binnenkomst kon hij zijn enthousiasme niet voor zich houden.

'Jéééézus, zagen jullie de tieten van die ene? Ik dacht even dat ik flauw ging vallen. Wat een ballen, jongens, wat een wedstrijdteam.'

We verstarden. De betreffende vrouw en haar collega stonden achter een openstaande deur een poster van een Amerikaans biermerk te bewonderen.

'O hallo,' zei Jonas luchtig, toen de meisjes zich weer lieten zien.

Die ene had inderdaad een opvallende boezem. Die middag liet ABC/XYZ weten dat ze de opdracht teruggaven, en terecht. Toen Jonas een tijdje later door een zieltogend mannenmagazine werd geïnterviewd, vertelde hij over wat hem onlangs was overkomen, waarbij hij benadrukte hoe gênant en dom hij zichzelf vond. Zoals dat gaat verdraaide de interviewer zijn woorden. Boven het stuk stond de kop 'Een vrouw moet voor mij enorme haverzakken hebben'. Jonas ontplofte toen hij het artikel onder ogen kreeg, maar er was niets meer aan te doen. Maandenlang kreeg hij een steek in zijn maag als hij aan de publicatie dacht, tot de schaamte wegebde en er een anekdote overbleef die we vertelden om Jonas' onhandigheid te etaleren.

'Mijn agente zegt dat ik me even gedeisd moet houden en vooral niet op de kwestie met de actrices moet reageren,' zegt hij.

Prompt gaat zijn telefoon. Jonas kijkt op het scherm en neemt verheugd op. Het vrolijke gezicht van Stephany Burdon-Sanders verschijnt in het bos, met op de achtergrond haar vriendinnen. Ze roepen: 'Hi guys!'

Jonas richt zijn toestel op ons en maakt een panorama-opname van het woud. Het voelt haast als een ontheiliging dat de rust in dit verlaten donkere oerbos wordt verstoord door de digitale aanwezigheid van gillende vrouwen *on the loose.*

Een kwartier later rijden we met de jeep in een andere hoek van het bos langs een van de grote houten kansels vanwaaruit wordt gejaagd. We herkennen deze plek. Dit was de uitkijkpost waar we de eerste keer bij elkaar zaten – *back in 1997* – nadat we naar Lessebach waren gereden om in alle rust te kunnen praten over 'the Mike Situation'.

'Dit is de kansel die ik voor ons heb uitgekozen,' zei Cola destijds.

'Een kansel?' vroeg Jonas. 'Gaan we naar de kerk?'

'Ik wil wel echt dat we vanaf nu heel stil zijn,' ging Cola verder. 'Heel stil.'

Hij had zijn geweer om zijn schouder hangen. Wij gingen hem voor op de trap naar boven. De kansel, hoog verscholen in het woud, lag op een plek waar volgens Cola regelmatig reeën passeerden. Het was een primitief houten staketsel, met isolatieschuim tegen de wanden, het rook er muf en het hokje was bezet door muggen en andere beestjes.

Cola klapte zachtjes de panelen voor de ramen open en nam plaats in de hoek, waar hij zijn geweer voorzichtig neerzette. Alles draaide om rust en kalmte. Iedere reuring zou de beesten in de omgeving alarmeren.

'Moeten we hier met z'n vijven in?' zei Luciën, die zich al claustrofobisch voelt in een stationshal.

Cola zei: 'Niet zo hard praten. Het jagen heeft geen zin als jij de hele tijd loopt te blèren. Zo verjaag je de beesten.'

Voorzichtig namen we plaats, met Luciën het dichtst bij de deur.

‘Vijf volwassen mannen in één klein hokje, uitkijkend over een veld in het bos, luisterend naar elkaars ademhaling,’ fluisterde Luciën. ‘Dat is van een intimiteit die ik nog niet kende.’

‘Sssst,’ zei Jonas.

Buiten ons hok heerste de verpletterende stilte van het woud.

‘Hoe vaak zijn we in Nederland ergens waar we vrijwel niets horen, behalve geluiden uit de natuur?’ zei Luciën, echt zo zacht mogelijk.

‘Die stilte is zo imponerend,’ zei Goeroe. ‘Ik vind het jammer dat jij je mond niet kunt houden.’

‘Staat je geweer op scherp, Hunter?’ vroeg Jonas aan Cola.

‘Ja, dus voorzichtig aan. Ik heb alleen mijn warmtekijker op mijn geweer. Die ga ik er zo afschroeven, want daar mag ik officieel niet mee schieten.’

Cola ontmantelde het ding op zijn wapen en gaf het door aan Goeroe, die erdoorheen begon te kijken.

‘Als een vlek wit oplicht, is daar iets warmer dan de omgeving. Dat zou een beest kunnen zijn. Met het blote oog kun je dat niet zien, maar met een warmtekijker dus wel.’

Na een tijdje gaf Goeroe de kijker door en uiteindelijk tuurden we allemaal naar de mogelijke aanwezigheid van wezens met een hartslag en een warme bloedsomloop. Een aantal malen herhaalde dit zich, als onderbreking van het wachten. Het leek een boeddhistische ervaring.

Wachten.

Wachten.

Nog langer wachten.

Wachten.

‘Hoe lang wachten we nu al, denken jullie?’ vroeg Luciën.

‘We zitten hier net,’ fluisterde Cola. ‘Ik heb in deze kansel weleens zes uur gezeten.’

We luisterden naar de geluiden uit het woud en elkaars ademhaling.

‘En als je dan moet plassen?’ vroeg Luciën.

Wachten.

Plassen.

Wachten.

'Shit, dat van dat plassen had ik niet moeten zeggen.'

'Je houdt het maar gewoon even in.'

Na een paar minuten fluisterde Luciën: 'Het woord jagen komt van een eeuwenoud woord uit het Sanskriet dat rusteloos betekent.'

'Dat weet jij dan weer,' zei Goeroe.

'Ik heb het opgezocht.'

'O, dat soort dingen ken je niet uit je hoofd?'

'Ik vind dit niet echt rusteloos,' zei Jonas. 'Ik val bijna in slaap.'

Ondertussen gebeurde er op het veld voor onze kansel helemaal niets. Hoe vaak is een mens ergens waar helemaal niets gebeurt?

'Ik ben blij dat Mike hier niet bij is,' fluisterde Luciën. 'Anders hadden we helemaal geen plek in deze kansel.'

Zijn gefluister was bijna niet van ademen te onderscheiden.

'Ik ben ook blij dat Hans Wiegel hier niet is.'

'Ik ben vooral blij dat Bon Jovi hier niet is.'

'Ik ben blij dat Joeli en Boeli hier niet zijn.'

Zo zachtjes mogelijk zei Jonas met een afgeknepen clownsstem: 'Ik ben Joeli. En ik ben Boeli.'

We hoorden een lange zucht van Cola.

'Trouwens nooit beseft hoe gevoelig dit allemaal ligt, jagen,' zei Luciën zacht. 'Voor de beesten, bedoel ik. Ik las ergens dat zelfs zoiets als aftershave wilde dieren kan verjagen.'

'Dieren hebben een geweldig reukvermogen,' zei Cola. 'Die ruiken ons op afstand. Dieren zijn evolutionair uitgerust om altijd overal gevaar te zien, te ruiken, te horen, te voelen zelfs.'

'Dan ruiken ze Jonas zeker, met de hoeveelheden geurwater die hij op zijn mooie lichaam spuit.'

'Ik ruik gewoon graag lekker.'

'Dat doe je zeker,' zei Goeroe. 'Wacht, ik ruik even aan je.'

Goeroe begon liefdevol aan Jonas te snuffelen.

'Jongens, alsjeblieft,' fluisterde Cola streng. 'Jullie jagen echt de beesten weg.'

Luciën vroeg zacht of we het toch ook niet over Mike moesten hebben.

'Ik wil even niet aan Mike denken,' zei Berend.

'Als we straks een everzwijn zien, zal ik aan Mike denken,' zei Jonas. Ingehouden deed hij het geluid van een geweerschot na.

We wachtten weer.

Af en toe gaven we elkaar de warmtekijker door. Soms dacht iemand iets te zien, maar het was steeds loos alarm. Jonas legde zijn hoofd op de schouder van Goeroe en na een minuut of wat hoorden we zijn ademhaling verzwaren.

Met een schokje schoot hij wakker.

'Hadden we niet ook chips en drank meegenomen?' vroeg hij.

Luciën begon zachtjes te rommelen in een plastic zak.

'Ssssst.'

Voorzichtig opende Luciën een zak chips en gaf deze door. Berend, Jonas en Goeroe namen een hand uit de zak en begonnen te eten.

'Jezus, wat een lawaai,' zei Luciën, misschien niet eens sarcastisch.

'Probeer jij chips te eten zonder te kraken,' fluisterde Jonas.

We wachtten.

Goeroe fluisterde: 'Ik denk dat bemiddelen geen zin meer heeft. Als we Mike de leiding over de brouwerij geven is dat of het einde van de brouwerij of het einde van de vriendschap.'

'Maar hoe komen we aan vijftigduizend gulden?'

'Als het zoveel is. Misschien is het wel minder.'

'Of meer.'

Ondertussen deelde Luciën blikjes Duits fabrieksbier uit. Cola trok als eerste het lipje open, wat opvallend veel geluid maakte.

'Godsamme Nicolaas, je maakt veel te veel lawaai. Zo verjaag je de herten.'

'We zouden bij de bank een lening kunnen afsluiten. Daar zullen we toch eens aan moeten geloven,' zei Cola. 'Als een echt bedrijf, bedoel ik. We kunnen niet steeds naar onze moeders terug.'

'Volgens mij...' begon Luciën.

Hij gebaarde dat hij de warmtekijker wilde hebben en richtte hem op een bomenpartij in de verte.

'Volgens mij zie ik een ree, daar aan de rand van het bos.'

Goeroe keek ook, maar zag niets.

Cola nam de kijker over en zei dat Luciën gelijk had.

'Beginnersgeluk,' fluisterde Jonas.

Het moment dat we allemaal hadden gevreesd kwam. Cola bracht zijn geweer in stelling, deed oordopjes in en fluisterde bijna onhoorbaar: 'Daar, bij die ene grote boom. Een mannetje. Je ziet heel goed een witte plek op zijn snuit.'

We hoorden vijf kloppende harten. Vijf brokken in de keel. De geur van opwinding, angstzweet, fascinatie, afschuw.

'Ik kan een schot zetten... Jongens, vingers in de oren.'

'Wat?' fluisterde Luciën.

'Vingers in de oren.'

'Ga je schieten?' vroeg Jonas.

'Hij gaat schieten.'

Er volgden gespannen seconden. Cola ging een schot zetten.

Plotseling flitste er in onze kansel een fel licht.

Direct grote consternatie. Cola richtte zich op van zijn vizier en vroeg verbaasd, niet al te zacht: 'Wat gebeurt er?'

We zagen hoe de ree met grote sprongen van ons vandaan rende, het woud in. Onze hoofden draaiden in de richting van Luciën, die met zijn fototoestel voor zijn gezicht zat.

'Wat doe je nou, man?' vroeg Cola, op normaal volume.

Luciën had een foto willen maken van Cola, net op het moment dat die in opperste concentratie zijn trekker zou overhalen om de ree te schieten... alleen stond zijn flitser op de automatische stand.

Cola vloekte en er werd gelachen. Het felle licht moet het beest hebben gealarmeerd.

'Jezus christus, Luciën.'

Later, terug in de hut, bedachten we dat het waarschijnlijk opzet van hem was geweest, om het leven van een onschuldige ree te redden.

De volgende dag deden we een tweede poging. Opnieuw sloten we ons op in een kansel, in een ander deel van het bos. Wederom wachtten we langdurig, almaar turend over het veld voor onze hoogkijker, toen plotseling Cola's mobiele telefoon ging, een apparaat dat hij had aangeschaft om stand-by te zijn voor Michelles zwangerschap.

'Ssssst,' riep Luciën.

'Je verjaagt de beesten,' zei Goeroe.

Cola kreeg zijn toestel niet opgenomen en de ringtone klonk langdurig door het bos, zo hard dat inderdaad ieder weldenkend zoogdier z'n biezen zou pakken. Eindelijk lukte het Cola het gesprek te beantwoorden, hij luisterde naar de andere kant van de lijn, beëindigde gelaten de verbinding en deelde mee dat we terug moesten naar Nederland. Twaalf uur later was hij vader van een zoon, die hij niet Nicolaas of Cola noemde. Een jongen die inmiddels dus al tweeëntwintig jaar is en er niet over denkt om bij Alle Tijd te komen werken – waar zijn vader trouwens in het geheel niet teleurgesteld over is.

2001

Niet lang na ons eerste bezoek aan Lessebach spraken Kateřina Volencova en de jonge oma Lizbeth Jesserun als bemiddelaars af met Mike, in een poging hem tot rede te brengen. Er waren al maanden van verbale schermutselingen geweest. Misschien dat de moeders hem met een lunch konden masseren. Onaangekondigd arriveerde Mike in gezelschap van de Nijmeegse krakersadvocaat die hem had bijgestaan bij zijn totaalweigerproces, de man met het konijnenkapsel, die nog steeds oogde alsof hij een paar jaar geen zonlicht had gezien noch menselijk contact had gehad. Al direct nadat hij was gaan zitten liet Mike alle *pleasantries* varen en blafte hij op holle toon dat hij wilde worden afgekocht voor zijn aandeel in de brouwerij. Een taxateur zou zijn rol in Alle Tijd als hoofdbrouwer annex oprichter zeker doteren, zei hij. Het woord doteren klonk veel te formeel. Een gang naar de rechter sloot Mike niet uit en daarom had hij zijn raadsheer meegenomen naar de lunchroom.

'Je raadsheer, toe maar,' zei Lizbeth.

Kateřina en Lizbeth keken naar de man, maar die gaf geen krimp. De moeders speelden vervolgens good cop/bad cop, maar dat had niet per se het gewenste effect. Net nadat Kateřina had gezegd dat ze Mike zo'n bevlogen brouwer vond en zo'n bijzonder mens, zei Lizbeth dat hij uitermate onredelijk was, een dief, een mislukkeling, een slechte vriend. Mike reageerde niet. Na een stilte zei Lizbeth: 'We kunnen dit ook zonder taxateur of rechtszaken oplossen.'

Ze liet een strategische stilte vallen. Mike deed alsof hij niet geïnteresseerd was in ook maar iets van wat de vrouwen te zeggen hadden.

'We hebben hier een envelop met cash bij ons,' zei Kateřina. Uit de binnenzak van haar jasje haalde ze een pakketje dat ze op tafel legde. De envelop was duidelijk goed gevuld.

'En ik heb hier ook...' zei Lizbeth, in een leren aktetasje grijpend, 'een brief die is opgesteld door onze raadsheer.' Ze legde de nadruk op het woord onze. 'Het is een afspraak die jij alleen maar hoeft te ondertekenen, waarin staat dat je officieel afstand doet van alles.'

Mike liet een afkeurend geluid horen.

'Afstand van alles. Waarom zou ik dat doen? En daarbij, dat gaan jullie niet bepalen, dat moet een rechter uitmaken.'

'Voorts heb ik...' Lizbeth pakte weer iets uit haar tas, '...een formulier van de Kamer van Koophandel. We hebben alles al voor je ingevuld, je hoeft alleen maar je handtekening te zetten.'

'Hoeveel zit er in de envelop?' onderbrak Mikes advocaat haar, de eerste woorden die hij sprak. Zijn stem klonk doorrookt en zijn accent verried een goede afkomst, ondanks zijn sjofele voorkomen.

Lizbeth gaf Mike een uitdrukkingsloze blik.

'Vijfentwintigduizend gulden,' zei Kateřina. Lizbeth voegde eraan toe: 'Handje contantje. *No questions asked.* Maar alleen als je vanmiddag tekent, ons aanbod is een halfuur geldig.'

'Een kwartier,' zei Kateřina.

Mike en zijn advocaat keken naar elkaar en naar de envelop.

De geschiedenis kent een paar biergoden. Dionysos, van wie iedereen weet dat hij graag wijn dronk, was bovenal een bovenmatig bierdrinker. Hij moest in de godenwereld wedijveren met de Noorse Aegir, een beruchte oceaanreus die exorbitante gala's gaf in een uitgestrekte zaal onder de zee, uitspattingen waarbij de goden hun meningsverschillen verplicht terzijde moesten schuiven. Op een dag gaf de dondergod Thor Aegir de opdracht bier te brouwen, ter verhoging van de feestvreugde. Aegir had hier eigenlijk geen zin in en zei leep dat hij geen spullen had om de klus te klaren. Thor, niet voor één gat te vangen, nam een immense koperen ketel over van Hymer, een zogenaamde rijp- of vorstreus, een ijzig wezen met een zo koude adem dat alles in zijn omgeving bevroor. Nu moest Aegir wel aan het werk. Uit balorigheid en wraak voegde hij aan zijn bier hop toe, waarvan hij hoopte dat het kruid de smaak van het bier zou verpesten. Voor sommigen deed het dat ook, maar het gros van de bierdrinkers raakte juist verslaafd aan de smaak. Mede daarom werd Aegir door de liefhebbers uitgeroepen tot God van het Bier.

Wij hadden onze eigen Biergod: Berend, onze vorstreus. In Duitsland hadden we quasiplechtig 'het Verbond van Lessebach' gesloten, afspraken om ons in de toekomst te wapenen tegen de Mikes van de wereld. Nu Mike niet meer aan Alle Tijd was verbonden, trok Berend de hele productie naar zich toe, wat zorgde voor een golf van – in zijn woorden – 'lineair gepolariseerde monochromatische bewegingsstraling met een grote magnetische fluxdichtheid' (energie).

Er volgden jaren van rücksichtslos stoempen, keihard onvermoeibaar werken en doorgaan. Onze productie werd gestroomlijnd. Cola, de meest verantwoordelijke, benoemden we officieel tot directeur, Berend tot hoofdbrouwer, Goeroe tot chef verkoop, Luciën en Jonas tot vliegende kiepen in de tijd dat het hun uitkwam, met Jonas als boegbeeld en woordvoerder. Voor de brouwerij namen we extra brouwers en vertegenwoordiger Billie aan, en we verbouwden het restaurant naast ons tot winkel annex proeflokaal.

Op zondagen begon Luciën daar literaire middagen te organiseren en op slappe maandagavonden stelde Jonas de ruimte gratis ter beschikking aan jonge toneelstudenten om hun afstudeermonologen te spelen, ten overstaan van hun kapitaalkrachtige familieleden. Dat we Kateřina Volencova – Jonas was ooit voor de grap begonnen om haar bij haar volledige naam te noemen en iedereen had dat overgenomen – vroegen om de tent te leiden was onze beste commerciële beslissing. Het was haar idee om achter de tap vlotte studenten van verschillende faculteiten aan te nemen, lieden die hun vrienden en bewonderaars meenamen, waardoor onze kelder een scabreuze ontmoetingsplaats werd voor clientèle van verschillende scenes. Er kwamen jonge muzikanten, dichters, biologen, theatermakers, economen, schakers, laboranten, artsen – allemaal bierliefhebbers en allemaal druistig.

Het was het tijdvlak van het fatalistische stappen: wie naar Proeflokaal Alle Tijd ging wist dat hij of zij tot sluitingstijd of langer aan de bar zou hangen. In de brouwerij naast de kelder werd vaak geëxperimenteerd met speciale bieren, probeersels die door het personeel gratis of sterk gereduceerd mochten worden geschonken aan de steeds groter wordende schare vaste bezoekers, wat wederom een clevere beslissing was. Niets bindt gasten zo goed als de kans op gratis bier. Utrecht heeft geen verordonneerde sluitingstijd en de enige beperking is dat vanaf vier uur 's nachts de gordijnen dicht moeten (of de gordijntjes voor de raampjes).

Kateřina Volencova had ingesteld – haar derde goeie maatregel – dat het barpersoneel zelf mocht bepalen wanneer de kelder dichtging voor publiek, en zo gebeurde het soms dat de nacht moeiteloos overging in de ochtend en die in de middag, zonder dat de voordeur op slot was gegaan. Berend en zijn mannen begonnen vaak 's ochtends vroeg met brouwen, regelmatig gadegeslagen door doorzakkers van de avond ervoor, waartoe ze al even regelmatig zelf behoorden. Kateřina – moeder en *one of the guys* – zorgde er op deze manier voor dat onze omzet in een paar jaar spectaculair steeg. Zonder haar hadden we nooit kunnen uitbreiden.

Luciën wilde voor hij zijn specialisatie zou afronden in navolging van zijn vader een jaar werken als tropenarts in Afrika. Hij had de reis goed voorbereid en was gevaccineerd tegen alle mogelijke ziekten. Gevieren brachten we hem naar Schiphol, waar we bij de incheckbalie afscheid namen. Luciëns broer Roeland had destijds hetzelfde gedaan, maar hij was na anderhalve maand alweer terug naar Nederland gebracht, met een heftige infectie die hem bijna het leven had gekost. Op de valreep werd Luciën emotioneel van zijn naderende langdurige afwezigheid.

'Als ik daar mocht komen te overlijden, zullen jullie dan een biertje naar me vernoemen?' zei hij.

'Maar alleen als je echt doodgaat,' zei Jonas. 'Voor bijna-doodervaringen en verlammingen doen we het niet.'

Toevallig zaten we later die dag met z'n vieren in een psychedelische bovenkamer van een oud pand aan de statige Maliebaan. De ruimte heette daadwerkelijk 'de bovenkamer', omdat er werd gebrainstormd over campagnes. Waar de rest van het gebouw een übergestileerd strak minimalistisch design had, was deze kamer juist volgestouwd met zo veel mogelijk afbeeldingen, foto's, logo's, tekeningen, grafieken, uitgeprinte 'inspriratiewoorden' en beroemde quotes van celebrity's, filosofen en schrijvers. Het bombardement van beelden en teksten zorgde onbewust – volgens een van de artdirectors was het wetenschappelijk aangetoond – voor het aanwakkeren van onbesuisde creativiteit.

'De rest van ons kantoor is er voor output, in de bovenkamer willen we louter input,' zei Taco, de eigenaar van reclamebureau ABC/XYZ. Er stonden comfortabele stoelen in een kring bij elkaar en in een hoek van de ruimte was de hippe verlichte minibar gevuld met een paar van onze biertjes. Goeroe vroeg of ze die speciaal voor onze komst hadden neergezet.

'Nee, we drinken altijd jullie,' zei Taco, die niet doorhad dat Goeroe een grapje maakte. 'We kunnen niet iets verkopen als we niet zelf fan zijn. En we zijn er ook trots op om met jullie rond te fleuren. Naar andere klanten toe noemen we jullie "ons biermerk". Wij horen bij jullie, zoals jullie bij ons horen. We zullen nooit voor andere merken werken, al bieden ze nog zoveel!'

Dat klonk uitermate zijig, maar we mochten Taco zeer en vergaven hem veel (zelfs toen hij ons een decennium later inwisselde voor een Belgische fabrieksbrouwer). Na onze onfortuinlijke start zorgden de Jong-Turken van ABC/XYZ al een paar jaar lang voor onze etiketten, huisstijl en biernamen, en dat deden ze met overgave. Ze moesten wel, want eind jaren negentig was Taco's bedrijf bijna op de fles gegaan dankzij de internetzeepbel. Met hulp van de 'oude economie' overleefden ze het. Ze verdienden goed aan ons bier, zo goed dat Taco en zijn mede-eigenaren zelfs een keer voorstelden een aandeel in ons bedrijf te nemen, jaloers als ze waren dat ze zelf niet op het idee waren gekomen in plaats van een reclamebureau een bierbrouwerij te beginnen. Het was niet de eerste keer dat mensen ons wilden kopen.

Een copywritester – niet het meisje in wier bijzijn Jonas destijds zijn politiek-abjecte opmerking over de grootte van haar borsten had gemaakt – kwam binnen met een dienblad koffie.

'Wat luisteren we?' vroeg Taco, staand naast de bescheiden geluidsinstallatie en een wandrek met cd's. 'Zullen we ambient doen? Of is dat wat te esoterisch voor bier? We kunnen ook Bruce draaien. *I love Bruce.* Maar misschien iets te veel buddybuddy-mannemannemacho. The Who? Style Council? Zullen we de gewoon The Beatles doen? Ik ben in een Beatles-bui. Willen we meer de tekstuele uitspattingen van John of het muzikale genie van Paul? Help me. Of we doen George Harrison? Ja, we doen George Harrison.'

Zonder ons antwoord af te wachten pakte Taco *All Things Must Pass* uit het rek – met het omslag van George Harrison omgeven door vier tuinkabouters – en even later klonk 'My Sweet Lord' door de kamer. Taco draaide zich naar ons en zei slepend: 'Goehoed.'

Hij ging achter Cola staan, die was gaan zitten in een van de stoelen, en begon diens schouders te masseren.

'We moeten fit zijn, Nicolaas, we gaan belangrijke beslissingen nemen. Meestal laat ik het breinbruisen over aan de creatieven, daar betaal ik ze ook voor, dus eigenlijk doen jullie dat, maar in dit geval vind ik het voor mezelf prettig om aan te schuiven, met jullie goedvinden.'

Jonas gebaarde dat het prima was.

We waren aanwezig om mee te denken over namen voor onze nieuwe pale ales, stouts, porters en andere bieren. In Amerika hadden we de meest wilde titels voor craft beers voorbij zien komen. Anders dan de brave en ingetogen namen voor Europese brouwvlijt bestonden de Amerikaanse vaak uit onnavolgbare onzin en liederlijkheden. Bij ons was het gebruikelijk bieren te vernoemen naar plaatsen, kloosters of historische figuren, in Amerika waren ze gefascineerd door seks, poep, dwergen, muziek, gekken, maffe dieren en absurdistische associaties. In Key West hadden we ons vrolijk gemaakt over idiote labels die de biertjes van de onafhankelijke brouwers vooral een punkachtige uitstraling gaven. De vormgeving van de etiketten hielp hier vaak aan mee. Eén blik op een bierflesje en direct was duidelijk of het ging om een burgerlijk A-merk of een brouwsel van *beer brewing outlaws.*

The Fat Mocking Bird. El Presidente. Mad Donkey. Amber Wallop. Fist Fight. Bone Dust. Rigor Mortis. Hoppy Days. Pretty Odd. Udder Custard ('uiervla'). Boo-Hoo. Evil Witness. New Frontier. Spotted Dick. Baboon Rape Party. Wooden Shoes. Red Pinup. Pigs Slop. Elbow Bender. Today's Soldier. Strand of Nightmares. Free Lords. Oral Pleasure. Shaved Head. Joy Buzzer. Duckface. Epic Failure. Yeast On The Cross. Time Travel Maniacs. Smooth Operator. Fornicating Intercourse. Momma's Little Friend. Bonker Beer. Russian Army. Disco Tits. Dogs in Hot Cars. Clever Alice. Howlin' Wolf. Cherry Poppin. Furry Animals. Penis Cradle. Wanking Robot. Blood Cake. Vaginal Microbial Flora. Gathered Animals. Ummagumma. Unused Toilet Brush. Bare Naked Babies. Coleslaw Redemption. Team Stupid. The Vinyl Countdown. Satan Brewed This Beer. Chants of Weirdos. First We F*ck Then We Drink.

In het begin hadden wij manhaftig onze eigen varianten bedacht, vaak imitaties van Amerikaanse voorbeelden, maar toen we in zee gingen met ABC/XYZ kwamen Taco en zijn medewerkers ongevraagd met eigen voorstellen, suggesties die we in de regel graag overnamen. Taco vertelde dat onze opdracht voor hen de krenten in de pap was en dat ze op kantoor een groot vel hadden hangen waaraan iedereen nieuwe namen voor onze bieren kon toevoegen.

'Het is vaak bijna een wedstrijd wie de beste vondst heeft.'

'We zijn benieuwd,' zei Berend.

'Nou, ik ook,' zei hij. 'Maar niet zoals jullie denken. Er zat mij namelijk iets ontzettend dwars aan al die guitige uitbarstingen van creativiteit. En daarom ben ik hier. Het is natuurlijk allemaal erg koddig en om te lachen, maar wat me steekt aan die parade van maffe Amerikaanse voorbeelden is dat ze zo gemakzuchtig zijn. Het is net als met dromen. Iedereen kan een weirde nachtmerrie bedenken en je daarmee vervelen. Te makkelijk, te saai ook. Verzin maar een gekke naam en je komt ermee weg. De beffende graskanarie. De beukende bikkel. De gulle ijzervreter. De paarse houwdegen. Reutelende nietsnut. Zware jongens. Addergebroed. Etterbakken. Kwibus. Uilskuiken. Ezelsveulen. Kont tegen de krib. Krib tegen de kont. Je poept er zo honderden uit.'

Aan zijn copywritester vroeg hij: 'Komt Fiona nog?'

'Ze komt eraan met wat we gisteren hebben besproken,' zei het meisje.

Zonder aandacht aan haar antwoord te besteden ging Taco verder: 'Daarnaast kun je een pale ale natuurlijk best De Zingende Kontharp noemen en dat is hilarisch, maar verkoop je er meer flesjes door? Dat zou toch het doel moeten zijn van een goede naam, of maakt het jullie niet uit hoeveel er verkocht wordt? In dat geval kun je jullie biertjes noemen zoals je wilt.'

'Wat? We noemen onze nieuwe IPA niet De Zingende Kontharp?' zei Goeroe.

'Waar blijft Fiona?' riep Taco, waarop het meisje naar een tafel bij de deur liep waarop een telefoon stond. Terwijl wij verdergingen begon zij te bellen.

'Wij zijn een reclamebureau, wij moeten uiteindelijk zorgen voor meer omzet. En daarom hebben we het volgende bedacht...'

Hij richtte zijn aandacht weer op de copywritester.

'Godverdómme, waar is Fiona?'

Zo'n toonbeeld van serene rust als Taco was naar zijn klanten, zo fel kon hij uitvallen tegen zijn medewerkers. Op dat moment verscheen Fiona, de jonge vrouw over wier borsten Jonas ooit lomp zijn ongepaste observatie had geuit. Ze oogde gestrest en ze kwam schichtig de kamer binnen. Zacht zei ze tegen Taco dat ze met een probleem zaten. 'Kan ik je even spreken?'

'Gaat het over Alle Tijd? Zeg het maar gewoon. Ik wil een open boek zijn voor mijn klanten. Wat is het probleem? Wat kan er zo erg zijn dat je een halve ochtend te laat bent?'

Het probleem was dat de copywriters en het art department de avond ervoor tot laat bezig waren geweest om voor ons een pitch voor te bereiden van de door hen bedachte naamvoorstellen. Ze hadden besloten om als verrassing prints te maken en die op biertjes te plakken. Voor *the looks.* Daarom hadden ze van een paar kratten fabriekspils de labels van de flesjes geweekt en die vervangen door hun eigen etiketten. Goed, misschien dat ze ook een paar flesjes soldaat hadden gemaakt, waarna ze tevreden over de vrucht van hun arbeid hun kantoor verlieten. Toen Fiona de flessen die ochtend kwam ophalen voor onze meeting, bleek er toch een probleem. De schoonmaakster die 's ochtends vroeg aan het werk ging was geschrokken van het bacchanaal dat zich daar blijkbaar de avond ervoor had afgespeeld. Dat verdomde reclamevolk had de door hen geleegde bierflesjes overal op het bureau laten slingeren. Chagrijnig had de vrouw alle pijpjes in de glascontainer gemieterd.

'Ze dacht dat het afval was...' zei Fiona.

Taco keek haar met open mond aan en daarna vloekte hij luid, terwijl wij lachten.

Wat nu dus in de glasbak lag, vertelde Fiona, was een hint om te stoppen met schijtlollige verwijzingen naar excrementen en aberraties, en de namen van onze bieren vooral eenvoudig te houden.

'Jullie brouwen geen lopendebandbier,' herpakte Taco zich. 'Bij jullie krijgt bij wijze van spreken ieder flesje persoonlijke aandacht. Jullie persoonlijkheid zit in jullie werk en daar kun je een leutige grap van maken, maar waarom eigenlijk?'

'Hoe geweldig zou het zijn als je een bier met behulp van een naam kunt sturen naar een essentie?' nam Fiona het over. 'Dat de maker zich laat gelden via zijn bier. En dat bedoel ik letterlijk. Noem een IPA gewoon naar de man die het bier heeft gecreëerd: Berend. Een mooie stout die Gregor heet. Een elegante saison genaamd Kateřina. Hoe geweldig moet het voor iemand zijn om zijn of haar naam te zien op een bierfles? Dat zal ook aanspreken bij de consumenten. Ik zou het fantastisch vinden om te weten wie ik drink.'

'Een bruin bier genaamd Cola,' zei Jonas.

'Cola is een erg commerciële naam voor een drank,' zei Taco.

'Er werken bij ons een manvrouwtje of twintig,' zei Cola. 'Zo zijn we snel door de biernamen heen.'

'Niet alleen namen van personen maken het persoonlijk, ook

begrippen, voorkeuren, gemoedstoestanden. Een witbier met de naam Verlangen,' ging Fiona verder. 'We hadden dus mooie etiketten gemaakt voor bieren als Welmoed, Begeerte, Genoegen, Overgave, Dorst, Vuur, Zalig, Monter, Drift, Lust.'

'Liefde,' zei Jonas.

'Hoe mooi zou het zijn om dat tegen een barman te zeggen?' riep Fiona. 'Mag ik een Liefde van je?'

Hierna keek Fiona Jonas aan.

'Zullen we samen een glasje Liefde drinken?' zei hij, en het moet de manier zijn geweest waarop hij het zei, want een halfjaar later kondigden ze hun huwelijk aan.

Het was 24 december 2000 en een verzengende warmte zorgde ervoor dat Luciën zich nog meer verheugde op de naderende kerst, misschien wel voor het eerst van zijn leven. In dienst van de WHO had hij maanden in zijn eentje door Afrika gereisd, van het ene moeizaam functionerende ziekenhuis naar het andere zwaar gesubsidieerde gezondheidscentrum. Luciën zag ernaar uit om terug naar Nederland te gaan en de feestdagen te vieren bij zijn ouders, hoe vervelend het samenzijn ongetwijfeld ook zou worden. Het rondtrekken door Afrika had veel van hem gevergd, hij verlangde naar de rust en reinheid van zijn ouderlijk huis, en daarvoor nam hij zijn broers, hun stuitend oninteressante vrouwen en onopgevoede kinderen op de koop toe. Mathilde had gevraagd of hij alleen kwam of eindelijk eens iemand meenam. Zijn moeder had het bedoeld als grapje, maar ze meende het wel.

Luciëns laatste stop was Burundi, waar hij 's ochtends een moeizame ontmoeting had met een commissie van incompetente ziekenhuisdirecteuren, die abrupt eindigde omdat een van de mannen last kreeg van hartritmestoornissen. Luciën was de enige aanwezige die hem kon helpen. Toen er een ambulance kwam, zei de man bijna wanhopig tegen de ambulancebroeder: 'Ik wil niet naar mijn eigen ziekenhuis!'

's Middags bezocht Luciën in de buurt van de hoofdstad Bujumbura het katholieke internaat uit zijn jeugd, maar het weerzien was beduidend minder confronterend dan hij had gevreesd. Er werkten geen priesters en nonnen meer die hij zich kon herinneren en de gebouwen van het complex waren met de jaren dusdanig verbouwd dat hij er weinig meer herkende. Het internaat had ieder Afrikaans internaat voor expats kunnen zijn, niet de halve gevangenis waar hem alle verplichte schoolvakken waren bijgebracht, soms met harde vlakke hand. De zweterige Waalse pastoor die hem ontving was vriendelijk, maar zichtbaar opgelucht toen Luciën na anderhalf uur alweer aankondigde dat hij terug moest naar het vliegveld om zijn vlucht naar Brussel te halen. De man wenste hem in het Kirundi een zalig kerstfeest. *Umwaka mwiza.* Luciën had tijdens zijn jonge jaren een paar woorden van de lokale taal leren spreken en bedankte de pastoor voor de ontvangst en de genoten gastvrijheid.

De ellende begon die avond. Luciëns vliegtuig zou om negen uur vertrekken richting België, en daar leek het ook even op, maar op de startbaan stond het toestel lange tijd stil. Het vliegtuig was slechts voor de helft gevuld, voornamelijk met zakenmannen en vertegenwoordigers van NGO's, die de feestdagen bij hun familie in Europa wilden doorbrengen. De meesten probeerden te slapen of keken gelaten naar het in-flight entertainment. Om halfeen 's nachts stond het toestel dankzij softwareproblemen nog steeds geparkeerd op de vertrekbaan. Om drie uur 's nachts manoeuvreerde de opgetrommelde sleepdienst het vliegtuig terug naar de vertrekhal, waarna alle passagiers morrend en slaperig het toestel weer moesten verlaten. Twee uur later werd duidelijk dat de vlucht werd uitgesteld tot nader order, waarschijnlijk tot 26 of zelfs 27 december. *Umwaka mwiza* iedereen. De reizigers – de meesten gewend aan de onvermijdelijkheden die leken te horen bij dit deel van Afrika – namen de boodschap gelaten zuchtend aan. Vanwege het late uur en de kerst bleek het voor de enige overgebleven grondstewardess onmogelijk om opvang voor gestrande passagiers te regelen en daarom vertrokken veel reizigers op eigen gelegenheid terug naar huis of slaapverblijf.

Somber van het idee dat hij de kerstviering bij zijn ouders en rotzakken van broers, neefjes en nichtjes zou missen liet Luciën zich in de ochtend door een taxi naar een hotel tussen de luchthaven en de hoofdstad rijden. Een jaar of vijfentwintig daarvoor had hij er een nacht doorgebracht met zijn familie en in zijn herinnering was het etablissement – naar Burundese maatstaven – goed te doen. Zijn verwachting lag te hoog: in al die jaren was er niets aan het gebouw en de inrichting veranderd, waardoor het hotel inmiddels een droevige en afgetrapte indruk maakte. Het meisje achter de balie – op het naambordje op haar borst stond 'Miss Efuru Reception' – reageerde met ongeloof op de komst van een bezoeker die op kerstochtend kwam informeren naar een kamer. Voor de zekerheid belde ze haar leidinggevende, een man die een kwartier later kwam aangesloft en volgens het bordje op zijn borst 'Mister Pierre Manager' heette. Luciën legde Mister Pierre in gebrekkig Kirundi uit dat zijn vliegtuig vertraging had en dat hij ergens wilde slapen.

'Het is bijna Kerstmis,' zei Mister Pierre Manager.

Luciën haalde zijn schouders op.

'We hebben geen gasten,' ging de man verder, alsof dat Luciën ertoe zou brengen om toch maar voor een ander hotel te kiezen. De manager deed een laatste poging: 'We hebben geen kerstdiner en bijna niets anders te eten...' Luciën zei dat hij blij was met alles en simpelweg een bed nodig had. Dat was met kerst toch geen vreemd verzoek.

Zijn kamer rook naar gal en schoonmaakmiddel, zoals zoveel hotelkamers die hij de afgelopen maanden had bewoond, maar het matras lag goed en het uitzicht was prima. Liggend op het bed probeerde hij eerst tevergeefs zijn moeder te bellen en daarna Cola. Om de paar weken nam Luciën contact op om zich te laten bijpraten. Hoewel de beslommeringen van Alle Tijd hem eigenlijk niet bezighielden, bleef hij wel talen naar contact met zijn vrienden. Terwijl Cola hem bijpraatte hoorde Luciën kindergeluiden op de achtergrond.

'Zien we je overmorgen op de kerstborrel?' vroeg Cola.

'Mijn vlucht is vertraagd tot morgen of overmorgen. Misschien zelfs wel tot de dag erna.'

'Oké, dan zal ik je het nieuws nu al vertellen, we gaan het nog bekendmaken, maar het is belangrijk dat jij het al weet. Gisteren hebben Berend, Goeroe en ik contracten getekend en Jonas is het er ook mee eens. De kogel is door de kerk. We gaan een tweede brouwzaal neerzetten op een groot industrieterrein bij Maarssen. Geweldige plek. Op de Oudegracht hebben we een capaciteitsprobleem: we hebben soms gewoon te weinig van ons eigen bier. Daarom besteden we te veel bieren uit aan contractbrouwers in Limburg en Duitsland, bier dat we net zo goed zelf kunnen brouwen, beter zelfs. Ik wilde je er in Afrika niet mee lastigvallen, maar nu gaat het echt gebeuren. Gefeliciteerd, Luciën, we groeien uit onze jas. Je gaat geld verdienen. Ik zal zorgen dat je alle informatie in een mail krijgt.'

Luciën keek naar het landschap, met de skyline van Bujumbara in de verte. Hij glimlachte om Cola's ongeremde werklust. Zelfs met kerst kon hij de brouwerij niet laten rusten, zeker nu de zaken klaarblijkelijk zo goed gingen.

'Je weet dat ik alles met liefde aan jullie overlaat,' zei hij. 'Ik belde om je fijne kerstdagen te wensen.'

'Fijne kerstdagen, Luciën,' zei Cola. 'Neem een biertje op ons.'

Luciën ging hierna onder zijn laken liggen, maar het lukte niet om in slaap te vallen. Tot halverwege de middag lag hij op bed, een luxe die hij zichzelf al een paar maanden niet had toegestaan. Hij voelde de vermoeidheid in zijn hele lichaam, in zijn spieren, achter zijn ogen. Tegen het einde van de middag douchte en soigneerde hij zich uitvoerig, een hommage aan zijn moeder. Beschaving boven alles. Toen hij in de uitgestorven eetzaal van het hotel kwam nam hij plaats aan een tafeltje. Het was nog steeds drukkend warm en hij verlangde inderdaad naar een biertje. Op het moment dat hij zich serieus begon af te vragen of het personeel de tent had verlaten, kwam Miss Efuru Reception de ruimte binnen.

'U krijgt tóch een kerstdiner,' riep ze, met een trotse ondertoon, alsof ze dat persoonlijk voor hem had geregeld, en ze voegde eraan toe: 'Hamburger.'

Luciën trok vriendelijk zijn wenkbrauwen op.

'Microwave,' verduidelijkte ze, een woord dat ze met ontzag uitsprak.

Knikkend gebaarde Luciën dat hij verheugd was met dit nieuws. Hamburger uit de magnetron, waarom ook niet?

'Heureux ceux qui ont faim et soif de justice,' antwoordde hij glimlachend. *Zalig zijn zij die hongeren en dorsten naar gerechtigheid.*

'Car ils seront rassasiés,' vulde Efuru aan. *Want zij zullen verzadigd worden.*

Efuru was uiteraard hetzelfde citaat bijgebracht. Hij keek haar glimlachend na, toen ze verdween naar de keuken. Even later bracht ze hem een halve liter Belgisch bier, dat blijkbaar nog steeds populair was in Burundi, zoals welbeschouwd alle bieren (Luciën had gelezen dat Burundezen bijna twintig procent van hun huishoudbudget aan alcohol en nicotine besteedden, tegen één procent aan onderwijs en kleding). Terwijl Efuru een glas voor hem inschonk vroeg Luciën wat haar naam betekende. Burundezen hebben naast een voornaam in het Kirundi vaak ook een Franse voornaam die iets bijzonders uitdrukt, bijvoorbeeld Accident (een ongeluk), Dimanche (geboren op zondag), Cadeau, Ringo Starr of Eddie Murphy. Daar had Luciëns familie zich altijd geamuseerd over verbaasd.

'Dochter van de hemel,' antwoordde Efuru, met een kleine

glimlach, terwijl ze hem aankeek. 'Mijn Franse voornaam is Belle Afrique.'

'Mijn naam betekent "licht",' zei Luciën.

Hij vroeg waar Mister Pierre Manager en de andere personeelsleden uithingen, waarna hij hoorde dat iedereen naar huis was gestuurd om kerst te vieren met familie. Ook de kok was vertrokken en daarom moest Efuru zelf Luciëns maaltijd in de magnetron stoppen.

'En wat eet jij dan? Voor jou is het toch ook kerst? Nu voel ik me bezwaard dat ik jou je kerstfeest met je dierbaren heb ontnomen.'

Efuru zei dat hij daar niet mee moest zitten. Haar moeder woonde in een dorpje ver van de hoofdstad en de tante bij wie ze inwoonde had de pik op haar. Daarbij mocht ze van Mister Pierre zelf ook een hamburger nemen, vertelde ze, er stond ijs in de vriezer en er was vers fruit voor een feestelijk nagerecht.

Luciën vroeg waar en wanneer zij haar maaltijd zou gebruiken, maar daar had ze nog niet over nagedacht. Hij nodigde haar uit om samen met hem te dineren, een aanbod dat ze lachend afwees.

'Kom op!' riep Luciën. 'Het is kerst. We kunnen toch niet ieder voor zich van onze hamburger genieten in eenzaamheid? Dat is niet in de geest van het feest.'

Ze schudde glimlachend haar hoofd.

'Kerst is er voor saamhorigheid,' ging Luciën verder. 'Dat heeft met beschaving te maken.'

Efuru lachte opnieuw hartelijk en toen ze wegliep wist Luciën niet of ze nu had ingestemd of niet. Hij dronk van zijn koude bier en hoorde zijn maag borrelen. Na een minuut of twintig kwam Efuru weer bij zijn tafel, al had ze geen bord of dienblad bij zich met een geurende hamburger. Ze oogde bedrukt en vertelde dat ze met een groot probleem zat, dat ze haar baas al had geprobeerd te bellen, maar hem niet aan de lijn kreeg. Aanvankelijk wilde ze niet zeggen wat er was, tot ze beschroomd vertelde dat ze niet wist hoe de magnetron werkte. De kok had het voorgedaan, maar ze was zijn uitleg vergeten. Efuru had twee hamburgers dusdanig opgewarmd dat er een totaal verbrand was en de ander ontploft.

De tranen schoten haar in de ogen en Luciën probeerde haar te troosten. Hij liep met haar mee naar de keuken, die al net zo afgetrapt was als de rest van het hotel. Tot grote opluchting van Efuru vonden ze in een vriescel nog een paar magnetronhambugers, die Luciën in het apparaat stopte.

Een kwartier later zaten ze tegenover elkaar aan zijn tafel: de Nederlandse tropenarts in dienst van de WHO en de Burundese dochter van de hemel die nog nooit langer dan drie minuten had gesproken met een buitenlandse man. Luciën had een glas bier voor haar ingeschonken, dat ze tot zijn verbazing zonder tegensputteren had geaccepteerd. Zalig zijn zij die hongeren en dorsten.

'Umwaka mwiza, Belle Afrique,' zei hij, met zijn glas in de lucht.

'Bon Noël, Mister Licht,' zei Efuru, hem aankijkend.

Ze tikten hun glazen tegen elkaar, uiteraard onwetend van het feit dat ze vanaf dat moment ieder jaar samen kerst zouden vieren.

Voor zijn reis naar Afrika was Luciën tegen alles gevaccineerd geweest, maar niet tegen de kwaal genaamd liefde. Toen Efuru een paar maanden later op kosten van Luciën uit Burundi naar Nederland overkwam (aanvankelijk als toeriste, later officieel als zijn geliefde en verloofde) hadden we voor het eerst in de geschiedenis van onze vriendschap alle vijf tegelijk een relatie. Cola en Michelle hadden al twee kinderen, Jonas ging trouwen met Fiona van ABC/XYZ, Gregor woonde samen met Yvette – en ook Berend had zich laten strikken, op de kermis nota bene.

Dat ging zo. Op een rustige avond liepen we met een clubje brouwers over de Neude (Luciën zat nog in Afrika). Onder leiding van Berend hadden we een van onze vaste imperial stouts gebrouwen en daarna besloten we ons onder te dompelen in het vertier van de stad. Er stonden ballenkramen en een paar attracties met luidruchtig gegalm. Succesnummer was een potsierlijk reuzenrad, midden op het plein. Wie op het idee kwam een rondje te doen weten we niet meer, maar het was zeker niet Berend, want die associeerde het gevaarte vooral met de studentikoze nacht toen hij en Michelle – inmiddels de moeder van Cola's kinderen – in een klein reuzenradje voor een studentenvereniging hadden gezoend. Levens van vroeger.

Toen wij, ook voor hem, kaartjes hadden gekocht liet hij zich ertoe overhalen zich met zijn uit de kluiten gewassen lichaam in een van de halfopen gondels te hijsen, alleen wilde – of paste – geen van ons bij hem. Vlak voordat het rad zich weer in beweging zou zetten schoot er pardoes een vrouw naast hem. Pardoes, precies het goede woord. Ze was tenger, maar imposant en ondanks haar felblauwe ogen leek ze mediterraan. Een kermismedewerker sloot de veiligheidsstangen, waarna Berend en de onbekende vrouw aan hun tocht omhoog begonnen. Hoger en hoger kwamen ze, maar het ging langzaam, want steeds stopte het rad en stapten er onder hen mensen in en uit. De vrouw nam Berend in zich op, en hij haar. Samen keken ze naar de stad, die er in het vooravondse lentelicht overweldigend bij lag. Ze knikte naar hem, hij knikte terug.

Toen ze weer een stuk waren gestegen zei ze: 'Ik vind het eng.'

Berend knikte. De vrouw ging met een benauwde ondertoon verder: 'Het is hoger dan je op de grond zou denken. Is dit wel veilig denk je?'

Berend keek naar de Neude beneden, die inderdaad opvallend ver leek. Mensen zaten op de terrassen aan het bier, er reden bussen en fietsers.

'Ik neem aan dat ze alles goed controleren,' zei hij gedecideerd, hoewel hij moest toegeven dat hij het angstaanjagende gevoel van hoogte ook in zijn vingertoppen en liezen voelde – wat waarschijnlijk de bedoeling van de hele attractie moest zijn. De vrouw boog zich over de stang, keek naar beneden en toen het rad opnieuw een niveau steeg vloekte ze in het Italiaans. Nadat hun zwiepende gondel weer tot stilstand was gekomen – ze voelden de zwaartekracht verwoed trekken aan hun bak – vroeg ze: 'Hoe heet je? Als we hier straks vanaf donderen vind ik het prettig om te weten naast wie ik neerstort.'

Berend zag aan haar dat ze niet per se een ontwapenend grapje had gemaakt. Hij noemde zijn naam, boog zich naar haar toe en gaf haar een hand. De gondel wiegelde ervan. Haar handdruk was ferm, bijna mannelijk.

Ze heette Donetta en werkte in een restaurant aan de Oudegracht, een brug verder, schuin aan de overkant van onze brouwerij. In de pauze tussen lunch en diner had ze voor de verandering niet met haar collega's gevoetbald en geluierd, maar ze was de stad in gegaan om van het lenteweer te genieten en een glas te drinken, hoewel dat eigenlijk niet mocht van haar chef. *Fanculo*, had ze gedacht, waarna ze op een terras een rode wijn had genomen. De drank had haar misschien wat overmoedig gemaakt, en toen ze op de terugweg naar haar keuken de kermis zag bedacht ze zich dat ze nog nooit in een reuzenrad had gezeten.

'Ik ook niet!' zei Berend, wat niet helemaal waar was, maar waar genoeg.

Hun gondel bereikte het hoogste punt. Het was maf hoe diep Utrecht beneden hen lag, hoe ijl de geluiden waren, hoe weids het panorama, hoe ver de oranje nevels boven de horizon. Onder hen zag Berend vogels vliegen en langzaamaan verdween de spanning uit zijn vingertoppen. Hij probeerde te zien of hij Alle Tijd zag, maar de brouwerij lag net verscholen achter de grachtenpanden.

Donetta stelde een vraag die hij aanvankelijk niet verstond.

Nogmaals vroeg ze: 'Heb je kinderen?'

Een kort moment was hij uit het veld geslagen, ondanks zijn stoïcijnse aard. Vreemde vraag, bungelend op 68 meter hoogte. Hij schudde van nee. Donetta schudde haar hoofd ook, maar vroeg niet verder. Berend zag dat ze de vlucht van een paar vogels volgde. Na een tijdje zei hij: 'En jij?'

'Nee, ook niet.'

Berend dacht na over haar vraag, terwijl hij keek naar beklimmers van de Dom, die op de hoogste richel van de toren uitgelaten naar de raddraaiers zwaaiden. De wind waaide hun geroep bij vlagen in de richting van de Neude.

In de gondels onder die van Donetta en Berend werd teruggezwaaid.

'Waarom vroeg je dat eigenlijk?'

'Weet ik niet,' zei Donetta. 'Wil je kinderen?'

Berend aarzelde, dit was een vraag die hem niet vaak was gesteld. 'Ik denk het wel, ooit. Ik heb op het ogenblik geen relatie.'

Ze knikte bedachtzaam.

'En jij?' vroeg hij. 'Wil jij kinderen?'

Op dat moment voelden ze dat het rad weer begon te draaien. Ze waren over het meest angstaanjagende punt heen.

Die avond aten we met z'n vieren bij Donetta's Italiaanse restaurant, want onze jeugdige brouwers gingen liever zonder ons door met zuipen. Toen ze hoorde dat we ergens nog wat wilden eten, had Donetta ons uitgenodigd. Ze vond het idioot dat we al zo lang in de stad woonden en nog nooit bij Il Trampolino waren geweest (we vertelden haar niet dat de tent bekendstond als vreetschuur voor toeristen en studenten). Vlak voordat we de werfkelder binnenstapten, zei Jonas: 'We doen het voor Berend.'

Aan het plafond hingen visnetten met lege chianti-mandflessen. Verderop in de ruimte zat een gezelschap schreeuwende provincialen, maar voor de rest was het er prima uit te houden. De in kannen van geglazuurd aardewerk geserveerde wijn was niet eens zo heel erg ondrinkbaar en het eten zelfs niet onaardig, al kwam dat wellicht omdat Donetta zich voor ons – laten we zeggen voor Berend – had uitgesloofd.

Aan het slot van de maaltijd zaten we aan een tweede rondje espresso's toen er achter in de kelder, ter hoogte van de open keuken, misbaar ontstond. Het was verder rustig in de zaak, op een verliefd stelletje en de schreeuwers na waren er geen andere gasten meer. Aanvankelijk probeerden we te negeren wat er gebeurde, maar dat lukte niet: de luidruchtige groep kreeg ruzie met de bediening over de rekening. Berend en Cola keken toe en ook Goeroe en Jonas draaiden zich naar de verbale schermutselingen. De mannen waren met z'n twaalven en moesten veertienhonderd gulden aftikken. Ze hadden veel besteld, begrepen we, antipasti, primi piatti, secondi piatti en tot slot dolci, plus voorafgaand aan en gedurende de maaltijd een niet bij te houden sloot wijn en bier. De Italiaanse ober had meerdere malen voorgerekend hoe hij op het bedrag was uitgekomen, maar de grootste schreeuwer van het gezelschap – een pokdalige man met een tweedjasje – zei dat ze hem driehonderd gulden zouden geven.

'Meer was het niet waard,' riep hij, met zijn portemonnee in zijn hand.

Er kwamen drie Italiaanse koks vanuit de keuken naar de tafel, maar de mannen leken hiervan niet onder de indruk, zelfs niet van het koksmes dat een van hen achteloos in zijn hand had.

'Je kunt een heel leger van die miezerige spaghettivreters halen, we gaan niet meer betalen dan driehonderd gulden,' zei de man die het woord voerde. 'Jullie zijn oplichters. Dieven zijn jullie.'

Ook zijn tafelgenoten waren ontzet over de in hun ogen exorbitant hoge prijs. Er werd over en weer wat geschreeuwd, en we zagen dat nu ook Donetta uit de keuken kwam om zich ermee te bemoeien. Ze nam de rekening over van haar collega.

‘Wat je hebt besteld moet je betalen,’ zei ze nuchter tegen de pokdalige woordvoerder, terwijl ze hem het papiertje liet zien. ‘Dat is in ieder restaurant zo. Dit is wat jullie hebben gegeten en gedronken, dit is wat jullie gaan betalen.’

De man lachte haar in haar gezicht uit.

‘Weet je wat, smurf? Je hebt het er zelf naar gemaakt. We betalen helemaal niks meer. Ik heb het gehad met jullie. We hebben een redelijk bedrag geboden voor die troep van jullie, maar dat is blijkbaar niet goed genoeg voor jullie zakkenrollers. Bekijk het dan maar lekker. We gaan weg zonder te betalen.’

Tegen de andere mannen zei hij: ‘Kom, jongens. We gaan.’

‘Ik dacht het niet,’ zei Donetta.

De man ging wijdbeens voor haar staan en zei langzaam: ‘En wat wou je daaraan doen?’

‘Dan bellen we de politie,’ zei ze, haar schouders ophalend. Ze leek in het geheel niet onder de indruk van de felle toon van een gast die een uur daarvoor nog zo opzichtig had genoten van de maaltijd. De man zei: ‘Prima. Als jij de politie belt, gaan wij ondertussen met z’n allen de tent hier een beetje verbouwen.’

Hij keek Donetta uitdagend aan.

Ze zei: ‘Je moet doen wat je niet laten kunt.’

‘We slopen echt alles,’ ging de man verder. ‘En als de wouten komen zijn wij allang verdwenen en zitten jullie met de puinhoop. Duizend gulden schade, zeker. Zeg het maar, wil je dat?’

‘Voordat jij één vinger uitsteekt, hebben wij jullie al in elkaar gerost,’ zei Donetta, nog steeds opmerkelijk kalm. In het gezelschap werd door een paar mannen gelachen. Donetta’s woorden klonken niet eens als een dreigement, meer als een mededeling. Ze voegde er wel wat Italiaanse krachttermen aan toe.

‘In mekaar rossen,’ schamperde de man. ‘Hoe dan? Met die iele Italiaantjes daar? Ga je zelf knokken, miss Twiggy?’ Naar de keukenbrigade riep hij: ‘We kunnen jullie hebben, mietjes.’

‘Ons,’ riep Berend, vanuit onze hoek.

Ons. Wij.

Wij waren er ook nog.

De hoofden van de schreeuwers draaiden zich in onze richting. Berend stond van tafel op en liep naar de groep en wij volgden hem. Wij zijn vrijwel nooit in een situatie geweest dat we gezamenlijk moesten knokken, maar een gevecht zijn we ook nooit uit de weg gegaan, wat mede kwam door Berends fysieke overwicht en Cola's bijna agressieve onverzettelijkheid. De man met de pokken in zijn gezicht riep Berend toe dat hij zich er niet mee moest bemoeien.

'Ga terug naar je tafel, idioot, dit is tussen ons en deze oplichters hier,' zei hij, en op dat moment stonden ook een paar andere mannen van zijn groep intimiderend op van hun tafel. Een man riep naar Jonas dat hij moest wieberen als hij zijn mooie voortandjes wilde behouden en een ander voegde ons fijnbesnaard toe: 'Optiefen, homo's.'

Berend liep rechtstreeks op de grootste schreeuwer af en keek hem strak aan.

'Wat die vrouw bedoelt,' zei hij, zo rustig dat het niet eens dreigend klonk, 'is dat elke gast hier gewoon moet betalen watie heeft genuttigd. Daar is niets vreemds aan. De prijzen zijn hier volstrekt normaal. Ik geef je de gelegenheid om als vriendelijke mensen die een goede maaltijd hebben genoten af te rekenen, en daarna weg te gaan, zoals het hoort.'

De man deed alsof hij moest lachen.

'En zo niet?' zei hij. 'Jij wilt geloof ik echt een klap voor je bek, mafkees. We zijn met z'n twaalven. Hoeveel flikkervriendjes heb jij bij je? Wie denk je dat er gaat winnen?'

Spottend en uitdagend keek hij om zich heen en het leek alsof de rode vlekken in zijn gezicht nog roder werden.

'Wij zijn met z'n vieren en er lopen hier ook nog vijf personeelsleden rond,' zei Berend. 'Twaalf tegen negen, dus als het op vechten aankomt zijn jullie ons misschien de baas. Wie weet! Maar dat boeit mij niet, want... ik ga voor jou. Jij bent voor mij. Ik kondig het maar vast aan: als het knokken wordt, pak ik jou persoonlijk. Ik heb zin om de kaak van die grote mond van jou te breken.'

Hij liet een kleine stilte vallen en ging verder: 'Jouw toon tegen het personeel bevalt me helemaal niet, dus als jullie zo nodig willen matten om een paar zielige centjes, prima, sla ik jou het ziekenhuis in en niemand die me stopt. Jouw beslissing: betalen of een verbrijzelde onderkaak.'

Dit soort taal hadden we oprecht nog nooit uit de mond van Berend gehoord. Om zijn woorden kracht bij te zetten liet hij even heel kalm zijn gebalde vuist zien, terwijl hij de man vragend aankeek.

'En als jij dan op de grond ligt te kermen van de pijn pak ik de volgende uit jullie groep. Zeg het maar, mannen,' zei hij, zich naar hen draaiend. 'Zullen we? Gaan we dit uitvechten? Jullie zijn toch zulke stoere slopers? Eens even kijken. Jouw jukbeen verbrijzel ik. Jou sla ik bewusteloos. Jouw neus prak ik achter in je hersenpan. Ik heb er zin in. Zullen we?'

Er viel nu toch een gespannen stilte. Berends woorden misten hun uitwerking niet en in de groep werd zijn bijdrage aan de discussie zenuwachtig aangehoord. Iemand riep: 'Betaal nu maar, Frank.'

Frank begon smalend te snuiven.

Berend zei: 'Hoor je dat, Frank? Betaal nu maar. Ik geef je tien seconden om bij die ober af te rekenen, en anders kun je in het AZU op zoek naar een kaakchirurg. Ik meen het echt. Zeg het maar. Tien... Negen... Acht...'

Het was iedereen volkomen duidelijk dat Berend zou doen wat hij had aangekondigd. Vanuit de groep begonnen nu meer mensen te roepen dat Frank moest betalen, maar hij reageerde hier niet op.

'Zeven... Zes... Vijf...'

'Godsamme Frank,' riep een man met een vadsig lichaam, die eerder had geroepen dat we homo's waren. 'Doe niet zo moeilijk.'

'Geef ze gewoon dat geld, man!'

‘Drie... Twee... Een.’

‘Oké, oké,’ zei Frank, die diep zuchtend zijn portemonnee pakte. Hoofdschuddend haalde hij vier girobetaalkaarten uit zijn binnenzak, die hij vol ergernis aan tafel begon uit te schrijven. Hij liet, tot verbazing van iedereen, op tafel ook nog een briefje van vijftig achter.

Toen de groep was verdwenen en de koks de keuken verder schoonmaakten, kwam Donetta bij ons zitten.

‘Mijn helden,’ zei ze.

Ze zette een fles grappa *dalla casa* op tafel, sloeg een arm om Berend heen en zei nogmaals dat hij haar *eroe* was. Later hoorden we van een van de obers dat Donetta een paar maanden daarvoor in een vergelijkbare situatie een agressieve gast met een karatetrap knock-out had geschopt, een verzetje dat Berend haar nu dus blijkbaar had ontnomen.

Luciën kocht een open ticket voor Efuru, een enkele reis Burundi-Brussel. Efuru kwam uit een klein dorp, ze was enig kind, oogappel van Adamma, haar moeder, die haar leerde om ondanks alle tegenwerking haar eigen weg te kiezen. De meeste van Efuru’s leeftijdsgenootjes trouwden al op hun twaalfde of dertiende, maar dankzij Adamma werd haar dat lot bespaard. Haar moeder weigerde pertinent ieder huwelijksaanbod, hoe verkeerd dat vaak ook viel. Soms, als ze in bed lag, zong haar moeder in Efuru’s oor een liedje uit haar jeugd: ‘Ooit komt er een lieve man, een lieve man, een lieve man, die de naam van je moeder, je moeder, je moeder zal onthouden.’

Tijdens hun kerstdiner had Efuru Luciën gezegd dat zij een *lucky girl* was, met zo’n moeder. Hoewel zij het erg moeilijk had te overleven in de benepen cultuur van haar dorp, had zij haar dochter geleerd altijd vragen te blijven stellen, altijd zelf te denken en zich nooit door iemand te laten commanderen.

'Ik kijk u nu aan,' had Efuru tegen Luciën gezegd. 'Dat is voor een vrouw in Burundi uitzonderlijk. Ik word niet geacht u aan te kijken. Mijn moeder heeft mij geleerd dat toch te doen. Ik wil een vrouw zijn die niet bang is om mensen haar open ogen te laten zien.'

Langdurig keek ze Luciën aan.

Haar ogen bedwelmden hem.

'Ik ken haar niet, maar weet zeker dat Adamma een bijzondere vrouw is,' had hij gezegd. Het was de eerste keer in haar leven dat iemand iets aardigs over haar moeder zei.

Het open ticket dat Luciën voor haar kocht liet hij via een contactpersoon bij de WHO bij haar langsbrengen in het hotel waar ze werkte, in de angst dat zij uiteindelijk toch zou terugkrabbelen. Deze angst was onterecht en op een avond werd Luciën – die tijdelijk weer bij zijn ouders in Baarn woonde – vanuit het hotel gebeld door Efuru. Ze was die dag met de bus naar het vliegveld gereden en had bij de balie van de Société Anonyme Belge d'Exploitation de la Navigation Aérienne haar ticket op een datum laten zetten. Precies een maand later zou ze met de koffer van haar moeder naar Brussel reizen.

'Je suis une *lucky girl*,' zei ze.

Etymologen, de archeologen van de taal, zijn het er niet over eens waar 'lucky' vandaan komt, maar het zou een afleiding van het Oudfrankische woord *galukki* kunnen zijn. Het woord kwam aanvankelijk in zo'n klein taalgebied voor dat er – aldus de technische taalrecherche – weinig ruimte is voor definitieve conclusies, al kan er wel met zekerheid worden gesteld dat het Engelse *luck* een leenwoord is uit het Middelnederlands. Dat is dan naast *dyke* en *apartheid* weer een opsteker. Het woord *lucky* stak omstreeks 1480 dankzij een of ander kaartspelletje de Noordzee over en daar werd het vrolijk onthaald. *Some words have all the galukki.*

Dertig jaar nadat *luck* in Engeland voet aan de grond had gekregen schreef de Nederlandse denker Desiderius Erasmus dat 'het ware geluk' slechts bestaat in de illusies die men zich daarover koestert. Jarenlang dacht Luciën dat Erasmus gelijk had, tot een Boeing 747 een Afrikaanse vrouw van Burundi naar Brussel bracht en hij zijn mening moest bijstellen. Luciëns ouders waren dol op Efuru Nizigiyimana, vooral zijn moeder, die zag hoe dol het meisje op haar zoon was en hij op haar. Efuru zei dat ze na aankomst in Baarn letterlijk had gedacht dat ze in de hemel was gekomen. Ze maakte geen grapje. Luciën liet haar Nederland zien en nam haar mee naar de plekken van zijn leven. In de brouwerij ontmoette ze Berend, die zich net als Luciën door Efuru liet overdonderen. Hij toonde haar de grote brouwketels en gaf haar een rondleiding, terwijl Luciën almaar verliefder vaststelde hoe geïnteresseerd ze was.

Alles wat Luciën had gelezen over liefde bleek waar. Hij schreef het voor Efuru op. Samen de allerschoonste last samen. Samen een rots waarlangs water stroomt samen. Samen goed luisteren en angsten laten varen samen. Samen een eiland voor twee, het warme zand waarop je ligt samen. Samen een raadsel. De rozengeur samen. Samen een verbond, een vlam, het verlangen samen. Samen de herinnering aan Afrika samen. Samen besmet door een heilzame ziekte samen. Samen zoet, zuur, doof en blind tegelijk samen. Samen grillig en ongewis samen. Samen een plant onder een luchtdichte stolp samen. Samen zwijgen zonder te hoeven praten samen. Samen als de bries die je voelde maar niet zag samen. Samen de hunkering die velen kenden, maar wij samen begrijpen. Samen het heelal, de eeuwigheid samen.

Een paar weken na haar komst – toen het einde van haar toeristenvisum in zicht begon te komen – vroeg hij haar ten huwelijk, niet als een manier om haar legaal in Nederland te houden, maar omdat hij wist dat zij de laatste moest zijn in de vermoeiend lange rij vrouwen die zijn hoofd op hol hadden gebracht. Efuru was de vrouw voor wie het uiteindelijk allemaal was bedoeld.

Ze gaf hem niet direct antwoord op zijn vraag, maar wilde weten of hij de naam van haar moeder nog wist.

'Adamma,' zei hij, zonder enige twijfel.

Ons nieuwe pand op een bedrijventerrein in Maarssen was geen oud industrieel erfgoed, in de zin dat het niet oud was en zeker nog niet tot het erfgoed behoorde. Industrieel was het wel. Het gebouw had iets van een uit de kluiten gewassen gymzaal met grote hoge boogramen. In de jaren zestig had het dienstgedaan als conservenfabriek voor verschillende koolsoorten (wat we na al die jaren nog steeds meenden te ruiken) en later was het omgebouwd tot een assemblagehal waar producten uit Azië en Afrika nieuwe verpakkingen kregen voor de Europese markt (er is veel waar we geen weet van hebben). Eind jaren negentig was hierin de klad gekomen, waarna het pand een paar jaar leegstond.

Cola stond in een overall te kijken naar het resultaat van zijn arbeid. Goeroe kwam de hal binnen, met zijn eigen overall losjes over zijn arm.

'Waarom heb je niet op me gewacht?' zei hij, kijkend naar een van de wanden die Cola in de grondverf had gezet. Toen we de sleutels kregen was de ruimte helemaal gestript, de muren en de vloer waren kaal. Omdat het nog een paar dagen zou duren voordat vanuit Spanje de eerste apparatuur van onze nieuwe productielijn arriveerde, gebruikten we de tijd om schoon te maken en muren te schilderen. Donetta kwam binnen met een steekkarretje met gestapelde kratten. Na de ontmoeting in het reuzenrad was ze probleemloos in de groep opgenomen. Kateřina kon haar nieuwe schoondochter prima hebben, in tegenstelling tot de vrouwen die Berend in de jaren daarvoor aan haar had voorgesteld. Donetta mocht Kateřina zo mogelijk nog meer en het was haar idee om voor ons proeflokaal kant-en-klare hapjes te bereiden die het barpersoneel alleen maar op borden hoefde te leggen. Donetta's gerechten waren een hit onder onze gasten. Kateřina deed haar het aanbod bij ons in dienst te komen, maar dat sloeg ze af, want als het ooit mocht uitgaan met Berend was ze én haar vriend én haar baan kwijt.

Donetta kuste Goeroe en Cola, die zich verlekkerd over haar kratten bogen. Samen tilden ze twee lange tafels naar het midden van de ruimte. Op de ene bouwde Donetta een koud buffet met een miljard schotels en schalen, de andere dekte Goeroe voor tien personen. Cola wilde een idioot grote bouwlamp in een hoek zetten, maar Donetta vond dat het armzaligste licht dat ze ooit had gezien. Ze had een krat met kandelaars en kaarsen bij zich, zodat Cola die verspreid in de fabriekshal kon neerzetten.

Langzaam druppelden ook de anderen binnen. Het was de avond dat Luciën ons als groep zou voorstellen aan Efuru, een moment waar hij zowel naar had uitgezien als tegen opzag. Wat zouden wij van haar vinden en hoe zou zij zich voelen tussen zijn vrienden? Luciën en zij kwamen als laatsten binnen, wat natuurlijk niets voor hem was, maar Efuru had lang gedaan over haar verschijning. Ze zag er schitterend uit in haar fleurige Burundese jurk met bijpassende hoofdtooi – en ze werd met een vrolijk applaus ontvangen, een onthaal dat haar nog meer deed stralen. Iedereen zoende haar welkom, waarna de vrouwen zich over haar ontfermden en de mannen bij elkaar stonden met een glas wijn.

'Goeie catch,' zei Jonas tegen Luciën.

Goeroe zei: 'Als je maar met je takken van haar afblijft.'

Jonas haalde zijn schouders op. 'Ik ga trouwen,' zei hij, waarna hij even glimlachend naar Fiona zwaaide.

Toen Donetta klaar was met het neerzetten van haar buffet kon de maaltijd beginnen. Nu we voor het eerst met alle vriendinnen en toekomstige echtgenotes aan een tafel zaten spraken we over liefde en vriendschap. Luciën probeerde het gesprek zo goed en zo kwaad als het ging te vertalen voor Efuru. Ze verwonderde zich over het gemak waarmee ze in dit gezelschap werd opgenomen ze luisterde naar het onbegrijpelijke Nederlandse nahuigse gegorgel.

'Jullie noemen het vriendschap,' zei Michelle, 'maar eigenlijk is het natuurlijk gewoon liefde. Jullie hebben een *ménage à cinq*, geef het nu maar gewoon toe. Liefde is het.'

'Nee, het is vriendschap,' zei Jonas, die als eerste bij het buffet stond en zijn bord volschepte met Italiaanse lekkernijen. 'Met Fiona heb ik liefde, dat is mij veel waard. Mijn vrienden zijn mijn vrienden. Dat is niet minder, hoor.'

'Nou, ik vind vriendschap wel minder dan liefde, als ik eerlijk ben,' zei Yvette, die haar glas omhooghield toen Berend langsliep om de wijn bij te schenken.

Goeroe zei: 'Je bent daarin niet de enige. Vriendschap wordt door velen toch gezien als het mindere broertje van liefde. De vraag is of dat terecht is, want is liefde eigenlijk niet veel makkelijker dan vriendschap?'

'Makkelijker?' riep Yvette.

'Liefde makkelijker?' herhaalde Fiona. 'Liefde lijkt me juist moeilijker.'

'Ils parlent de la différence entre l'amour et l'amitié,' legde Luciën aan Efuru uit, die knikte en dacht: oké, dit zijn dus de gesprekken die ze in de hemel voeren.

'Voor liefde moet je je best doen, vriendschap associeer ik vooral met moeiteloosheid. Ik denk weleens dat vriendschap de eerlijker versie van liefde is,' zei Michelle.

'Aha,' zei Cola, die haar met een schuin hoofd aankeek.

'Ik bedoel makkelijker in de zin van duidelijker,' zei Gregor. 'Bij een liefdesrelatie horen nu eenmaal heldere verplichtingen. Het huis dat samen wordt bewoond, de honden die willen worden uitgelaten, kinderen die moeten worden gevoed. Die taken ontbreken bij vriendschap.'

'Daarom is vriendschap toch veel makkelijker?' zei Fiona.

Jonas was inmiddels weer gaan zitten. Met volle mond zei hij: 'Ik denk dat Gregor wil zeggen dat vriendschap vager is en veel minder gedefinieerd dan liefde.'

'Juist. Liefde is: jij en ik horen bij elkaar en daar komt niemand tussen. We liggen in hetzelfde bed, we wonen in hetzelfde huis, we zien elkaar iedere dag, we brengen wezentjes groot die letterlijk een samensmelting van ons beiden zijn. Dat is liefde.'

'Mooi,' zei Yvette.

'Goeroe is a little bit our guru,' zei Jonas tegen Efuru.

'Heel mooi, maar liefde is liefde omdat het juist niet alleen maar licht en aangenaam is, bij liefde moet er worden gewerkt, de afwas gedaan, de vuilniszakken buiten gezet. Vriendschap is minder kostbaar, en dat bedoel ik letterlijk. En bij vriendschap wordt er niet geneukt.'

'Dat is waar, bij vriendschap wordt er niet geneukt,' zei Jonas, wat voor ons een beetje vreemd klonk, want Jonas heeft in het verleden vaak genoeg geneukt met vrouwen met wie hij louter een vriendschapsrelatie onderhield – maar het was waarschijnlijk niet het moment om hem daar nog eens aan te herinneren.

'Les amis ne vont pas se... eh... coucher,' vertaalde Luciën, waarop Efuru geïnteresseerd knikte, al snapte ze eigenlijk niet waar dit gesprek over ging.

'En dus is vriendschap toch makkelijker,' zei Fiona, die nu ook opstond om een bord op te scheppen.

Gregor riep haar over zijn schouder na: 'Nee, integendeel! Er zit geen noodzaak aan vriendschap. Vriendschap is: soms zien we elkaar, soms niet, soms steunen we elkaar, soms hoeven we elkaar even niet te zien. Geliefden geven elkaar een ring en sluiten een contract voor een langdurige verplichting bij elkaar te blijven. Vrienden hebben zulke verplichtingen niet. Vriendschap kan alleen maar uit zichzelf bestaan, en daarin zit de moeilijkheid.'

'Tenzij je een brouwerij begint natuurlijk,' zei Michelle droog.

Er werd gelachen om haar opmerking.

Cola: 'Inderdaad, sommige vrienden zoeken een substituut.'

'Dus de brouwerij is eigenlijk ons groepshuwelijk?' vroeg Jonas.

'In feite wel,' zei Gregor.

'Lekker dan,' zei Michelle. 'En wat ik ook weleens zou willen weten... Gewoon in alle eerlijkheid en niet om te stoken: zijn jullie vrienden omdat jullie een brouwerij hebben of hebben jullie een brouwerij om jullie vriendschap te bestendigen? Zouden jullie zonder brouwerij nog vrienden zijn?'

Een vraag die ons in de loop der jaren dus wel vaker werd gesteld.

'Wauw,' riep Jonas en hij imiteerde het geluid van iemand die op een boksbel slaat.

Donetta klapte in haar handen en Fiona lachte hard.

'Dat vind ik een vraag die vrienden elkaar niet hoeven te stellen,' zei Goeroe.

'Want het antwoord is gewoon ja,' zei Luciën, zich voor het eerst met het gesprek bemoeiend.

Halverwege de maaltijd tikte Berend tegen zijn glas om het woord te nemen, iets wat hij niet vaak deed. Hij boog zich onder tafel, haalde een ingepakt cadeau tevoorschijn en richtte het woord tot Efuru, die verlegen aanhoorde wat hij te zeggen had. Beer heette haar namens iedereen welkom, waarna er luidruchtig werd gejoeld.

'Nous serons ta famille!' riep Yvette. Haar woorden werden met instemming herhaald.

Berend zei dat hij een welkomstgeschenk voor Efuru had meegenomen. Hij vertelde dat hij haar al eerder in de brouwerij had ontmoet en dat haar bezoek hem had geïnspireerd. Hierna zette hij zijn cadeau op tafel en vroeg Efuru de doos te openen. Er zaten tien pijpjes bier in met Efuru's naam op het door Fiona ontworpen etiket. Een bier met haar naam erop, Efuru wist niet wat haar overkwam. Berend had een zogenoemd 'Minnebier' voor haar gebrouwen, in zoetsappiger tijden een speciale 'tafeldrank voor vrouwen'. Luciën deelde de flesjes uit en Jonas opende ze.

Het was naar alle maatstaven een intens mooi moment, in die grote lege fabriekshal, waar we verlicht door kaarsen getienen onze Efuru's bij elkaar brachten om te proosten op de liefde, de vriendschap, het leven en het galukki. Het had achteraf gezien best langer mogen duren.

Omdat zijn vader, die al een tijdje ziek was, zijn kinderen had aangekondigd niet lang meer te hebben, vond Gregor het tijd zijn ouders te vertellen over hun eerste kleinzoon. Zijn vader wilde weten waarom hij Fabian nog niet was gaan opzoeken, een vraag waarop Gregor geen antwoord had. Yvette had hij wel verteld van Fabians bestaan, waarop zij onverwachts met jaloezie had gereageerd, hoewel Gregor en zij nog niets hadden toen wij in Amerika verbleven. Volgens Yvette waren ze daarvoor al één keer met elkaar naar bed geweest, maar dat kon Goeroe niet meer exact plaatsen. Toen Yvette gewend was aan het idee dat haar vriend al een zoon had zei ze: 'Ik zal me er niet tegen verzetten, maar ik vind het toch vervelend.'

Gregor snapte haar emotie. Vanuit Nederland had hij een paar vruchteloze pogingen gedaan met Molly in contact te komen en haar te vragen of hij haar wellicht financieel kon ondersteunen. Dat leek hem iets wat een *honnête homme* zou doen. Het telefoonnummer dat op de achterkant van de verfomfaaide barrekening die hij van Luciën had gekregen stond, was afgesloten en de brieven die hij naar het adres had gestuurd bleven onbeantwoord.

'Er zit maar één ding op: je moet naar Amerika,' zei zijn vader. 'En het liefst voordat ik dood ben.'

Dat legde druk op de zaak. Een paar weken na de oplevering van onze nieuwe fabriekshal ging Goeroe naar Key West. Aanvankelijk zouden Yvette, Jonas en Fiona meereizen, maar Yvette durfde het uiteindelijk niet aan om Molly onder ogen te komen. Ze was – wat ze niet aan Gregor vertelde – bang dat hij alsnog voor haar en zijn zoon zou willen kiezen, waarbij haar aanwezigheid als stoorzender zou dienen. En dus verzon ze de smoes dat ze op haar werk niet gemist kon worden. Ook Jonas moest afzeggen voor de reis, omdat hij werd gecast voor een grote rol in een Nederlandse speelfilm, een klus die hij niet kon weigeren. Het zou een beetje vreemd voelen als Fiona wel met Gregor zou meegaan, en daarom ging hij maar alleen, wat hem beter beviel dan hij vooraf had gedacht.

Om te beginnen vloog hij naar Key West. Omdat hij zich te oud en te atheïstisch vond voor hun vroegere christelijke jeugdherberg, nam hij een kamer in een hotel op Duval Street. Toen hij was ingecheckt stelde hij vast dat er zo te horen aan weerszijden van zijn kamer en boven én onder hem de liefde werd bedreven. Nu wilde hij toch niet veel tijd op zijn kamer doorbrengen en dus hij ging meteen weer op pad. Eerst zocht hij het adres dat Luciën hem had gegeven: het bleek niet te bestaan. 's Middags bezocht hij het huis waar Molly had gewoond toen wij op het eiland verbleven, maar daar wist de huidige bewoonster niet wie zij was, want ze woonde er zelf nog maar een halfjaar. Nadat Gregor afscheid had genomen riep ze hem na met de vraag of hij toevallig drugs bij zich had.

Gregor herinnerde zich een paar van Molly's vriendinnen, die hij jammer genoeg ook nergens kon traceren. In Sloppy Joe's had iemand voor hem een adres van Dana, Molly's voormalige collega in The Dry. Zij woonde inmiddels in Miami en omdat Gregor toch geen enkel ander aanknopingspunt had, nam hij de volgende ochtend voor twaalf dollar de Greyhound Bus. Vijf uur later kwam hij aan op Miami Central Terminal, waar hij een taxi pakte naar Dana's buurt, een plek die ons tien jaar daarvoor door een autoverhuurder genaamd Rodney Knight was ontraden.

Dana deed zuchtend open (Gregor herinnerde zich opeens dat ze altijd zuchtte) en ze herkende Gregor meteen, maar nodigde hem niet uit binnen te komen. Staande bij haar voordeur stak ze een sigaret op en vertelde hem dat ze wist dat hij de vader was van Fabian. In de gevangenis had ze af en toe contact gehad met Molly, maar verder wist ze ook niet veel. Hij vroeg of Dana zijn zoon weleens had ontmoet, waarop ze langzaam haar hoofd schudde.

'Can't say I have,' zei ze op slepende toon. Ze was bang dat ze ook slecht nieuws voor hem had, vertelde ze. Molly was inmiddels opnieuw veroordeeld tot een gevangenisstraf, ditmaal van tien jaar. Wat ze precies had uitgespookt wist Dana niet, want ze kreeg geen reacties meer op haar e-mails. Waar Fabian verbleef wist ze ook niet, maar ze nam aan dat hij na de arrestatie van zijn moeder ergens was ondergebracht. Molly's laatste berichten kwamen uit de Gadsden Correctional Facility, een vrouwengevangenis helemaal in het noorden van Florida, maar dat was al twee jaar geleden. Dana kon verder niets voor Gregor doen, zei ze, behalve een taxi voor hem regelen. Ze schoot haar peuk weg en ging haar huis in om te bellen.

Toen Gregor wegreed uit haar buurt werd hij overvallen door een moedeloosheid die hij nog niet kende. Hij was er steeds van uitgegaan dat hij Molly en Fabian zonder al te veel problemen zou vinden, zoals alles in zijn leven welbeschouwd glad en soepel was verlopen, alsof het ordenend principe waarin hij niet geloofde hem uiteindelijk toch wel goedgezind was. De naderende dood van zijn vader was de eerste existentiële rimpeling geweest en de zoektocht naar zijn zoon leek wel een golfslagbad. Bij een boekhandel downtown Miami kocht hij een roadmap om te zien waar hij Gadsden County kon vinden. Een medewerkster schatte in dat het ging om een autorit van zeker negen uur. Omslachtig zei ze, met een slepend zuidelijk accent: 'Perhaps it would not be inconvenient to fly.'

Gregor nam de Greyhound terug naar Key West, waar hij bij ons vaste reisbureau op Duval Street voor de volgende ochtend een vlucht boekte naar luchthaven Tallahassee, op drie kwartier rijden van Molly's Correctional Facility. Die avond zat hij – toch weer hoopvol – aan de bar van Sloppy Joe's. Achter in de uitspanning stonden drie telefooncellen, die er nog verlepter uitzagen dan de telefoons in de Jan-Pieter van Spilbergen. Hoewel het in Nederland één uur 's nachts was probeerde hij Yvette te bellen om over zijn ervaringen in Florida te vertellen, maar ze nam niet op. De gedachte aan Yvette vervulde hem met rust en tevredenheid. Eenmaal terug in zijn hotelkamer klonk er in een van de aangrenzende kamers nog steeds gebonk.

De volgende ochtend, op het vliegveldje van Key West, wachtend op zijn vlucht naar Tallahassee, probeerde hij het nogmaals, maar wederom kreeg hij Yvette niet te pakken. Gregor nam plaats in de wachtruimte bij zijn gate, met een boek op schoot, al lukte het hem niet om te lezen. Wat hij altijd deed bij busstations en luchthavens was turen naar de reizigers om hem heen. In zijn hoofd maakte hij korte observaties. Een man tegenover hem oogde uitermate zen, maar checkte wel om de twee minuten of zijn paspoort en boardingkaart nog in zijn zak zaten. Gregor keek naar een bejaard echtpaar, de man hield zijn vrouw dicht tegen zich aan. Haar hoofd rustte op zijn schouder. Ze gingen beiden voor de derde keer op huwelijksreis, bedacht hij, maar wel voor het eerst met elkaar. Er liep een gebruinde jongen voorbij met op zijn been een verse tatoeage van Chinese karakters. De huid om de inkt was rood en gehavend. Gregor stelde zich voor dat hij dacht het beroemde Chinese spreekwoord 'steek geen vuur aan dat je niet kunt doven' op zijn lichaam te hebben gezet, maar dat er in feite stond 'gevelreiniging met tomatensaus'. Grinnikend keek hij naar het geluidloze tv-scherm aan een van de wanden.

Een kwartier voordat hij zou boarden probeerde hij weer Yvette te bellen, want hij wilde dat ze wist dat hij op weg was naar een stad waarvan ze beiden nog nooit hadden gehoord. Eindelijk nam ze op. Ondanks de somberheid over zijn zoektocht begroette hij haar uitgelaten, blij haar stem te horen.

'Lieverd, hoe gaat het met je?' riep hij.

Hun gesprek had een vertraging van een paar seconden.

'Goed,' hoorde hij Yvette zeggen en hij begreep aan haar intonatie meteen dat er iets was. Hij wilde wat zeggen, maar luisterde in plaats daarvan naar haar ademhaling.

'Zit je te huilen?'

'Het spijt me zo,' zei ze.

'Het spijt je?'

In de regel is het geen goed nieuws als een beminde over een trans-Atlantische afstand van ruim zevenenhalfduizend kilometer zegt dat iets haar spijt.

'Ik wilde het je eigenlijk niet vertellen,' vertelde ze het hem toch. 'Pas als je terug zou zijn.'

'Wat is er dan?'

Na een korte hapering in de lijn zei ze: 'Ik was in het proeflokaal gisteravond.'

Gregor stelde vast dat ze nog steeds huilde.

'Nou, leuk toch?'

'Ik heb seks gehad. En ik denk dat ik verliefd ben.'

Hij hoorde wat ze zei, maar de woorden drongen niet echt door.

'Wat?' vroeg hij.

De existentiële rimpelingen volgen elkaar nu wel erg snel op. Ze dacht dat ze verliefd was en ze had seks gehad, en omdat hij aan de andere kant van de oceaan zat kon hij er zeker van zijn dat dit niet met hem was geweest. Hij voelde een woede opkomen, niet uitsluitend gericht op Yvette, maar ook op de klootzak met wie ze dan seks had gehad. In Proeflokaal Alle Tijd liepen al zijn vrienden rond. Er schoten onmiddellijk namen door zijn kop. Als het een van zijn compagnons was, betekende dat het einde van de brouwerij, dat wist hij zeker. Hij dacht als eerste aan Jonas. Gregor kende zichzelf goed genoeg om te weten dat hij de grootmoedige koelbloedigheid van Cola nooit zou kunnen opbrengen. Destijds had Cola het bij één klap in de maag gelaten, Gregor zou daarentegen net zo lang op Jonas' aantrekkelijke snuitje beuken tot die nooit meer zou worden gecast voor een rol als sexy gladbek. Er kwamen nog meer namen. Cola zelf. Berend. Luciën toch niet, verdomme? Ook zij hadden het niet met Yvette moeten proberen, hoeveel bier er ook in het spel was. Er waren regels die niet onbestraft konden worden overtreden. En wat was de rol van Yvette zelf geweest? Had zij ergens op aangestuurd? Hoezo 'dacht ze' dat ze verliefd was?

Yvette snotterde en Gregor zuchtte.

'Met wie?' vroeg hij.

Schoorvoetend gaf ze antwoord, maar hij verstond haar niet, want over de omroepinstallatie van de luchthaven klonk een schallende vrouwenstem met een zwaar accent: 'Due to unforeseen circumstances, all flights have been canceled until further notice.'

'Met wie?' zei hij nogmaals, toen de vrouw was uitgesproken. 'Ik verstond je niet. Met wie?'

Op dat moment zag hij dat mensen zich verzamelden voor het grote tv-scherm aan de muur. Op de beelden was te zien hoe een vliegtuig zich in een torenflat boorde, een gebeurtenis die door de reizigers met verbijstering werd gadegeslagen. Onder de beelden stond de tekst: 'Breaking News, plane crashes into World Trade Center Tower'. Uit een van de torens waaide bijna horizontaal een enorme grijze rookpluim.

'Due to unforeseen circumstances, all flights have been canceled until further notice,' riep de vrouw van de luchthaven nogmaals, een mededeling waarop de reizigers met geschreeuw en ontzetting reageerden.

'Met Kateřina Volencova,' hoorde hij Yvette zeggen.

2019

We bevinden ons in het feromonenhoofdkwartier van West-Europa: de lente zorgt ervoor dat de landerijen waar we op uitkijken geuren naar jonge bosveldkersen, valerianen, helmbloemen, ereprijzen, kruiskruidjes, poelruiten en andere wilde bloemen, overal zoemen ontelbare insecten, er heerst onstuimigheid en opwinding, de bossen om ons heen ademen exuberante levenslust – en wij voelen vermoeidheid van de reis, de wandelingen en het gemis aan dagelijkse beslommeringen. Berend komt aan met koude biertjes en Jonas staat met een zak chips in de deuropening van de boshut. Luciën laat zich zakken op een van de banken op de houten veranda van de boshut.

'Het was idioot hoe een van de grootste mondiale gebeurtenissen van ons tijdvak verbonden raakte aan een van de meest triviale gebeurtenissen in onze vriendengroep,' zegt hij. 'Efuru dacht dat de derde wereldoorlog was uitgebroken.'

'Dat dacht ik ook!' roept Jonas, die een sigaret aansteekt en zijn pakje doorgeeft aan Cola. De zak chips werpt hij op tafel.

'Een echte derde wereldoorlog kon ze nog wel bevatten, maar dat jouw moeder en Goeroes vriendin een relatie kregen was voor haar zo onvoorstelbaar dat ze er bijna in bleef. Hoe lang was ze in Nederland? Een paar maanden. Haar wereldbeeld kantelde.'

'Dat van mij ook,' zegt Berend.

'Dat van ons allemaal,' zegt Jonas.

Zonder Kateřina Volencova zou Alle Tijd nooit het bedrijf zijn dat het nu is. Ze was de moeder der moeders, onze bankier en bedrijfsleider van ons proeflokaal, ze zorgde voor het personeel, voor gasten, dronkenlappen en leveranciers. Moeder Kateřina. Met haar opvallende verschijning zijn er in de loop der jaren nogal wat mannelijke bezoekers geweest die pogingen deden zich aan haar op te dringen. Er was een bakker die haar bloemen stuurde met dubbelzinnige teksten, een klant die zei dat hij voor haar weg was gegaan bij zijn vrouw, een toneelspeler in het gevolg van Jonas die tijdens een nazit van hun voorstelling in Kateřina's ban raakte en hooggestemde brieven aan haar schreef.

Kateřina weerstond alle aandacht minzaam en gedecideerd. Ook als de omgang met mannen een krachtiger optreden vereiste, kon ze goed van zich afbijten. Net als veel andere Utrechtse drankgelegenheden kreeg Proeflokaal Alle Tijd bezoek van Oost-Europeanen die vonden dat onze zaak veel te kwetsbaar was voor mensen die kwaad in de zin hadden. Bij onze vriend Flip was al een keer een van zijn cafés verbouwd door mensen die zeiden bescherming te willen bieden. Op een avond werd onze kelder bezocht door Hongaren en Tsjechen in lompe lederen jassen, lieden die uit de toon vielen tussen onze vaste clientèle van dichters, studenten en schakers. Na verloop van tijd kwam een van de mannen naar de bar met de vraag of hij de eigenaar kon spreken. Het kwam niet over als een vriendelijk verzoek.

'Ik ben de eigenaar,' zei Kateřina Volencova, feitelijk niet ver bezijden de waarheid. De man weigerde aanvankelijk met een vrouw te praten, tot Kateřina zei dat hij en zijn groep moesten weggaan en nooit meer terugkomen.

'Why should I do that?' zei de man met een Oost-Europees accent. Kateřina antwoordde: 'Protože znám vaši matku.' *Omdat ik je moeder ken.* De man keek haar aan, even met open mond. Hij liet zich door haar intimideren, in plaats van zij door hem.

Ook op andere gebieden was ze mannen de baas.

'Die vent die zijn hond liet poepen voor de ingang van het proeflokaal,' roept Jonas, waarop een harde lach volgt. Kateřina ergerde zich uitermate aan hondendrollen die precies voor ons café lagen, dagen achter elkaar. Volgens haar waren die daar bewust gelegd. Iemand liet zijn hond voor onze deur kakken, zei ze, waarop ze besloot te gaan surveilleren. Later die week betrapte ze een gedistingeerde buurtbewoner met een kakkineus hoedje die zijn cockerspaniël precies voor onze deur zijn gevoeg liet doen. Toen Kateřina hem hiermee confronteerde begon de man woedend te roepen dat hij overlast had van lallende dronken mensen in het centrum. Wij schonken bier tot diep in de ochtend, of niet dan?

Opmerkelijk genoeg reageerde Kateřina niet boos of verontwaardigd. Op een redelijke toon zei ze dat ze begreep wat de man dwarszat en ze beloofde dat wij onze klanten voortaan bij het verlaten van het proeflokaal tot stilte zouden manen. Dat was een vriendelijke geste – zeker na alle overlast die we van zijn kilo's hondenstront hadden gehad – maar de man was niet onder de indruk. Hij bleef mokken en voegde Kateřina enkele onvriendelijkheden toe. Hierop knikte ze en afgemeten zei ze dat hij zijn hond niet meer voor onze zaak moest laten poepen.

De man haalde zijn schouders op en maakte een pfff-geluid.

Kalm ging ze verder: 'Als het nog één keer gebeurt, zult u het bezuren.'

Een paar dagen later bleek dat dit dreigement geen effect had gehad: er lag weer een drol op onze stoep, ostentatief op dezelfde plek als de keren ervoor. De volgende dag nam Kateřina Volencova maatregelen: drie ochtenden achter elkaar postte ze bij de ingang van onze werfkelder, tot ze de man weer op heterdaad betrapte. Met een zwaai gooide ze de voordeur open.

'U heeft erom gevraagd,' zei ze en met een gele keukenhandschoen pakte ze zonder verder iets te zeggen de hoop stront van de grond. Geschrokken maakte de man aanstalten verder te lopen.

'O, je loopt met me mee?' zei hij, toen hij merkte dat Kateřina hem – de drol lag nog steeds in haar handschoen – op de voet volgde.

'Wacht u maar,' zei ze.

Wij kwamen op dat moment naar buiten om een sigaretje te roken en zagen de vreemde scène. Berend riep naar zijn moeder of er een probleem was.

'Dit is de meneer die steeds zijn hond bij ons voor de deur laat schijten,' riep ze terug. 'Ik loop even mee om te kijken waar hij zelf woont.'

'Wie zegt dat ik naar huis ga?' zei de man.

Aan zijn bibberende stem was te horen dat hij zich zorgen maakte.

'Maakt mij niet uit. Ik loop sowieso met u mee,' zei ze. 'Ik heb alle tijd. Al gaan we de hele stad door.'

Ze maakte duidelijk geen grapje. De man liep hierop met zijn hondje de trap op naar de straat boven de werf. Kateřina Volencova volgde hem op de voet, en wij meteen daarna, want we wilden zien hoe dit afliep. Het was een vreemde optocht: de hondenbezitter wandelend door de binnenstad, op een meter afstand gevolgd door Kateřina Volencova met een hondendrol in haar hand en wij drie meter daarachter. Na een kwartier (en een behoorlijke omweg) kwamen we aan bij de opgang van een bovenwoning aan de Oudegracht, schuin tegenover de brouwerij. De man had de hoop opgegeven dat hij de vrouw van zich af kon schudden. Hij had inmiddels zijn huissleutel uit zijn zak gehaald en zei met een vergoelijkende ondertoon: 'Nou, hier woon ik dus.'

Knikkend naar zijn voordeur keek hij haar aan met een blik alsof het nu eindelijk tijd was dat zij samen als volwassen mensen deze netelige kwestie zouden oplossen. Kateřina Volencova wachtte niet, liep naar de deur en drukte de hondendrol met een ferm gebaar op het slot en de deurknop.

'Ze probeerde die stront echt in het sleutelgat te prakken,' zegt Jonas.

Hierna smeerde ze de rest van de poep met grote vegen uit over de deur, alsof ze een raampje aan het lappen was. Toen ze klaar was, zei ze: 'Alle hondendrollen die ik nog voor onze zaak vind, of die nu van uw hond zijn of niet, alle poep die er vanaf vandaag ligt kom ik persoonlijk uitsmeren over uw voordeur.'

Met de vingers van haar andere hand trok ze de met poepresten besmeurde gele handschoen uit en wierp deze voor de voeten van de man.

Een dag later hing er bij de uitgang van het proeflokaal een bordje met de mededeling dat onze gasten bij het vertrek rekening moesten houden met de omwonenden – dat dan weer wel.

'Bij mijn weten heeft er nooit meer een drol voor onze deur gelegen,' zegt Beer.

Jonas houdt zijn pilsje omhoog en zegt: 'Op jouw moeder.'

We proosten met hem mee.

'En toen moest de echte stront dus nog komen,' gaat Jonas verder. Op de avond voor de aanslag op de Twin Towers – Goeroe was in Amerika op zoek naar zijn zoon – bedachten Michelle en Yvette het om wat te gaan drinken in onze bierkelder. Later die avond sloten ook Donetta en Fiona zich bij hen aan, wat het samenzijn helemaal iets feestelijks gaf. Proeflokaal Alle Tijd was een plek waar fijn volk kwam dat van doorzakken, ouwehoeren en liederlijk zelfverlies hield. De drank was er goedkoop, zeker als Kateřina Volencova dienst had – en dat was die avond zo. Yvette bestelde een IPA met de toepasselijke naam Goeroe, naar een idee van Fiona's reclamebureau.

Het gesprek ging die avond voornamelijk over mannen, liefde, relaties, over *ons* zeg maar, Goeroe in het bijzonder (dit hoorde Cola later van Michelle). Yvette vertelde dat ze indertijd was teruggekomen naar Utrecht, misschien nog meer voor de stad zelf dan voor hem. Voor zijn vertrek naar Key West had ze zich jaloersig gedragen, omdat ze Gregors zoektocht naar Molly had uitgelegd als een motie van desinteresse in haar. Ze had zich geschaamd voor haar eigen reactie, want een ander deel van haar was namelijk juist helemaal niet jaloers. In verloren momenten hoopte ze er soms bijna op dat Goeroe zijn zoon en ex zou terugvinden en voor hen zou kiezen.

'Dat hoop je helemaal niet,' had Michelle gezegd, althans zo is het ons in de overlevering ter ore gekomen. We waren er niet bij, dus we kunnen er niets over zeggen, zeker na al die jaren niet. Yvette stortte haar hart over Goeroe uit.

'Dat doen vrouwen,' zegt Jonas. 'Die luisteren naar elkaar en denken met elkaar mee.'

'Vrouwen willen elkaar zo goed mogelijk begrijpen om elkaar te kunnen helpen. Mannen hoeven zich niet in te leven in een ander, want ze zijn er sowieso voor elkaar, hoe het verder ook zit,' zegt Luciën. 'Vrouwen zijn in essentie empathisch, veel empathischer dan mannen. Wij zijn eerder saamhorig dan empathisch. Dat is ons manco.'

'Ik kan dat bevestigen,' zegt Cola. 'Soms kom ik thuis na een avond met jullie en dan vraagt Michelle: hoe gaat het met de kids? Hoe ging de operatie van de vader van Berend? Hoe gaat Jonas om met de dood van zijn moeder?'

'En wat zeg je dan?' zegt Luciën.

'Dan moet ik bekennen dat we het daar dus allemaal niet over hebben gehad en dat ik jullie er ook niet naar heb gevraagd. Michelle roept dan onthutst: maar waar hebben jullie het dan wel over gehad? Ze kan zich niet voorstellen dat wij het niet over dat soort dingen hebben.'

Berend heeft nieuwe blikjes gehaald en Cola zet een schaal met worst en kaas neer.

'Volgende keer zal ik zeker naar Melesse, Jani, Polleke en Kalle vragen,' zegt Jonas. 'Help me herinneren dat ik jullie daarnaar vraag. Ik wil graag menselijk en aardig overkomen.'

Na vijf rondjes Goeroe was Yvettes spleen die avond van de tiende september alleen maar toegenomen. Shakespeare schrijft in *Romeo en Julia*: 'Iedereen wordt gestraft.' En zo voelde het voor Yvette ook. Ze voelde zich gestraft omdat ze vastzat in een relatie, zonder daar consequenties uit te trekken. Steeds zocht ze redenen om het Goeroe kwalijk te nemen dat zij ongelukkig was, of misschien niet zozeer ongelukkig als wel onbevredigd, en dan niet in seksuele zin – hoewel dat ook – maar om hoe haar leven zich begon in te vullen, waarbij ze eerder toeschouwer leek dan deelnemer. Ze hadden het over kinderen, een huis in de buurt van Utrecht, een tuin met een zandbak, een aandelenhypotheek.

Omdat Yvette geen Goeroe meer wilde besloten ze over te stappen op een van onze andere klassiekers: een zogenaamd Kölsch-bier met het etiket Verlangen, ook een naam die uit de koker van Fiona kwam. Michelle was de eerste die moest afhaken, want thuis wachtten een oppas en twee jonge kinderen. Donetta had met een grijns geroepen 'en een minnaar', maar Michelle had dat meteen tegengesproken. 'Onzin, zo komen de praatjes in de wereld,' had ze zuchtend gezegd. 'Meerdere minnaars.' Later vertrokken ook Fiona en Donetta, omdat ze beiden de volgende ochtend moesten werken.

Het gezelschap doorzakkers werd kleiner en intiemer, en na verloop van tijd moeten Yvette en Kateřina Volencova bij elkaar zijn gaan zitten. We weten niet wat er daarna gebeurde.

Behalve dan dat Yvette de volgende middag door Goeroe vanuit Amerika werd gebeld en toen vertelde dat ze iemand had ontmoet op wie ze verliefd was geworden. Berend hoorde het nieuws vervolgens van Cola, die was gebeld door Goeroe. Terwijl ze op een oud tv'tje in het personeelshok van Alle Tijd op CNN keken naar de aanslagen op de Twin Towers, hoorde Berend Cola vertellen over Yvette en over zijn moeder.

'Het eerste wat ik dacht was niet "o god, mijn moeder",' zegt Berend, met zijn benen gestrekt op het hek van de veranda. 'Het eerste wat er door me heen schoot was "o god, de brouwerij".'

Na 11 september heerste er een chaotische periode. Het duurde tien lange dagen voordat het Goeroe eindelijk lukte een terugvlucht te boeken, dagen waarin hij zich in zijn hotel op Key West zat te verbijten. Af en toe probeerde hij naar Nederland te bellen, maar Yvette was zo goed als onbereikbaar en van telefoontjes met ons – met name Berend – werd hij alleen maar verdrietig. Daarbij was Amerika in een algehele staat van ontreddering, waarbij de gesprekken in de bars, in de media en op straat alleen maar gingen over de aanslag. Liggend in zijn hotelkamer dacht Goeroe na over Yvette en het vernederende verdriet dat hij voelde. Natuurlijk ervoer hij jaloezie, maar hoe kon je iemand in godsnaam kwalijk nemen gevoelens voor een ander te hebben? Dat was een verwijt dat hij Yvette niet wilde maken, maar haar natuurlijk toch maakte toen hij haar eindelijk aan de lijn kreeg. Het werd voorlopig hun laatste gesprek.

Tegenover ons noemde hij haar later 'zijn grootste teleurstelling'. Terwijl hij in Florida lag te luisteren naar het onophoudelijke geneuk in de kamers om hem heen, pakte zij haar spullen, opgeslorpt door een draaikolk van verliefdheid voor een andere vrouw, een veel oudere vrouw nota bene, de moeder van een van de beste vrienden van de man met wie ze samenwoonde, en on bevreesd voor hoe het nieuws zou vallen bij vrienden, ouders, collega's – maar wel bang voor zíjn reactie als ze elkaar weer zouden zien.

'Goeroe sprak later over een "Krankheit des schmerzlichen Verlangens",' zegt Luciën. 'Ik heb me dat citaat destijds direct toegeëigend.'

We bespreken de sluimerende gevoelens voor vrouwen die Yvette al die jaren had gehad, zonder dat aan Goeroe of zelfs zichzelf toe te geven. Het verlangen naar bevrediging – of het nu gaat om smaakpapillen, oormembranen, oogkegels, huidcellen, geslachtsdelen of andere uithoeken van het lichaam – is altijd een aanjager van alles. Bij lust hoort overgave, de kunst om de wereld los te laten en jezelf te verliezen. Yvette had zich bij Goeroe nooit echt verloren, besefte hij met een droef gemoed. Haar affaire met Kateřina Volencova was een wending in haar leven waaraan ze nooit had durven denken, de verzengende smoor was haar overvallen als een agressief virus dat bezit nam van een lichaam: ze had er geen verweer tegen en wilde dat ook niet.

'Ik herinner me nog dat toen Goeroe aankwam op Schiphol, Cola en ik hem gingen ophalen,' zegt Jonas. 'Luciën moest opereren...'

'En ik had besloten niet mee te gaan,' zegt Berend, 'omdat Yvette en mijn moeder inmiddels een heftige relatie hadden, met alle klerezooi en opwinding die dat met zich meebracht.'

Zijn moeder had zijn vader – met wie zij al jaren een liefdevol verstandshuwelijk had – gezegd dat ze tijdelijk met Yvette ging wonen in haar Utrechtse pied-à-terre, de etage in de Vogelbuurt waar ze verbleef op avonden dat het in het proeflokaal te laat was geworden om terug naar Noord-Holland te rijden. De onverwachtse scheiding van zijn vrouw had Berends vader harder geraakt dan hij had kunnen denken en zijn verdriet daarover legde hij bij Berend, die ook niet wist wat hij met de situatie aan moest.

'Mijn vader werd er heel pathetisch van. Er is het Spaanse gezegde *trágame tierra*, wat zoiets betekent als: alstublieft, aarde, verzwelg me,' zegt Berend. 'Dat was wat hij steeds citeerde. Verzwelg me, riep mijn vader, ik wil verzwolgen worden en nergens meer aan denken. Dat is wat hij zei. Nou ja, ik begreep het wel.'

Terug in Nederland lukte het Goeroe weken niet om Yvette te spreken te krijgen, ondanks zijn vele verzoeken tot contact en uitleg. Hij haatte haar erom. Hij belde haar vriendinnen, haar moeder, haar collega's in Amsterdam, tot iemand – een vriendin met wie hij goed kon opschieten en altijd aan zijn kant leek te staan – aan hem vroeg of hij soms een stalker was. Geschrokken besloot hij dat hij dat niet was, waarna hij al zijn pogingen haar te bereiken staakte.

Gregor had met Yvette willen praten, niet om haar verwijten te maken – dat stadium was hij snel voorbij – maar om te horen hoe het met haar ging (hij zou altijd van haar blijven houden, prentte hij zichzelf in). Ook wilde hij vertellen van zijn mislukte zoektocht naar Fabian, want in de maanden voor zijn vertrek had ze met hem meegeleefd, ondanks haar sluimerende reserves tegen het joch. Daarbij was Gregors vader niet snel na zijn terugkomst overleden, zonder een foto of levensbericht te hebben gezien van de kleinzoon die hij nooit had gekend. Dit alles had Gregor willen delen met de vrouw met wie hij tot voor kort alles deelde.

Wel sprak hij met Berend. Zijn beste vriend was zijn moeder niet, dus kon Goeroe Beer onmogelijk haar gedrag verwijten. Dat Berend hem in alles aan Kateřina Volencova deed denken, was evenmin iets wat hem kwalijk kon worden genomen.

'Ik weet eigenlijk nu niet meer of we dat gesprek bij mij in mijn nieuwe huis hebben gevoerd of in het proeflokaal,' zegt Berend. 'Het maffe is dat ik het met beide locaties associeer.'

'Misschien hebben jullie er vaker over gesproken?' zegt Cola.

'We hebben het er maar één keer over gehad, kort en duidelijk. Ik baalde dat zijn vriendin er met mijn moeder vandoor was gegaan, maar mijn moeder was wel mijn moeder. Hij had liefdesverdriet, zei hij, dat begreep ik heel goed.'

Pas na anderhalve maand kwam Goeroe dan eindelijk Yvette tegen, in de HEMA aan de Oudegracht. Ze deed of ze hem niet zag, maar toen hij eenmaal voor haar stond moest ze hem wel te woord staan. Op dat moment was bij Gregor de ergste gram al verdwenen. Op de derde dag na zijn terugkomst uit Amerika had hij zich in zijn lege huis laten troosten door een meisje uit het proeflokaal, hij was haar naam vergeten. Daarna kwamen er meer vrouwen. Gregor spiegelde zich aan de hoofdpersoon van *Turks fruit*, die ze naar zijn hol sleepte, hun de kleren van het lijf rukte en zich een ongeluk ramde. 'Niets zo aantrekkelijk voor een vrouw als een man die lijdt aan een verloren liefde,' had Jan Wolkers geschreven, een uitspraak die het inmiddels tot cliché heeft geschopt.

'Al die schijtclichés zijn waar,' zegt Jonas.

2005

Lag het aan de wilde gisten in de brouwerij? Een student populatiedynamica, een tak van de biologie die zich bezighoudt met de vraag waarom groepen in de dierenwereld al dan niet groeien, zou kunnen afstuderen op het gegeven dat er in onze populatie in één week drie baby's waren uitgerekend zonder dat we dat hadden bedacht of gecoördineerd. Efuru (blij dat ze van haar eerste kind in Nederland zou bevallen), Donetta (die een bolle buik had die groter leek dan zijzelf) en Michelle (voor de derde keer zwanger) waren allen rond dezelfde datum uitgerekend.

Michelle had Cola compleet verrast met hun derde.

'Wat doe je op 22 augustus 2005?' vroeg ze op een middag in de keuken van hun nieuwe huis. Hun twee kinderen zaten aan de eettafel te kliederen met vingerverf. Jani schilderde iets wat moest doorgaan voor een paard zonder benen en Pol (roepnaam Polleke) maakte een stilleven van remsporen. Na jaren op kamers te hebben gehokt hadden Michelle en Cola eindelijk een knus huisje in de voormalige arbeiderswijk Wittevrouwen, een buurt die volledig was veryuppificeerd door creatieve tweeverdieners en ander uitschot (de buren van links ontwierpen webpages, die van rechts deden in concepten).

Cola keek op zijn BlackBerry en had niet door dat Michelle dezelfde grap met hem uithaalde als toen ze in verwachting was van hun twee eerdere kinderen.

'Dan ben ik waarschijnlijk in Antwerpen op een congres over

craft beer. Er komen een paar Amerikanen over en Goeroe moet speechen. Ik denk dat we er een uitje van maken. Why?'

'O, niks bijzonders,' zei ze, haar schouders ophalend. 'Die middag wordt je derde kind geboren.'

Cola was even stil, niet meer dan tweeënhalve seconde, maar toch.

'Hoe laat?' vroeg hij, net als de keren daarvoor.

Het kindje van Efuru en Luciën kwam als eerste ter wereld, in het UMC. Efuru's eigen moeder was een femme de l'arrière-cour, een verstoten vrouw. Dat had te maken met de geboorte van Efuru: haar moeder was geplaagd door een zogenoemde fistel, een scheurwond met complicaties, waardoor ze incontinent en onvruchtbaar was geraakt en verlaten door haar man ('mijn moeders verkrachter' zoals Efuru haar vader noemde). Zelf was ze erg bang dat haar zoiets zou overkomen en daarom had ze toen Luciën een thuisbevalling voorstelde dwingend gevraagd of het in het ziekenhuis mocht.

Alles ging voorspoedig, ze kregen een dochtertje genaamd Melesse, oftewel 'de Eeuwige'. Met Melesse op haar borst belde Efuru op de speaker haar moeder in Burundi, die spontaan een *uruvyino* begon te zingen, een ritueel lied om haar dochter te bedanken dat ze een kind op aarde had gezet en om de baby welkom te heten.

Wij hadden onze eigen rituelen. De volgende dag kwamen wij langs bij Luciën thuis, Berend had een geboortebier met de smaak van beschuit met muisjes gebrouwen, waarmee Melesse in één klap de jongste Nederlander was met een eigen biersoort. Iedereen die de baby kwam verwelkomen kreeg een flesje Melesse mee naar huis.

Na een paar dagen – de andere baby's waren er nog niet – zou Luciën weer aan het werk gaan, maar omdat Melesse 's nachts had gespookt meldde hij zich af bij Cola. We hadden een vergadering in wat we inmiddels 'de oude brouwerij' noemden. Cola en Goeroe kwamen op de Oudegracht samen aangefietst, verbaasd dat Berend en Jonas op de brug stonden te roken, terwijl ze keken naar wat zich aan het water afspeelde. De twee trappen naar onze werf waren afgesloten met rood-witte tape, er stonden agenten op wacht en een van hen hield een logboek bij van alle activiteiten. Gewone burgers mochten niet naar beneden, ook wij niet. Op de kade waren oranje schermen neergezet, in een poging te voorkomen dat toeschouwers aan de overkant konden zien wat er gebeurde. Vanaf onze positie op de brug volgden we hoe technisch rechercheurs in witte papieren overalls en met turquoise beschermhoezen over hun schoenen sporenonderzoek deden.

We probeerden of we in de brouwerij konden komen door onze nooddeur annex achteringang, die bereikbaar was via de binnenplaats van de bakker in de Bakkerstraat, maar ook daar hielden agenten ons tegen. Jonas vroeg wat er aan de hand was, waarop een van de mannen wilde weten of we journalisten waren. Berend zei dat we moesten brouwen.

'Vanochtend niet,' zei de ander. 'Dit is een pd.'

Jonas knikte en zei tegen ons: 'Plaats delict.' Twee jaar daarvoor had hij een rol in *Vinkeveen* gespeeld, een film over twee zware criminelen die bij toeval naast elkaar komen te wonen op een zandeiland in de Vinkeveense Plassen. Sindsdien was Jonas zelfverklaard expert politiejargon.

Om de tijd te doden dronken we aan de overkant koffie in De Sidonia, waar Flip aan een tafeltje zat achter een ochtendkrant en een volle asbak, samen met William, een vastgoedondernemer die er ook altijd rondhing. Flip was nog steeds een van de trouwste afnemers van ons bier. Flip en William hadden al een paar keer geïnformeerd of ze niet beter een aandeel in ons bedrijf konden nemen.

'Zeg me dat jullie het niet hebben gedaan,' zei William, toen we ongevraagd bij hun tafel aanschoven. We begrepen niet wat hij bedoelde. 'Jaja, doe maar alsof jullie er niets van weten.'

Om hem heen werd gelachen. Die ochtend had een schipper van een boot van de reinigingsdienst een lichaam gevonden, vertelde Flip.

'In het water?' vroeg inspecteur Jonas.

'Op de werf.'

Flip en William hadden er alles over gehoord, want nadat de schipper de politie had gewaarschuwd en zijn getuigenverklaring was afgenomen moest hij zijn boot weer verplaatsen zodat de technische recherche het onderzoek kon beginnen. De kapitein was regelrecht naar De Sidonia gevaren om een pikketanissie achterover te slaan voor de doorstane emoties.

'Het levenloze lichaam was van een clown,' zei William, die een nieuwe sigaret opstak en er met zichtbare tegenzin een aan Cola gaf. Vijf miljoen euro op de bank, maar zuchten over een peuk.

'Een clown?' riep Jonas.

'Een van jullie buurmannen.'

'Joeli en Boeli?' vroeg Goeroe ontzet, wat niet zijn slimste opmerking ooit was, want zoveel clowns hadden we niet als buren.

'De een heeft de ander gedood,' zei Flip, die verder ook niet wist wat er was gebeurd. We hoorden het met verbijstering aan, want hoewel we weinig met hun kolderieke acts ophadden waren Robert en Peter goede buren, van wie we nooit last hadden. Soms hielpen ze ons met klusjes, tegen betaling uiteraard, onze manier om hen te subsidiëren zonder dat ze het doorhadden. Voor de fabriekshal in Maarssen hadden we hen ingehuurd om een muur om de afvulruimte te metselen, waarop we een van de gedichten uit onze jaarverslagen lieten schilderen. Later die ochtend hoorden we dat Peter was gearresteerd in verband met de onnatuurlijke dood van Robert. In De Sidonia had iedereen het erover en wilde theorieën deden de ronde (Joeli en Boeli zouden niet alleen collega-clowns, maar ook minnaars zijn geweest).

Toen halverwege de middag ons gedeelte van de gracht werd vrijgegeven liepen we – inmiddels met Luciën – naar de brouwerij. Het was vreemd om er te zijn, in de wetenschap dat in de vroege ochtend onze ene buurman de andere had gedood. We praatten zelfs zachter dan normaal. Berend moest spullen klaarzetten voor een workshop die hij die avond zou geven. Jonas zat in een modus waarin hij zijn verdriet en ontzetting uitte door grappen te maken. In de loop der jaren had hij geleerd de stemmen van Joeli en Boeli perfect te imiteren en ook nu deed hij hen na. Met een afgeknepen strot riep hij zinnetjes als: 'Hallowallowallo, waarom hebben jullie ruzie?' en 'Tjongejongejonge, ga je me nu wurgen, Boeli?' Na een tijdje begon hij zelfs de grote hit van Ben Cramer te zingen. 'Hij was maar een clown, in het wit en in het rood, hij was maar een clown, en nu is hij dood.' Het duurde niet lang of wij zongen met hem mee. 'De herinnering blijft aan die clown met zijn lach, hij heeft alles gegeven, tot de laatste dag.'

'Voor sommige mensen is de moord op clown Robert Mosselaar aanleiding voor studentikoos leedvermaak,' deed Luciën de stem van een journaallezer na.

Jonas zong verder: 'Niemand kende de pijn van zijn stille verdriet, want er was op het einde niemand die hij verliet. Z'n hoed was te klein en zijn schoenen te groot, hij was maar een clown en nu is hij dood.'

Toen de spullen voor de workshop klaarstonden en we met een biertje klonken op onze buren, zei Jonas, met een gevoel van zelfinzicht: 'Geen leedvermaak. Weet ik wat ik doe in mijn verdriet? Ik ben ook maar een clown, ik maak óók overal een grapje van.'

Jonas had een turbulente periode achter de rug, nadat Fiona – voor hem volslagen onverwachts – hun verloving had verbroken. Ze waren officieel nooit verloofd. Liggend in bed hadden ze het erover gehad om op termijn wellicht ooit als de omstandigheden daar waren en ze zin hadden in een feestje voor vrienden eventueel wellicht misschien mogelijkerwijs te trouwen. Hoe leuk zou dat zijn, zeiden ze tegen elkaar – waarna Jonas tegen anderen had gezegd dat ze waren verloofd, eerst gekscherend en later als een feit dat steeds meer voldongen werd. Hoewel hij Fiona in de loop der tijd wel degelijk een paar ringen en andere sieraden had gegeven zat daar geen verlovingsring bij.

Op een middag kwam hij thuis na een vroege shoot voor een commercial. Hij hing zijn jas aan de kapstok in de gang en stapte blijmoedig de huiskamer binnen, waar Fiona aan de witte eettafel zat te roken – wat opmerkelijk was, want ze rookte niet. Fel zonlicht scheen schuin door het raam de kamer binnen, zodat haar dreigend donkere silhouet was omhuld door een oplichtende blauwzilveren wolk. Ze droeg een zwarte jurk en had haar haar opgestoken, waardoor het even leek alsof ze in een set zat van een Franse *film noir*. Uit de sigaret in haar hand dwarrelde een sliert rook.

'Ga zitten, want ik wil eens met je praten,' zei ze, waarop Jonas in de lach schoot omdat hij even dacht dat ze een nummer van Doe Maar citeerde. Toen hij tegenover haar had plaatsgenomen, zei ze: 'Ik wil weten waar we heen gaan.'

'Waar we heen gaan?' herhaalde hij. 'Vanavond? Wil je uit eten?'

Ze zuchtte zacht en keek hem aan.

'Ik wil weten waar we in ons leven heen gaan.'

Jonas knikte langzaam en dacht na over haar vraag.

'In ons leven gaan we trouwen. We gaan in een mooi huis wonen. We gaan kinderen krijgen. We gaan trouw het leven leven van zovelen.'

Hij monsterde glimlachend of ze de verwijzing naar het nummer van Doe Maar doorhad.

'Dat hoor ik je steeds zeggen, dat we gaan trouwen.'

Plotseling meende hij te begrijpen wat ze bedoelde.

'O lieve schat, is dat het?' riep hij, waarna hij opstond van zijn stoel, om de tafel heen liep, zich op een knie liet zakken en lachend zei: 'Mooie knappe bijzondere grappige spannende opwindende eerlijke pure Fiona, je bent de vrouw der vrouwen. Wil je met me trouwen?'

Hij verwachtte een stralende blik van ontroering, maar ze keek hem strak aan en zuchtte diep.

'Het is de bedoeling dat je dan antwoord geeft,' zei hij, nog steeds lachend.

Het antwoord was dat ze geen antwoord gaf.

Jonas vroeg wat er aan de hand was, maar ze reageerde nog steeds niet. Hij wilde weten of er iets was gebeurd, of hij iets verkeerds had gedaan, of ze een of ander gerucht had gehoord, want als dat zo was, dan kon hij dat meteen de kop indrukken, wat het ook was dat ze had gehoord, het was gelogen, sinds hij met haar was had hij zich nooit meer met anderen ingelaten – wat *for the record* overigens waar was, op één onbeduidende zoen na met een schouwburgmedewerkster na afloop van een voorstelling, een vrouw die hem daarna nog wel achtentwintig sms'jes had gestuurd, tot Jonas haar nummer blokkeerde.

'Ik weet niet of ik van je hou,' zei Fiona.

Jonas keek haar langdurig aan, niet meer lachend nu. Het gevoel had haar al een paar keer bij de strot gegrepen, vooral als ze in gezelschap waren. Regelmatig was het gebeurd dat Jonas iets riep en zij zich ergerde. Of, nog erger, dat ze keek naar de reacties van anderen op dingen die Jonas had gezegd of gedaan en dat ze zich dan *schaamde*.

'Als je je schaamt voor iemand, hou je niet van hem,' zei ze. 'Het spijt me echt dat ik dit voel. Ik loop er al weken mee rond en ik zou het verschrikkelijk vinden als jij je voor mij zou schamen.'

Jonas moest zichzelf hernemen. Hij had dit nog nooit meegemaakt. Diep zuchtend vroeg hij wanneer ze zich dan voor hem schaamde.

Fiona zei – inmiddels met tranen in haar ogen – dat ze moeite had om dit onder woorden te brengen, want het was vaak niets concreets. Ze zei dat het meer met haar te maken had dan met hem.

'Wanneer dan?' vroeg Jonas, wat scherper zijn mond uit kwam dan hij het bedoelde.

Als hij een grapje had gemaakt waar niet iedereen om lachte. Of waar helemaal niemand om lachte. Als hij aan tafel in zingen uitbarstte en ze de blikken van omstanders zag (daar gaat hij weer). Niet eens zozeer als ze zag hoe vrouwen met hem flirtten, maar wel hoe hij daarop reageerde met stomme seksueel getinte opmerkingen, als een vieze oom tegen nichtjes in de puberteit. Als hij op straat de pias uithing tegen mensen die hem herkenden. Als hij publiekelijk zijn mening gaf over zaken waarvan zij wist dat hij er echt geen verstand van had. Als hij regels uit toneelstukken uitsprak alsof het zijn eigen woorden waren. Als hij in interviews onoprechte dingen zei over acteren. Als hij praatte over de brouwerij. Over zijn moeder, de actrice. Of, het allerergst: over haar.

Jonas hoorde het knikkend en snuivend aan.

Na een tijdje vroeg ze: 'Schaam jij je ooit voor mij?'

Jonas kon het zich niet herinneren.

Fiona had een markante kledingstijl waarin ze geen moeite deed haar mooie lichaam en genot-ademende borsten te verhullen. Ze droeg strakke jurken met vaak een diep decolleté. Sommige vrouwen die Jonas kende droegen truien of bloesjes die minder opzichtig de nadruk legden op hun voluptueuze boezem, maar Fiona behoorde daar niet toe. Dat was het enige waaraan hij zich in een verloren moment weleens had gestoord, hoewel hij dat nooit met haar zou delen of haar erom zou veroordelen. Met schaamte had dat feitelijk niets te maken, meer met jaloezie of zelfs de angst haar te verliezen aan een man die net als hij door haar voorkomen werd overdonderd. Heel soms, als ze verdrietig was en ze hem in een huilbui met grote eivormige ogen aankeek, vond hij dat ze leek op een hond, een druilerig beest uit een cartoon, maar hij schaamde zich er uitsluitend over dat hij het zich toestond dat te denken.

'Nooit,' zei hij. 'Echt helemaal nooit.'

Dat laatste kwam er precies zo boos uit als hij het bedoelde. Ze had hem geraakt met haar schaamte. In een flits besefte hij dat het voorbij was, dat het voorbij moest zijn omdat hij tijdens een etentje nooit meer naast haar zou kunnen zitten – grappen makend, drinkend, dollend met de anderen, zingend – zonder zich af te vragen of zij, zijn geliefde, zich wellicht op dat moment voor hem schaamde.

Die avond vertrok ze uit zijn leven, ze nam haar spullen mee in een doos die al klaarstond in de hal en die hem nota bene was opgevallen toen hij binnenkwam.

Cola leerde tijdens zijn opleiding dat als je rijk wilt worden je iets moet uitvinden wat mensen weggooien. Dit was een uitspraak van de man die de kroonkurk uitvond. Wij waren inmiddels kroonkurkgrootverbruikers, maar we hadden nog nooit goudkleurige kroonkurken gebruikt. De ochtend na de dood van onze buurman – nog almaar was er geen enkele 'weeënactiviteit' bij Donetta en Michelle gingen we een bijzonder bier bottelen, in opdracht van onze trouwe afnemer Flip. Bij onze flessenleverancier hadden we niet alleen gouden kurken, maar ook gouden flesjes besteld.

Omdat de stad tijdens het Nederlands Filmfestival was vergeven van Amsterdamse toeristen en filmliefhebbers – die gretig consumeerden, met name in de uitspanningen van Flip – kreeg hij het grappige en tevens commerciële idee ons een Festivalbier te laten brouwen: Gouden Kalf, vernoemd naar de prijzen die op de laatste dag tijdens het gala worden uitgereikt. Een cameraploeg van de VPRO stond klaar om te filmen hoe deze drank, een variant op onze saison, werd afgevuld en ingepakt voor een filmpje in hun dagelijkse talkshow over het Filmfestival. Berend zette de flessen gereed en een van onze bebaarde brouwers vulde het apparaat dat de kroonkurken om de halzen zou slaan. De etiketten lagen klaar om te worden geplakt.

We wilden net in productie, toen Flip de werfbrouwerij binnen kwam gerend, wild zwaaiend. We kenden Flip niet als iemand die zich schuldig maakte aan een overdosis *outcry*. Tegen de VPRO-jongens zei hij dat ze moesten stoppen met filmen en hij vroeg hun ons even alleen te laten. Hierna liet hij zien wat hij bij zich had: een doosje met biertjes. Geïrriteerd haalde hij er een uit de verpakking en toonde ons het etiket. Het bier heette Gouden Kalf en op het etiket stond het logo van het Filmfestival.

'Godsamme,' riep Cola, die een van de flesjes overnam.

'Iemand heeft je idee gestolen,' zei Jonas.

'Is dat erg? Dat er twee biertjes zijn met dezelfde naam?' vroeg Luciën.

Berend zocht op wie de brouwer was.

'Rathenaus Oprechte Brouwerij,' zei hij.

'Krijg nou wat.'

Van een bevriende bierwinkelier hadden we al vernomen dat Mike voor zichzelf was begonnen, maar producten van hem waren we nog niet tegengekomen. Waar hij brouwde wisten we niet en hoefden we ook niet te weten.

'Hoe kom je hieraan?' vroeg Cola, met een van de biertjes in zijn hand. 'Mogen we er een openmaken?'

Flip knikte en Berend pakte een van de proefglaasjes die altijd rondzwierven. De opmaak van het etiket zag er een beetje amateuristisch uit, vond Goeroe. Dat zou Fiona veel beter hebben gedaan, dacht Jonas somber. Anders dan wij had Mike niet gekozen voor gouden flesjes of kroonkurken. Berend schonk de fles uit en proefde smakkend, zoals hij altijd bieren beoordeelde.

'Een IPA,' zei hij. 'Lekker wel. Echt een Mike-special. Ik word hier wel blij van.'

'Ik niet!' riep Flip. Ook Jonas en Goeroe namen een slok,

waarna ze elkaar goedkeurend aankeken. *Good ol'* Mike kon nog steeds een puik biertje brouwen.

'Is dit het officiële Festival-bier?' vroeg Cola.

'Hier kwam William net mee aan,' zei Flip. 'Schijnt nogal een rel te zijn, want Mike heeft dit gebrouwen zonder toestemming van het Filmfestival. Ze zijn verbolgen, volgens William, die mensen kent in het bestuur. Vanmorgen dient er een kort geding tegen Mike om het bier uit de handel te laten nemen.'

Nieuws dat we even op ons lieten inwerken.

'En wat doen we met ons bier?' vroeg Cola. 'Heb jij toestemming?'

Flip had voor het etiket het logo van het festival bewust niet gebruikt en het begrip 'gouden kalf' kwam gewoon uit de Bijbel. Daarbij ging het maar om vijfhonderd liter, die Flip uitsluitend zou verkopen in zijn eigen kroegen. Toch besloten Cola, Goeroe en Flip dat we ons Gouden Kalf voorlopig niet zouden bottelen, maar daarmee was het verhaal nog niet voorbij.

Die middag sprak Cola af met zijn vader. Restaurant D'coninck van Poortugael bestond niet meer en daarom troffen ze elkaar in het Polman's Huis, waar op dat moment toevallig ook Yvette en Kateřina zaten te lunchen. Cola zwaaide vriendelijk naar de vrouwen en ze zwaaiden vriendelijk terug.

'Bijna oma!' riep Cola naar Kateřina, omdat het kind van Berend en Donetta echt ieder moment geboren kon worden.

'Blij dat je me eraan herinnert dat ik grootmoeder word,' riep Kateřina terug, waarna ze Cola op voorhand feliciteerde met de aanstaande geboorte van zijn jongste kind (niet snel daarna zou Yvette zelf zwanger worden, nota bene van een spermadonor, wat Goeroe raakte, want waarom hadden Kateřina en Yvette hem daar niet voor gevraagd?).

Cola ging bij zijn vader zitten. Om het gesprek luchtig te beginnen vertelde hij eerst over de toestand van Michelles buik, die op ontploffen stond, en daarna over de perikelen die Alle Tijd had met hun Gouden Kalf, het door Mike ondertussen verloren kort geding en de schade die hem dat moest hebben opgeleverd. Wij waren verdeeld over de vraag wat we hiervan moesten denken: Jonas en Goeroe vonden het Mikes verdiende loon en Cola en Berend voelden mededogen.

'Ik kan me in beide reacties wel vinden,' zei Cola's vader, die uit zijn zak een biljet van tien gulden pakte en dat op tafel legde. Cola wierp een blik op het blauwe briefje.

'Die is al een tijdje niet meer in roulatie,' zei Cola, het briefje met de beeltenis van Frans Hals bestuderend.

'Daar ben ik me van bewust,' zei zijn vader. 'Er zit een verhaal aan vast.'

Toen Lizbeth destijds vijfduizend gulden had gestoken in een brouwerij die Cola's vader niet ging financieren, was hij niet verbolgen, want hij vond dat zijn vrouw met haar eigen geld moest doen wat ze wilde. Hij zag het als een aandoenlijke, zij het onbeholpen actie van wat trotse moeders. In het ouderlijk bed spraken Cola's vader en Lizbeth een *Trading Places*-achtige weddenschap af, naar de film met Eddie Murphy waarin twee ouwe knarren één dollar verwedden op het lot van een arme sloeber. Als de brouwerij binnen vijf jaar niet over de kop was gegaan, zou Cola 4 zijn vrouw tien gulden betalen.

'Je kent de uitslag,' zei zijn vader. 'Ik heb verloren. Dit tientje heb ik al die tijd nog niet aan je moeder gegeven, dat ben ik vergeten. Maar vanavond zal ik dat alsnog doen.'

Cola knikte met een glimlach die een positieve emotie suggereerde, hoewel zijn ogen blijk gaven van een zekere sarcastische minachting.

'Hm, het verklaart in ieder geval waarom Lizbeth zich al die jaren zo voor ons uitsloofde. Ze wilde gewoon die weddenschap winnen.'

'Ik moet je ruiterlijk mijn verontschuldigingen aanbieden,' zei zijn vader. 'Jullie jongens hebben het geflikt. Ik zag het niet, jullie zagen het wel. De brouwerij draait geweldig, dat is een groot compliment waard. Ik ben trots op jullie. Of beter... Ik ben trots op jou.'

Cola knikte opnieuw, nu met geen enkel gevoel van ergernis of onvrede. Hij wist ondertussen wat het runnen van een brouwerij aan energie, uithoudingsvermogen, veerkracht en flexibiliteit kostte en dus begreep hij de beslissing van zijn vader destijds veel beter. De kans dat het hun niet zou lukken was groter dan de kans dat hun brouwerij een succes zou worden. Dit zei hij zijn vader overigens niet.

'Vaak is een man er op latere leeftijd verbolgen over dat zijn pappie hem nooit vertelde dat hij trots op hem was,' ging zijn vader verder. 'Jouw opa heeft dat nooit tegen me gezegd, nooit, en dat heeft me toch altijd op een bepaalde manier dwarsgezeten. Niet dat ik op zijn trots zat te wachten, maar van anderen hoorde ik dat hij het wel degelijk was. Waarom zei hij het dan niet? Vandaar dat ik het nu volmondig tegen jou zeg.'

'Dank!' zei Cola, aangevend dat het onderwerp wat hem betreft nu was afgerond. Met opnieuw een sarcastische trek om zijn mond zei hij: 'En nu waarom we hier zijn, want je bent niet gekomen om me een oud tientje te laten zien.'

Cola 4 schudde bedachtzaam zijn hoofd.

'Zeker niet,' zei hij. 'Inmiddels zitten we met SunshineFG in tweeëntwintig landen. Als we willen groeien moeten we uitbreiden met een nieuwe range aan food products. We hebben daar binnen het bedrijf een *vice president product development* voor, een belangrijke functie. Die dus vacant is. Veelzijdige baan, reizen, beslissen en de gang naar de raad van bestuur ligt uiteraard voor de hand.'

'Je biedt me een baan aan?'

'Ik vraag je of je – eindelijk – in jouw familiebedrijf wilt komen werken. Je zus hebben we al aan boord, het zou de vervulling van mijn leven zijn als jij er ook komt. En daarbij: iemand die Cola Jesserun heet móet bij Sunshine werken, dat is genetisch bepaald.'

Cola grinnikte. Natuurlijk had hij de vraag verwacht, zijn vader had er nog lang mee gewacht. Cola wist dat zijn familie teleurgesteld was dat hij zijn zoons Jani en Pol had genoemd en hij zinspeelde er tegenover zijn ouders al maanden op dit met zijn nakomertje goed te maken.

'Wat verdien je nu?'

'Nou, niet veel. We hebben met Alle Tijd een soort socialistische bedrijfsvoering, zoals Goeroe het noemt. Iedereen die in dienst is verdient hetzelfde.'

'Dat meen je niet.'

'Wij geven onszelf evenveel als we al onze mensen geven. Dat werkt echt geweldig goed voor de productiviteit en de saamhorigheid.'

'Ik kan het niet geloven.'

'Als ik eenmaal CEO ben wil ik dat voor SunshineFG ook instellen.'

Zijn vader schoot in de lach.

'Dat zullen we nog wel zien. Ik ken je salaris niet, maar ik denk dat je bij ons het tienvoudige zult verdienen.'

Ze bespraken de mogelijkheid dat Cola's vader zijn fout van twaalf jaar daarvoor zou goedmaken door alsnog Alle Tijd te kopen, maar dat was een gepasseerd station. Cola had de brouwerij groot gemaakt, als hij het bedrijf zou verlaten zou het instorten en was de investering waardeloos.

'Ik wil jou, niet jouw bedrijf,' zei zijn vader. Cola deed hem de belofte dat hij erover zou nadenken, hoewel hij zijn beslissing al had genomen.

Terwijl Cola in het Polman's Huis zat te lunchen met zijn vader, kon Mike het – hemelsbreed nog geen achthonderd meter verder – niet verkroppen dat hij het kort geding had verloren. Thuis in zijn sociale tweekamer-hateenheid sloot hij zichzelf op in een pueriele woedeaanval die anderhalf uur duurde en waarin hij huisraad en andere spullen (de steen die hij jaren daarvoor van de Berlijnse Muur had meegenomen) kapotgooide en zijn stem kwijtraakte. De Nijmeegse totaalweigeraar die hij zijn advocaat noemde, de man met het konijnenkapsel, was bij de zitting tot Mikes frustratie niet komen opdagen en de jurist van het Filmfestival had de voorzieningenrechter in trefzekere bewoordingen vrij snel weten te overtuigen van het immense onrecht dat de subsidievretende filmnazi's was aangedaan. Mike probeerde zichzelf te verdedigen, maar raakte de draad kwijt in een warrig betoog dat begon over bier en via internationale solidariteit en de samenwerking tussen het grootkapitaal en de overheid, en eindigde bij het gouden kalf dat ooit door de Joden werd aanbeden, waarna Mozes aan de voet van de Sinai woedend de stenen platen kapotsmeet waarop de tien geboden stonden.

De rechter ging niet mee met Mikes pleidooi en veroordeelde Rathenaus Oprechte Brouwerij tot de onmiddellijke vernietiging van de voorraad, met een dwangsom voor iedere fles die een dag later nog in de handel was. Tot overmaat van onrecht legde de rechter ook de zogenaamde kostenveroordeling op, waardoor Mike 285 euro aan de eisende partij moest betalen. Mike probeerde de rechter wanhopig duidelijk te maken dat Rathenaus Oprechte Brouwerij niet bestond, dat hij van een uitkering leefde, helemaal geen geld had en sowieso geld van zijn moeder had moeten lenen om die Gouden Kalveren te brouwen, maar het vonnis bleef staan.

Na zijn woedeaanval probeerde Mike of hij de etiketten van de flesjes kon weken en toen dit niet meteen lukte kwam zijn woede weer in alle hevigheid terug. Pas nadat hij tien flesjes kapot had gegooid tegen een muur van zijn woonkamer annex keuken annex brouwzaal bedaarde hij omdat er een rondvliegende scherf in zijn been was geschoten. Inmiddels hadden de buren de politie gebeld, die op hun beurt een ambulance lieten komen, broeders die door Mikes hond Timmy van harte werden uitgeblaft.

We hoorden dat Mike – na een kortstondig verblijf in de PAAZ – zijn brouwinstallatie te koop had gezet omdat er voor zijn eenmanszaak inmiddels door meerdere partijen een faillissement was aangevraagd. Een spreekwoord zegt dat je uit de erfenis van een alcoholist nooit de wijn moet kiezen, maar toch lieten wij een stroman – Flip om precies te zijn – een meer dan genereus bod op Mikes spulletjes doen, om hem in ieder geval wat financiële armslag te geven. Dat was een voorstel van Cola, die ons na tegensputteren van met name Jonas allemaal had overtuigd. Het idee was goed, het pakte niet goed uit.

Mike kreeg er lucht van dat wij het waren die zijn brouwketel en achenebbisje gisttanken wilden kopen en een dag voor de bevalling van de baby van Berend en Donetta stormde hij onze werfbrouwerij binnen, een plek waar hij sinds zijn plotselinge vertrek in 1997 niet meer was geweest. Alleen Berend, Goeroe en een van onze jonge baarden waren aanwezig. Woedend begon Mike te krijsen dat hij ons geld niet hoefde en dat wij er de reden van waren dat Rathenaus Oprechte Brouwerij failliet was gegaan.

'Jullie hebben me kapotgemaakt,' riep hij tegen de jonge brouwer, die zich meteen uit de voeten maakte. Berend en Goeroe probeerden Mike tot bedaren te brengen, maar ook zij kregen de volle laag en hij wilde zelfs met ze op de vuist. Hij schreeuwde dat hij had gehoord dat wij ook een Gouden Kalf op de markt gingen brengen, een idee dat we van hem hadden gejat, zoals we heel veel van zijn ideeën ordinair hadden gestolen.

'Jullie denken dat ik me gewonnen geef?' riep hij met overslaande stem. 'Ik kom dubbel zo hard terug. Ik pis op jullie graf.' Dat laatste herhaalde hij voortdurend. Toen het Berend en Goeroe eindelijk was gelukt om hem de brouwerij uit te werken arriveerde de politie, gebeld door onze jonge brouwer. Onder lichte dwang werd Mike gevraagd te vertrekken. Zijn laatste woorden waren: 'Ik pis echt op jullie graf!'

Een paar dagen na de geboorte van Melesse was Donetta uitgerekend. Ze had haar baby al een tijdje niet gevoeld, terwijl het daarvoor een actieve kickbokser was met een venijnige traptechniek. De verloskundige was toevallig in de buurt en kwam even luisteren met haar doptone. Hoewel de vrouw een hartslagje hoorde zei ze: 'Ga voor de zekerheid toch maar even naar het ziekenhuis.' Het woord 'zekerheid', in combinatie met 'toch' en 'maar', klonk niet geruststellend. Op de afdeling gynaecologie deed een arts-assistent nader onderzoek, Donetta's bloed werd geprikt, ze moest plassen in een steek en verpleegkundigen legden haar aan toeters en bellen, zodat de baby in haar buik kon worden gemonitord. 'Gemonitord' klonk ook niet aangenaam.

De arts kwam meerdere malen met Donetta en Berend praten over wat hij dacht dat er aan de hand was, maar meerdere malen vergaten ze te luisteren. Iets met een infarct, placenta, dichtslibbende bloedvaatjes, stolling, hormoonproductie, ze hielden het niet bij. Wat kun je anders doen dan te knikken en te hopen dat het probleem zich oplost. Het probleem loste zich niet op. Een van de monitoren gaf aan dat het niet goed ging en er was een belletje dat steeds dwingender begon te rinkelen. Artsen overwogen een spoedbevalling of noodsectio, maar dat was op een gegeven moment niet meer nodig, want de baby overleed in de buik. Het was bijna gebeurd zonder dat ze er erg in hadden. Achteloos. Een rimpel in de tijd. Een van de verpleegkundigen sprak van 'vruchtdood', dat bleek een bestaand woord te zijn. Intra-uteriene vruchtdood.

En toen moest de bevalling dus nog plaatsvinden. Donetta vroeg of ze geen keizersnee mocht om de dode homp vlees uit haar lijf weg te halen, maar er werd besloten te wachten tot de bevalling zich op natuurlijke wijze zou aandienen. Liggend in een ziekenhuisbed met haar levenloze baby in zich zei Donetta tegen Berend dat het zijn schuld was, de schuld van hem en zijn vrienden.

'Jullie hebben dit in Duitsland over ons afgeroepen, klootzak. Het is jouw schuld.'

Dat zei ze een paar keer achter elkaar. Hierna vloekte ze langdurig in het Italiaans. Berend was te overmand door verdriet om te horen wat ze zei. Als hij wel had geluisterd had hij haar gelijk gegeven.

Een dag later braken Donetta's vliezen en kwam de gynaecoloog om haar bij te staan. En zo had Donetta de zwaarste bevalling die een vrouw zich kan voorstellen: persen in de wetenschap dat het kind nooit zal ademen. Die grote dikke drol, zoals Donetta haar zoontje noemde, heette Dimitri. Dat was de naam die ze hem samen hadden gegeven. Berend had op Interrail een Dimitri ontmoet. De Zweedse jongen en hij hadden samen abgeseild in de Dolomieten en Dimitri had Berend behoed voor een onvoorzichtigheid die hem in het uiterste geval fataal had kunnen zijn. Als dank beloofde Berend, quasipathetisch, dat hij zijn eerste zoon naar hem zou vernoemen. Donetta had dit verhaal glimlachend aangehoord. 'Ik kan goed leven met Dimitri,' had ze gezegd.

Na zijn doodgeboorte – ook dat is een bestaand woord – wilde een verloskundige Dimitri op Donetta's borst leggen, maar dat kon ze niet opbrengen. Een verpleegster drong aan dat het echt gebruikelijk was, voor moeders, waarop Donetta haar toebeet: 'Ik ben geen moeder.' Berend maakte ondertussen foto's, waarom wist hij zelf ook niet. Hij wist zeker dat hij deze foto's nooit wilde zien (al kwam hij daar later op terug toen Kateřina erom vroeg). Dimitri lag op een verrijdbare metalen tafel met een witte handdoek over hem heen, terwijl Berend over Donetta stond gebogen om haar te troosten. Hij zei zacht: 'We komen hier samen sterker uit.' Ze moest zich inhouden om hem niet weg te duwen, want het was de domste opmerking die ze ooit had gehoord. Er is niets in de wereld, nooit, nergens, wat de dood van een kind betekenis geeft.

Het overlijden van Dimitri was als een tapijtbombardement van leed. Maandenlang hing er een droevige wolk over de brouwerij en de vriendengroep. Donetta ergerde zich aan alles. Mensen die in haar bijzijn te verdrietig waren over het verlies van haar kind. *Stom.* Mensen die geen opzichtig verdriet toonden. *Nog stommer.* Mensen die troostende briefjes stuurden. *Niet nodig.* Mensen die niets van zich lieten horen. *Waarom niet?* Mensen die bloemen lieten bezorgen. *Och, please.* Mensen die eten meebrachten. *Geen honger.* Mensen die geen eten meebrachten. *Nederlanders.* Mensen die normaal probeerden te doen door in haar bijzijn over andere dingen te praten dan over Dimitri. *Wil ik niet horen.* Mensen die in haar bijzijn niet over Dimitri konden ophouden. *Hij was van mij.* Mensen die vroegen of ze iets voor haar konden doen. *Me deze vraag niet stellen.* Mensen die zeiden dat ze zich niks van andere mensen moest aantrekken. *Ik trek me daar niets van aan.* Mensen die met vergelijkbare verhalen kwamen. *Wil ik niet weten.* Mensen die ook een dood kind hadden gebaard. *Maar niet mijn dode kind.* Mensen die zeiden dat ze misschien maar snel weer aan het werk moest gaan om iets omhanden te hebben. *Ga zelf werken.* Mensen die zeiden dat ze maar lekker lang moest wachten. *En wat moet ik dan?* Mensen die boeken aanraadden. *Wil ik niet lezen.* Mensen die met gedichten kwamen. *Begrijp ik niet.* Mensen die zeiden: 'Er zijn natuurlijk geen gradaties in verdriet, maar...', waarna ze beweerden dat er van oudere kinderen meer wordt gehouden. *Onmogelijk meer van Dimitri te houden.* Mensen die tot in detail wilden weten welke bloedprop welk vat had verstopt. *Waar blijft een bloedprop als je er een nodig hebt?* Mensen die wilden weten of Dimitri had geleden. *Jij, als je je smoel niet houdt.* Italianen die zeiden dat dit in Italië niet was gebeurd. *Faccia da culo.* Nederlanders die volhielden dat de gezondheidszorg in Nederland ondanks alles zo goed is. *Zak in de stront, zak allemaal in de stront.*

Voortdurend werden Donetta en Berend door velen gewezen op 'de vijf stadia van rouw', een begrip dat Donetta woester maakte dan alles waarop ze boos was en was geweest. Er waren geen vijf stadia, dat was bedacht door wetenschappers die zelf nooit een dood kind hadden gebaard. Het waren er minstens vijfhonderd, vijfduizend. Iedere dag, ieder uur nieuwe stadia, nieuw leed, nieuwe rouw, nieuw verlies.

Het meest van al ergerde Donetta zich aan Berend. Ze wist dat dit onterecht was, net als haar ergernis over alle andere mensen, maar ze kon het niet laten. Als ze hoorde dat hij thuiskwam van de brouwerij knipte ze snel haar bedlampje uit en deed ze of ze sliep. Als hij in het bos wilde wandelen – wat ze daarvoor vaak hadden gedaan – had ze last van haar buik. Als hij een hapje wilde eten had ze net een boterham genomen. Donetta begon Berend te ontlopen, letterlijk.

Wat een geweldige samenloop van omstandigheden had geleken – drie geboortes in ruim een week – kwam door het verdriet van Donetta en Berend in een totaal ander licht te staan. Efuru had zich erop verheugd om met de twee andere vrouwen en hun baby's gezamenlijk op te trekken. Tijdens hun gedeelde zwangerschap hadden ze ook regelmatig met z'n drieën door de stad gewandeld, theegedronken, winkels afgestruind en bekijks getrokken.

Ze had zich vrolijk gemaakt over Donetta en Michelle, die zich schaamteloos de aandacht van anderen lieten welgevallen, vrouwen en mannen die bewonderende opmerkingen maakten over hun dikke buiken. Dat waren de verworvenheden van het zwanger zijn. 'Ik voel me met dit lichaam totaal niet aantrekkelijk, dus *who cares*?' had Donetta gezegd. Zelf moest Efuru er niet aan denken om naar welke andere man dan ook te lonken, want Luciën vervulde al haar behoeften.

Meerdere malen had ze ernaar gevorst waarom hij haar had gekozen en niet een van de vele knappe bijzondere vrouwen in Utrecht, maar hij wuifde steeds haar vragen weg. Zijn vaste antwoord was: 'Jij komt uit de hemel, zij uit Nederland.'

Op een dag waren ze Hanneke in de stad tegengekomen. Luciën had haar drie keer op de wangen gezoend en stelde haar daarna voor aan Efuru, wier buik al goed begon te tonen. Hanneke werkte inmiddels parttime bij de gemeente achter de balie, omdat ze van het schilderen niet meer kon leven.

'Volgens mij vindt ze jou nog steeds leuk,' zei Efuru later, nadat Luciën haar had verteld dat hij in vroeger tijden veel met Hanneke was omgegaan. Die avond was ze voor het eerst sinds lange tijd weer verdrietig. Vanaf de eerste week dat ze in Nederland was belde ze regelmatig met haar moeder in Burundi, telefoontjes die haar het eerste jaar ook niet vrolijker maakten, tot haar gemis, droefenis en heimwee gaandeweg minder werden.

Het grote verdriet kwam na het overlijden van Dimitri, een bericht dat Efuru enorm raakte. Zoveel mensen kende ze niet in Nederland, het idee dat een vriendin door zo'n onuitsprekelijk leed was getroffen deed haar regelmatig in tranen uitbarsten, en als hij in de buurt was huilde Luciën met haar mee, het liefst met Melesse tussen hen in.

De baby van Cola en Michelle kwam drie dagen na Dimitri blakend ter wereld – hoewel de vreugde hierover minder uitbundig werd gevierd dan bij hun eerste twee kinderen. Het arbeiderswoninkje in de wijk Wittevrouwen, dat Michelle en Cola kochten toen de nieuwkomer zich nog niet had aangediend, voelde eigenlijk te klein, al besefte Cola dat in vroeger tijden gezinnen met acht kinderen in één zo'n huisje woonden. Hij had een hoekje onder een trap verbouwd tot tijdelijk babyverblijf, om op een later tijdstip op de bovenverdieping stapelbedden te timmeren. Voor een grotere woning hadden ze voorlopig de financiële middelen niet, tenzij – Michelle en hij praatten er regelmatig over – hij de baan in het familiebedrijf zou aannemen. Hij sprak erover met Goeroe en polste wat die ervan zou vinden als hij Alle Tijd zou verlaten. Goeroe wist niet of hij de brouwerij zou kunnen of willen leiden.

Een halfuur na de geboorte van zijn derde zoon belde Cola Liz, maar hij kreeg zijn vader aan de telefoon. Hij vertelde dat hij goed nieuws had en iets minder goed nieuws, op zo'n manier dat duidelijk was dat het goede nieuws erbovenuit sprong. 'Het goede is dat jullie er een kleinzoon bij hebben.'

Zijn vader juichte en ook zijn moeder hoorde hij op de achtergrond uitgelaten roepen. Cola hield de hoorn in de lucht zodat Michelle kon meeluisteren. Als een sportcommentator deed hij een nabeschouwing van de bevalling, de statistieken, het wedstrijdverloop, de uitslag, quotes van spelers en betrokkenen. Het iets minder goede nieuws was dat het jongetje wederom geen Cola heette, maar Kalle. Cola zei: 'Als je dat een beetje creatief uitspreekt lijkt het net Cola.'

'Heb je trouwens nog nagedacht over mijn aanbod?' vroeg zijn vader aan het eind van het gesprek. Cola zei dat hij hem daar al over had willen bellen, maar door de bevalling en de ellende met Dimitri was het er nog niet van gekomen. Hij moest het aanbod van zijn vader afwijzen omdat het voor hem niet het goede moment was om weg te gaan bij de brouwerij. Zijn vader reageerde laconiek en zei: 'Dan hou ik de plek vrij voor Kalle.'

Twee weken na de geboorte zouden Donetta en Berend op kraamvisite komen, een beladen afspraak waar ze allemaal tegen opzagen. Uiteindelijk kwam alleen Berend, want Donetta had een koortslip – was het verhaal. Berend verontschuldigde zich ervoor dat hij uit tijdgebrek geen geboortebier had kunnen brouwen, maar dit werd uiteraard door Cola weggewuifd. Kalle was sowieso te jong om bier te drinken met die steeds strenger wordende wetgeving voor jongeren en alcohol (Cola probeerde het luchtig te houden). In alle opzichten was het een moeizaam samenzijn, waarbij Michelle en Cola probeerden niet te blij te zijn en Berend zijn best deed om vreugde te tonen. Nu was hij ook oprecht blij voor zijn vrienden, maar toen hij – na een niet al te lang bezoek – weer op de fiets zat, reed hij huilend naar huis, waar Donetta huilend op hem wachtte, al had ze liever gehad dat hij nog uren langer was weggebleven.

Berend en Donetta gingen in therapie, samen en los van elkaar, eerst voor het verlies van Dimitri, later voor henzelf en het verlies van levenslust en – na een paar sessies durfde zij het toe te geven – liefde. Vóór Dimitri was hun leven perfect geweest, dat was het onuitstaanbare. Het was perfect en toen kwam er iets niet bij en prompt leek alles verpest. Donetta ging na een maand of twee weer werken bij Il Trampolino, maar al op haar tweede avond trapte ze een lastige klant in zijn buik. De man had over zo'n beetje alles geklaagd, met name over de kwaliteit van de in marsala gegaarde kalfslende. Kalfslende, de klootzak. De bediening had met de man gediscussieerd zonder hun stem te verheffen, totdat Donetta vanuit de keuken kwam toegesneld om het dispuut op te lossen met een welgemikte karatetrap. De politie was er door de man bij gehaald, Donetta moest mee naar het bureau, waar in het proces-verbaal werd opgenomen dat ze had gedronken. Haar chef – die na Dimitri's dood zeer met Donetta had meegeleefd, tot haar ergernis – kon niet anders dan haar op non-actief te zetten, in afwachting van haar ontslag. Dat laatste hoefde Donetta niet meer mee te maken.

Al haar bezittingen pasten in twee koffers. Berend bracht haar naar Schiphol, waar ze zonder al te veel woorden afscheid van elkaar namen. In Italië, het land dat ze vijftien jaar daarvoor had verlaten, kreeg ze – het verhaal eindigt niet helemaal in mineur – drie mooie dochters van twee verschillende mannen, maar het verdriet om Dimitri, en in mindere mate om Berend, verdween nooit.

De avond dat hij Donetta naar Schiphol had gebracht werd Berend door ons opgevangen. We hadden een tafel gereserveerd in het statige paviljoen van het Wilhelminapark, waar we natuurlijk kwamen om te eten, maar vooral om de wijnen en de cognac. Na de maaltijd zaten we buiten op het terras van het restaurant te roken, luisterend naar de geluiden van het park. Verderop voetbalden studenten, zoals wij dat in vroeger tijden met onze huishond Hugo ook hadden gedaan. Anderen zaten in een kring rond een kampvuur, we hoorden de verwaaide klanken van gezang en gitaarmuziek. Boven ons een heldere sterrenhemel, waar – in de woorden van P.C. Boutens, die Mike lang geleden in Berlijn citeerde – 'tijd en eeuwigheid elkaar ontmoeten'.

Rozig en daas van de alcohol bespraken we de onuitstaanbare willekeur: voor Berend had alles voorspoedig geleken, met een zwangere vrouw en een hart zonder zorg. Een halfjaar later was zijn zoon dood en zijn vriendin terug naar haar vaderland. Psychologen denken dat een normaal functionerend mens in staat moet zijn een grote persoonlijke tegenslag geestelijk op te vangen, al dan niet met hulp van anderen. Bij twee grote tegenslagen komt iemand in een gevarenzone en dient de omgeving alert te zijn op tekenen van emotionele degeneratie en mentale uitputting. Dit lag bij Berend op de loer. Het verlies van Dimitri had hij misschien nog kunnen verwerken, het verlies van Dimitri én Donetta was hem te veel.

Gregor en Jonas hadden daarom een plan, een wild idee. In De Sidonia hoorden ze vastgoedondernemer William praten over een bepaald pand. Het was aan renovatie toe, de brandweer had een negatief rapport opgesteld over de veiligheid en de gemeente dreigde het huis onbewoonbaar te verklaren als de eigenaar geen actie ondernam. William wilde het huis het liefst verkopen. Lang verhaal kort: Gregor en Jonas waren daarop naar de bank gestapt en deden, deels met hulp van beider moeders, een bod waar William op inging, blij dat hij van die ellende af was.

'We hebben de Jan-Pieter gekocht,' zei Gregor.

Berend keek op, voor het eerst die avond met enige emotie in zijn ogen. De Jan-Pieter. Het idee was om het huis te verbouwen en er met z'n drieën te gaan wonen: Berend, Goeroe en Jonas. Daar was het huis groot genoeg voor.

'Een beetje zoals in die film *Three Men and a Baby*,' zei Jonas, maar direct nadat hij het had gezegd besefte hij zijn harteloos klinkende fout.

'Three Men without a Baby,' zei Berend. Jonas putte zich uit in verontschuldigingen, maar Berend haalde zijn schouders op. Er was weinig meer wat hem kon kwetsen.

Drie weken later kregen ze de sleutels van het uitgeleefde pand. De meeste bewoners waren uit vrije wil vertrokken en de resterende studenten waren door William via bevriende vastgoedfiguren ondergebracht in andere uitgeleefde huizen. De verbouwing gaf Berend de kans zijn zinnen te verzetten en niet almaar aan Donetta en Dimitri te denken. Ze lieten een paar muren uitbreken en verdeelden de Jan-Pieter in drie aparte woonunits plus een grote gemeenschappelijke ruimte met een aanpalende tuin, waar overigens nog steeds hop groeide. Ook de zolder werd gedeeld terrein, net als de kelder, waar Jonas een kleine filmzaal inrichtte.

De verbouwing duurde een halfjaar, maar dat was het wachten waard. Toen De Nieuwe Jan-Pieter werd opgeleverd gaven Berend, Goeroe en Jonas een bescheiden housewarming voor vrienden. In zijn slaapkamer had Berend een foto van Dimitri gehangen.

'Als je lang genoeg langs de kant van de rivier wacht kun je de lichamen van je vijanden voorbij zien drijven,' citeerde Mike de Chinese generaal Sun Tzu eens, toen we op een avond – het zal in 1993 zijn geweest – zaten uit te blazen langs de Oudegracht.

Onze werfbrouwerij was nog niet in bedrijf, we waren onvermoeibaar bezig met het aanleggen van onze brouwinstallatie en vol van de toekomst waarin we de Nederlandse drankcultuur stormenderhand definitief zouden veranderen. We gingen Nederland zijn bier teruggeven en Mike was onze roverhoofdman.

Donetta – die Mike alleen uit de overlevering kende – had een keer gevraagd waarom we überhaupt bevriend met hem waren geweest, een kwestie waarover we natuurlijk zelf ook vaak hadden nagedacht. Uit onze latere confrontaties zouden buitenstaanders de conclusie kunnen trekken dat wij Mike niet mochten of misschien zelfs een hekel aan hem hadden, maar dat was slechts voor een klein deel waar. Mike had in al die jaren een grotere hekel aan ons gekregen dan wij aan hem.

In het begin van ons sextumviraat was Mike de grote gangmaker. Hij kon uitermate grappig zijn en goed voor de sfeer, al ging hij aanvaringen ook toen nooit uit de weg. Hij was creatief en niet bang, vooral dat laatste is in vriendschap een onontbeerlijke eigenschap. Iedere vriendengroep heeft een brulkikker nodig, een aanjager, smeermiddelaar, grootspreker, mogelijkmaker, ruimdenker. Mike liet zich steevast makkelijk strikken voor wilde plannen en had een sterke hang naar saamhorigheid, al werd dat bij hem wel gevoed door zijn gevoel van superioriteit en zijn idee dat wij dat coûte que coûte erkenden. Nu klopte dat ten dele, wij hebben Mike altijd bewonderend gecomplimenteerd voor zijn verdiensten, maar gaandeweg begon hij te vermoeden dat wij zijn positie in de groep en zijn pedante zucht naar wie-heeft-het-voor-het-zeggenschap niet altijd onderschreven of serieus namen. Hij vond soms dat we hem belachelijk maakten, wat misschien wel waar was, maar dat gold niet uitsluitend voor hem. Vrienden lachen elkaar nu eenmaal uit, dat is een gezond onderdeel van de omgang. Mike kon daar steeds slechter tegen. De conflicten gingen destijds niet alleen om bier of brouwen, maar uiteindelijk om de vraag: zagen we verdomme wel hoe briljant hij was?

Toen hij met veel amok en gebrul onze brouwerij had verlaten, zou dat het moment zijn geweest om in praktijk te brengen wat hij al die jaren voor zich had gezien: wereldhegemonie, te beginnen in de Vogelbuurt in Utrecht. Van zijn voornemen kwam weinig terecht en in plaats van de onweerlegbaarheden van de werkelijkheid op zichzelf te betrekken, begon hij zijn existentiële crisis vooral anderen kwalijk te nemen: zijn vrienden, ons, Flip, zijn achtergrond, zijn moeder en stiefvader, de overheid en wie er verder voor de loop van zijn met verwijten geladen geweer ging staan.

Hij begon zelfs een neiging te ontwikkelen prat te gaan op zijn misfortuin, alsof het niet anders kon dan dat duistere krachten het steeds op hem hadden gemunt, vandaar dat zijn moeder hem het huis uit had gegooid, dat de overheid hem gevangen had gezet, dat zijn vrienden hem hadden gedumpt. Wie hem tegenkwam in de stad zag woede, een gedrongen houding, een bijna plechtige ernst en pessimistische oogopslag. Natuurlijk hadden we *im Nachsicht* moeten zien welke kant dit op ging, alle voortekenen waren er. Wij zagen ze niet, opgeslokt als we waren door onze eigen levens, een doodgeboorte, scheidingen, de verbouwing van het huis van onze jonge jaren en weer een nieuwe brouwerij.

Goeroe was als enige op de werf, de rest zat in vergadering in Maarssen, waar we de bouwtekeningen bekeken van onze derde brouwzaal, die een paar blokken verder op het industrieterrein zou verrijzen. In Lessebach hadden we de beslissing genomen om drastisch uit te breiden want we waren er op dat moment klaar voor. Driekwart jaar later hadden we een architect de opdracht gegeven aan de slag te gaan, hoewel we inmiddels waren gegeseld door het noodlot. Terwijl wij vergaderden, gaf Goeroe op de Oudegracht een rondleiding aan een groep Deense en Duitse *craft brewers*, die wilden zien hoe wij de zaken hadden aangepakt. Op dat moment kwam Flip de brouwerij binnen

met, zoals dat vroeger heette, het gezicht van een doodbidder.
Hij zei alleen maar: 'Mike.'
Het uitspreken van zijn naam was genoeg.

Mike was gevonden door zijn moeder, die het vermoeden had dat er iets niet klopte. Hij had die ochtend een afspraak in de rechtbank, in het bijzijn van een advocaat, schuldsaneerder en hulpverlener. Saskia zou hem erheen rijden, maar hij kwam niet opdagen. Met een sleutel verschafte ze zich toegang tot zijn hat-eenheid, toegeblaft door Timmy. Eerst gaf ze de hond een verse bak brokken en pas daarna opende ze de slaapkamer. Mike lag in zijn bed, maar hij sliep niet, dat was meteen duidelijk. Met grote droge doffe ogen staarde hij in een vreemde verkrampte houding naar het plafond, zijn mond halfopen, zijn lippen vaalblauw en gerimpeld.

In televisieseries reageren mensen op de dood van een medemens door het slaken van een diep doorleefde kreet. Saskia maakte – voor haar gevoel minutenlang – geen enkel geluid. Ze stond in de deuropening van Mikes slaapkamer en keek naar zijn levenloze lijf, de tientallen kratten bier en half gevulde zakken mout die naast het bed stonden. Pas toen ze zeker wist dat ze niet zou flauwvallen of overgeven durfde ze het aan om in de huiskamer annex Rathenaus Oprechte Brouwerij de politie te bellen.

Die avond stelden we ons proeflokaal open voor een spontane herdenking door zijn vrienden en bekenden, maar er kwamen niet veel mensen opdagen. Niemand wist wat er precies was gebeurd en we zijn nooit te weten gekomen of het om een ongewilde overdosis of een geslaagde zelfmoordpoging ging, want Saskia wilde geen contact meer met ons en ze nodigde ons ook niet uit voor de begrafenis. Tegen Flip had ze gezegd: 'Ik denk niet dat Mike hen erbij had willen hebben.'

We respecteerden dat, wat hadden we anders moeten doen? Een maand na de begrafenis bezochten we met z'n vijven zijn graf. Berend had gezien dat Mike op de dag van zijn dood een bier had geplaatst op BrewForum, een site waarop met name Amerikaanse brouwers hun recepturen deelden.

'After a legal ruling, I am not allowed to call this beer Gouden Kalf,' had Mike erbij geschreven. Berend had het recept uitgeprint en Mikes IPA in een kleine batch getrouw nagebrouwen.

Het motregende bij vlagen, maar toen wij bij het graf stonden was het net droog. Een onbestemde wind waaide door de grote populieren die het terrein omzoomden. Berend zette een vol krat op het graf, waaruit Jonas vijf flesjes nam, die hij met de achterkant van zijn aansteker ontkurkte. Het etiket van de pijpjes paste in onze huisstijl, het bier hadden we simpelweg Mike genoemd. We hieven onze flessen, spraken zijn naam uit en proostten, en namen allemaal een slok. Berend had zijn gettoblaster bij zich, die hij op de steen zette en waaruit een nummer klonk van Nick Cave, ten slotte een persoonlijke vriend van ons.

'I don't believe in an interventionist God,' zong hij. 'But if I did I would kneel down and ask Him not to intervene when it came to you.'

Het refrein van het nummer – 'Into my arms, O Lord, into my arms' – zongen we gevijven zachtjes mee, en we voelden de zweepslagen van onze vriendschap. Wiens idee het was weten we niet meer, maar hierna hebben we allen de bodempjes van onze flesjes gezamenlijk over het effen graniet van Mikes grafplaat uitgegoten. Het bleke schuim klaterde onstuimig op de antracietkleurige steen, als pis.

Het begon zachtjes te regenen, maar we bleven staan. Op dat moment hoorden we een geblaf dat ons bekend voorkwam. Saskia kwam aanlopen, met Timmy aan de lijn. Aan niets was te merken dat hij het fijn vond om ons weer te zien, hoewel Mikes moeder ons met een vergevingsgezinde hoofdknik begroette. Toen ze zag dat we een krat op Mikes graf hadden gezet, gebaarde ze dat ze wel een biertje lustte. Jonas opende voor haar een flesje Mike en gaf ons er ook nog een. Saskia bekeek het etiket even met een emotieloze blik, waarna ze een lange teug nam. Die middag ging Timmy met ons mee naar de Jan-Pieter om te worden herenigd met zijn oude huis.

2019

We zijn als vissers die een enorm net met ons verleden achter ons aan slepen, waardoor onze boot steeds langzamer vaart en er dus steeds minder herinneringen bij komen. Vreemd genoeg lijkt het daardoor alsof de tijd steeds sneller gaat. Het net puilt na die gedeelde jaren uit van vele al dan niet overdreven of gedeeltelijk verzonnen gebeurtenissen, anekdotes, gesprekken, beelden, nagedachtenissen, capriolen, souvenirs, knagende vragen, inzichten en gevoelens.

We zitten aan de massieve verweerde tafel die hier ongetwijfeld voor de oorlog al stond. Cola staat achter de houtstoof en in een platte zwartgeblakerde gietijzeren pan braadt hij een groot stuk vlees, paddenstoelen en groenten, waardoor er in de hut een waas hangt van rook en kookvocht. Er hangen twee koperen kaarsenlampen en op tafel staan kandelaars met kaarsen, die de ruimte een caravaggioiaanse atmosfeer geven.

De blusdeken van de tijd heeft de brand nog niet gedoofd en het verdriet over Mike voelen we nog nagloeien, zeker in Lessebach, de plek waar hij als enige nooit is geweest. Hier in het woud hebben we ons definitief van hem losgemaakt, toch blijven de vragen knagen. Hebben we aan zijn dood bijgedragen? Viel ons iets te verwijten? Hadden we niet veel eerder moeten beseffen hoe slecht het met hem ging? Was het aan ons om iets aan zijn situatie te doen? Moeten we ons schuldig voelen?

‘Wij waren toevallig zijn zondebokken,’ zegt Jonas, die een

nieuwe magnum van Cola's vader heeft opengetrokken en onze glazen bijschenkt. 'Dat hadden ook anderen kunnen zijn. Mike ging bij ons weg, wij niet bij hem. Mike zocht de confrontatie, wij niet met hem. Mike had ruzie met de wereld, de wereld niet met hem. Het interesseerde de wereld geen reet wie Mike was.'

'Misschien was dat wel het probleem,' zegt Cola.

'Vriendschap is ook dat je van een vriend meer kunt hebben dan van een ander, dat je meer vergeeft en iemand zijn eigenaardigheden gunt,' zegt Luciën. 'Ik vraag me na al die jaren nog steeds af of we Mike wel genoeg Mike lieten zijn.'

'Hoe bedoel je dat? Ik begrijp niet wat je zegt. Ik denk dat we genoeg van hem hebben geslikt,' zegt Jonas.

'Ik denk het ook, alleen wij waren met z'n vijven, hij was alleen,' zegt Cola, die het vlees, de bospaddenstoelen en de groenten aan een kant van zijn pan heeft geschoven en stukken roquefort en triple crème laat smelten voor zijn *signature* kaassaus, die hij hier al die jaren voor ons heeft bereid. We komen niet voor de rust van het woud, maar voor Cola's kaassaus.

'Misschien slikten we niet alles, omdat Mike – en dat wisten we allemaal – diep in ons hart geen echte vriend was,' zegt Jonas. Hij houdt zijn glas omhoog en neemt een grote slok.

De voordeur gaat open en Berend komt binnen, met in zijn armen een stapel houtblokken voor de kachel. Terwijl hij die begint op te stapelen naast de stoof, gaat Jonas verder: 'Dat klinkt hard, maar zo was het. We speelden onze vriendschap, we speelden ons sexumtiviraat, of hoe jullie dat noemden. Toen de tijden minder vrolijk werden en het erop aankwam bleek het allemaal...'

Hij zoekt naar een woord.

'Vals?' zegt Luciën.

'Afwezig,' zegt Jonas. 'De vriendschap die we met Mike speelden bleek afwezig toen bij hem de gekte in zijn hoofd toesloeg.'

Cola zegt: 'Viel ons die afwezigheid dan niet te verwijten? Was het niet veel te makkelijk om te zien dat hij afgleed en niets te doen? Hadden we niet voor de vriendschap moeten vechten? Daar voel ik me schuldig onder.'

'Ik heb wel gevochten,' zegt Luciën. 'Ik ben nog een paar keer bij hem langs geweest toen hij was opgenomen in de PAAZ. Hij was er slecht aan toe. Artsen hadden hem medicatie gegeven om hem rustig te houden, want zijn hoofd liep over. Hij zat op de derde etage van een gesloten afdeling. Zo'n PAAZ is een soort gevangenis en zo voelde het ook.'

Cola verdeelt het vlees en de groenten over vier borden en giet zijn kaassaus in een kom. Luciën neemt de borden over en zet ze op tafel.

'Hij zei: eerst sluiten ze me op, zei hij, omdat ik niet in dienst wil, nu sluiten ze me op omdat ik me niet wil aanpassen. Ze zullen me altijd opsluiten, zei hij. Ik zei dat niemand dat gezegd had. Boos vroeg hij of ik als arts kwam of als vriend. Ik zei: als vriend natuurlijk. Lang stond hij door het raam naar buiten te kijken, het was in Amersfoort, dus je kunt je voorstellen hoe dat aan zijn ellende heeft bijgedragen, en hij zei langzaam: ik heb geen vrienden. Dat hoor ik hem nog zo zeggen: ik heb geen vrienden.'

'Je had op dat moment kunnen zeggen dat wíj zijn vrienden waren, nog steeds, na al die jaren.'

'Ik denk dat ik zoiets wel heb gezegd.'

Cola laat de woorden op zich inwerken, terwijl Jonas al zijn eerste hap heeft genomen.

'Eet smakelijk, Jonas,' zegt Cola.

Jonas kijkt betrapt om zich heen. 'O sorry, ik kon me niet inhouden, Cola.' Met een lepe glimlach voegt hij eraan toe: 'Het ziet er ook weer zó overweldigend uit.'

'Maak je nu een foto van je eten?' zegt Berend tegen Luciën, die zijn iPhone vlak bij zijn bord heeft. 'Ik zie dat in restaurants voortdurend. Waarom doen mensen dat?'

'Dat vindt Efuru leuk,' zegt Luciën. 'Ik doe het vaak als ik onderweg ben. Kan ze een beetje volgen wat ik eet.'

'En in ruil stuurt zij dan wat foto's van haar tieten,' zegt Jonas. 'Kun je een beetje volgen hoe ze erbij staan.'

'Van haar borsten,' zegt Luciën. 'Vrouwen hebben tegenwoordig borsten. Hebben die actrices in Antwerpen je dat niet zo langzamerhand geleerd? Dit zeg ik je als vriend. Borsten. Respect. We zeggen niet meer neger, niet meer Eskimo, lap of flikker en borsten noemen we borsten.'

'Ik zal eraan denken,' zegt Jonas en hij mompelt: 'Borsten... Borsten... Borsten...'

'Moeten we niet een of andere bezoekregeling afspreken?' zegt Luciën.

'Hoe bedoel je?' vraagt Jonas, met zijn mond vol.

'Ik denk dat Luciën bedoelt dat we het erover moeten hebben dat we volgende week na vijfentwintig jaar ons bedrijf verkopen, wat een ingrijpende beslissing is, die alles wezenlijk anders maakt,' zegt Cola.

'Dat bedoel ik.'

'Het is als een echtscheiding, of we dat nu leuk vinden of niet.'

'En wie is er weer de dupe?' zegt Jonas. 'De vriendschap.'

'Ik denk dat die ondertussen wel heeft laten zien dat ze vrij bestendig is,' zegt Cola. 'Maar misschien zijn we juist wel heel blij dat we van elkaar af zijn.'

'Misschien ook niet,' zegt Berend.

'Vandaar die bezoekregeling,' zegt Luciën. 'Ik stel voor dat we om de maand met elkaar afspreken in de Jan-Pieter en dan gewoon een beetje bierbrouwen, voor de lol, niet voor het bedrijf.'

'Zoals het godverdomme ooit begonnen is,' roept Berend.

'Gad. Ver. Damme!' roept Jonas.

Hij lijkt zich te verslikken na de verzuchting van Luciën.

'Gadverdamme,' zegt hij nog een keer.

'Wat is er?'

'Hebben jullie die sla geroken? Heb je erin gepoept, Cola?'

'Luciën heeft de sla aangemaakt,' zegt Cola, die de bak pakt en eraan ruikt. Vol walging wendt ook hij zijn hoofd af.

‘Ik heb de sla gewassen,’ zegt Luciën verbaasd. ‘Meer niet. Beetje dressing van olie, suiker, peper en azijn. Paar olijfjes. Tomaatje. Uitje. Kan niets mis mee zijn.’

Hij pakt zelf de slabak, ruikt en deinst terug.

Cola roept: ‘Met water uit de kraan in het keukenblok? De pomp doet het niet, er is te weinig elektriciteit om de installatie goed te laten draaien. Daarom moet je de sla buiten wassen met water uit de jerrycans, had ik dat niet gezegd? Dat heb ik gezegd toch?’

‘Dat heeft hij gezegd.’

‘Ja, dat heeft hij gezegd.’

Luciën snuffelt aan zijn handen.

‘Godsamme, ik heb mijn handen er ook mee gewassen.’

Hij staat op van tafel om buiten bij de jerrycans zijn handen te wassen.

Jonas roept hem na: ‘Wie wast er tegenwoordig nog sla uit een zak? Uit welke gierput hebben ze jou opgedregd?’

‘Nou, die sla kunnen we weggooien,’ zegt Jonas.

Berend zegt: ‘Gelukkig.’

Na de maaltijd maken we een wandeling door het woud achter de hut. Achter bij de koelcel staat een spreidbalk, een houten staketsel waaraan de jagers de door hen gedode beesten ophangen om ze ontweien. Een geslacht dier ziet eruit als de afbeeldingen van Johan en Cornelis de Witt, nadat zij door het Haagse gepeupel uit elkaar zijn getrokken en opgehangen.

Een paar keer hebben we – niet allemaal – toegekeken hoe Cola vakkundig een dier ontdeed van zijn ingewanden. Cola heeft van zijn vader en opa geleerd hoe deze smerige klus moest worden geklaard, een vaardigheid die hij ook zijn eigen kinderen probeerde bij te brengen, met als gevolg dat ze sindsdien alle drie vegetariër zijn. Wat ons – niet allemaal – destijds bij de maag greep was de misselijkmakende kadavergeur die uit een beest opsteeg zodra Cola zijn mes in een beest zette. Als we langs de spreidbalk lopen zegt Jonas: 'Ik moet meteen denken aan dat reekalf.'

Het beruchte reekalf.

Het speelde in de maanden voor de geboorte van Melesse, Dimitri en Kalle. We waren naar Lessebach gereden om tegen elkaar te schreeuwen over onze toekomstige derde brouwzaal. Cola en Gregor hadden het plan uitgewerkt, de locatie was gevonden, de financiering rond en het contract uitgeprint, maar nog niet getekend. Het enige wat we moesten doen was een beslissing nemen over de vraag of we echt of voor 'de echt' zouden gaan. We zouden het bedrijf ook kunnen staken of verkopen.

Luciën en Jonas hadden inmiddels hun eigen carrières, voor Cola, Goeroe en Berend gold dat ze op een leeftijd waren dat de wegen terug begonnen onder te lopen. Tussen de gesprekken door zaten we te zwijgen en te wachten in een van de vele kansels op het terrein. Op een ochtend waren we vroeg in een van de hoogkijkers geklommen, waar we schouder aan schouder over het veld uitkeken, tot Cola – na uren – eindelijk een kudde reeën in het vizier kreeg die voorzichtig de voederplaats verkende.

'De *Capreolus capreolus*,' fluisterde Luciën. 'Afgeleid van het woord voor wilde geit. Daar is ook het woord capriolen van afgeleid. Bokkensprongen.'

'Ssst,' zei Cola zacht.

'Dat weet jij dan weer,' fluisterde Jonas.

'Van het woord *capreolus* is ook het Italiaanse *capriccio* afgeleid, een grillig muziekstuk zonder vast schema.'

Cola gebaarde dat Luciën nu echt zijn bek moest houden, en daarna dat we onze vingers in onze oren moesten stoppen. Hij wachtte tot een geschikt moment en met een perfect bladschot – de doffe harde knal weergalmde in het bos – schoot hij een wat kleinere reebok in één keer naar de eeuwige graasvelden.

We keken hoe de andere dieren wegstoven, waarna we de kansel verlieten. Zwijgend liepen we naar het slanke beestje, om van dichtbij zijn prachtige grijs-geelbruine vacht en diepzwarte ogen te bekijken. Om een wond bij zijn hals glinsterde bijna framboosrood bloed. Het bleef een vervelend moment om een opgewekt levend wezen uit de tijd te schieten. Terug bij de hut werd het onbehaaglijke gevoel daarover groter toen Cola er tijdens het ontweien van het beestje achter kwam dat het niet om een bokje ging, maar om een geit. Hij bevestigde het lichaam aan de spreidbalk en takelde het ruim een meter omhoog, zodat hij met zijn jagersmes aan de slag kon. Berend en Goeroe keken toe, terwijl Jonas en Luciën op de veranda blikken Duits bulkbier openden. Als arts was Luciën gewend aan gapende wonden, maar de aanblik van zoveel opengesneden schoonheid gaf hem een gevoel van droefenis.

'Jij bent arts, Luciën, jij snijdt dagelijks in vlees,' zei Jonas.

'Maar ik ben geen patholoog-anatoom,' zei Luciën. 'Ik wil vlees wel weer genezen.'

'Shit,' hoorden we Cola zeggen, toen hij met een grote jaap de buik van het dier had blootgelegd. Hij herhaalde het woord een paar keer. Het is niet verboden om een drachtig dier te schieten, maar geen enkele jager is er blij mee. Cola vloekte hardop, meerdere malen, wat voor hem bijzonder was. Met een paar bewegingen van zijn pols en mes sneed hij hierna een zo op het oog voldragen reekalfje los uit de baarmoeder. Het jong had een grijsbruin vachtje met een paar rijen witte vlekken en een lange streep over de rug. Zijn kopje was anders dan dat van zijn moeder, het leek alsof hij een grote zwarte snor had. Nimmer hadden we zoveel ontwapenende schoonheid gezien.

Cola zei kwaad dat hij echt dacht een jonge stevige bok te hebben geschoten, maar het bleek dus verdomme te gaan om een klein drachtig vrouwtje. Meestal heeft een reegeit een worp van meerdere kalfjes, in dit geval zat er blijkbaar maar een in haar buik. Cola legde – meer voor zichzelf dan voor ons – de verschillen uit tussen bokken en geiten, een verhaal over al dan niet zichtbare geslachtsdelen en karakteristieke witte vlekken op hun konten, spiegels genoemd. Zuchtend ging hij door met het ontweien van de geit, hij sneed de lever los om de kleur te kunnen controleren en daarna verwijderde hij slokdarm, maag en darmen. Toen het werk was gedaan hing hij de geslachte moeder op in de koelcontainer en vervolgens pakte hij het ongeboren reekalfje.

'Ga je dat baby'tje ook ontweien?' riep Jonas, vanaf de veranda.

Even later stonden we allemaal om het beestje heen. Met gesloten ogen leek het alsof het vredig lag te slapen, zijn kopje losjes tegen de zachte vacht van zijn lijfje. Cola zei dat hij het onbetamelijk vond om het voldragen kalf met het andere slachtafval te begraven in een gat in het donkere woud. Dat had te maken met respect voor de natuur, of hoe jagers dat noemen. Hij spande het karkasje op een kleine spreidbalk, waarna hij dezelfde handelingen verrichtte als bij de moeder. Zwijgend verwijderde hij de ingewandjes en orgaantjes, het kalfslevertje bekeek hij aandachtig en de rest wierp hij in de ton met de nadampende darmen van de reegeit.

'Ga je dat babygeitje dan ook bereiden om op te eten?' vroeg Luciën, een vraag waarover de anderen nog niet hadden nagedacht.

Twee dagen later – we hadden de beslissing over onze derde brouwzaal en daarmee de verplichtingen voor de rest van ons verdere leven inmiddels genomen – sneed Cola het geslachte kalfje in braadklare stukken, die hij bestrooide met zout en peper en in een ovenschaal legde. De grote houtstoof had een compartiment waarin brood kon worden gebakken en dus ook ongeboren vlees. Ondertussen had Luciën aangekondigd dat hij babyvegetariër was en Jonas twijfelde of hij aan de maaltijd zou deelnemen. Cola serveerde het reekalf met jus en gebakken aardappeltjes.

'Gaan we dit echt doen?' vroeg Jonas, die toekeek hoe Goeroe en Berend de filets sneden. Zwijgend begonnen we aan de maaltijd en wat ons – niet allemaal – overdonderde was de delicate smaak en vooral de roomijs-malse structuur, waardoor het kalfje leek te smelten in de mond.

'Rechtstreeks uit de moederschoot,' zei Goeroe. 'Puurder en onschuldiger kun je het niet krijgen. Weggooien is natuurlijk geen optie, maar aangenaam is niet zozeer het woord. De symboliek erachter vind ik fascinerend, alleen zo wurgend dat ik bijna geen hap door mijn keel krijg, zoals ik ook niet graag onuitgebroede vogeltjes zou eten, hoe waanzinnig goed die naar verluidt ook mogen smaken.'

'Misschien moeten we dit maar niet aan onze zwangere vrouwen vertellen,' zei Cola met zijn wijnglas in de hand. Berend haalde zijn schouders op en zei dat Donetta vast een of ander Italiaans streekgerecht kende van in rode chianti gesmoord reekalf – wat inderdaad zo bleek te zijn.

2012

Het lijkt echt gisteren of vorige week. In onze hoogmoed dachten we dat we alles nu wel hadden gehad, maar natuurlijk waren er omstandigheden die daar anders over dachten. Dat was ook deels onze eigen schuld. Achteraf getuigde het niet per se van de meest vooruitziende blik om ons vlak voordat de financiële crisis de wereld zou ontregelen diep in de schulden te steken voor een godvergeten *derde* brouwzaal. Toen de economie in een recessie stuiterde bleek de liefde tussen ons en onze fans en afnemers niet zo bestendig als we hadden gehoopt. Onze klanten keerden massaal terug naar het goedkope bulkbier en in relatief korte tijd liep onze afzet terug. Van onze harteloze huisbankier – nota bene medeverantwoordelijk voor de wereldwijde monetaire misère – hoefden we niets te verwachten: de geldkraan ging dicht. We wilden niemand van onze medewerkers ontslaan, maar het idee om als volwassen mannen weer te moeten bedelen bij onze moeders was een gruwel.

Toen de situatie nijpend werd kwam er onverwachts een zogenaamd vriendschappelijk overnamebod van Flip, die samen met een paar investeerders wilde bijspringen. We vermoedden dat het hem vooral te doen was om het proeflokaal. Hij bood geen grote som gelds, maar garandeerde wel dat onze jongens konden blijven werken – en dat was ook wat waard.

Niet snel daarna kregen we een serieuzer bod van AmBrew, een internationale biermoloch die in Nederland al een paar merken en brouwerijen bezat. Het bleek hun niet te gaan om de kwaliteit van ons aanbod, maar om *expansion and diversification*, of welke termen ze ook gebruikten. Ze wilden ons niet meteen opkopen, maar beginnen met een substantiële hoeveelheid aandelen. De jurist die namens het bedrijf kwam onderhandelen zei: 'Eerst gaan we zoenen, dan gaan we neuken.'

'Misschien moeten we ze maar laten weten dat we daar in beide gevallen niet geil genoeg voor zijn,' zei Cola, toen we hierover met z'n vijven vergaderden.

'Ik zie eigenlijk niet in wat er mis is met een lekker potje neuken,' zei Jonas, voorzichtig opperend dat het gezien de slechte markt misschien tijd was om met wat zakgeld en een opgeheven hoofd de brouwerij te verlaten.

We waren verdeeld, maar het kamp dat wilde zoenen noch neuken stond sterker en dus hielden we, zoals Cola zei, onze beentjes bij elkaar. Het was een zware tijd, hoewel we ook allemaal verbaasd waren over de golf van inventiviteit die het geldgebrek ontlokte. 'Alles waar we niet bankroet aan gaan, maakt ons rijker,' citeerde Jonas uit een lunchvoorstelling waarin hij speelde, vrij naar Nietzsche. Uiteindelijk modderden we nog een paar maanden door tot we – naar een idee van Goeroe – Crisisbier op de markt brachten, een fris pils dat makkelijk kon worden doorgedronken. De kritiek op onze biertjes was vaak dat mensen er niet twaalf achter elkaar konden wegklokken, met Crisisbier lukte het eindelijk in die behoefte te voorzien. Dankzij ons pils krabbelden we er weer bovenop.

Het was tekenend dat Gregor ons door deze moeilijke periode had geloodst, want zijn rol in de brouwerij werd steeds groter. Hij had zijn leven goed op orde. Vier jaar na zijn mislukte bezoek aan de Gadsden Correctional Facility kreeg Goeroe plotseling lichtblauwe luchtpost uit Amerika. Er zat een brief in van Molly, die in een onbeholpen en nauwelijks leesbaar handschrift vertelde dat ze in de gevangenis eindelijk zijn berichten had gekregen. Ze had niet verwacht dat hij haar en hun zoon echt zou hebben gezocht. Fabian woonde bij haar moeder in de Floridiaanse stad Tampa, in een vrijstaand huisje waaraan Molly nog had meebetaald voordat ze definitief werd veroordeeld voor haar rol in de zaak van de eigenaren van The Dry. Er zat ook een adres bij, met het dwingende verzoek haar moeder – die niet beter wist dan dat Fabians vader een onbekende voorbijganger was – niet te bezoeken, maar wel om af en toe wat geld te sturen.

Om haar verzoek kracht bij te zetten had ze een foto bij de brief gedaan van een dertienjarige jongen die – hoewel hij een kleurtje had – erg leek op Gregor. Het was alsof hij een donkere versie van zichzelf als dertienjarige zag. Ook leek het alsof Fabian zijn vader rechtstreeks aankeek: onbevangen, vrijmoedig, onbeschroomd. Tegen deze blik was Goeroe niet bestand en nog dezelfde dag ging hij naar het grenswisselkantoor op Utrecht Centraal, waar hij vijfhonderd euro wisselde in dollars en die naar het adres in Tampa stuurde, zonder begeleidende brief. Een paar jaar achter elkaar deed hij om de zoveel maanden geld in een envelop, maar toen die brieven ongeopend retour begonnen te komen is hij ermee gestopt.

Dit was welbeschouwd zijn enige tegenslag, want voor de rest ging het hem voor de wind. Regelmatig werd hij gevraagd voor lezingen en seminars. Bij een craft beer conference in Londen ontmoette hij Mei, die met haar drie zussen een brouwerij runde in de Londense voorstad Watford. Op het symposium zou zij spreken over 'female brewers in a male dominated industry' en Goeroe over 'hostile big brewers'.

Backstage stonden ze naast elkaar te wachten tot ze op het podium werden geroepen. Mei las met moeite de naam van onze brouwerij van Goeroes borst, wat klonk als *Eele Tieëidjeedie*. Op zijn beurt las hij de naam op haar kaartje: Four Sisters Mountain Brewery. Het waren haar tatoeages die het gesprek op gang brachten, op haar ene bovenarm had ze een houten bierton en op haar andere een bundel hop met de tekst 'Brew Free Or Die'.

Niet zonder reden, die zin, want ze vertelde dat de zussen al drie keer een overnamebod van een opdringerige fabrieksbrouwer hadden afgeslagen.

'We will never surrender,' riep ze, Churchills *vocal fry* imiterend.

Goeroe zou een dag na zijn presentatie vanuit Londen terugvliegen naar Nederland, maar na hun presentaties en de Q&A met het publiek haalde Mei hem ertoe over met haar mee te rijden naar hun brouwzaal. En zo scheurden ze in haar oude Mustang cabrio over de M1 richting Watford. Het was een ritje van een uur, maar voor Gregor had het veel langer mogen duren. Meis brouwerij was net als die van ons gevestigd in een gerenoveerde fabriekshal, aan de rand van het centrum, tussen een *food court* en een grand café, maar in tegenstelling tot onze bij elkaar geharkte zooi had F.S.M.B. in art-decostijl betegelde muren en zes grote blinkende koperen ketels. Een brouwerij om verliefd op te worden. Het bedrijf was vernoemd naar Mount Siguniang oftewel de Berg Van Vier Gezusters. Goeroe ontmoette Lan, Hui en Bi, die geconcentreerd aan het werk waren. Hij kreeg een rondleiding, waarna Mei hem uitnodigde om die avond met haar te eten, voordat ze hem terug naar zijn hotel zou rijden. Tijdens de maaltijd opperde hij dat Alle Tijd en Four Sisters Mountain wellicht konden samenwerken.

'Good idea,' zei Mei. 'First we'll kiss.'

Drie maanden later waren de vier zussen in Utrecht voor een zogenoemde *tap take-over*, een gebruik onder craft-brouwerijen om de bierkraan van hun proeflokaal tijdelijk te laten kapen door bevriende brouwers. Mei en haar zussen hadden uit Engeland wegwerpfusten van hun beste bieren meegenomen. De vier getatoeëerde Aziatische vrouwen trokken in onze bierkelder veel volk, de regionale omroep kwam zelfs langs met een cameraploeg. De vrouwen lieten zich alle aandacht minzaam welgevallen, verkochten ondertussen al hun bier en bleven tot het ochtendgloren hangen met de gebruikelijke nazitters, een bont gezelschap brouwers, studenten en dichters.

In de Jan-Pieter hadden Berend en Jonas gastenverblijven getimmerd om buitenlandse collega's, bierbloggers en inkopers onderdak te bieden. Ook de Engelse bezoekers bleven hier slapen, al bracht Mei die ochtend door bij Goeroe. 'Twee brouwerijen op één kussen...' zei Luciën, toen hij hoorde dat Gregor een relatie met haar had. De letterlijke betekenis van de naam Mei is 'prachtige pruim', vertelde Goeroe, die bij ons was komen zitten.

'En wie meent daar een grap over te moeten maken – zeg ik, kijkend naar Jonas – timmer ik op zijn muil.'

Met zijn handen verontschuldigend in de lucht riep Jonas: 'Prachtige naam.'

Van de vier zussen was Mei het onstuimigst, soms stond ze onaangekondigd op de stoep van de Jan-Pieter van Spilbergen, soms had Goeroe weken geen contact met haar omdat ze een hekel had aan mailen en nog meer aan mobiele telefoons. De tatoeages van Mei boeiden Goeroe mateloos. Het leek alsof Mei haar lichaam gebruikte als dagboek of *mood board*: van significante plekken en gebeurtenissen in haar leven had ze een al dan niet symbolische afbeelding laten tatoeëren. Op haar rug stond het teken van een gordiaanse knoop, op haar borst een zwarte goudvis ('beschermt tegen pech'), op haar onderbuik een weelderige tak pruimenbloesem en op haar schouder een broodje hamburger ('na een bezoek aan New York'). Gregor zocht steeds smoezen om naar Engeland te reizen, er was altijd wel een bierfestival of congres waar hij zijn gezicht moest laten zien. Al een paar maanden na hun ontmoeting had hij haar zijn trouwe liefde beloofd, tegen zijn principes.

'Ik hou van Mei,' zei hij tegen ons.

Twee jaar na de introductie van Crisisbier zaten we in Maarssen in vergadering bijeen. De productie was hersteld en de omzet lag weer ruim boven het niveau van voor de val van de banken. De derde brouwzaal draaide uitstekend, zeker nu er steeds meer hobbyisten vanuit de hele Benelux bij ons onder hun eigen idiote merknamen batches van hun thuisrecepten lieten brouwen. Wij werden 'de brouwersbrouwerij'. En de samenwerking met Four Sisters Mountain leverde zoveel op dat Goeroe regelmatig naar Engeland moest, niet alleen voor de liefde. Inmiddels waren we dan eindelijk ''s Neerlands grootste kleine brouwerij of andersom'. Onafhankelijk, alsof ons leven ervan afhing.

'Kortom,' zei Cola, de zaken samenvattend. 'We zijn erbovenop.'

Het leven in Watford beviel Goeroe zeer, zo goed dat hij er zichtbaar beter begon uit te zien. Mei moest hem hebben afgemat, want Goeroe oogde steeds strakker en magerder (in tegenstelling tot bijvoorbeeld vrienden als we noemen een Luciën, een Berend en een Cola). Hij was zo verliefd dat zijn eetlust verdween en op sommige plekken voelde hij pijn in zijn lichaam van alle onstuimige fysieke inspanningen die Mei van hem verlangde. Dat krijg je ervan als je zo nodig wilt hokken met een jongere vriendin.

Toen de permanent zeurende steek in zijn onderrug niet verdween liet hij zich onderzoeken door Luciën, die al meer dan twintig jaar onze persoonlijke dokter was. Natuurlijk hadden we allen een eigen huisarts, maar bij lichamelijke ongemakken en medische zaken belden we liever Luciën, waarna hij in vrijwel alle gevallen geruststellend constateerde dat er niet zoveel aan de hand was.

Luciën ontving Goeroe en Jonas in zijn werkkamer in het ziekenhuis. Ook in dit geval maakte hij zich geen zorgen. Goeroe was verliefd en dat gaf soms nu eenmaal bijwerkingen. Welgemutst kleedde de patiënt zich uit voor een lichamelijk onderzoek, terwijl Jonas grappen maakte met een verpleegster en Luciën ondertussen standaardvragen stelde. Aanvankelijk dacht hij aan een hernia of andere rugklachten, voor de zekerheid vroeg hij een scan aan van Goeroes rug. Toen hij vaststelde dat Goeroes oogwit wat geler was dan gebruikelijk dacht hij aan hepatitis of misschien zelfs een leverontsteking en daarom wilde hij ook een CT-scan van de buik.

Anderhalf uur lang maakten Goeroe en Jonas een vrolijke tocht langs lab, radiologie, de jongerenvleugel en de kantine. Jonas had een paar jaar een chirurg gespeeld in de tv-serie *De Co-Assistent* en rondlopend in het ziekenhuis kwam die rol weer helemaal terug. Hij dolde met verpleegsters en een paar artsen dachten dat hij daadwerkelijk een collega was. Op een van de gangen kwam een meisje van een jaar of zeventien met een kaal hoofd om een handtekening vragen. Goeroe keek met geamuseerde bewondering toe hoe Jonas haar meer dan liefdevol te woord stond, hoe hij over haar ziekte praatte zonder zijn humor kwijt te raken, hoe hij haar aan het lachen kreeg. Het meisje leefde helemaal op, zeker toen Jonas voorstelde om met haar mee naar de jongerenafdeling te gaan en voor de rest van de zaal te doen alsof ze al jaren bevriend waren.

Toen Goeroe en Jonas de kamer van Luciën weer binnenkwamen zat Luciën achter zijn bureau te staren naar de uitslagen van de onderzoeken.

'Gaat het?' vroeg Goeroe aan zijn vriend, die met een grauwe blik naar zijn scherm staarde. Luciën gaf niet direct antwoord, maar bleef naar zijn computer kijken. Later vertelde hij dat dit het zwaarste gesprek was dat hij als arts heeft moeten voeren.

De dagen daarna werden er meer onderzoeken gedaan, waarna een PET-scan uitwees uit dat de kanker in Goeroes alvleesklier zich naar omliggende organen had uitgezaaid. Uitgezaaid, een woord dat niemand van zijn arts wil horen. Luciën had het behandelteam inmiddels aangevuld met een collega die beter thuis was in de materie, maar ook die was somber. Er was blijkbaar een schaal om de ernst van tumoren te bepalen: Goeroe zat net tussen het een-na-zwaarste en zwaarste stadium – een constatering die alle hoop de bodem insloeg, al werd dat door niemand expliciet gezegd.

Een mens weet nooit van tevoren hoe hij zal omgaan met de aankondiging van naderend onheil. Goeroe reageerde zoals hij van tevoren had gedacht te zullen doen: hij bleef kalm, hoewel het bericht hem wel degelijk diep raakte. Zeker toen hij zag dat bij Luciën – heel onprofessioneel – de tranen over zijn wangen liepen.

De middag ervoor had Goeroe geprobeerd Mei te bellen op de brouwerij, maar een van haar zussen had gezegd dat ze al naar huis was. Thuis kreeg hij haar ook niet te pakken, wat niet uitzonderlijk was, want Mei was vaak de hort op. Hij sprak een boodschap in op haar antwoordapparaat (de mobiele telefoon die hij haar had gegeven zat nog ongeopend in de doos). Een dag later deed hij hetzelfde, wachtend tot Luciën hem kwam ophalen uit de wachtkamer.

Luciën en de andere arts wilden met Goeroe praten over een behandeltraject. De uitzaaiingen waren van dien aard dat opereren geen optie meer was, maar chemo's zouden de ziekte kunnen remmen. Gedecideerd zei Goeroe dat hij geen chemokuren wilde. Hij had het bij meerdere mensen in zijn omgeving gezien: de ellende die chemo's en bestralingen gaven. Zijn eigen vader had het meegemaakt, toen die werd geveld door kanker en de complete medische mallemolen in ging. Goed, hij leefde een paar maanden, misschien een klein jaar langer, maar wat voor een leven was het geweest? Op zijn sterfbed had zijn vader gezegd dat de medische behandelingen het einde van zijn leven hadden verkankerd, niet de kanker zelf.

'Je zou er een of twee kunnen proberen,' zei Luciën. 'Daarna kunnen wij bepalen of er effect is.'

'Zeg je dat als arts of als vriend?'

's Avonds zat Goeroe in de gemeenschappelijke ruimte van de Jan-Pieter op de bank voor de tv. Berend was op zijn kamer en

Jonas stond in de keuken. Een talkshow had een item over een moeder die voor de grap had opgeroepen pizza's te sturen naar haar door kanker getroffen dochtertje, waarop het ziekenhuis overvoerd werd met honderden pizzadozen. Beelden van het lachende meisje tussen tientallen punten. Alle kinderen van de afdeling schaterden, want zij mochten natuurlijk mee-eten, mits hun gezondheid dat toestond. Er was een shot van een ander kaal meisje met een sonde in haar neus, ze had een breekbare glimlach en hoewel duidelijk was dat de traktatie aan haar voorbijging, oogde ze blij voor haar afdelingsgenootjes. Toen Jonas met een dienblad binnenkwam zat Goeroe met tranen voor de buis.

'Ach, vent, jongen,' zei Jonas, het blad op de salontafel zettend.

Goeroe hernam zich en tikte zichzelf met zijn vlakke hand in het gezicht.

'Sorry, ik lijd een beetje aan emotionele incontinentie.'

'Ik vind je nog een toonbeeld van kalmte,' zei Jonas. 'Zelf zou ik krijsend over de grond liggen rollen. *Kotze der Emotionen*, zoals mijn zangjuf vroeger zei. Dat vond ze overigens iets goeds, daar moesten we naar op zoek.'

'Ik had een oom – geen echte, maar indertijd werd iedereen uit de kennissenkring van mijn ouders oom of tante genoemd – die tot hysterische woede van mijn moeder vaak zei: "Gevoelens zijn voor vrouwen." Dat heb ik hem vaak nagezegd. Ik ook altijd met mijn grote mond.'

'Gevoelens zijn voor vrouwen,' herhaalde Jonas, die terug naar de deur liep en in de gang 'Berend!' riep.

'Gisteren zag ik op tv een Bengaalse naaister die na zeventien dagen levend vanonder het puin van een ingestort atelier werd getrokken. Haar miraculeuze ontsnapping aan de dood was voor rampkijkers natuurlijk vooral entertainment, dat zag ik ook wel, maar toch zat ik te snotteren op de bank. Misschien zit ik in het voorstadium van seniliteit of algehele aftakeling.'

'Ik denk dat het psychologisch goed te verklaren is, gegeven de huidige omstandigheden,' zei Berend, die inmiddels de kamer was binnengekomen.

Jonas gaf hem een bord stamppot.

Gedrieën keken we verder naar het scherm, aardappelen etend, zwijgend, onbewogen – in een behoorlijke staat van ontreddering.

Een uur later kreeg Goeroe Mei aan de telefoon. Het was heel druk op de brouwerij geweest, vandaar dat ze zich verontschuldigde voor haar afwezigheid. Hij haalde zijn schouders erover op, maar ze begreep zijn luchtigheid verkeerd en dacht even dat hij geïrriteerd was. Ze hadden elkaar in de tijd dat hun overzeese *engagement romantique* duurde niet lang genoeg meegemaakt om elkaar en elkaars nukken al ten volle te kennen.

'Are you mad at me?' vroeg ze.

'Not at all,' zei hij. 'Mad about you, not at you.'

Wat er dan wel was kreeg hij zijn mond niet uit. Mei begon te vertellen over het project waaraan ze werkte. In de Baltische Zee hadden duikers in een tweehonderd jaar oud scheepswrak een vat bier gevonden dat na al die tijd nog drinkbaar was. Samen met een universiteit probeerde ze met haar zussen de chemische samenstelling te bepalen om het bier te kunnen nabrouwen. Goeroe veinsde interesse en stelde een paar vragen. Toen het onderwerp was afgerond vroeg Mei, in een gespeeld cockneyaccent: '*Awright geeezzaa! How was yaaahr day, love?*'

Goeroe zuchtte een paar keer diep en schetste in korte omschrijvingen zijn medische tussenstand. Hij probeerde in het Engels te vertalen dat op de scan bij de kop van zijn pancreas oedeemvocht zichtbaar was, maar liep vast. Ook Mei was lange tijd stil.

Ze verontschuldigden zich beiden tegelijk. Goeroe voor het nieuws dat hij haar had moeten brengen en zij omdat ze niet wist hoe ze moest reageren. Hij zei dat hij erover had gedacht het haar niet te zeggen, maar dat zou vanwege het verdere verloop van de ziekte natuurlijk niet vol te houden zijn. Ze vroeg hoe dat verdere verloop er dan uit zou zien. Zoals velen in een vergelijkbare situatie, beantwoordde Gregor moeilijke vragen met eufemismen en litotessen, de stijlfiguur waarbij iets wordt omschreven door de ontkenning van het tegengestelde. Het antwoord op Meis vraag was: 'Ik ga binnenkort dood', maar in plaats daarvan zei hij: 'Het ziet er niet goed uit.'

Wederom zwegen ze.

Hij meende haar te horen huilen en probeerde iets troostends te zeggen.

'Ik snap dat dit je enorm overvalt,' zei hij. 'Weet dat ik niets van je verlang en je niets zal nadragen als dit te veel voor je is.'

In tranen hingen ze op. Goeroe voelde behalve angst voor zijn naderende einde ook angst dat hij haar nooit meer zou zien.

Na drie chemokuren besloten Luciën en zijn collega's dat Goeroes behandelingen weinig tot geen nut hadden en dat de beoogde effecten – remmen en verlichten – op een bijna beledigende manier uitbleven. Met Goeroe ging het zienderogen slechter. Tegen ons zei hij dat zijn lichaam een poging deed op het WK Kanker het wereldrecord op het onderdeel alvleesklier te verbeteren. Met tussenpozen nam Luciën hem steeds een paar dagen op in het ziekenhuis voor onderzoeken naar de metastasen die in zijn lichaam opbloeiden als bospaddenstoelen na een regenbui op een herfstdag. Goeroes ouders waren beiden overleden, zijn vader een paar weken na 9/11 en zijn moeder twee jaar voor hij zelf ziek werd, als eerste van de Club van Mama's.

'Nu ben ik wees,' had Goeroe vastgesteld op de crematie, zonder dat dit besef hem al te veel verontrustte. Het sterven van ouders lag in de natuurlijk loop der gebeurtenissen. De dood van zijn vader was destijds schokkend, omdat zowel zijn vader als hij nog relatief jong was. Toen zijn moeder na een ziekbed overleed miste hij haar, meer dan hij ooit aan zijn vader had gedacht. De psychologie kent het navelstrengcomplex, de moeilijk te verbreken band van een man met zijn moeder. Goeroe kwam erachter dat hij het aangenaam vond als de vrouwen in zijn leven – zoveel waren dat er niet, maar toch – hem op gezette tijden bleven bemoederen. Dat zat in kleine dingen. Zorgen dat hij een shawl droeg als hij de deur uit ging. Zorgen dat hij goed at, ook als hij geen honger had. Trots op hem zijn, terwijl hij in de regel nimmer op trots zat te wachten en zeker niet op die van zijn moeder. Toen Mei in zijn leven kwam veranderde dat: zij was nooit zijn hulpmoeder, een rol die haar op geen enkele manier zou hebben gepast.

De dagen na hun telefoongesprek stuurde hij Mei een lange brief, per post, zodat de kans groter was dat ze zijn woorden zou lezen. Op papier durfde hij duidelijker te zijn dan over de telefoon. Hij schreef dat hun liefde een wervelstorm was die onder een ander gesternte lang zou hebben voortgeraasd, misschien wel jaren – maar ze waren ingehaald door de tijd en de omstandigheden. Het moest voor haar verschrikkelijk zijn te horen dat de persoon op wie ze verliefd was niet lang meer zou leven. Liefdesverdriet en rouw vloeiden samen. In de prille liefde is het geweldig te bedenken wat het leven zou kunnen brengen: avonden, nachten, huizen, kinderen, zomers, winters, plaatsen, landen, kleinkinderen, veel seks ook. Die gedachten smeden de band. Goeroe vertelde over Berend en Donetta. Wat hun verdriet over hun doodgeboren baby versterkte, was het besef dat alles wat zij over hun jongetje hadden gefantaseerd en alle vergezichten die ze elkaar hadden geschetst, nooit zouden uitkomen. Met het knulletje stierf ook alles wat hij had kunnen worden. Onze liefde is dat kindje, schreef Goeroe. Ze hadden geen vooruitzichten meer, anders dan pijn, verlies en afscheid. En dat wilde Goeroe Mei besparen.

Toen hij de brief op de bus had gedaan schuifelde hij somber met Timmy aan de lijn terug naar de Jan-Pieter van Spilbergenstraat, bevangen door medelijden met haar en zichzelf. Het liefdesverdriet over Mei en de angst over zijn naderende einde lagen als eelterige knuisten om zijn hals. Hij liep langs het Wilhelminapark, waar hij een vrije bank zag, waarop hij plaatsnam om Timmy's halsband los te maken. Andere honden renden altijd uitgelaten over het grasveld, jagend op ballen, studenten en elkaar, maar Timmy liet zich daar nooit toe verleiden. Argwanend wandelde hij zigzaggend naar een vrijstaande boom in het park, waar hij een poot oplichtte en gehaast pieste tegen de stam. Direct liep hij terug naar Goeroe, die staarde naar een partijtje voetbal van een groep studenten, zonder er echt naar te kijken. Timmy sprong naast hem op de bank, iets wat hij niet vaak deed, en toen begon die hond, dat stomme nukkige beest, met een trage beweging van zijn tong Gregors hand te likken – wat hij nog nooit had gedaan en ook nooit meer zou doen.

Goeroe lag een paar dagen op de ic toen Luciën ons bijeenriep: de vooruitzichten waren zo belabberd dat medische behandeling geen nut meer had. Het punt van een eventuele miraculeuze genezing waren we allang gepasseerd, geen mirakels voor meneer Goeroe. Om het plat te zeggen: hij moest plaatsmaken voor een andere patiënt. Nog platter: de stekkers gingen eruit. Er waren twee opties. Goeroe kon naar een hospice om in alle rust te sterven of Goeroe kon naar de Jan-Pieter om in alle rust te sterven *omringd door zijn vrienden*. Dat was een makkelijke keuze. Natuurlijk zou hij terugkomen naar het huis waar het allemaal was begonnen en geëindigd, waar we met hulp van iedereen en met alle liefde die er in ons zat een noodhospice van mythische proporties zouden inrichten. De Jan-Pieter zou transformeren tot het Hospice der Hospices, de Moeder Aller Hospices. Er was geen andere optie.

Nou, of het zou moeten zijn dat Goeroe naar Lessebach zou rijden om in zijn eentje te gaan jagen in het woud, zoals hij Cola op een avond voorstelde. Cola wist even niet wat hij moest antwoorden.

'En jij denkt dat ik jou mijn jachtgeweer leen?' vroeg hij ten slotte. 'En dat ik nog met mezelf zou kunnen leven als jij je daar diep in het bos door je kop schiet?'

Goeroe moest grinniken en zei dat hij het grappig had bedoeld, wat Cola met een glimlach aanhoorde om mee te gaan in het verhaal.

'Ah, ik schrok al,' zei hij grootmoedig, maar hij wist zeker dat als hij ermee had ingestemd Goeroe naar Duitsland was gereden.

Uiteindelijk was het Goeroe zelf die ons van het idee van de Jan-Pieter als sterfhuis afpraatte. Het voordeel dat de JP van S ons huis was, was ook het nadeel. Berend en Jonas leefden daar en Luciën en Cola kwamen er vaak. De verzorging van Goeroe kon weken duren – misschien wel maanden – dagen waarin alles in het teken moest staan van hem. Waar moeten jullie heen als het jullie allemaal te veel wordt, vroeg hij. Wat als Timmy niet kon stoppen met blaffen net als Goeroe rust nodig had? Wat als hij een delirium of psychose kreeg? Wat als hij in ultieme agonie plotseling zou roepen dat ze hem probeerden te vermoorden? Hadden we enig vermoeden van wat we ons op de hals haalden? Daarnaast vroeg Goeroe zich af of de JP de JP zou blijven als hij daar was overleden. Willen jullie leven op een plek waar een vriend zich in doodsstrijd helemaal heeft ondergescheten van angst? Wie wil je ermee opzadelen om op die kamer te gaan wonen?

Goeroe besloot naar een hospice te gaan, het duurde vier dagen voor er een plek vrijkwam in Boshoven, op twintig minuten rijden van Utrecht. Het instituut heette Huis Veltman, een vrijstaande villa met een ronde oprijlaan en een rentmeesterwoning op het terrein. Beneden was er een grote huiskamer en een keuken, boven had het verblijf vijf ruime kamers voor gasten. Dat was al de eerste verandering: Goeroe transformeerde van 'een patiënt' in 'een gast'. Zo voelde hij zich ook meteen. Te gast in een vijfsterrenhotel. Hij kreeg een kamer aan de achterkant van de villa, op het zuiden, waardoor de zon hem de hele dag gezelschap kon houden en hij uitzicht had op de in landschapsstijl beplante tuin met een slingervijver die werd onderhouden door plaatselijke gepensioneerden.

In de kamer stonden een stevig hoog elektrisch bed, een eettafel en een paar fauteuils om bezoekers te ontvangen. Een van de wanden had een opklapbed, mocht er iemand willen blijven slapen. Berend en Jonas hadden twee verhuisdozen gevuld met Goeroes persoonlijke spullen, om de ruimte aan te kleden met zijn ornamenten en geursporen. Er werden foto's neergezet, iemand hing een uitvergroting op van de foto die we ooit in Berlijn hadden genomen bij de val van de Muur.

Er werkten veel vrijwilligers bij Huis Veltman, die zich de eerste dagen allemaal kwamen voorstellen. Een keur aan mensen trok langs Goeroes bed, voormalige verpleegsters, familieleden van in het hospice overleden patiënten die iets wilden terugdoen, een zakenman die zijn bedrijf voor te veel geld had verkocht en zich daar schuldig over voelde.

Goeroes aanspreekpunt was de gepensioneerde ziekenhuisdirectrice Inez, een witblonde rots in de branding die zichzelf omschreef als Barbamama, vanwege de soms bijna onmogelijke flexibiliteit die er van haar werd verwacht. We hebben later nog een bier naar haar vernoemd. Inez kon alles. Zij was degene die het Goeroe naar de zin zou maken, op welke manier dan ook. Het hospice had als doel de gasten zo soepel en aangenaam mogelijk naar hun laatste ademtocht te begeleiden, waarbij wensen konden worden vervuld en verzoeken ingewilligd. Had Goeroe zin in een berenklauw, rode wijn, Vockingworst, een pedicure of geestelijke begeleiding, wilde hij worden voorgelezen, een film zien of een etentje organiseren voor vrienden: alles was bespreekbaar en vrijwel alles mogelijk.

'We willen af van het idee dat je ziek bent,' zei Inez. 'Je bent op weg naar het einde, en wij helpen je daarbij.' Dat was de tweede verandering: Goeroe was niet meer ziek, hij was bijna bij zijn bestemming.

Het bijzondere was dat hij de eerste dagen leek op te knappen. Luciën legde uit dat dit normaal was. De spanning was eraf nu de beslissing was genomen, de medicijnen werden afgebouwd, iedereen in het hospice was liefdevol en iedere avond stond er een lievelingskostje op het menu. De gasten van Huis Veltman werden ondergedompeld in een bad van gedienstigheid, en natuurlijk had dat het effect dat zij zich beter gingen voelen: kleur kwam terug op de wangen, vet terug op de botten. Ook Goeroe, die inmiddels nog verder was vermagerd en met een ingevallen gezicht in bed lag, leefde op. Opleven van het idee weldra te sterven, dat klonk als een tegenstrijdigheid, maar was het niet.

Na een paar dagen begonnen we de mores en gang van zaken in het hospice te leren kennen. Steeds was er minimaal een van ons aanwezig, maar natuurlijk niet voortdurend bij Goeroe op de kamer. Jonas had Inez aangeboden te helpen koken als hij in de gelegenheid was, een belofte waaraan hij zich trouw hield. Vaak zaten we in de huiskamer, een groot vertrek dat in vroeger tijden dienst had gedaan als eetzaal van de eerste bewoners, de familie van een voormalig gouverneur-generaal van Nederlands-Indië. Er hing nog steeds de sfeer van tempo doeloe.

Goeroe kwam tot rust, hij hoefde zich niet meer laten geselen door een ziekenhuisregime met vaste etenstijden, bloed prikken en rectale onderzoeken. Alle open zenuwen waren gedicht, de wonden geheeld. Af en toe kwam zijn huisarts Geert langs om in overleg met Luciën vervolgstappen te bespreken en recepten uit te schrijven voor pijnbestrijding. Goeroe zei: 'Die morfine is geweldig. Ik zou er niet vrijwillig kanker voor nemen, maar het is wel een beetje jammer dat ik dit pas op het eind van mijn leven heb ontdekt.'

Het verblijf in Huis Veltman werd een exercitie van vriendschap. Vaak zaten we met z'n vijven bij elkaar, 's avonds na het eten, dat mede door Jonas was bereid. Wat we toen niet zo benoemden maar later met verbazing vaststelden was hoe goed we het daar hadden. Jammer dat de aanleiding niet aangenaam was – een litotes – maar onze band was nog nooit zo sterk geweest als daar in die kamer, in het wegstervende avondlicht. In het midden van zijn suite lag Goeroe in zijn bed, wij zaten eromheen.

Berend had een paar kratten bier meegenomen, voor ons, de andere gasten en hun aanhang. Humor en leed gaan vaak hand in hand, dat was voor ons niet anders. Soms bedachten we grafschriften ('Je staat in mijn zon') en rouwadvertentieteksten ('Bij de crematie kwam er weer een beetje kleur op zijn gezicht'), soms bespraken we – niet alleen ironisch – welke nummers Gregor op zijn uitvaart zou willen horen, waarna er verbale schermutselingen volgden waarin iedereen nummers begon te roepen, zoals we dat altijd hadden gedaan. Het was natuurlijk ook een belangrijke keuze, want het voelde als een muzikaal testament, een finale uiting van smaak. Verkeerde nummers op je begrafenis en je hele leven was mislukt.

Goeroe noemde The Beatles met 'In My Life'. Jonas pareerde met 'Just Once In My Life' van The Beach Boys. Er werden vele nummers geroepen. 'Last Goodbye' van The Kills. Queen, 'Don't Stop Me now.' 'Vanderlyle Crybaby Geeks' van The National, die de meesten niet kenden. The Magic Numbers, 'Don't Give Up the Fight'. Natuurlijk 'Streams of Whiskey' van The Pogues ('*I am going, I am going, any which way the wind may be blowing, I am going, I am going, where streams of whiskey are flowing*'). 'Olympian' van Gene. 'Canon in D Major' van Pachelbel door het London Symphony Orchestra (die was weer van Goeroe zelf).

Op een van de avonden draaide Luciën het *Lagrime di San*

Pietro van Roland de Lassus, een componist uit de Nederlandse School die een paar weken voor zijn dood in 1594, na een lange periode van zware depressie en opspelende stervensangst, zijn laatste muziek in één woedeaanval van zich af had geschreven. Niet vaak werden doodsangst en deernis over het voorbije leven zo indrukwekkend verklankt, zei Luciën, waarna we allen zwijgend luisterden, tot Inez met de koffiewagen in de deuropening stond, de kamer binnen keek en riep: 'Warme zeik met gebakken schijt!'

Toen ze binnenkwam zei ze: 'Sorry hoor, dat zeiden we vroeger in Amsterdam altijd. Ik dacht: tegen jullie kan ik dat wel maken.'

'Nou,' zei Jonas. 'Ik heb wel zin in warme zeik.'

'Doe mij maar wat gebakken schijt,' zei Luciën.

Toen we allemaal waren voorzien van een mok koffie en een koekje, vroeg Gregor of Inez zin had om even bij ons te komen zitten. In korte tijd was hij erg op haar gesteld geraakt, het leek of ze precies aanvoelde wat hij wel of niet wilde en ze was altijd op de juiste momenten empathisch, vrolijk of onzichtbaar.

'Ik heb iets,' zei Inez, nadat ze was gaan zitten in de fauteuil die Berend voor haar vrijmaakte. 'Maar jullie moeten me beloven dat jullie dit aan niemand vertellen, want anders laat ik het niet zien.'

Ze reikte naar een in aluminiumfolie gewikkeld pakketje op de onderste la van haar koffiewagen.

'Echt hoor, aan niemand. Als dit uitlekt kan ik worden ontslagen.'

We knikten dat we haar begrepen.

'Het komt van een meneer verderop, ik zeg niet van welke kamer, want ik wil hem niet verraden,' zei ze, het pakket met twee handen vasthoudend. 'Hij had het van zijn kleinzoon gekregen, die het zelf voor zijn opa had gemaakt. Opa wilde ervan gebruiken, maar durfde het niet aan. Zijn dochter had het hem verboden en toen liet hij het maar zitten.'

Voorzichtig begon ze het aluminiumfolie open te wikkelen.

'Hij vroeg of ik het wilde overnemen, want weggooien zou dan ook weer zonde zijn,' zei ze en met iets zachtere stem ging ze verder: 'Vandaar dat ik vraag of jullie het misschien willen hebben, maar... alleen als jullie het tegen niemand zeggen.'

Ze liet zien wat er in het pakket zat.

'Cake?' zei Jonas.

'Speciale cake,' zei Inez zacht.

Ruimtecake. Vergeetcake. Pleziercake. Cake om te lachen. Cake met groene kruiden.

Er werd bewonderend naar gekeken.

'Daar wil ik ook wel een plakje van,' zei Goeroe, met een blik naar Luciën, die met een geruststellende knik antwoordde: 'Als jouw behandelend arts geef ik je daar met alle liefde toestemming voor.'

'Dood zul je er niet aan gaan,' zei Jonas.

Inez sneed dunne plakjes af en deelde die rond.

Jonas stelde smakkend vast dat er aan de kleinzoon geen grote carrière als bakker verloren was gegaan. Hij zei: 'Maar het idee is natuurlijk geweldig. Ik neem voor een voorstelling weleens een plak, als een medespeler het bij zich heeft. Dat doen veel acteurs tegen de spanning. Vroeger slikte ik een gezinsverpakking Valdispert.'

'Tegenwoordig zuig je voor een optreden een halve fles wodka via je oogballen je bloedbaan binnen,' zei Goeroe, die zijn welbespraaktheid in ieder geval nog niet kwijt was.

Inez ging verder met haar ronde en wij zaten bij elkaar, kalm, rozig, luisterend naar Luciëns muziek. Goeroe keek naar de tuin, de meanderende vijver en de ondergaande zon door de bomen. De gevechten met het leven waren in het ziekenhuis gevoerd, die zorgden niet meer voor stress of verdriet, de strijd was opgegeven en daar hadden we ons bij neergelegd. We likten onze wonden en achteraf gezien bleken juist dat dus de mooiste momenten. We haalden herinneringen op, maar zonder de fanatieke drang om almaar grappen te maken en uitersten te zoeken – zoals we vijfentwintig jaar lang hadden gedaan.

'Ik voel wel wat,' zei Cola een halfuur nadat Inez was verdwenen.

'Ik ook,' riep Jonas lachend.

'Ik voel het zeker,' zei Goeroe.

We voelden het allemaal.

Jonas werd herkend door een zoon van een van de andere gasten, een mevrouw van in de tachtig die vaak rokend in de tuin zat. Op de gang had de man hem gevraagd of hij niet eens bij zijn moeder langs wilde, want ze was een fan van hem. Jonas bezocht daarop terstond de oude dame, die hem helemaal om haar vinger wond. Het leek wel of ze op de valreep nog verliefde gevoelens voor hem begon te koesteren, want steeds als hij over de trap en de gang naar Goeroe liep, hoorde hij vanuit de kamer van de freule, zoals hij haar noemde, een breekbaar: 'Jonas? Heb je even?'

Uiteindelijk heeft hij uren op haar kamer gezeten, soms langer dan hij bij Gregor zat, voorlezend, verhalen vertellend, hele monologen naspelend.

'Ik denk dat je haar leven met tien dagen hebt verlengd,' zei Inez, toen de vrouw uiteindelijk was overleden – waar Jonas om moest huilen.

We maakten een Inez-appgroep aan, waarin we samen met Inez de agenda bijhielden van lieden die – al dan niet op verzoek van Goeroe – langs wilden komen: familieleden, vrienden, collega's, exen. Goeroe was bang geweest voor ongemak en verdriet, maar het tegenovergestelde was waar. Soms was hij somber na afloop van de bezoekjes, maar altijd deed het hem goed om oude bekenden te zien en met hen ongestructureerd herinneringen op te halen, een beetje te babbelen over de politieke situatie, gelezen boeken of de dood. Hoe een rijk leven van zevenenveertig jaar kon worden samengevat in losse, schijnbaar willekeurige anekdotes en wat meningen. Bij iedereen die was komen opdraven zei Goeroe: 'Nou, die kunnen we afstrepen.'

Op een middag kwamen Yvette en Kateřina Volencova langs en het was vertederend om te zien hoe het naderende einde alle rimpelingen gladstreek. Ze zaten ieder aan een kant van zijn bed, Goeroe had geen enkel gevoel van ressentiment meer en was alleen maar blij dat de vrouw die ooit van plan was zijn kinderen te dragen nu gelukkig was met de moeder van zijn beste vriend.

Inez had ons verhalen verteld over gasten van Huis Veltman die met de dood voor ogen enorm verbitterd waren geraakt, die op alles wat hun familieleden zeiden cynisch 'jajaja' mompelden of die geliefden met wie ze jaren hadden geleefd de aanwezigheid aan hun sterfbed ontzegden. Dat leverde vaak dramatische aanvaringen op, die door de vrijwilligers moesten worden gesust. Van een vader die niet meer bij zijn stervende zoon mocht komen had Inez een trap in haar buik gekregen, waarna ze op het punt had gestaan te stoppen in het hospice. Gelukkig waren er ook gasten als Gregor, die zich op de oudejaarsavond van hun leven juist alles lieten welgevallen met een mildheid die ze al die jaren blijkbaar ook in zich hadden gedragen. Daarom was het zo aandoenlijk om te zien hoe hij zat te grinniken met Yvette en Kateřina, hoe vaak hij hen ook jaloers had vervloekt.

We hadden een vaste Alle Tijd-appgroep, maar maakten daarnaast ook een Veltman-groep aan, die was bedoeld om dingen te bespreken die Goeroe zouden kunnen verontrusten. Op een middag had Jonas in de Stadsschouwburg een afmattende lunchvoorstelling gespeeld, waarna hij op de bank van de JP van S moed lag te verzamelen om zich bij ons in het hospice te voegen. Er werd aangebeld. Jonas had in een interview eens gezegd dat hij heus van zijn publiek hield, hoewel hij ze onder geen beding thuis op de koffie wilde, waarna bagger.nl pesterig ons adres had gepost. Het gevolg was dat Jonas nooit meer opendeed, tenzij hij bezoek verwachtte. Door een kiertje langs het gordijntje voor het voordeurraampje zag hij wie er stond. Een jonge Aziatische vrouw met tatoeages op haar armen.

Jonas was blij om haar te zien, ze omhelsden elkaar en ze vroeg of haar Goeroe thuis was. Hij schudde van nee.

'Is hij dood?' vroeg ze, op een niet-dramatische manier dramatisch. Jonas stelde haar gerust en nam haar mee naar de huiskamer, waarna hij de keuken in ging om thee voor haar te zetten, terwijl hij ondertussen op de app schreef dat hij in een situatie zat. Hij wilde met ons overleggen over de vraag wat we met haar aan moesten. Jonas bleef Jonas en stuurde het bericht naar de verkeerde appgroep.

'Laat haar in godsnaam komen,' schreef Goeroe terug.

In de toegangshal van Huis Veltman brandde een grote kaars. Dat was voor familieleden en bezoekers het teken dat een van de gasten aan het sterven was en de villa daarom rust in acht nam. Op de gangen en in de kamers gold ingetogenheid: er mocht niet worden geroepen of gerend, in de huiskamer bleef de televisie uit.

Al had de hele wereld op sterven gelegen dan had Mei zich daar nog niets van aangetrokken: op de trap naar boven versnelde ze haar pas en met grote luide stappen denderde ze Gregors kamer binnen. Ze vloog naar hem toe en hij spreidde zijn armen. Een week of acht hadden ze elkaar niet gezien, weken waarin het gemis voor allebei ondraaglijk was geweest. Goeroe had geprobeerd een tweede brief aan haar te schrijven, maar hij was te vermoeid – te druk met sterven, zoals hij zei. Op haar beurt had Mei een vleermuis op haar borst laten tatoeëren, een Chinees symbool voor geluk. Onder de fu, zoals het beest heette, had ze het logo van Alle Tijd laten kalligraferen.

Ze liet de afbeelding aan Gregor zien, waarop ook hij volschoot – en wij met hen. Natuurlijk had hij eraan gedacht ons te vragen of Mei wilde langskomen om afscheid te nemen, maar hij had het niet gedurfd, uit schaamte voor hoe hij er in zijn huidige toestand uitzag (uitgemergeld en pafferig tegelijk, bleek en vol vlekken), uit angst dat ze hem alweer vergeten was en een andere brouwer aan de haak had geslagen, uit boosheid dat ze niet zelf op het idee was gekomen om naar Nederland af te reizen. Nu ze er was, was alles vergeten.

We hebben hen met rust gelaten. Later die avond heeft Inez het bed van de muur geklapt zodat Mei in de kamer kon blijven slapen. Lang heeft Mei aan zijn bed gezeten, terwijl ze niet veel zeiden, elkaar diep in de ogen kijkend. Hoewel het samenzijn was gespeend van opwinding of lust, voelden ze beiden *an intimate amorous crush*, zoals ze later op Goeroes crematie zou vertellen. De eerste ochtend na hun hereniging vroeg Mei aan Goeroe of ze iets raars bij hem mocht doen. Hij – verliefde gek – knikte dat alles goed was, hij was haar willoze slachtoffer. Ze pakte een lippenstift uit haar tas en begon zijn lippen wildberry te kleuren, wat hij geamuseerd toestond. Hierna pakte ze een wit A4'tje, om een afdruk op het papier te maken. Ze toonde hem de bleke binnenkant van haar linkerarm en ook op die plek liet ze hem zijn mond drukken. Later die middag zette een tatoeëerder van een shop vlak bij de Oudegracht Goeroes lippen voor altijd op Meis arm.

'It fucking hurts so much,' zei ze, toen ze hem het resultaat liet zien.

Wij hadden ook iets voor Goeroe voorbereid, al wisten we niet hoe onze geste zou vallen. Van Inez hoorden we dat er voor terminale gasten in het hospice regelmatig iets door de omgeving werd georganiseerd, soms was dat een geliefde schrijver die kwam voorlezen of een bekende kok die een maaltijd bereidde als een hommage aan de gelukkige tijden in zijn restaurant. Er was de keer dat een mevrouw die lang in een koor had gezongen op een ochtend werd onthaald op een aubade onder haar raam. Zoiets wilden wij ook. Aanvankelijk probeerden we Nick Cave naar Boshoven te halen voor een intiem huiskamerconcert, omdat we wisten dat hij in Nederland zou zijn voor een optreden. Helaas bleek een bezoek aan Huis Veltman niet te regelen, maar Cave stuurde wel een mooie handgeschreven brief, die we hebben ingelijst voor Goeroe en die vandaag de dag nog in de Jan-Pieter hangt.

Uiteindelijk bedachten we iets anders. In vroeger tijden zou ons plan vrijwel onmogelijk uitgevoerd kunnen worden, zeker niet op zo'n korte termijn, maar dankzij internet en social media hadden we binnen een paar dagen beet. Via het netwerk van Alle Tijd regelden we de rest. Uiteraard bespraken we alles met Inez en Mei, die zich ook verkneukelden. We hadden moeite om Goeroe niet alvast te vertellen waarmee we bezig waren, in de angst dat het wellicht allemaal niet zou doorgaan en hij zich zou verheugen op iets wat niet zou gebeuren (voor de zekerheid maakten we een derde appgroep aan, waar Jonas buiten werd gehouden uit angst dat hij anders weer iets zou verklappen).

Al in een vroeg stadium had Goeroe bij Luciën en zijn huisarts Geert aangegeven dat hij euthanasie wilde, om zelf het moment van zijn dood te bepalen. Geert, een lieve rustige man, had gezegd dat hij hem op alle punten zou bijstaan, wat zijn wensen op dat gebied ook waren.

'We spreken af dat ik je het niet ga vragen of voorleggen, want ik wil niet dat jij je op wat voor manier dan ook onder druk voelt staan. Op het moment dat je echt niet meer verder wilt vraag je erom en dan ga ik alles in werking zetten,' had hij gezegd. Gregor vond het een geruststellend idee.

Hij mocht de man – die hij pas had leren kennen toen zijn kanker al was geconstateerd – graag en het viel hem op dat Geert in het hospice bij zijn vaste woensdagmiddagbezoek soms rustig anderhalf uur uittrok om met hem te praten. Ze hadden zelfs een paar keer geschaakt op het bord dat bij het bed stond, waarbij Geert Gregor steeds had verslagen, wat de laatste vooral voorkwam als een aanmoediging langer te blijven leven (net zo lang tot hij van die verdomde dokter had gewonnen).

Op een van die woensdagmiddagen – zijn laatste, voor wie het per se weten wil – was hij weer door Geert in de pan gehakt. Zijn verdediging was gatenkaas en in de aanval was hij veel te gretig, wat door Geert genadeloos was afgestraft.

'Zo wil ik niet meer leven, hoor, als het zo moet,' zei Goeroe, toen Geert Gregors koning op het schaakbord had gelegd. Geert lachte snuivend.

'Ik maak een grapje,' zei Gregor zacht. 'Maar ik meen het wel. Ik wil je de vraag stellen.'

De vraag. Geert knikte langdurig, terwijl hij zijn hand boven het schaakbord hield. Hij zette Gregors koning weer overeind.

'Dan gaan we het er zo over hebben hoe we dat aanpakken. Het enige wat ik van je zou willen weten, maar je hoeft er geen antwoord op te geven als je daar geen zin in hebt: waarom nu? Hoe ben je tot je beslissing gekomen?'

Gregor was klaar. Mei was terug in zijn leven en ze hadden zich beiden verzoend met idee dat zijn lippen zouden voortleven op haar arm. Er was een stoet vrienden en familieleden langs geweest. Hij was verwend door Inez en haar collega-vrijwilligers. Hij had zelfs nog spacecake gegeten. Natuurlijk was hij kwaadmakend te jong om te sterven, maar daar kon niemand meer iets aan veranderen. In een blind proces had een weerbarstige maligne cel op een ongunstige plek in zijn lichaam op vernietigende wijze huisgehouden en geen moedertjelief die daar nog iets aan kon veranderen. Pure pech. Wanbof, zoals Luciën zou zeggen.

Vikingen geloofden dat in het hiernamaals een grote geit geduldig wachtte op bezoekers. De uiers van het hemelse beest leverden een oneindige hoeveelheid bier – en zo moest het blijkbaar voelen om dood te zijn: lurkend aan een eeuwige biertepel.

Aan het einde van de middag kwamen we met z'n allen bij elkaar op Goeroes kamer. Goeroe was opgelucht nu hij de beslissing had genomen en het leek of hij stiekem een stuk spacecake had bewaard en opgegeten, want hij maakte bijna een vrolijke indruk. Op de eerste dag in Huis Veltman hadden wij de beslissing genomen dat wij met onze sores nooit, op geen enkele manier, belangrijker waren dan Goeroe. We wilden niet dat hij zich met ons leed en onze gevoelens moest bezighouden – wat we mede hadden besloten omdat hij dat zelf tegen ons had gezegd. Toen hij 's nachts, nog in het ziekenhuis, eens niet kon slapen, schreef hij in de groepsapp: 'Ik wil niet dat jullie banger zijn dan ik. Bezorgder zijn dan ik. Zieker zijn dan ik. Ik wil niet jullie medeleven, tenzij ik er zelf om vraag. Ik wil vooral kracht, geen sluier van verdriet. Ik wil jullie niet hoeven te troosten voor mijn leed: jullie grootste steun is normaal blijven doen.'

Het waren woorden die we onszelf hadden ingepeperd. Nu hij ons vertelde dat hij met Geert had afgesproken dat hij de vrijdag erop 'over de kling zou worden gejaagd' hadden we moeite om ons aan onze voornemens te houden. Luciën (een arts nota bene) zat met tranen in zijn ogen, Jonas hield het natuurlijk niet droog (maar hij was acteur) en ook Mei, die niet alles verstond wat wij zeiden maar wel degelijk begreep wat we bespraken, zat te huilen in haar stoel.

'Jongens,' zei Goeroe – hij was op dat moment al niet meer zo goed te verstaan. 'Ik ben opgelucht. Het is goed zo.'

Inez kwam na een tijdje checken hoe haar lievelingsgast erbij lag en vroeg of hij niet moe was.

'Ik ben helemaal niet moe,' zei Goeroe moeizaam. 'Ik heb juist energie, hoe gek dat misschien ook klinkt.'

Er viel een stilte waarin we elkaar aankeken.

Luciën knikte naar Cola.

'In dat geval...' zei Cola, maar hij maakte zijn zin niet af.

'In dat geval willen we je nog iets geven,' nam Jonas het over. Hij klapte in zijn handen, pakte zijn jas, die over een stoel hing, en zei dat hij er even vandoor moest.

Tijdens zijn afwezigheid reed Inez Goeroe in een rolstoel naar de huislift, om beneden in de huiskamer met z'n allen te eten, Goeroes Drie-Na-Laatste Avondmaal, zoals hij zelf met enige moeite zei. Een andere vrijwilligster serveerde borden met nasi uit, maar wij hadden weinig eetlust en Goeroe deed voor de vorm of hij wat at, maar liet zijn bord verder onaangeroerd. Het idee dat hij had kunnen eten was al genoeg. Na het toetje – hopjesvla, voor wie het per se weten wil – kreeg Cola een bericht van Jonas. Cola vroeg Goeroe of hij goed zat, waarna deze een hand op Meis arm legde en knikte.

We hoorden de voordeur van de hal opengaan en een paar seconden later stond er een grote kerel van een jaar of twintig in de huiskamer. Ondanks zijn donkere huidskleur was de gelijkenis met Goeroe ontegenzeggelijk.

Achteraf was het verbazingwekkend hoe snel we hem hadden gevonden. Binnen nog geen uur kregen Cola en Luciën hem achter de computer te pakken, via het Facebook van Molly. Uiteindelijk waren het foto's die de doorslag gaven. Luciën wilde Fabian een vriendschapsverzoek doen, maar Cola leek het beter het anders aan te pakken, want het zou een twintigjarige Amerikaanse student wellicht afschrikken als een groep licht corpulente Nederlandse mannen van midden veertig (tegen de vijftig) contact wilde leggen.

In het verleden had Luciën regelmatig gescholden op zijn rauwdouwende broers, met name op Roeland, maar die laatste maakte in twee weken alles goed. Hij was inmiddels *surgeon-in-chief* aan Boston University en woonde op nog geen kwartier rijden van D'Amore-McKim School of Business, waar Fabian tweedejaars was. Luciën belde met Roeland, die de ernst van de situatie begreep en tot opluchting van Luciën niet begon over eventuele obscure Amerikaanse *clinical trials* die nog konden worden uitgeprobeerd.

Zonder dralen belde Roeland Fabians decaan en dezelfde

dag nog zat hij tegenover Fabian in een café. Goeroe had een tijdlang Molly's moeder geld gestuurd, maar dat was dus opgehouden toen de enveloppen ongeopend retour terugkwamen. Later had Gregor er vaak aan gedacht om weer contact te zoeken, misschien zelfs weer naar Florida te gaan, een voornemen dat was ingehaald door de gebeurtenissen.

Fabian wist dat hij een Nederlandse vader had, hij kon zich zelfs herinneren dat hij als knulletje in Key West een vriend van zijn vader had ontmoet. Bij zijn oma had hij wel vaak naar zijn vader gevraagd, maar zij had ook geen antwoorden. Toen zijn moeder weer uit de gevangenis kwam ging hij bij Molly wonen op een van de Keys. Ze trouwde een tandarts, een voormalige klant van The Dry, en Fabian kreeg twee halfzusjes die hem adoreerden alsof hij Bruno Mars zelf was. Op z'n achttiende lukte het hem een scholarship voor D'Amore-McKim te krijgen en gretig schreef hij zich in.

Roeland liet Fabian foto's van Gregor zien. Gregor tussen de brouwketels. Gregor met ons. Gregor samen met Timmy, die naar de camera blafte. Roeland vertelde over de brouwerij – die hij een paar keer had bezocht – en over de ernst van de situatie. Hij was zich ervan bewust dat hij de jongen ermee overviel, maar als hij niet naar Nederland kwam zou hij zijn vader niet meer zien. Over kosten hoefde hij zich geen zorgen te maken, alles zou worden geregeld.

Luciën en Jonas haalden Fabian op van Schiphol. Ze hadden een groot bord gemaakt met zijn naam erop, maar dat was overbodig: toen hij door de slurf van de douane de ontvangsthal in stapte was direct duidelijk dat de zoon van Gregor was gearriveerd. We brachten hem onder in de Jan-Pieter in een van de logeerkamers, en lieten hem het appartement van zijn vader zien, waar hij zijn jeugdfoto ingelijst aan een muur zag hangen. Fabian zei dat het vreemd was dat zijn portret al die jaren in Utrecht in een huis hing, zonder dat hij daar iets van had geweten.

Er werd besloten hem niet meteen mee te nemen naar Huis Veltman, omdat Mei met haar onverwachte komst de plannen een beetje had gewijzigd. Goeroe had veel te verwerken en het was beter om – in overleg met Inez – te wachten op een geschikt moment. De dagen daarna namen we Fabian bij toerbeurt mee op sleeptouw en lieten hem Utrecht en de verschillende locaties van de brouwerij zien. Zonder dat hij wist dat hij inderdaad een voorschot op de toekomst nam, zei Jonas: 'One day this will all be yours.'

Een paar dagen later werd Fabian dan eindelijk door Jonas de eetkamer van Huis Veltman binnengeleid. Goeroe zat met grote ogen in zijn stoel. Bij een van zijn eerste bezoeken aan Watford had hij Mei verteld van zijn Amerikaanse zoon, maar daarna was het onderwerp niet uitvoerig meer ter sprake gekomen, omdat Goeroe er somber van werd.

'Fabian, meet your father,' zei Cola. 'Gregor, dit is je zoon.'

Eenentwintig jaar nadat één onzichtbaar spartelende cel te midden van tweehonderd miljoen lotgenoten Goeroes lichaam had verlaten richting onbekende bestemming diep in de schoot van een Amerikaanse serveerster, stond er een 1,90 meter lange hunk voor hem, die net als hij niet wist wat hij aan moest met zijn gevoelens. Fabian liep op Goeroe af, boog zich voorover en liet zich door zijn vader omhelzen, voor zover die daartoe nog in staat was. Er werd een stoel naast Goeroes rolstoel gezet, waarop Fabian plaatsnam. Omdat Goeroe huilde mochten wij het ook. Na een paar minuten onderbrak Inez het gesnotter waarvan ze zelf deelgenoot was geweest.

'Iemand warme zeik met gebakken schijt?' riep ze, zich hernemend, waarop Jonas de woorden voor Fabian en Mei vertaalde. *Hot pee with baked shit*, zo vieren wij Nederlanders een hereniging van vader en zoon.

Drie dagen later ontstak Inez de grote kaars in het voorportaal. Er heerste vanaf dat moment rust in Huis Veltman. Op de kamer van Gregor draaide Luciën zachtjes 'gekoelde pianomuziek' van Pachelbel, Bach, Fauré, Grieg. Geboortes lijken op elkaar, had Inez verteld, maar geen enkel einde is hetzelfde. Alle sterfgevallen die ze in de loop der jaren had meegemaakt waren haar bijgebleven. Het vuurwerk aan het einde zelf was bij iedereen anders. Voor sommige gasten moesten extra tribunes worden bijgebouwd, andere wilden het liefst helemaal alleen zijn, terwijl hun dierbaren beneden wachtten in de huiskamer.

Goeroe had besloten dat hij ons er allemaal bij wilde hebben, samen met Mei, Fabian en zijn oudere broer Raymond. Een cirkel van schouders om het bed, noemde Inez het – en dat was het.

2019

In een van de jeeps heeft Berend ons naar een uithoek van Cola's terrein gereden, waar we de auto hebben neergezet bij een bosbeek aan de voet van een heuvel. We maken een afscheidswandeling door het woud, want het is aannemelijk dat we hier nooit meer gezamenlijk zullen lopen. Als je je ogen dichtknijpt heeft het iets weg van een doek van tv-schilder Bob Ross, de man die schilderde met zijn zachte stem. Morgenochtend breken we het kamp op en rijden we ieder weer in onze eigen auto terug naar Nederland. De afgelopen decennia hebben we, struinend door dit bladerrijke *lieu de mémoire* (volgens sociologen een plek waar herinneringen liggen), ruzies bijgelegd, plannen gesmeed en beslissingen genomen, maar nu is dat voorbij. De toekomst was iets van het verleden – en het is goed zo.

Na het overlijden van Gregor ging Fabian terug naar Amerika om zijn studie aan D'Amore-McKim School of Business af te ronden. Toen hij slaagde reisde de overzeese fanclub af naar Boston om namens zijn vader bij zijn buluitreiking te zijn. Als cadeau hadden we een krat Magna Cum Laude bij ons, gebrouwen naar de biertjes die Fabian in Utrecht lekker had gevonden. Het weerzien met Molly was vreemd, maar niet onaangenaam, want op een afstandelijke manier was ze hartelijk en geïnteresseerd in onze wederwaardigheden, zoals wij op onze beurt alles van haar wilden weten. Wat was er in godsnaam in Key West gebeurd? Hoe ging het met de usual suspects?

Dana: moeder van twee kinderen, Republikeins gemeenteraadslid.

De mormonen: zaten nog steeds in de gevangenis.

Diablo: was inmiddels overleden.

Molly leek in weinig meer op de onstuimige zwarte Demi Moore die ons in Key West had bediend en gechoqueerd met seksueel getinte grappen. Over ons zei ze dat we niets waren veranderd, wat aantoonbaar niet waar was, want met z'n vieren zijn we inmiddels zwaarder dan destijds met z'n vijven.

Ze vertelde dat zij en Dana ons *the tittle-tattle-toddlers* (de babbelkleuters) noemden, omdat we altijd maar praatten en discussieerden. Ook dat is tegenwoordig anders, we kunnen rustig anderhalf uur door het woud wandelen en af en toe zwijgen. Ze was ontroerd door de dood van haar vakantieliefde, de vader van haar oudste kind. In een parallel universum waarin net een paar moleculen anders waren gerangschikt, zouden wij in Amerika zijn gebleven en was Goeroe geëindigd met Molly. Het had zomaar gekund. Na Fabians buluitreiking namen we Molly en haar gezin mee uit eten in het Bostonse bierhuis waar Fabian na terugkomst uit Nederland was gaan werken. Hij had zichzelf in korte tijd brouwen geleerd en in verloren momenten ook een beetje Nederlands.

Een paar maanden later vloog hij definitief naar Utrecht, en het was logisch dat hij ging werken bij de brouwerij waarvan hij mede-eigenaar was. Fabians komst zorgde voor een grote golf jeugdige daadkracht en academisch vernuft. De brouwerij waar hij in Boston had gewerkt behoorde tot een netwerk van Amerikaanse craft hipsters die schreeuwden om een Europese partner. Fabian sloot een deal met Albert Heijn, die wel brood zag in door ons gebrouwen hippe Amerikaanse merken. Het was alsof Fabian zijn bestemming had gevonden en hij zwolg in de rol die hij van ons mocht spelen. Nog meer bloeide hij op van de zinderende stad, de studentes en brouwers die om hem cirkelden. In de Jan-Pieter betrok hij Goeroes appartement, waarmee in het huis na alle tegenslagen weer levenslust kwam. Jonge vrouwen in de gangen van het huis. De tijd was rijp voor veranderingen. Zelfs Timmy blafte zowaar niet tegen de nieuwe bewoner en zijn aanhang.

Op een avond begin dit jaar werd Cola mee uit eten genomen door zijn zus Cath, inmiddels CEO van Sunshine – schoorvoetend had Cola de Oude het familiebedrijf overgedragen aan zijn dochter. Omdat D'coninck van Poortugael en het Polman's Huis beide niet meer bestonden zaten Cath en Cola tegenover elkaar in een hippe Aziatische streetfoodcorner. Ook lekker. Cola was ervan overtuigd dat zijn vader in vroeger tijden liever had gezien dat hij het bedrijf had overgenomen, tot Cath bewees in alle opzichten een veel betere keuze te zijn. Hij bekeek zijn knappe zus – ze had de looks van zijn moeder en de kleur van zijn vader – met bewondering en gelatenheid.

'Waarom denk je dat we hier zijn?' vroeg Cath.

Cola deed een greep in zijn binnenzak en pakte een oud biljet van tien gulden, dat hij op het formica tafelblad legde.

'Papa en mama hebben ooit voor een tientje gewed dat mijn brouwerij geen succes zou worden,' zei hij. 'Papa heeft die weddenschap verloren. Ik heb dit biljet van mama gekregen.'

'Ik weet van die weddenschap,' zei Cath, die het briefje oppakte en van dichtbij bekeek.

Cola knikte vriendelijk naar een meisje dat een van hun gerechtjes op tafel zette en zei dat hij om dat briefje van tien wilde wedden dat hij wist waarom zij daar zaten. Cath, die de kleine lettertjes op het biljet probeerde te lezen, mompelde: 'En waarom, denk je?'

'Omdat papa je heeft gestuurd om mij alsnog een baan aan te bieden bij Sunshine.'

Cat keek nog steeds naar het bankbiljet.

'Daar heb ik papa niet voor nodig,' zei ze. 'De tijd dat hij mij zijn klusjes liet doen is voorbij. Ik doe tegenwoordig mijn eigen klusjes.'

Cola keek haar glimlachend aan en nam een hap van een gestoomd broodje met gemarineerd varkensvlees.

'En,' ging ze verder. 'Je hebt verloren. Ik heb geen baan voor je bij SFG. Je hebt vaak genoeg aangegeven niet bij je familie te willen werken. Je bent inmiddels te oud ook. Te star. Te eigenzinnig. *This town is too small for the both of us...*'

Ze zei het met een kleine lach, waarna ze het tientje opvouwde en het in haar binnenzak stak. Cola keek haar instemmend knikkend aan.

'Ik wil wel iets anders van je,' zei ze.

Ze ging niet verder, maar nam een hap van haar stoombroodje.

'Wat dan?' vroeg Cola.

Tussen het kauwen door zei ze dat ze onze brouwerij wilde kopen.

Cola liet zijn kaken even rusten.

'Ik weet dat je papa tot twee keer toe hebt gesproken over de verkoop van jouw bedrijf. En beide keren besloot hij er niet op in te gaan.'

Ze wachtte met haar vervolg omdat ze toekeken hoe een Engelssprekende serveerster een nieuwe lading Vietnamese hapjes op tafel zette.

'Twee keer was dat een fout die ik niet zal maken.'

Cola dacht na over haar woorden.

'Aha,' zei hij, waarna hij een stilte liet vallen.

Een fout die zij niet zou maken.

'Dus je wilt dat ik jou mijn bedrijf aanbied?'

Cath had haar mond vol en kon niet antwoorden.

'Alleen staat Alle Tijd deze keer niet te koop, Cath. We draaien als een idioot. Onze eigen merken gaan als een malle, zoals onze baarden dat noemen, en onze portefeuille zit bomvol orders van Amerikaanse brouwerijen. We gaan ons brouwhuis uitbreiden en zouden wel gek zijn als we ons bedrijf in de etalage zouden zetten. We zijn echt groot tegenwoordig.'

Cath knikte, nog steeds met haar mond vol. Ze pakte twee papieren servetjes uit een metalen standaard die op tafel stond. Met het ene veegde ze haar mond schoon, waarna ze op het andere met een balpen een bedrag schreef. Ze slikte en zei: 'Ik ga het je makkelijk maken.'

Ze schoof het beschreven velletje naar Cola toe.

In de maanden daarvoor hadden vertegenwoordigers van AmBrew met ons opnieuw flirterige gesprekken gevoerd over een eventuele overname, maar Cola – die Fabian had meegenomen als secondant – was er niet op ingegaan, omdat ze bij aanvang veel te weinig boden. 'Eerst zoenen, dan naaien,' noemde Cola het achteraf. Daarbij kwam dat Alle Tijd echt niet te koop stond, zeker niet nu Fabian begon te excelleren.

Cola keek naar het bedrag op het servetje.

'Dit kun je niet menen,' zei hij.

'Een pretletter van een adviesbureau adviseerde ons onlangs om in België een brouwerij te kopen, als een voor de hand liggende uitbreiding van ons arsenaal.'

'Welke brouwerij?'

'Vermeldt het verhaal niet, want ik heb er meteen een stokje voor gestoken. We gaan geen brouwerij kopen als we er een binnen ons bereik hebben. De afgelopen weken heb ik onze juristen BV Alle Tijd laten doorlichten. Je bent familie, dus ik heb geen zin om te onderhandelen of moeilijk te doen, dat kost alleen maar tijd en geld. Sunshine heeft een eigen brouwerij nodig en we gaan die van jou kopen. Dit is het bedrag dat ik ervoor ga betalen.'

Luisterend naar haar woorden keek Cola nogmaals naar de cijfers op het velletje van zijn zus.

'Ik zal ermee naar de jongens moeten. Berend heeft altijd gezegd dat Alle Tijd te allen tijde onafhankelijk moet blijven. En Fabian is net een paar jaar bezig, die zal ook niet staan te springen.'

'Ik denk het wel,' zei Cath. 'We willen Fabian namelijk graag houden. Hij zal blij zijn met zijn mogelijkheden binnen Sunshine. Ik heb vorige week al een verkennend gesprek met hem gevoerd, buiten jou om. Dan weet je dat, val hem er niet op aan. Ik heb hem gevraagd er even niet met jou over te praten tot ik dat zou doen.'

'Zo.'

'En Berend mag tot in lengte van dagen hoofdbrouwer blijven. We spreken af minimaal vijf jaar. Die andere twee dreutels hoef ik niet in te lijven, maar die gaan cashen, dus who cares?'

Cola keek zijn zus kauwend aan.

'Dit is gewoon een ambush.'

'Een ambush met een mooi bedrag.'

Hij knikte.

'Oké, ik zal het overbrengen.'

Ze keek hem glimlachend aan.

'Er is eigenlijk maar één iemand om wie we ons zorgen maken,' zei ze, een stuk Vietnamese pannenkoek op haar bord leggend.

'Aha,' zei hij. 'Ik neem aan dat ik dat ben?'

We wandelen lange tijd langs een ondoordringbaar stuk oerbos. Geen bewegwijzerde paden hier, maar een onheilspellende wildernis. Dit is de grens van het terrein van Cola's familie, hierachter ligt het Tierfreigelände, een gebied waar alle dieren vrij kunnen rondlopen. Overdag trekken zwijnen, reeën en andere opgejaagde dieren zich hier vaak terug voor beschutting en rust. We luisteren naar de geluiden van het woud, in meerdere hoeken timmeren drieteenspechten er verbeten op los, in de verte zingen waterspreeuwen bij de beek en takken kraken onder onze voeten.

Dan. We horen een vreemd gerommel vanuit het dichte woud, een storm die in volume toeneemt. En blijft toenemen. Plotseling gaat het vliegensvlug. We staan met z'n vieren bij elkaar, kijkend in de richting vanwaaruit het geluid aanzwelt, als er uit het niets een immense kudde reeën voorbijschiet, hun voortrazende hoefgetrap resoneert in de doffe bosgrond. Beesten stuiven ons voorbij, op de vlucht voor iets wat hun klaarblijkelijk dusdanige angst inboezemt dat ze zelfs langs mensen rennen. Jonge beesten, grote mannetjes, drachtige vrouwtjes, kalfjes, allemaal racen ze in een wervelwind langszij. We kijken hen verbijsterd na, binnen minder dan een halve minuut keert de rust terug.

'O my kut, wat was dat?' roept Jonas.

'Ik denk dat ze werden opgejaagd door een of andere lynx die niet weet dat daarachter een Tierfreigelände ligt,' zegt Cola. 'Had blijkbaar het memo niet gelezen.'

'Gelukkig dat jij je geweer niet bij je had,' zegt Berend. 'Dit waren schoten voor open doel. Jammer hoor, je had zo al je targets voor dit weekend kunnen halen.'

'Stil eens,' maant Luciën ons, en hij luistert naar een hoek van het donkere woud. Wij horen het ook: een gejengel dat we niet kunnen thuisbrengen, een vreemd geloei dat klinkt als het kermen van een huilend kind, maar dan vertraagd afgespeeld.

'Lijkt me een dier,' zegt Jonas, ingespannen luisterend.

'Scherp,' zegt Cola.

We volgen ons gehoor en gevieren lopen we het bos in, weg van de grens van Cola's familielandgoed. Het krijsende geluid komt van achter een grote omgevallen boom waar, tussen wilde begroeiing, een ree ligt te hijgen en brullen. Hij bromt amechtig als hij ons ziet en hij doet een verbeten poging op te staan. We zien dat er een afgebroken tak uit zijn buik steekt en er stroomt bloed uit een open wond.

Cola nadert het dier voorzichtig van een afstandje en zegt dat hij misschien in zijn vlucht tegen een opstaande tak van de omgevallen boom is gerend, waarna de tak is afgebroken. De ree doet een poging van ons vandaan te waggelen, maar de stok in zijn buik zit hem dwars en hij valt weer om. Jonas wil te hulp schieten, maar Cola maant ons niet te dichtbij te komen, want een gewond dier kan in zijn doodsnood venijnig van zich afbijten.

'Godsamme, moeten we dat beest niet uit zijn lijden verlossen?' roept Jonas. 'Kun je niet je geweer uit de auto halen? Hij gaat het toch nooit overleven met zo'n wond? Dit wordt z'n dood.'

'Ik mag hier niet schieten, dit is mijn gebied niet,' zegt Cola. 'Daar is het Duitse Staatsbosbeheer heel streng op. Ik kan mijn vergunning kwijtraken.'

'Nou en?' roept Jonas.

'Dat dier heeft het zwaar,' zegt Berend. 'Er zijn regels en er is menselijkheid. Het dier zal geheid sterven en je wilt toch niet dat hij door een of andere lynx wordt aangevreten terwijl hij nog leeft?'

'En wat moeten we met hem doen als ik hem heb doodgeschoten? We kunnen hem niet het bos uit slepen en mee terug naar de hut nemen. Achterlaten kan ook niet, want als we hem hier een natuurgraf geven ziet een boswachter ongetwijfeld dat hij met een schot is gedood.'

'Het kan toch zijn dat je hem op je eigen grondgebied hebt geschoten en dat hij zich met zijn laatste krachten hiernaartoe heeft gesleept?'

'Ook daar moet ik melding van maken. Je mag een aangeschoten beest niet aan zijn lot overlaten.'

'Kun je hem niet met de kolf van je geweer uit zijn lijden verlossen?' zegt Jonas. 'Dan hoef je niet te schieten. Mijn moeder heeft een keer een piepend vogeltje dat door onze poes was gepakt met een straattegel gedood. Ik vond dat verschrikkelijk, ik haatte haar, maar het moest gebeuren.'

'Zie jij je een ree de hersens inslaan? Jij mag het zelf ook doen, als je je zo'n zorgen maakt.'

Gevieren staan we besluiteloos te kijken naar het grommende beest.

'Kunnen we niet gewoon de dierenambulance bellen?' zegt

Jonas. 'Ik maak geen grap. Misschien is het dier nog te behandelen. Kunnen we geen dierenarts laten komen?' Hij wijst naar Luciën. 'Jij bent in Afrika tropenarts geweest.'

Luciën vertelt daar vaak spannende verhalen over, over hoe hij met een fietsdynamo en een paar bananenbladeren noodoperaties moest verrichten.

'Het moet voor jou toch een koud kunstje zijn om even bij een ree een stok uit de onderbuik te verwijderen?' roept Jonas. 'Wij helpen wel.'

Luciën weifelt en zegt dat hij bang is dat hij daarmee de ellende alleen maar vergroot. Hij zet een paar stappen in de richting van het beest, dat ons in het Rees met hel en verdoemenis bedreigt.

Een paar minuten later begint Luciën toch met de operatie. Berend en Jonas hebben een lange grote stam gepakt en die over de nek van de ree gelegd in een poging het dier in bedwang te houden. Berend drukt met een voet tegen de hals van het beest om te voorkomen dat hij zal opstaan. De ree probeert – ons vervloekend – zich spartelend los te worstelen, maar de greep van Jonas en Berend is te stevig. Ondertussen houden Cola en Luciën zich bezig met de afgebroken stok. Cola heeft de twee achterpoten van het beest beet en gedecideerd voert Luciën de ingreep uit.

Hij, de wonderdokter, gaat met zijn vingers de wond in om de schade in de buik te controleren. Dan wrikt hij langzaam maar kordaat de tak uit de buik van de patiënt. Hij controleert of er geen splinters achterblijven en dan trekt hij zijn handen terug. Tegelijkertijd laten Cola en Berend het dier los, terwijl Jonas de dikke stam weer optilt. Nu hij is verlost van het hout in zijn buik staat de ree verrassend soepel op. Hij draalt niet en rent ervandoor, niet zo snel als zijn groepsgenoten die even daarvoor voorbijstoven, maar snel genoeg om hem niet te kunnen bijhouden.

'En graag gedaan hè?' roept Jonas hem na.

Als het dier uit het zicht is verdwenen geven we elkaar een high five, behalve Luciën, want die heeft bloed aan zijn handen.

Elke gebeurtenis in ons leven heeft volgens sociologen een tweevoudige betekenis: die op het moment zelf en de gebeurtenis in het licht van onze levensloop als geheel. De ree die we hebben gered was natuurlijk een ree die we hebben gered, maar staat ook voor onze brouwerij en de vriendschap, stellen we in de auto vast. De running gag van de afgelopen dagen is dat we in alles symboliek zien. Een dode vogel op de veranda. *Dat zijn wij.* Een blikseminslag op het veld. *Het verleden.* De zilveren deken van waterparels op het veld voor de hut. *Ons voorland.* Bemodderde laarzen. Een fauteuil waar Jonas – niet Berend – doorheen zakte. Een afgebroken theelepel. Ieder uur komen er voorbeelden bij. We maken er grappen over. Sartre schreef dat een geschiedenis pas een geschiedenis is als er sprake is van een duidelijk begin en einde. Zodra een avontuur is afgelopen wordt de tijd weer structuurloos. Wij hebben ons einde in zicht, ondanks alle plechtige beloften dat het met de gevolgen van de verkoop wel zal meevallen. Er rest ons structuurloosheid.

Bij terugkomst van de wandeling gaat Luciën zich op de veranda wassen met ijskoud water uit een van de jerrycans, terwijl Jonas in een kruiwagen hout voor de kachel naar de hut sleept en Cola begint met de voorbereiding van de maaltijd. Als Luciën zich weer heeft opgefrist roept Berend ons bij elkaar. Hij heeft een krat uit zijn auto gehaald, zet dat op de buitentafel van de porch en zegt dat hij speciaal voor dinsdag een bijzonder bier heeft gebrouwen.

'Dinsdag?' zegt Luciën.

'Dan verkopen we ons bedrijf,' zegt Cola.

O ja, dinsdag. Overmorgen.

Het is de permanente achtergrondruis van deze trip, het moment dat we onze handtekeningen zullen zetten onder de contracten. Als de notaris zijn laatste punt heeft gezet wordt alles anders. Nog die dag wordt naar ons alle vier plus Fabian een som gelds overgemaakt en is Alle Tijd niet meer van ons. Dinsdag is het begin van de rest van ons leven. Dinsdag reanimeren we de toekomst.

Berend pakt vier flesjes uit het krat, ontkurkt ze en deelt ze rond. Op het etiket staat de naam die hij het bier heeft gegeven: Afscheid.

'Godsamme,' zegt Jonas. 'Dat hakt erin.'

'Jij dacht: ik maak het even pathetisch?' zegt Cola.

We bestuderen de etiketten. Bier heeft een paar weken nodig om op smaak te komen, dus Berend heeft dit gebaar goed voorbereid.

'Ik dacht: ik zeg het met bier,' zegt hij, waarop hij zijn flesje omhooghoudt, en we de halzen van de flessen naar elkaar brengen. Het doffe geluid van het klinkende glas verwaait in het dal. Vast ook weer een metafoor.

Buiten horen we een hond in het aanpalende dal blaffen tegen zijn echo, binnen de hut hangen vier mannen – rozig van het laatste avondmaal en een overdosis van Cola's signatuursaus – aan de grote houten eettafel. Cola heeft koffiegezet en Luciën schenkt een fles cognac, de laatste, uit in vier bellen.

'Bedankt, brave huisvader,' zegt Jonas, zijn glas aannemend.

'Graag gedaan, kwartgod.'

Ook een grap die al een paar jaar voortrent. Er kwam een journaliste van *de Volkskrant* langs voor een feature in het *Magazine*. Een avond op stap met wilde bierbrouwers, dat moest een vermakelijk stuk opleveren. Fabian, onze golden boy, was helaas verhinderd en daardoor moest de jonge vrouw het doen met de oude garde. Het meisje – net afgestudeerd en binnengehaald door een hoofdredactie die bang was de hartenklop van de tijd niet meer te voelen – wilde dat wij en onze baarden onze favoriete hotspots van 'het Utrechtse nachtleven' lieten zien. Ze hunkerde naar anekdotes, naar ontmoetingen met bevriende kunstbeesten, naar uitspattingen met celebrity's, spectaculair zelfverlies, onvermoede nachtelijke wijsheden en vooral naar sexappeal en wellust.

Haar teleurstelling dat wij niet voldeden aan het beeld dat ze van ons had lazen we vier weken later terug in de zaterdagkrant. In haar artikel noemde ze ons smalend 'sympathieke maar brave huisvaders', wat klonk als een verwijt, alsof ze had gehoopt dat we haar zouden meeslepen naar extravagante drugsfeesten en artistieke gangbangs. Dat Jonas na afloop van de reportage met haar naar bed was geweest vermeldde het meisje in haar stuk niet – tot zijn opluchting, hoewel hij niet blij was met het beeld dat ze van hem schetste. Quasispottend had ze hem 'een zelfverklaarde kwartgod' genoemd, de helft van een halfgod, een omschrijving die hem meer had gestoken dan gevleid.

'Ze noemde me geen kwartgod toen ik een halfuur lang met mijn tong rondjes lag te draaien langs haar flanc de coteau, ter hoogte van haar sommet de la montagne,' zei hij destijds. 'Dat heb ik haar althans niet horen kreunen.'

Als de cognac op is gaat Berend op zoek naar een alternatief. De jachthut heeft een plank met flessen die door bezoekers in de loop der jaren zijn achtergelaten: restjes eau de vie, jenever van Bols ('soete likeuren in geuren en kleuren') en schnaps die zo sterk is dat je huig spontaan oplost. Hij vindt een halflege fles kirschwasser en schenkt die uit in onze cognacglazen. De drank voelt als een vloeibare schuurspons, maar de gloed die daarna door ons lijf trekt verwarmt onze vermoeide lichamen.

'Als ik nu heel eerlijk ben...' zegt Jonas.

'Maar dan ben je wel heel eerlijk,' zegt Luciën.

'...dan is de roes die alcohol geeft toch het prettigste gevoel denkbaar ever.'

'True.'

'Proost.'

'Natuurlijk: seks is buiten mededinging. Seks staat boven alles,' gaat hij verder. 'Seks is hors concours, als dat een uitdrukking is.'

'Dat is een uitdrukking,' zegt Luciën.

'Maar los van seks staat alcohol bovenaan,' gaat Jonas verder. 'Eten is geweldig, natuurlijk. Andere versnaperingen... Prima. Maar de roes van een paar biertjes of een goeie fles wijn maakt me echt gelukkig. Een week of wat geleden belandde ik spontaan in De Sidonia. De dag erna had ik geen afspraken en dus kon ik uitslapen, dat was me ook al in maanden niet overkomen. Ik kende niemand meer in het café, maar ik dacht: fuck it, ik ga *like it's nineteen ninety nine* een ouderwetse kopstoot nemen, en daarna nog een. Ik zat aan de bar, tussen allemaal kortademige instagrammende dertienjarigen, langzaam begon ik de alcohol te voelen en een verloren liefde stroomde door mijn lijf. *Rauchen, saufen, onanieren, Scheiße an die Wände schmieren, Alkohol und Sonnenschein, ficken und besoffen sein!*'

'In vroeger tijden leefden we toch in het café?' zegt Berend. 'De kroeg was mijn hoeksteen, ik deed het dagelijkse bestaan er maar een beetje bij. Vrijheid was: altijd naar ons stamcafé te kunnen gaan. Tegenwoordig moet ik kroegbezoek van tevoren plannen, en dan nog ontkom ik er vaak niet aan op de dag zelf alsnog af te zeggen.'

'Ik ook.'

Cola zegt: 'Michelle en ik plannen tegenwoordig ook onze seksuele recreatie al weken van tevoren. Zij noteert dat in onze gedeelde agenda op mijn iPhone. Dinsdag 12 november, 23.14 uur: erectie in de slaapkamer.'

'Ik stond dus in De Sidonia en stelde vast dat ik aangeschoten was. Hoe lekker was dat? Dat wist ik omdat ik op het toilet gekke bekken tegen mezelf begon te trekken in de spiegel. Als ik nuchter ben doe ik dat niet, ben ik dronken dan knipoog ik naar mezelf of ik doe even alsof ik proefpersoon ben in dat beroemde experiment van Duchenne waarbij kunstmatig gelaatsuitdrukkingen worden opgewekt met behulp van elektrische schokjes.'

'Ik stel me weleens voor,' zegt Berend, 'dat mijn arts tegen me zegt dat ik nooit meer een druppel alcohol mag drinken. Dat ik ter plekke sterf als ik dat toch doe. Dan is het leven het niet meer waard geleefd te worden. Ik denk dat ik als mijn dokter zoiets vertelt een goeie porter laat aanrukken en mijn laatste biertje drink.'

'Ik had dat vroeger met mijn pik,' zegt Luciën.

'Je pik.'

'Ik stelde me voor dat ik die na een auto-ongeluk zou kwijtraken. Werd ik wakker na een coma van drie maanden, om van de arts – ik stelde me altijd voor dat het een van mijn broers was – te horen: sorry, we hebben het daarbeneden niet kunnen redden. Ik keek naar mijn kruis. Waar ooit mijn raket hing, zag ik alleen nog maar een lanceerplatform van shoarmavlees.'

'Dan zou ik niet meer hoeven leven,' zei Jonas. 'Je weet het natuurlijk pas op het moment dat je het meemaakt, maar nu zou ik zeggen: laat maar, jongens, zonder pik hoef ik niet verder.'

'Op onze pikken,' zegt Cola, met zijn glas in de lucht.

'Ik ga echt niet op jouw pik proosten,' zegt Jonas. 'Viezerik.'

Luciën zegt: 'Overigens, als je maar lang genoeg rookt en drinkt komt het moment dat-ie er nog wel zit maar het niet meer doet vanzelf. Je kunt jezelf ook impotent drinken.'

'Wat? Ook van alcohol?' vraagt Jonas.

'Nee, van jus d'orange,' zegt Berend.

'Nu ga ik echt geen glasje meer drinken.'

Luciën knikt met een blik vol mededogen.

'Nou, laten we die fles dan maar snel uitschenken, voor hij zich bedenkt.'

Jonas pakt de fles chartreuse, doet of hij die aan zijn mond zet en vult onze glazen.

'Zo, leeg!' roept hij, de fles op tafel zettend.

'U moet ononderbroken dronken zijn,' zegt Luciën. 'Dat zei

Charles Baudelaire. Laat het zuipen maar aan de dichters en schrijvers over. Ik las dat Marguerite Duras zes liter wijn per dag dronk. Ze zei dat ze wilde sterven van het drinken. Dat ging helaas niet door, want ze overleed op haar tweeëntachtigste aan keelkanker, maar het idee was er.'

'Ik word tegenwoordig weleens wakker, 's nachts,' zegt Cola. 'Dan schenk ik mezelf een glas wijn in. Kijk ik op het dakterras uit over de slapende stad. Het idee van de enige te zijn die aan het drinken is voelt overweldigend. Daar zou ik best voor willen sterven.'

Berend staat op van tafel om op de plank te kijken of er nog meer flessen staan. 'Dat geouwehoer van jullie, daar krijg ik dorst van.'

'Misschien moeten we ons dinsdag ook ouderwets bezatten,' zegt Cola.

'Dinsdag?' vraagt Jonas.

'Dan verkopen we ons bedrijf!'

'O ja, dinsdag.'

Dinsdag, onze *sommet de la montagne*.

'We kunnen natuurlijk kijken of we die cash er die avond in één keer doorheen kunnen jagen,' zegt Berend, die ruikt aan een fles zonder etiket.

'Dat gaat niet lukken, vrees ik,' zegt Luciën.

Berend neemt een slokje en deinst terug.

'Jullie dachten dat die aquavit sterk was,' zegt hij. 'Dit heeft een alcoholpercentage van meer dan honderd procent.'

'Schen*kann*!' roept Jonas, die zijn glas dwingend omhooghoudt.

'Ik ben soms bang dat we spijt gaan krijgen van onze beslissing,' zegt Cola. 'Zijn jullie daar niet bang voor?'

'Ik blijf werken, voor mij is het minder erg,' zegt Berend, als hij ons allemaal weer heeft ingeschonken.

'Maar wij vallen in een diep gat!' roept Jonas theatraal.

Luciën zegt: 'Spijt is goed. Als we ons allemaal verschrikkelijk opgelucht zouden voelen, zou dat ook niet normaal zijn. Spijt moet je vooral niet onderdrukken, leerde ik vroeger. Daar word je geen aardiger mens van.'

'Godsamme, ik heb er een beetje spijt van dat ik hier een slok van nam. Dit is geen eau de vie, dit is een eau de mort, dit is een moordenaar,' zegt Jonas kokhalzend.

'Bijna negentig procent van de mensen zou achteraf gezien hun leven anders hebben willen leven, las ik ergens,' gaat Luciën verder. 'Meer dan de helft heeft spijt over grote levenskeuzes. Ik vraag me weleens af of ik niet in Afrika had moeten blijven.'

'Daar kun je na dinsdag zo een half dorp kopen.'

'In datzelfde stuk las ik – ik heb het ook niet bedacht – dat mannen vaak spijt hebben over scharrels die ze zijn misgelopen, terwijl vrouwen somber worden van scharrels die ze wel hebben gehad. Dat is een mooie tegenstelling, hè?'

'Waaat?' zegt Jonas. 'Zouden er vrouwen zijn die spijt hebben?'

'Wat denk je zelf?' zegt Cola, die opstaat om in de deuropening een peuk te gaan roken, hoewel hij officieel nog steeds is gestopt. Jonas voegt zich bij hem. Als Cola de deur opendoet waait een koude vlaag de kamer binnen. In het dal waar onze hut op uitkijkt blaft er nog steeds een hond tegen zijn echo.

'La condition humaine is natuurlijk verschrikkelijk, maar la condition chiene lijkt me ook geen pretje,' zegt Jonas, die begint terug te blaffen naar de hond. Van schrik houdt het beest stil.

'Jezus Jonas,' roept Luciën. 'Gefeliciteerd, man. Dit is een van je slechtste woordgrappen ooit.'

Jonas haalt zijn schouders op en blaft weer verder, een geluid dat van de overkant terugkaatst.

Even later komen ze terug aan tafel, waar Berend weer een zoveelste fles heeft gevonden, nu echt de allerlaatste. De drank heeft een lichte paarse schijn.

'O, deze is best lekker,' zegt hij, nippend van zijn glas. 'Pruimen.'

‘Ik heb geen spijt dat we de tent verkopen,’ zegt Jonas, het gesprek weer oppakkend. ‘Iedere zichzelf serieus nemende snackbar heeft tegenwoordig in de bijkeuken een eigen bierinstallatie. Craft beer is mainstream geworden. Popbandjes brouwen hun eigen bier. BN’ers hebben hun eigen IPA. Jongens krijgen voor Sinterklaas hun eigen brouwset. Goed moment om op te breken.’

‘Wat een onzin,’ zegt Berend.

‘Dat zeg jij omdat jij contractueel nog vijf jaar moet werken.’

‘Ik werk al vijfentwintig jaar bij Alle Tijd, die vijf jaar kunnen er ook nog wel bij.’

‘Geen ruzie, jongens,’ zegt Luciën.

‘We hebben geen ruzie,’ zegt Berend. ‘Ik sla hem alleen zo even alle tanden uit zijn bek.’

‘Dat zou nog eens een toepasselijk einde zijn,’ zegt Jonas. ‘Dat we hier nu elkaar, eindelijk, eindelijk, met messen te lijf gaan. Joeli en Boeli in het kwadraat. Mooie metafoor voor het afscheid, een massaslachting. Worden onze lijken van de week door een passerende boer gevonden. *Haben sich diese hübsche Kerle jetzt gegenseitig angegriffen?*’

‘Daar heb ik geen messen voor nodig, hoor. Ik breek met mijn blote handen alle botten in je lichaam.’

‘En daarom houden we ook zo van je,’ zegt Jonas. ‘Zit er nog wat in die fles pruimensap?’

‘Echt sap is het niet,’ zegt Luciën. ‘Ik voel die drank wel, allemachtig.’

Jonas’ mobiele telefoon maakt een geluid. Hij pakt zijn toestel en kijkt verbaasd naar het scherm.

‘Hè? Ik heb bereik. O my kut. Ik heb bereik.’

‘Hij heeft bereik! Jonas heeft bereik! Jongens, Jonas heeft bereikt!’ roept Cola, die ook zijn telefoon van tafel pakt. ‘De Schepper laat zich eindelijk gelden.’

‘Er is een wonder gebeurd,’ zegt Luciën, die geen aanstalten maakt om zijn toestel te checken.

'Ah, een bericht van mevrouw Stephany Burdon-Sanders,' zegt Jonas.

'Zit je daar nu nog steeds mee te appen?' vraagt Cola.

'Vannacht, jullie sliepen al, ben ik zelfs even naar buiten gelopen, naar die hoek van het terrein waar wel 3G is.'

'Why in Gottes Namen?' roept Luciën. 'Warum, Junge?'

'We zaten elkaar overdag wat berichten te sturen. Ze was een beetje teleurgesteld dat wij niet vanuit Leutersdorf naar Frankfurt wilden komen.'

'Wat wil die vrouw van je?'

'Weet ik veel,' zegt Jonas. 'Een beetje spanning. Spielerei, meer niet. Het is allemaal volstrekt ongevaarlijk. In de WhatsApp kunnen dat soort ontmoetingen razendsnel escaleren.'

'Dat spreekt elkaar tegen. Het kan niet volstrekt ongevaarlijk zijn en razendsnel escaleren,' zegt Cola.

'In welke zin escaleren? En wat stuurt ze dan nu?' vraagt Luciën, die zich naar Jonas' schermpje buigt om mee te lezen.

Jonas kijkt naar zijn telefoon en zegt: 'O, wauw.'

'Wat? Wat? Wat?' roept Cola vanaf de overkant van de tafel, maar Jonas laat niet zien wat er op zijn scherm staat.

'Escaleren in de zin dat het in een moordtempo meteen gaat waarover het zou moeten gaan. Ik zat haar gisteren een beetje uit te dagen. Ze zat stoer te doen en ik vroeg of ze me geen fototje van zichzelf kon sturen. Toen stuurde ze me dit...'

Jonas zoekt in zijn telefoon en houdt zijn toestel omhoog met een afbeelding van een knappe blonde vrouw van in de veertig.

'Is dat Stephany Burdon-Sanders?' zegt Luciën. 'Hebben we haar donderdag ontmoet op die parkeerplaats?'

'Dat isser,' zegt Jonas. 'En dit is haar ook.'

Hij laat een paar foto's zien die Stephany hem gisteren appte. Een vrolijk lachende vrouw in een zwarte uitgaansjurk. De vrouw bij een haardvuur. De vrouw glimlachend in het schemerdonker, haar gezicht verlicht door het scherm van haar toestel.

'En stuur jij dan ook iets terug?' vraagt Berend.

Jonas haalt zijn schouders op. 'Natuurlijk.'
'Wat?'
'Natuurlijk.'
'Maar in godsnaam toch niet weer je pik?' roept Luciën.
'Nee, natuurlijk niet,' zegt Jonas. 'Ik heb mijn lesje geleerd.'
'Goed zo.'
'Van mijn ballen.'
'Wat?'
'Grapje! Natuurlijk stuur ik haar niets wat aanstoot kan geven.'
'We kennen je een beetje,' zegt Cola.
'Zij overigens wel...'
'Wat?'
'Zij stuurde wel foto's die aanstoot geven.'
Jonas zoekt weer in zijn toestel.
'Ik zat haar vannacht dus een beetje uit te dagen om me iets spannends te geven en toen stuurde ze dit...'
Hij houdt zijn telefoon omhoog met een blokkerige afbeelding van haar bovenlijf, zonder gezicht, maar met een indrukwekkend decolleté. Gevieren kijken we naar de foto. Het heeft niets met *toxic masculinity* te maken: deze vrouw is ons gewoon in alles de baas.
'En toen dacht jij niet: ik pak de auto en rij even naar Frankfurt?'
Jonas maakt een geluid met zijn lippen en denkt over de vraag na.
'Misschien heb ik dat wel gedacht. Jullie lagen toch te slapen. Maar ik dacht: ik kan me natuurlijk ook even afbabberen en me die reis besparen. Geeft alleen maar ellende. Ze is getrouwd, ik zou niet meer dan een speeltje voor haar zijn.'
'Afbabberen?'
'Heb je je hier op het terrein vannacht staan aftrekken?' roept Cola, die is opgestaan om op de plank waar de flessen stonden te zoeken of er nog iets te drinken valt.

'Nee, natuurlijk niet,' zegt Jonas. 'Ik dol jullie. Ik heb er ook niet echt serieus aan gedacht om naar Stephany Burdon-Sanders toe te rijden. Waarvoor? Voor een beetje gefrunnik in de huiskamer van haar Airbnb? We zijn toch geen kinderen meer? Voor haar is het een spel, ze wil kijken hoever ze me kan krijgen. Dit is wat ze wil, online spanning. Niet de seks zelf, maar de weg ernaartoe.'

'Dat klinkt heel boeddhistisch,' zegt Luciën.

'Geen weg is te lang met een mobieltje naast je,' zegt Jonas met gedragen stem. 'O sorry, met een *vriend* naast je. Dat stond vroeger in de Succesagenda van mijn vader, onder de noemer boeddhistische wijsheden.'

'En wat stuurt ze je dan nu net?' vraagt Berend.

Jonas kijkt op zijn toestel en houdt zijn scherm omhoog. We zien een foto van een geprononceerde borst met daaroverheen de tekst: 'If you had balls you would have come.'

'Wauw,' zegt Cola.

'Wat een enorme tiet,' zegt Luciën.

'Borst,' zegt Jonas.

Er valt een stilte waarin we alle vier naar de afbeelding kijken.

'If you had balls...'

'Is er nog Bols?' vraagt Cola.

'Je kunt nu nog naar Frankfurt rijden,' zegt Berend.

Jonas schudt van nee. 'Ze is al terug naar Engeland met haar vriendinnen. Het huwelijk was een groot feest blijkbaar. Als ik had willen langskomen had ik dat vannacht moeten doen. Ze stuurt me die foto om het erin te wrijven.'

Cola heeft nog een bodem Jägermeister gevonden, die hij verdeelt over onze glazen.

'Op Stephany Burdon-Sanders,' zegt Luciën, terwijl hij gefascineerd naar haar laatste foto blijft kijken. We houden onze glazen omhoog en proosten op een vrouw die waarschijnlijk voor altijd uit ons leven is verdwenen, hoewel we het met Jonas nooit zeker weten.

Drie kwartier later blaft de hond in het dal aan de overkant nog steeds naar zijn echo. Jonas en Cola staan buiten te roken, terwijl Luciën en Berend de hut afstruinen op zoek naar de allerallerlaatste restjes kirschwasser en stroh obst schnaps.

'Is er ook echt helemaal helemaal geen wijn meer?' vraagt Luciën, als Cola weer binnenkomt. Cola gaat alle keukenkastjes af, maar kan ook niets vinden. Hij zegt: 'Niets meer. Wat is dit eigenlijk voor ballentent?'

Berend en Jonas gaan weer aan tafel zitten.

'Ik zou best echt heus best wel iets willen nog,' zegt Jonas.

'Ik heb nog precies vijf flesjes Afscheid,' zegt Berend. 'Vier, sorry, ik had er al eentje op.'

'Echt?' roept Luciën. 'Is dat hele krat er al doorheen?'

We proberen te achterhalen wat we deze dagen hebben gedronken. De twee magnums bourgogne van Cola's vader waren op de dag van aankomst al geleegd. We hebben de hele biervoorraad van Berend opgemaakt, net als alle obscure likeurtjes en levenswaters die hier de afgelopen decennia zijn achtergelaten door bezoekers.

'Dus we hebben nog maar vier biertjes genaamd Indian Pale Afscheid?' roept Jonas, die de deur naar de veranda opent om ze te pakken. Ze voelen lekker koud aan. Berend ontkroonkurkt ze en voor de zoveelste keer vandaag proosten we. Cola hapt smakkend van het bier en zegt: 'Lekker wel.'

'Jij zou een brouwerij moeten beginnen,' zegt Luciën tegen Berend, die antwoordt: 'Geniet er maar van, want dit zijn echt letterlijk de laatste flesjes.'

Cola vraagt of niemand toevallig ouderwets een joint bij zich heeft.

Jonas: 'Een joint, dat is voor mij echt lang geleden...'

'Dat was vroeger toch normaal?' zegt Berend. 'Vroeger was er toch altijd wel iemand die iets bij zich had. Wanneer is dat eruit geslopen?'

'Is ook die Jägermeister dan echt helemaal op?' vraagt Luciën.

Er valt een stilte, waarin we lurken aan ons Afscheid.

Cola schraapt zijn keel.

'Ik...' begint hij, maar hij maakt zijn zin niet af.

'Wat?'

'Het was niet voor niets dat ik vroeg of iemand een joint bij zich had,' zegt Cola – maar ook nu gaat hij niet verder.

'Hoe bedoel je?' vraagt Jonas.

'Ik heb wel iets,' zegt Cola.

'Hoe bedoel je?'

'Volgens mij bedoelt Cola dat hij wel iets heeft,' zegt Luciën.

'Ik heb wel iets.'

'Wat heb je dan? Een joint? Heb je wiet bij je? Kom op.'

'Voor den draad ermede.'

Cola zegt, met een plechtige ondertoon: 'Nee, geen joints.'

Weer valt er een stilte.

'Vertel nou wat je dan wel bij je hebt,' zegt Jonas.

Cola gaat rechtop zitten en kijkt ons aan.

'Ik heb iets, maar ik wil eerst dat jullie iets beloven...'

Berend roept: 'Waar heb je het over?'

'Wat moeten we beloven?' vraagt Luciën.

'Heb je Stephany Burdon-Sanders en haar vriendinnen laten overkomen? Als een soort afscheidscadeautje?' zegt Jonas. 'Berend brouwt een speciaal bier, Luciën houdt dinsdag ongetwijfeld een mooie toespraak of heeft een toepasselijk gedicht geschreven, jij regelt vrouwen. Goed geregeld.'

'Stoer.'

'Laat maar,' zegt Cola. 'Ik durf het niet.'

'Je durft wat niet?' zegt Berend.

Luciën zegt dat hij het gezeik vindt. 'Wat is dit, man? Heb je een fles booze ergens verstopt? Niet voor jezelf houden, ongelooflijk gierige egoïstische...'

Berend onderbreekt hem en vraagt dreigend aan Cola: 'Heb je een fles drank ergens?'

Cola schudt van nee.

‘Wij hebben óók dorst, Cola,’ zegt Jonas en hij houdt zijn lege flesje omgekeerd boven tafel. ‘Hier, helemaal leeg.’

Er vallen een paar druppels in zijn koffiekopje.

‘Ik heb...’ begint Cola, maar weer gaat hij niet verder. ‘Nee, sorry. Nee.’

‘Wat is er, man, wat heb je?’

‘Nee, nee, nee, nee. Excuus, ik had het niet moeten zeggen.’

‘Doe nou niet zo moeilijk,’ zegt Berend.

Cola haalt diep adem.

‘We zijn vijftig nu,’ zegt hij. ‘Tenminste, die oversekste puber daar wordt dit jaar vijftig en wij zijn het godzijdank al. Dat is toch een hele leeftijd. En nou heb ik iets bedacht om ons afscheid luister bij te zetten. Om het speciaal en onvergetelijk te maken. Het is nogal een bijzonder weekend. Alles gaat anders worden.’

‘True.’

‘Dit weekend gaan we ons wel herinneren.’

‘En nu dacht ik, de balans van de afgelopen dertig jaar opmakend... We hebben met elkaar praktisch alles gedaan wat we in een vriendenleven ooit hadden kunnen doen of hadden willen doen of hadden moeten willen kunnen doen. Toch?’

‘We hadden tot vanmiddag nog geen ree gered van een stok in zijn buik,’ zegt Berend.

‘Nee, precies, dat hadden we nog niet gedaan. En dat hebben we nu wel gedaan en dat voelt goed. Staat vast ergens voor, zoals Luciën vanmiddag zei.’

‘To the point, directeur,’ zegt Luciën. ‘Waar heb je de drank verstopt?’

‘Ons naderende afscheid zette me aan het denken.’

‘Je hebt er dus echt over nagedacht?’

‘Ik dacht: we hebben zoveel meegemaakt met elkaar. Tegenslagen, nogal veel, mogen we wel zeggen, successen, ook veel, maar voor mijn gevoel minder, al maakt de buit aan het eind natuurlijk veel goed, liefde, nog meer liefde, nog veel meer liefde, ziekte, dood. Nou ja, genoeg. Ik zou niet snel iets kunnen bedenken wat we nog zouden willen doen of moeten doen. Ik heb niet zoiets als een bucket list, dat vind ik uit Amerika geïmporteerde onzin.'

'Zoiets als Valentijnsdag of Thanksgiving,' zegt Luciën, die probeert mee te gaan in Cola's toespraak.

Berend vraagt: 'Loopt dit uit op een gangbang, of waar gaat dit heen? Heb je een stripper verstopt in het bos?'

Cola gaat verder: 'We zijn volwassen mannen. Dat vind ik een idioot besef, maar het is wel zo. We weten wat er te koop is, wij laten... Ik bedoel, ons verras je niet meer. En we hoeven ook niet meer zo nodig iets in ons leven, tenminste als ik voor mezelf spreek. Mijn carrière is prima verlopen. We verkopen dinsdag ons bedrijf, waardoor we allemaal cashen. Michelle heeft haar baan, waardoor ik in principe nooit meer voor het geld hoef te werken. Mijn bestaan is klaar. Nog wat jaartjes werken, misschien voor mijn zus.'

'Wat?'

'Ik zeg misschien. Enfin, nog werken. Daarna naar Frankrijk. Boeken lezen. Misschien eindelijk eens wat schrijven. Kleinkinderen verwennen. En dan een houten jas aan voor de eeuwigdurende winterslaap.'

'Komt dit uit een toneelstuk?'

'Nee, Jonas, dit heb ik helemaal zelf bedacht.'

'Waar gaat dit heen?' vraagt Luciën.

'We hebben grote liefde gekend. We hebben gedronken, gevochten. Het enige is...' zegt Cola.

'Wat?'

'Tenminste, het enige wat ik echt kan bedenken dat er nog ontbreekt... Het enige wat we, en ik spreek heel duidelijk van *we*, wat we nog zouden moeten proberen...'

'Wat? Wat, man?' zegt Berend.

'Een homo-erotische bukkake.'

Luciën: 'Zeg het nou gewoon.'

Cola zegt: 'Neem het beste orgasme dat je ooit hebt gehad, vermenigvuldig dat met duizend en zelfs dan nog kom je niet aan het genotsgevoel dat...'

Jonas roept: 'Wacht, dit ken ik. Dit is...'

'*Trainspotting*!' zegt Luciën.

'Heroïne...' roept Berend.

'Heroïne?'

'Heroïne.'

Jonas lacht hard.

Luciën, ook lachend, zegt: 'Oké, heroïne.'

Cola knikt.

'Heroïne,' zegt hij.

Luciën roept dat hij het zou doen. 'Je moet het een keer hebben meegemaakt in je leven. Ik weet niet of mijn geloofwaardigheid als chirurg erdoor zou toenemen, maar het zou toch wat zijn. We zouden het gewoon een keer moeten doen.'

'Heroïne is toch extreem verslavend?' vraagt Jonas. 'Eén keer heroïne gebruiken en je bent meteen voor de rest van je leven in de ban, toch?'

'Nou, dat is wel heel boud gezegd,' zegt Luciën. 'Het middel is erg addictive, maar niet meteen na een eerste keer, je moet het wel vaker hebben gebruikt. Als je volwassen en niet al te verslavingsgevoelig bent is het risico na één keer niet heel groot.'

'Vroeger was heroïne gewoon een soort huishoudmiddel,' zegt Cola.

'De aspirine van de negentiende eeuw,' weet Luciën te vertellen. 'Artsen schreven armen heroïne voor omdat je er minder honger van kreeg. Een soort heroïnedieet. Ook in Nederland werden veel recepten uitgeschreven, bijvoorbeeld om kinderen rustig te houden. Wat nou ritalin? Hier heb je horse! Psychiaters gaven het middel tegen melancholie en depressie. We hebben als land overigens ongelooflijk goed aan opium verdiend, in sommige jaren tien procent van het bruto nationaal product. Dan moet het toch echt wel om een lekker stofje gaan.'

'Waarom kleeft er dan nu zo'n taboe aan?'

'Omdat het zo'n sloper is. Maar overigens ook niet voor iedereen. Verslavingsklinieken zeggen: de heroïne is niet het probleem, de gebruiker is het probleem. Er zijn gevallen bekend van mensen die heroïne af en toe zuiver gebruiken als uitgaansdrug. In medische lectuur heet dat *occasional and controlled heroin users*.'

'Dank u, dokter,' zegt Berend. 'Klinkt goed. Maar, waar halen we hier in der Mitte von fuckin' Nirgendwo plotseling een klontje heroïne vandaan?'

Cola: 'Zakje.'

'Hoe stel je je dat voor, Cola?' vraagt Jonas. 'Dat ik even bij een boertje in de buurt aanbel? Hallo, ik ben een vriend van uw plaatselijke jager. Onze wijn is helaas op. Bier en schnaps hebben we ook niet meer. Heeft u toevallig nog wat heroïne voor ons?'

'Die mensen houden dat hier natuurlijk liever voor zichzelf, die gaan dat heus niet aan vier Hollandse heikneuters geven,' zegt Luciën, waarop Jonas en Berend lachen.

'Ik heb bij me.'

De drie anderen kijken naar Cola.

'Wat?'

'Ik heb bij me.'

'Jij hebt bij je?' zegt Berend.

'Ja.'

'Jij hebt heroïne bij je? Jij? Cola Jesserun de Vijfde.'

'Heb je heroïne bij je?' vraagt Luciën.

'Dat zeg ik.'

Jonas schatert wederom.

Luciën zegt: 'Volgens mij kunnen we maar beter gaan slapen, want de grenzen van de gekte zijn nu definitief bereikt.'

Berend gelooft het niet.

'Oké, jij hebt heroïne bij je...' zegt hij geamuseerd. 'Enne, waar heb je die heroïne dan gehaald?'

'Jullie herinneren je die dealer in Amsterdam, toen in de RoXY?'

'Daar heb je ons volgens mij gisteren zelf aan herinnerd.'

'Verdomd,' zegt Cola. 'Nou ja, ik moet bekennen dat ik hem inderdaad kende.'

'Dat meen je niet.'

'Ik kwam hem weleens tegen. En ik heb een keer met hem gepraat, weet niet meer waar, maar goed, om een of andere reden liep ik hem echt puur toevallig weleens tegen het lijf, zoals toen ook. Hij zei me bij een van die gelegenheden dat hij dus al zijn halve leven heroïne gebruikt. Dat is dus inderdaad mogelijk. Je kunt op vaste tijden heroïne gebruiken en verder normaal functionerend in het leven staan. Dan ben je zoals dat heet een geïntegreerde gebruiker. En daar schijnen er meer van te zijn dan wij denken.'

'En?'

'Ik vroeg hem hoe het zat. Die gozer gebruikt al dertig jaar en zit inmiddels tegen zijn pensioen. Hij heeft de meest veilige dealer denkbaar, namelijk hemzelf. Zijn beste smack bewaart hij voor zichzelf.'

'Smack?' vraagt Jonas.

'Heroïne.'

'Ah. Goeie naam voor een biertje.'

'Ik informeerde wat het zou kosten als ik – en ik zei er nadrukkelijk bij: eenmalig – een hoeveelheid zou afnemen goed voor vier volwassen vijftigers. Of eigenlijk drie vijftigers en iemand van negenenveertig.'

'En?'

'Nou, dat was niet niks, maar ik sloeg er ook niet van achterover. Ik heb het maar gedaan. Het is mijn cadeautje aan jullie.'

Jonas klapt in zijn handen en zegt: 'Zullen we gaan slapen, jongens? De drank is op.'

'Dit is een grap,' zegt Luciën. 'Dit is een grap, dat voel ik aan mijn water.'

‘Zou je ons een plezier kunnen doen en dat stukje heroïne er even bij pakken?’ vraagt Berend.

Cola schudt zijn hoofd. ‘Het is geen stukje, maar een zakje, dat zei ik net al, en als jullie dat overtuigt dan wil ik het best even pakken.’

Hij staat op en doet drie stappen naar de slaapkamer.

‘Hij dolt,’ zegt Luciën. ‘Cola zit ons te dollen.’

Berend knikt.

Jonas staat op om een blok in de houtkachel te stoppen, terwijl hij zegt: ‘Let maar op, zo komt hij terug met een oude boterham of een lege tube tandpasta.’

Dan stapt Cola weer de kamer binnen, met in zijn hand een plastic zakje.

‘Kijk, dit is het,’ zegt hij. ‘Het ziet eruit als bruine suiker, wat ook de bijnaam is.’

‘Brown sugar!’ zingt Jonas, verheugd dat hij eens iets muzikaals kan bijdragen.

Luciën bekijkt het zakje met een mengeling van fascinatie en afschuw.

‘Jezus Cola, heb jij echt...’ Hij maakt zijn vraag niet af.

Berend zegt: ‘Is dit echt wat je zegt dat het is?’

‘We zijn vijftig. We kunnen doen en laten wat we willen. Luciën is arts. We kunnen onmogelijk een overdosis nemen van zo’n kabouterzakje. Denk nog eens aan *Trainspotting*. Take the best orgasm you’ve ever had. Multiply it by a thousand, and you’re still nowhere near it.’

Hij legt het zakje op tafel en laat de inhoud zien.

‘Maar hoe heb je dat spul hier mee naartoe genomen?’ vraagt Jonas. ‘Is dat niet hartstikke strafbaar?’

‘We doen allemaal weleens iets wat niet mag. Jij reed onderweg hiernaartoe 180 waar je maar 100 mocht. Dat is ook tegen de regels.’

‘Nou, dat vind ik toch wel wat anders dan heroïne.’

Berend wendt zich tot Luciën.

'Is het heroïne?'

'Ik zou het niet weten. Ik weet niet hoe dat eruitziet.'

'Hoe ruikt het?' vraagt Berend, die het zakje in zijn handen neemt en wil snuffelen.

'Ik zou niet te diep ruiken,' zegt Jonas. 'Voor je het weet...'

'Het ruikt heel erg bitter,' zegt Berend. 'En dat klopt volgens mij wel.'

'O, jij hebt nu ook verstand van heroïne?'

Jonas zegt: 'Is het echt heroïne? Is het verdomme echt heroïne? Wat ben jij voor een idioot, Cola? Stel dat je onderweg aangehouden was? Hoe denk je dat het zou zijn overgekomen als je in Duitsland was gearresteerd met heroïne in je bezit? Hoe denk je dat je vader dat zou hebben gevonden, Seymour Hoffman. Is dit je midlifecrisis?'

'Het is maar een heel klein beetje en ik ben niet aangehouden, anders zat ik hier toch niet. Jongens! We zijn hier in der Mitte von fuckin' Nirgendwo. We doen er helemaal niemand kwaad mee. De kans dat we het nog een keer gaan gebruiken is nul, nihil. Daarvoor ken ik jullie te goed. Wie maakt ons wat? We hebben Luciën bij ons voor als het medisch uit de hand loopt. We kunnen uitslapen morgen. Niets houdt ons tegen. Waar is het vuur van vroeger? Waar is onze nieuwsgierigheid? Je wilt toch niet doodgaan in de wetenschap dat je één keer...' hij benadrukt de laatste twee woorden, '*één keer* heroïne had kunnen gebruiken onder ideale omstandigheden. Met je vrienden, in een bos. En dat je dat toen niet hebt gedaan.'

Er valt een stilte. De hele tijd heeft er over een klein boxje muziek uit Berends iPhone gedraaid, maar die is gestopt.

'Zet eens wat anders op,' zegt Luciën.

'Ja, sorry.'

Berend rommelt met zijn telefoon en zet een andere playlist op.

'Hoe gebruik je dat spul?' vraagt Jonas.

Berend roept: 'Ik ga niets in mijn aders spuiten. Wat dat betreft ben ik echt een moslim, ik geloof in de integriteit van het lichaam.'

'Afgezien van de besnijdenis dan,' zegt Jonas.

'Niemand die iets over spuiten zegt,' zegt Cola.

'Chinezen,' zegt Luciën.

'Die moeten helemaal hun bek houden,' roept Berend.

'Zo is het,' zegt Cola. 'Chasing the Dragon.'

Jonas: 'Ah, jagen.'

De jagers van de Draeck.

'Ik heb me laten voordoen hoe het moet,' zegt Cola. 'We moeten de korreltjes op aluminiumfolie leggen en die dan met een aansteker van onderaf verhitten. Via een buisje moet je de opstijgende damp inhaleren. Dat schijnt de makkelijkste methode te zijn.'

'Jezus, jongens,' zegt Berend. 'Waar zijn we mee bezig? Zeg dat het een grap is.'

'Dit is geen grap.'

'We kunnen ook weer het bos in om everzwijnen op te jagen natuurlijk. Dat geeft ook een kick. Een everzwijn hebben we bij mijn weten nooit niet never gevangen,' zegt Luciën.

'Ik ga niet meer op beesten jagen, Obelix,' zegt Jonas.

'Ik doe het alleen,' zegt Berend, 'als we het allemaal doen. Maar dan allemaal. Niet mensen die terugkrabbelen.'

Jonas en Luciën kijken vorsend naar Berend.

'Hoe denken jullie dat Efuru, Michelle, Patricia en... hoe heet je nieuwe vlammetje ook alweer...'

'Liselore,' zegt Jonas.

'...en Liselore zullen reageren als ze horen dat wij tijdens ons nu al legendarische afscheidsuitje heroïne hebben gebruikt? Ik schat in dat ze daar hun bedenkingen bij zullen hebben.'

'Dat zou zomaar kunnen,' zegt Berend.

Jonas schatert het wederom uit.

'En daarom,' zegt Cola, die wacht tot Jonas is uitgelachen. 'En daarom moeten we elkaar dus ook heilig zweren dat dit altijd tussen ons vieren blijft. We praten er met niemand over. Het is een ultieme bezegeling van onze vriendschap.'

'Sterker nog,' zegt Luciën. 'We praten er zelfs onderling niet meer over, nooit meer.'

'Een verbond. Een geheime broederschap. Jagers van de draak, dat zijn wij,' zegt Berend.

Luciën zingt een strofe van Doe Maar: 'Heroïne godverdomme, heroïne godverdomme.'

Cola: 'We praten er met niemand over. We scheppen er niet over op. Het is geen onderwerp. We praten er niet op televisie over, ik kijk even naar Jonas, we maken er geen medische studie van, ik kijk even naar Luciën, we schrijven er niet over, ik kijk even naar ons allemaal.'

Er valt een stilte, die door Luciën wordt onderbroken: 'Dus we gaan het doen?'

Jonas zegt tegen Luciën: 'Wat vind jij? Jij bent arts. Is dit medisch verantwoord? Eindigen we niet allemaal in een gesticht of in de Jellinek-kliniek?'

'Hoe moet ik daar nu iets over zeggen? Cola, je weet zeker dat dit zuivere horse is? Dit heb je niet uit de handen van een of andere crackhoerenjunkie gerukt?'

'Wat ik zei: dit heb ik van een geïntegreerde gebruiker die er bijna zijn pensioengerechtigde leeftijd mee heeft bereikt. Het is geen vitamine C, maar er zit geen vervuiling bij.'

Stilte en gezucht vanuit meerdere hoeken.

'Wat doen we?' zegt Luciën.

'Ja, wat doen we?' zegt Berend. 'Nogmaals, ik doe het alleen als iedereen het doet.'

'Het voelt een beetje alsof je met een groepje in het buitenland bent en iemand stelt voor om naar een bordeel te gaan,' zegt Jonas. 'Je betaalt een paar tientjes aan een portier en plotseling sta je met z'n allen binnen. Het voelt niet lekker, toch.'

'Hebben wij dat ooit gedaan?'

'Nee, maar nu heb je het over zoiets ordinairs als seks. Ieder dier is droevig na een bezoek aan een bordeel,' zegt Luciën. 'Ik weet niet of dat bij heroïne ook zo is.'

'Ben jij weleens naar een bordeel geweest? Waarom weten wij dat niet?'

'Wat doet heroïne met je, behalve dat het duizend keer beter is dan het allerbeste orgasme?' vraagt Jonas.

'Nou, dat vind ik op zich al een behoorlijke aanbeveling.'

'Bij heroïne gaat het om de eerste klap, de kick, de flash, die geweldig schijnt te zijn, en de langdurige roes die daarop volgt, waarin alle ellende en pijn zijn verdwenen.'

'Het schijnt dat je er ongelooflijk gelukkig van wordt. Je voelt geen negativiteit meer, geen angst, geen verdriet over niets, geen honger.'

'Dubbele ontkenning, geen verdriet over niets,' zegt Luciën.

'Geen dorst ook?' zegt Berend. 'Qua wijn of lekkere schnaps.'

'Het schijnt letterlijk een ultieme verdoving te zijn. De vergetelheid, maar dan bij zinnen. Wakend vergeten.'

Berend: 'En hoe lang duurt dat dan? Morgen rijden we terug. Ik moet morgenmiddag weer brouwen met de baarden. Ik wil niet dat Fabian of mijn jongens aan me zien dat ik een half grammetje smack achter mijn neusvleugels heb. Coke- en speedgebruikers zie je ook voortdurend met hun lippen flapperen. Is dat bij heroïne ook zo?'

'Heroïne godverdomme, heroïne godverdomme.'

'Nee, volgens mij niet. Volgens ben je na je trip snel weer helemaal de oude.'

Er valt een stilte en er wordt nog steeds gezucht.

Cola schraapt zijn keel.

'Oké, we doen het dus?'

'Ja, doen we het?' zegt Luciën.

'Cola mag het zeggen. Het is zijn Hütte. Hij moet kunnen verantwoorden dat we deze tent ombouwen tot opiumkit. Ik wed dat er hier nog nooit harddrugs zijn gebruikt. Ik sta overigens wel echt met mijn oren te klapperen, meneer Jesserun.'

'Dinsdag verkopen we ons bedrijf. Jongens, als we het doen, doen we het nu!'

Jonas lacht en zegt dat het hem onafwendbaar lijkt.

'Goed,' zegt Cola, die opstaat, naar het keukenblok loopt en een rol aluminiumfolie pakt. Hij gebaart ook om een aansteker.

'We moeten zo'n ruikrietje hebben,' zegt Berend.

'Dat heb ik meegenomen.'

'Je hebt dit gewoon echt voorbereid.'

'Wat is het plan?' zegt Luciën.

Cola legt nogmaals uit wat hij gaat doen: hij gaat de heroïne verwarmen en de dampen moeten ze een voor een inzuigen.

'Even een beginnersvraag,' zegt Berend. 'Moeten we diep inhaleren?'

'Ik heb me laten uitleggen dat als de heroïne verdampt je ongeveer tien seconden lang aan het buisje moet lurken. De smaak schijnt ontzettend smerig te zijn.'

'O, je weet het echt te verkopen,' zegt Luciën.

'Maar dat vergeet je dus snel, want door heroïne voel je geen verdriet en negativiteit meer.'

'Je moet dealer worden, zo goed als jij ons dat spul weet aan te praten,' zegt Jonas.

'Wisten jullie dat Keith Richards ooit de as van zijn vader heeft vermengd met heroïne?' zegt Cola, die ondertussen zijn spulletjes klaarlegt.

'Nu heb je ons overtuigd.'

Als hij alles heeft liggen, zegt Cola: 'Goed...'

'Goehoed.'

'Gaan we het echt doen?' vraagt Berend nogmaals. 'Even *on a serious note*: als we het doen, en het ziet ernaar uit dat we het gaan doen, en iemand van ons dreigt het zo aangenaam te vinden dat hij nog een keer gaat gebruiken en nog een keer en nog een keer...'

'Dan laten we hem wegrotten in zijn misère, we willen toch geen junk in de vriendenclub?' zegt Luciën.

'Ik niet,' zegt Cola.

'Nee, dan helpen we hem uiteraard,' zegt Luciën. 'Ik vind dat we een heilige eed moeten zweren dat iedereen van ons hier morgen volledig gezond, zowel van lijf als van geest, weer wegrijdt.'

'Dat zweer ik,' zegt Berend.

'Ik ook.'

'Oké, waar had ik vuur?' zegt Cola, waarna hij de heroïne op de folie verstrooit. Hij houdt de brandende aansteker onder het folievel en inhaleert de damp langdurig.

Het spul is oprecht verschrikkelijk vies, bitter en onaangenaam. Onaangenaam is geen goede omschrijving: het is weerzinwekkend, sluitspierknijpend, antiperistaltisch. Luciën en Jonas boeren en kokhalzen, terwijl ze kijken hoe Berend als laatste een dosis smack chineest. Het voelt inderdaad alsof we de as van Keith Richards' overleden vader inhaleren. Jonas weet met moeite uit te brengen: 'Gadverdamme, dat kan toch nooit goed zijn?'

'Ik voel nog helemaal niks,' zegt Luciën.

'Ik ook nog niet zoveel,' zegt Cola, maar meteen daarop zegt hij: 'oooooOOOOOOOOOOO'.

Hij voelt iets. Hij voelt iets draaien. We voelen allemaal iets draaien. Het is als een sprong van de hoge in een bad dat zowel kookt als bevriest. Heroïne, godverdomme. Volksliederen. Krekels op een zomeravond. Gejuich op de tribune. Allemachtig, man. *Wilkommen in meiner Hütte, tief im Wald versteckt.* ooooOOOOOOOOOOOO. De smack kickt in. Gekreun, maar niet van mensen die klaarkomen. Een fluitketel, een gitaarsolo van de Schepper zelf, fluitende wind overal, palmen die driehonderdtachtigduizend graden buigen, walvissen die elkaar het hof maken en tussendoor een aanhoudende ijsco-bel.

'Ik voel het wel, hoor. Ik voel het wel,' zegt Berend.

'Wat voel jij?'

Jonas begint te blaffen. 'La condition chiene!' Het voelt als een voorbaarmoederlijke koestering, een connectie met alle zwarte materie van het heelal. Luciën vraagt: 'Zijn jullie er nog?'

We zijn er nog. We horen een capriccio, een grillig muziekstuk zonder vast schema. We zijn the eye of the tiger, een eeuwigdurende tekening van Escher, we zijn het uitdijende heelal, we zijn een fuik voor licht, we bewaren onze gezichten, we zijn de klok en het spel tegelijk. We zijn de oorsprong van taal. We zijn het broekje van je moeder. Hoe lang het duurt? De eeuwige oneindigheid en terug. De omgekeerde tijd.

Er daalt een deken neer, gouden kleuren als in een schilderij van Klimt, maar dan met lasers. De hut is een bassin gevuld met amberkleurige stroop. Langzaamaan gaat alles sneller en trager tegelijk. De muziek van Berends boxje dirigeert een lawine van andere klanken. Een stromende bergbeek, kookgeluiden, een koffiezetapparaat, van de glijbaan onder water. We worden gekoesterd, omarmd, gegrepen, aan alle kanten gelikt en afgetrokken. Heroïne, godverdomme.

'Ik ben er,' roept iemand. We zijn er allemaal. Porno, maar nogmaals niet van mensen die klaarkomen. Weer die gitaar nu, anders, traag en slepend. *There's something drooling under the bed.* Hoe zou het met dat beest zijn? Welk beest? Die ree van net. Dat beest dat we gered hebben. Dat beest dat ons komt halen.

'Is er nog spul, ik vond het zo smerig dat ik nog wel wat wil.'

'Ik wil ook nog.' We willen ook nog. We willen allemaal nog. Geluiden van krakend aluminium. Een spinnende poes. Waar is de aansteker? Tunes van oude tv-programma's. Sonarachtig gepiep als van een onderzeeër. Franse zangeressen. *Je voudrais arriver, je reste, je me déteste.* Het kraken van sneeuw onder schoenen. Takken in het bos. Een elektrische auto. Het dopplereffect. Heroïne is een vloek. Is een vloek. Is een vloek. Het is een boeddhistische ervaring. Beter dan beter als. Dit wordt de nacht van de bodem. Is dat wapen van Düran Stojanović nu al gevonden? Beter als dan seks. 'Al blijf ik het er wel naast doen, denk ik.' Wie maakte die grap? Wie? Een hoogtelamp. Tienduizend kaarsen. Dikke warme zachte bleke laffe blanke bange slappe watten.

'En toch ruik jij eigenlijk echt lekker, hè?' Zo blij dat dit geen trip is geworden waarin mannen... Ga je nu weer aan me zitten ruiken? Heroïne, doe maar niet. Jezus, man, jij ruikt zo goed. Ik voel het, mannen. Dit zijn wij. Wij, in der Mitte von fuckin' Nirgendwo. Jongens, get a room. Get a fucking roooom.

Hij zit aan míj te snuffelen. Hij begint. Dat is omdat je zo lekker ruikt. Altijd gedaan. Kwestie van goeie genen. En goede verzorging. Een man moet zich goed verzorgen. Ik zal jou eens verzorgen. Niet afbabberen nu. *I don't even know what that is*, met je kontkruis, als dat een woord is. Een concert van spinnende poezen. We pakken de jeep en rijden naar Frankfurt. Laat die foto nog eens zien. Een gokautomaat die uitkeert in slow motion. Vingers langs de snaren van een harp. Rust. Vergetelheid. Huilen, snikken, jodelen. Een kapotte flipperautomaat. Dat is van een intimiteit die ik niet kende. Alsof jij altijd je pik binnenboord houdt, vuile hypocriet. *Spoken like a modest man.*

Is dat Goeroe daar? Daar! Hé Goeroe. Goeroe in de kamer. *A Madhouse Reunion.* Er is geen pijn, geen verdriet, geen opwinding ook. Laten we een glasje drinken. Van wie ben jij er een? De saamhorigheid en onvoorspelbare voorspelbaarheid. Maar nu nog niet, man. Goeroe, hoe is het op de plek waar tijd en eeuwigheid elkaar ontmoeten? Er worden sterren in de nacht geboren. We gaan in de richting van het best denkbare. We horen verloren gewaande muziek van Bach, die bestaat toch nog gewoon!

Manmanman. Impetuoso! Impetuoso! Wee de liefde die gevoeld wordt tot de dood. Moet je verdomme kijken wie er nu weer binnenstapt. Joeli? Boeli? Piet. Nee, Peter. Pieter. Pepijn. Pierce. Penis... Mike! Mike is er ook. Mike met zijn mooie blonde koppie. We weten even niet meer wie ik ben. Een toevalsproces met een onvoorstelbaar aantal mogelijkheden binnen de uitkomstruimte. *One hundred and eightyyy!* De verontrustende sensatie dat gedachten bellen zijn die kapotspatten zodra we ze onder woorden proberen te brengen. Rathenaus Universele Solipsistische Ervaring. Dit is niet echt, dus, we bestaan louter in het hoofd van de zelfbrouwer. Hoe is het, mannen? Hoe gaat het met ons? *Love hurts, love scars, love wounds and marks...* Ventje, wat is er met je? Ventje toch. Alleen de vogels. Wij kennen deze stad. Benzin im Dieselmotor. Forming, storming, norming, performing. Nothing a babi pangang can't fix, kiddo. Dat is wat er van de mensheid is geworden. For that matter. Die kalk en deze steen bewijzen klaar dat ik die muur ben, onomstotelijk waar. Dat idee overwelmt ons. Zalig zijn zij die hongeren en dorsten naar gerechtigheid.

Alles komt samen nu. Nick Cave, jongens, Nick Cave. Maar die leeft nog, al is dat allemaal een kwestie van interpretatie. Alles heeft zijn tijd, het nabije wordt veraf, de hitte wordt koud, het jonge wordt oud, het koude wordt warm, de rijke wordt arm, de gek wordt slim – alles op z'n tijd. We waren maar clowns en nu zijn ze dood. Sullen we jou maar lekkerrr naar huis sturan? Wij hebben ons vandaag verlaat. O konden we weer eens zo samen staan, aan de allerlaatste brug, en saam en blij er overgaan. Wij kwamen nooit terug. De eerste dag van de Schepping schreef wat de Dag des Oordeels zal lezen. *Archè kakon*, oftewel het begin van alle misère. *Fornicaturi te salutant.* We zijn een few, zoals Shakespeare ons noemde, een *happy few.* De vriendste vrienden. Meerdere lichamen met één ziel. Kijk ons.

Jonas de acteur.

Berend de brouwer.

Luciën de snijder.

De laatste Cola.

Mike de levensweigeraar.

Een vertrokken Goeroe.

Wij zijn elkaars getuigen.

Er ligt een zilveren deken van dauwdruppels op het veld voor de boshut. Aan de overkant van het dal, bij het dorp, rijdt een boer, we horen de verwaaide geluiden van zijn tractor.

Net hebben we de luiken voor de ramen van de hut gedaan, de voordeur afgesloten en allemaal onze spullen in onze eigen auto geworpen. Cola voegt zich als laatste bij ons, nadat hij het terrein heeft afgesloten. Aan zijn trekhaak heeft hij een rooster bevestigd waarop, decent ingepakt en goed vastgebonden, de buit van dit weekend ligt.

Jonas kondigt aan dat hij zo op de Duitse snelweg even wil scheuren en dus niet op anderen – benieuwd wie hij bedoelt – gaat wachten. Over vannacht maken we een paar grappen, maar verder wordt er niet zoveel gesproken en dat hoeft ook niet. Het voelt als een afscheid, hoewel we elkaar, samen met Fabian, over minder dan een etmaal alweer zullen treffen bij de notaris.

Dit is het dan. De stront, het bloed en het bier. Dit is wat we ons herinneren van gisteren. Veel van wat we sinds 1989 hebben meegemaakt is weggezakt in het drijfzand van de tijd, maar er is gelukkig ook veel bewaard gebleven. We rijgen een ketting van gebeurtenissen en knippen onze levens op in flarden die ons zijn bijgebleven omdat ze ons blijkbaar hebben veranderd. Terugkijkend kunnen we onze verhalen in een verband plaatsen, want de afloop van onze geschiedenis is nabij. Hoewel we huiverig zijn voor veranderingen en voor wat we al dan niet zullen missen, is het ook aantrekkelijk te denken dat wat wij hebben meegemaakt en opgebouwd uiteindelijk – in naam van de vriendschap – ergens toe heeft geleid.

Staand bij het afgesloten terrein omarmen we elkaar, terwijl in de verte die hond nog altijd tegen zijn echo blaft.

Verantwoording

Het gedicht 'Maar nu nog niet' werd op mijn verzoek voor dit boek geschreven door Ingmar Heytze.

Een deel van het laatste hoofdstuk is in 2016 door mij verwerkt als hoorspel onder de titel *De jagers van de draak*, uitgevoerd door De HoorSpelFabriek, onder regie van Marlies Cordia en Vibeke von Saher.

Sommige fragmenten verschenen in andere vorm in onder meer de *VARAgids* en *de Volkskrant*.

Jean-Marc van Tol (schrijver van de roman *Musch*) schreef de regels die Jonas uitspreekt in de Jaarbeurs.

De citaten uit *Een Midzomernachtdroom* van William Shakespeare komen uit de vertaling van Nico van Suchtelen (1948).

Geen enkele schrijver schrijft een boek alleen. Mijn dank gaat uit naar mijn redacteuren Katrijn van Hauwermeiren, Merijn Hollestelle en Nienke Beeking, meelezer Josephine Keuter, persklaarmaker Chris Junge, corrector Anne van den Bergh, Arend Hosman, mijn agenten Miranda Bruinzeel en Djaloe Hofman, verslavingsdeskundige Paul Jager, hospicevrijwilligster Patricia Jimmink, regisseur Robert Jan Westdijk (wiens opmerkingen over de compositie me een jaar extra kostten), Eline Maarse, Mark van Vugt, Peter Heerschop, Erik van Muiswinkel, Cees Nouwens, Lise Evers, Hans Gaarlandt, dr. Frank van Hellemondt, Jan-Jacob Bijkerk en zijn maten van O.S. Kuksa, Nienke Römer, Jip Samhoud en Marijn Korver, Willemijn van der Ree,

Arjan Nieuwenhuizen, Renske Holwerda, Silvia uit Oeganda (die ik mocht interviewen voor het NPO 3-programma *Zomaareengast*, juli 2017), Herbert Pesch, wijlen Evert Jurriëns, Bart Chabot, Ruud Hollander, Harold Hamersma, Rodney Knight, Co Mol, Floor Collin, Arend Brandligt, Wilbert Leering, Jerry Goossens, Robert Siccama, Patrick Limpens, Peter Defou, Gérard van Kalmthout, Jaap Robben, Arno Kuipers van de Koninklijke Bibliotheek, bierdeskundige Leen Alberts, bierbrouwers Felix Schnetz, Rick Nelson & friends, Fer Kok, Fred Buddingh', Erik Odenwald, Eric Trapman, meelezers Jean-Marc van Tol, Cécile Koekkoek, Arthur Willems, Jeroen van Baaren, Bert Natter en Theun, Rieke, Lasse, Tip en Broos en de hoofdpersoon van mijn leven: Mascha Lammes.

Boeken die tot inspiratie dienden:

Avonturen bestaan niet (2018) van Simon Gusman en Arjan Kleinherenbrink

Bier, geschiedenis van een volksdrank (1994), onder redactie van R.E. Kistemaker en V.T. van Vilsteren

Bier in Nederland, een biografie (2016) van Marco Daane

Bij de Brouwer (2013) van Erik Verdonck

Buit (2016) van Pauline de Bok

Groot zelf bier brouw boek (1987) van Jan van Schaik

Hops and Glory (2009) van Pete Brown

Man Walks Into A Pub (2003) van Peter Brown

Nick Cave, Mercy on Me (2017) van Reinhard Kleist

Schuim van mijn dagen, schenk met gedachten (2014), getapt door René Smeets

The Comic Book Story Of Beer (2015) van Jonathan Hennessey en Mike Smith

Van brouwerij tot bierglas (1935) door Dr. Ir. F. Kurris

Wandelen over de Bierkaai, bierhistorische gids van Utrecht (2006) van Kees Volkers

Wat je als bierliefhebber moet weten (2017) van Fiona de Lange

Zelf bier brouwen (2015) van Brian Kunath

500 bieren (2010) van Zak Avery